Knaur.

Knaur

Über Michelle Holman – der Weg zum ersten Buch (Quelle: www.michelleholman.com):

Wie ist »Einfach himmlisch« entstanden?
Normalerweise fasse ich an Silvester keine Vorsätze fürs neue Jahr – außer 2005. Damals hatte ich fünf unfertige Romane in meiner Schublade, und wenn ich darüber gestolpert bin, habe ich mich immer irgendwie schuldig gefühlt und die Texte ganz weit nach hinten geschoben. Trotzdem wünschte ich mir nichts sehnlicher, als Buchautorin zu sein, und stellte mir vor, wie es sein würde, veröffentlicht zu werden. (…) Eines Nachts hatte ich einen Traum von zwei Frauen, die nach einem Autounfall in den Himmel kamen und von einem Azubi-Engel wieder zurück auf die Erde geschickt wurden. Allerdings im falschen Körper. Danach habe ich fast jede Nacht und an den Wochenenden geschrieben und im Oktober 2006 die ersten drei Kapitel des Romans rausgeschickt. Ich war sehr zufrieden mit mir, erwartete mir jedoch nicht mehr als eine freundliche Absage.

Aber die kam nicht?
Eine Woche später hielt mir mein Mann einen Brief entgegen. Es gab tatsächlich Interesse an meinem Roman! Er und die Kinder scheuchten mich in mein Büro, in dem ich von nun an jede freie Minute verbrachte. Meine Tochter versorgte mich mit Schokoladenkeksen und mein Sohn mit Tee und Kaffee. Am darauffolgenden Donnerstag um 17 Uhr war es vollbracht. *Einfach himmlisch!* war fertig.

Über die Autorin:
Michelle Holman wurde in Auckland geboren. Mit siebzehn Jahren ging sie nach England, wo sie ihren heutigen Ehemann bei einem Blind Date kennenlernte. Bevor sich Michelle Holman dem Schreiben von Büchern widmete, arbeitete sie unter anderem in der Notaufnahme eines Krankenhauses und engagierte sich im Gesundheitswesen. Heute lebt und arbeitet sie mit ihrem Mann und zwei Kindern im Norden von Neuseeland. *Einfach himmlisch!* ist ihr erster Roman.
Weitere Informationen finden Sie auf der Homepage der Autorin unter: www.michelleholman.com

Michelle Holman

Einfach himmlisch!

Eine romantische Komödie

Aus dem Englischen
von Corinna Vierkant

Knaur Taschenbuch Verlag

Die englische Originalausgabe erschien 2007
unter dem Titel »Bonkers« bei
HarperCollins Publishers (New Zealand) Limited.

Besuchen Sie uns im Internet:
www.knaur.de

Sagen Sie uns Ihre Meinung zu diesem Buch:
frauen@droemer-knaur.de

Deutsche Erstausgabe November 2009

Redaktion: Kathrin Stachora
Umschlaggestaltung: ZERO Werbeagentur, München
Umschlagabbildung: Julia Rössler
Satz: Adobe InDesign im Verlag
Druck und Bindung: GGP Media GmbH, Pößneck
Printed in Germany
ISBN 978-3-426-50397-3

2 4 5 3

Für Les, McKenzie und Fleur –
ohne euch hätte ich es nie geschafft.

Und in Gedenken an George
1922 bis 2001

1

Lisa Jackson starb an einem warmen Märzabend bei einem Verkehrsunfall direkt vor ihrer Haustür. Der Tag hatte schon schlimm genug angefangen. Ihre Gynäkologin Dr. Janice Millar hatte ihr eröffnet, was sie seit Jahren befürchtete: Ihre Endometriose hatte gesiegt, die Medizin war machtlos. All die Tabletten, die schmerzhaften, demütigenden Eingriffe, das Absaugen und Ausschaben waren umsonst gewesen. Ihre Gebärmutterschleimhaut machte einmal im Monat, was ihr in den Sinn kam, und entwich an Orte, an denen sie nun wirklich nichts zu suchen hatte. Lisas Leben würde auch in Zukunft einmal monatlich von einer kleinen Pfütze Flüssigkeit beherrscht werden, die dafür sorgte, dass sie sich unter Qualen wand, während andere Frauen mit einem leichten Ziehen im Unterleib und gesteigertem Appetit auf Schokolade davonkamen. Nun blieb Lisa nur noch die Entfernung der Gebärmutter.

Die Sonne stand besonders ungünstig, wie üblich an frühherbstlichen Abenden in Neuseeland. Die Straße war kaum zu erkennen. Lisa fuhr langsam und blinzelte gegen das gleißende Licht an, um die weiße Fahrbahnmarkierung in der Mitte der Straße besser sehen zu können. Am letzten Kreisverkehr vor ihrem Haus warf sie einen kurzen Blick nach rechts. Sie sah ein blaues Kabrio, das noch ziemlich weit entfernt schien, darin eine Frau mit wehendem schwarzen Haar. Lisa gab Gas, bog links in den Kreisel um die blumenverzierte Betoninsel ein und sah nicht, wie das blaue Auto plötzlich beschleunigte. Sie zuckte zusammen, als ein anderer Wagen schleudernd zum Stehen kam, dem das Kabrio die Vorfahrt genommen hatte. Lisa hörte, wie Bremsen quietschten und jemand empört hupte. Sie blickte nach rechts und sah das blaue Auto auf sich zurasen, nur einen Sekundenbruchteil, bevor es ihr in die Seite krachte.

Sie kreischte, als sie Glas splittern hörte und sich das Blech ihres alten Mazdas unter scheußlichen Geräuschen zusammenstauchte. Die Fahrertür wölbte sich nach innen. Metallsplitter bohrten sich in Lisas rechte Flanke und zerrissen ihr Fleisch.

Sie hörte auf zu schreien.

Lisa riss die Augen auf und blickte sich hektisch nach dem blauen Wagen um.

Wo war er abgeblieben? Er war doch voll in sie hinein gekracht, sie hatte die Gesichter der schwarzhaarigen Frau und ihres Beifahrers sehen können.

Ein äußerst ungutes Gefühl beschlich Lisa. War sie etwa …? Sollte da nicht ein helles Licht am Ende eines langen Tunnels sein?

»O Gott!«, stieß sie hervor.

»Das sagen wir hier nicht«, bemerkte eine näselnde Frauenstimme.

Erschrocken blickte Lisa sich um. Neben ihr saß eine Frau in mittleren Jahren, das Haar im Stil der fünfziger Jahre toupiert, so dass es wie ein riesiger Helm auf ihrem Kopf saß. Eine pinkfarbene Schleife rundete die Frisur ab, und sie lächelte selbstgefällig. Sie trug pinkfarbenen Perlmutt-Lippenstift und einen kompliziert geknoteten Seidenschal.

Auf einem pinkfarbenen Namensschild an ihrem weißen Kittel stand *Moira*. Sie saß, doch Lisa konnte nicht so recht erkennen, worauf. Eigentlich befand sich da gar nichts unter Moira, die ihre Knie züchtig aneinanderpresste und die Hände im Schoß gefaltet hatte.

Für Lisa sah sie wie eine Stewardess aus. Lisa und ihre Schwester Sherry waren zu der Überzeugung gekommen, dass Schals ausschließlich von Stewardessen, Bankangestellten und Supermarktkassiererinnen getragen wurden. Und natürlich von Pornodarstellerinnen, wobei nicht ganz klar war, warum man einen Schal brauchte, wenn man pudelnackt komplizierte Stellungen vor der Kamera vollführte. Die Schaltheorie hatten sie sich auf einem Junggesellinnenabend ausgedacht, um die gähnend langweilige Veranstaltung ein bisschen aufzupeppen.

Doch Moira sah alles andere als pornogeeignet aus.

»Gegen ein *Gütiger Himmel* haben wir nichts einzuwenden, oder ein *Heiliger Bimbam* in Momenten der Bedrängnis, doch den lästerlichen Gebrauch Seines Namens betrachten wir als anstößig und bitten daher, davon Abstand zu nehmen«, erklärte sie.

Lisa starrte sie an. Wovon zur Hölle redete diese Frau?

»Das habe ich gehört«, tadelte Moira.

Lisa blinzelte. »Wo um alles in der Welt bin ich? Was ist das hier für ein Ort?«

Moira lächelte milde. »Wohl kaum die gute alte Welt, meine Teuerste.«

Entnervt blickte sich Lisa nach anderen Leidensgenossen um. Obwohl sie weder Wände noch Fenster ausmachen konnte, schien sie sich in einem Raum zu befinden, der in ein weiches Licht getaucht war. Sie hatte den Eindruck von regem Kommen und Gehen, sah jedoch niemanden außer Moira, die weiterhin geduldig neben ihr saß – auf *nichts*.

Moira legte ihr eine Hand auf den Arm und sagte mit gesenkter Stimme: »Sie sind in Sicherheit. Das ist das Wichtigste – Sie sind in Sicherheit.«

Lisa war nicht sonderlich überzeugt. »Wo sind meine Eltern? Sie machen sich Sorgen um mich! Wissen sie, dass ich hier bin?«, fragte sie, während sie verzweifelt versuchte, die Tränen zurückzuhalten.

Moira strich mit einer federleichten Bewegung über Lisas Arm. Kalte Schauer jagten ihr über den Rücken, und sie zog ihren Ellbogen zu sich heran.

»Bald werden auch Ihre Eltern hier sein, Lisa«, beschwichtigte Moira sie ungerührt. »Aber jetzt werden wir uns erst einmal um Sie kümmern.«

Diese Moira schien nicht alle Tassen im Schrank zu haben.

Ein großer kräftiger Mann in weißer Hose und weißem Kittel erschien, und Moira verzog missbilligend das Gesicht. Er hatte einen rostbraunen Schopf, funkelnde blaue Augen und summte leise »Stairway to Heaven« vor sich hin. *George* stand auf seinem Namensschild. Er blickte Lisa strahlend an und fragte mit deutlich vernehmbarem Cockney-Akzent: »Na, alles klar?«

Lisa musterte ihn und überlegte, ob er wohl genauso seltsam war wie Moira. George lachte und zwinkerte ihr zu. An Moira gewandt flüsterte er: »Die andere kommt jeden Moment durch.«

»Das habe ich schon gehört«, erwiderte sie missvergnügt, »aber ich kann Lisa nicht weitergeben, bevor sie abgeholt wird. Das wäre gegen die Regeln.«

Georges heiteres Gesicht schien einen Moment irritiert. »Wir können sie doch nicht einfach hier schweben lassen«, gab er zu bedenken. »Moment … Hören Sie diesen Lärm? Das ist die andere. Sie kommt mit ziemlichem Karacho.«

Die friedvolle Atmosphäre wurde durch den lauten Protest einer Frau unterbrochen. Mehrere weiße Gestalten versuchten, sie sanft an Lisa vorbeizuführen.

»Ich sollte überhaupt nicht hier sein!«, rief die Frau in ausgeprägt amerikanischem Akzent. »Lassen Sie mich sofort los!« Und nach einer Pause fragte sie ängstlich: »Wie haben Sie das gemacht? Wieso kann ich Ihre Hände fühlen, aber nicht sehen? Wer *sind* Sie?«

Erleichtert stellte Lisa fest, dass sie nicht die einzige war, die Anpassungsschwierigkeiten hatte. Sie verrenkte sich den Hals, um einen Blick auf die Frau zu erhaschen, die einen solchen Aufstand machte. Sie war groß und schlank und trug ein mauvefarbenes Seiden-Tank-Top zu einer schwarzen Hose. Die weißen Gestalten umschwärmten sie, redeten auf sie ein und versuchten, sie zu besänftigen. Lisa sah, dass eine von ihnen ein Baby trug, einen kleinen Jungen mit großen braunen Augen. Er sah dem Spektakel neugierig zu, ohne sich von dem Lärm beeindrucken zu lassen.

»Können Sie nicht dieses Kind wegnehmen?«, blaffte die Amerikanerin.

»Nein, Linda«, antwortete eine ruhige Stimme. »Er ist mit Ihnen gekommen.«

»Mit mir gekommen? Ich habe ihn noch nie in meinem Leben gesehen!«

Lisa meinte, einen Hauch von Hysterie in ihrer Stimme zu hören.

Als sich die Gruppe um die Frau teilte, sah Lisa sie zum

ersten Mal in voller Gestalt und hätte sich fast verschluckt. Es war die Frau aus dem blauen Kabrio! Sie war auffallend hübsch, mit zarter heller Haut, langem, seidig schwarzem Haar und großen blauen Augen.

Lisa packte George am Arm und deutete auf die Frau. »Sie ... sie ist in mich *hineingefahren!*«, krächzte sie. »Mit ihrem Auto.«

George tätschelte ihre Schulter. »Kein Grund zur Aufregung, Lisa. Sie wird nicht lange hier sein.«

Moira rümpfte die Nase. »Das ist alles höchst ungewöhnlich! Ich werde herausfinden, wo Lisas Großeltern bleiben.«

Lisa traute ihren Augen nicht. Moira hatte sich in Luft aufgelöst – im wahrsten Sinne des Wortes. Ängstlich blickte sie zu George.

Er schien verärgert und murmelte etwas, das wie »dumme Kuh« klang, bevor er Lisa einmal mehr die Schulter tätschelte. »Ganz ruhig, machen Sie sich keine Sorgen!«

Sanft führte er sie von der Gruppe um die Frau fort. Lisa bewegte sich ohne die Füße zu heben, ja, sie *schwebte* förmlich dahin. Wäre sie nicht so verängstigt gewesen, hätte sie das unglaublich cool gefunden. Als die Unruhe hinter ihnen abnahm, begann sie sich langsam besser zu fühlen. George vermittelte ihr das Gefühl von Sicherheit.

»Es wäre gut, wenn Sie nicht mehr an Ihre Schaltheorie dächten«, bemerkte er lächelnd.

Lisa sperrte den Mund auf. »Was für eine Schaltheorie?«

Er lächelte weiter und blickte sie prüfend von der Seite an. »Ich glaube, Sie wissen, was ich meine – die Theorie, die Sie sich mit Ihrer Schwester Sherry ausgedacht haben.«

»Aber ... woher wissen Sie das?«

»Ich habe es gehört«, antwortete George. »Seien Sie nur froh, dass Moira es noch nicht mitbekommen hat. Soll ich Ihnen einen Witz erzählen?«, schlug er vor, und seine Augen begannen erneut zu funkeln.

Lisa lachte kurz und leicht hysterisch auf. »Okay.«

»Sehr vernünftig«, sagte er anerkennend. »Also: Mein Hund hat keine Nase.«

Sie blickte ihn verdutzt an. »Aber wie riecht er dann?«

»Schrecklich.« George warf den Kopf in den Nacken und lachte lauthals los.

Lisa stieß ein kurzes hohes Kichern aus.

George versuchte es erneut. »Was ist ein Cowboy ohne Pferd?«

»Äh … keine Ahnung.«

»Ein Sattelschlepper.«

George wieherte erneut.

»George?«

»Ja?«

Als Lisa sich ihm zuwandte, staunte sie, wie widerstandslos ihr Körper ihrem Willen folgte. »Bin ich tot, George?«, fragte sie. »Ist das hier der Himmel?«

George wand sich. »Tut mir leid, aber es gibt Regeln, und ich darf nichts verraten.« Er machte eine Pause. »Ich *kann* Ihnen sagen, dass Sie nicht im Himmel sind. Das hier ist eine Art Wartezimmer.«

Hoffnungsvoll blickte sie zu ihm auf. »Dann bin ich also nicht tot?«

Er seufzte und schüttelte den Kopf. »Darauf kann ich nicht antworten.«

Lisa betrachtete ihn mit wachsender Frustration. »Sind Sie ein Engel?«

In seine Augen trat wieder das alte Funkeln, so als würde ihm die ganze Sache riesigen Spaß bereiten. »Nein, ich bin noch nicht lange genug dabei. Ich bin … in Ausbildung, sagen wir es mal so.«

Lisa hakte nach: »Ha! Dann Sind Sie also Engel-Azubi?«

»Es *gibt* keine Engel, Lisa – zumindest nicht, wie Sie sich das vorstellen.«

Lisa hatte sich noch nie so klar und gleichzeitig so verwirrt gefühlt. Misstrauisch betrachtete sie George, während er »I'm an Angel in Paradise« summte. Typisch, dass sie den einzigen Engel, oder was auch immer er sein mochte, erwischte, der schlechte Witze riss und vor sich hinsummte! Nach ein paar Takten wechselte er zu »Heaven on the Seventh Floor«.

Plötzlich tauchte Moira wieder auf, und Lisa zuckte zusammen. Herr im Himmel! Wegen dieser Frau würde sie noch einen Herzkasper bekommen!

»Das habe ich gehört«, bemerkte Moira und wandte sich an George. »Können wir uns kurz unterhalten?«, fragte sie eindringlich, die hübsch geschwungenen Lippen eng zusammengepresst. Lisa hatte den Verdacht, dass Moira Georges kleine Medleys nicht besonders schätzte.

»Es wurde entschieden, dass nur eine von den beiden zurück kann«, raunte Moira.

»Welche?«, fragte George und machte keine Anstalten, seine Stimme zu senken. Lisa hatte den Eindruck, dass er sie mithören lassen wollte.

»Nicht so laut!«, zischte Moira. »Ich glaube, es ist die *andere*.«

»Die?«, stieß George fassungslos hervor. »Warum sollte ausgerechnet sie eine zweite Chance bekommen? Haben

Sie ihren Lebenslauf gesehen? Sie hat ihrem armen Mann das Leben zur Hölle gemacht!«

Moira nahm eine aufrechte Position ein. »Es liegt nicht an uns, das zu entscheiden«, erwiderte sie unterkühlt. »Ich weiß, Sie sind neu hier, aber Sie müssen verstehen, dass es Regeln gibt, an die man sich zu halten hat.«

»Regeln«, brummte George. »Es ist nicht fair, dass diese Zicke eine zweite Runde bekommt und Lisa nicht.«

»Das geht Sie nichts an!«, beharrte Moira. »Sie bleiben bei Lisa, bis wir etwas Neues erfahren, und bringen dann die Auserwählte zurück.«

Damit verschwand sie erneut.

Lisa blickte George ängstlich an. Das hatte nun gar nicht gut geklungen. Als sie den Mund öffnete, um ihn mit Fragen zu bestürmen, schüttelte er nur den Kopf und machte noch mehr von seinen schrecklichen Witzen.

»Kann ich Sie eine Sekunde allein lassen? Ich bin gleich zurück«, sagte er nach einer Weile.

Lisa zuckte mit den Schultern. »Okay.«

George verschwand.

Lisa staunte über ihre eigene Gelassenheit. Sie hatte keine Ahnung, was passiert war, seit das blaue Auto in sie hineingekracht war. Sie befand sich in Gesellschaft von weiß gewandeten Leuten, die sich in Luft auflösen und Gedanken lesen konnten, und verspürte dennoch keine Eile, ihnen oder dem witzereißenden George zu entkommen.

Wie aufs Stichwort tauchte George wieder auf. Sein Gesichtsausdruck war nachdenklich. Lisa wartete, während er schweigend neben ihr stand. Schließlich sagte er: »Manchmal muss man die Regeln brechen.«

»Wie meinen Sie das?«, fragte Lisa vorsichtig. »George,

Sie werden doch nichts tun, was Ihnen Ärger mit Moira einhandelt, oder?«

Er grinste. »Sie wird nicht viel dagegen machen können.« Sanft legte er ihr seine große Hand auf die Schulter und stimmte »Heaven Must Be Missing An Angel« an.

Lisa schüttelte den Kopf.

Langsam trieben sie von dem stillen, sanften Licht fort und auf ein helleres, härteres Licht und geschäftigen Lärm zu. In Lisa regte sich ein eigenartiger Widerwille, diese Oase des Friedens zu verlassen. »Wohin gehen wir?«, fragte sie.

»Dorthin, wo Sie sein sollten«, antwortete George mit einem zuversichtlichen Lächeln. »Schließen Sie einfach die Augen, Lisa, einfach die Augen zumachen …«

Wieder schwebte sie, durch einen langen Korridor, diesmal in die andere Richtung, auf all die anderen Leute zu, die sie um sich fühlte, jedoch nicht sehen konnte. Dann plumpste sie am Ende in grelles Licht und Lärm und sah ihre Schwester. Sherry stand in ihrer Polizeiuniform auf einem Gang und rang mit einem anderen Polizisten, den Lisa als Dillon Taylor erkannte – ihren Ex aus der Zeit, bevor die Endometriose ihr Leben ganz vereinnahmt hatte.

In Sherrys Gesicht standen Wut und Verzweiflung. Der attraktive Dillon legte einen angespannt-maskenartigen Ausdruck an den Tag, der ganz eindeutig darauf hinwies, dass er unter Schock stand und nur mit äußerster Willenskraft die Fassung wahrte. Er hielt Sherry bei den Oberarmen und wiederholte immer wieder, dass sie nicht da hineinkönne.

Lisa konnte nicht anhalten. Im Vorbeischweben streckte sie die Hand nach ihrer Schwester aus und streifte ihren Unterarm, ohne ihn jedoch zu spüren. »Sherry!«, rief sie. »Sherry!«

Sherry hörte auf, sich zu winden, und drehte sich abrupt Lisa zu, einen verwirrten Ausdruck in ihrem hübschen Gesicht. »Hast du das gehört?«, fragte sie schneidend und sah Dillon an. »Das klang wie Lisa! Hast du sie gehört?«

Lisa wollte noch einmal rufen und öffnete den Mund, doch plötzlich wurde sie von einer gewaltigen Kraft aufgehoben und mit großer Geschwindigkeit in Richtung der Schwingtüren hinter Sherry und Dillon gesaugt. Sie schrie, überzeugt, im nächsten Moment in die Türen zu knallen, doch plötzlich war sie auf der anderen Seite. Um eine Gestalt auf einer Rolltrage standen Leute in blauen Overalls gedrängt. Beutel und Plastikbehälter mit Lösungen hingen an Stangen, die vom Bett aufragten. Monitore piepsten und flimmerten. Eine Frau in einem schweren blauen Kittel zog etwas, das nach Röntgenapparat aussah, aus einer Tür auf der anderen Seite heraus.

Lisa wurde auf das Bett zugesaugt.

Immer schneller.

Sie würde in die Leute krachen! Schützend riss sie ihre Arme vors Gesicht.

Lisa hustete. Etwas steckte in ihrem Hals und verursachte ihr einen Würgereiz. Sie wollte sich an den Mund fassen, doch etwas hielt sie fest. Jemand hatte sie gefesselt! Sie spürte einen Widerstand an den Unterarmen, wenn sie die Hände heben wollte. Es war unmöglich, sich das Ding aus dem Mund zu reißen, und es hinderte sie daran, um Hilfe zu schreien. In Gedanken rief sie nach George, doch die Wärme verstrahlende, Sicherheit spendende Gestalt war verschwunden.

Dann herrschte plötzlich emsiges Treiben um sie herum. Frauenstimmen sprachen schnell und erteilten Befehle.

»… kommt zu sich …«

»… gebt ihr Bolus, und stellt sie wieder ruhig …«

Und gerade als sie wieder in Bewusstlosigkeit sank, hörte Lisa eine letzte Stimme: »Wir sollten ihren Mann benachrichtigen, dass sie zu sich gekommen ist.«

Sie hoffte, dass man auch daran dachte, ihre Eltern anzurufen, wenn man schon den Mann der anderen Frau informierte.

So viele Träume.

Zumindest glaubte Lisa, zu träumen, bis sie begriff, dass die Leute um sie herum tatsächlich da waren. Manchmal schlug sie die Augen auf und blickte in Gesichter, bevor sie wieder wegdämmerte.

Es war eine merkwürdige, zwielichtige Welt.

Die Lichter waren grell, und die Menschen, die sie berührten und mit ihr sprachen, trugen grüne Kittel und sprachen alles andere als gedämpft. Sie waren auf eine ruppige Art freundlich. Lisa wollte fragen, ob sie auch ihre Gedanken lesen konnten, aber sie war zu müde und schlief wieder ein. Fast erwartete sie ein Wiedersehen mit George und Moira, doch ihr neuer Aufenthaltsort war nicht mit dieser wundervollen Atmosphäre des Friedens durchdrungen. Und schlimmer noch: Ihr tat so gut wie alles weh.

Stück für Stück kristallisierte sich ihre Umgebung aus dem Nebel heraus. Wenn sie aufwachte, lag sie im Bett und war nie allein. Sie vermutete, dass sie im Krankenhaus lag und die Stimmen und Berührungen von Krankenschwestern stammten, die sie pflegten. Langsam lernte Lisa ein paar der Gesichter kennen und wurde mit der Routine des Waschens im Bett und dem Wenden von der linken auf die rechte Seite und zurück vertraut.

»Wir wollen doch nicht, dass Sie sich wund liegen, oder, meine Liebe?«, erklärte eine Frau.

Lisas größte Sorge war ihr Rachen. Er war so wund, dass sie das Schlucken vermied, solange es irgend möglich war. Doch die Schwestern drängten sie permanent, Wasser durch einen Strohhalm zu trinken, mit der Begründung, dass sie den Tropf loswerden wollten. Was für einen Tropf? Wen kümmerte ein Tropf, wenn ihre Kehle sich anfühlte, als hätte man sie mit Sandpapier bearbeitet? Ihre zweite große Sorge war ihr Kopf, der auf doppelte Größe angeschwollen zu sein schien. Und mit dem rechten Bein stimmte auch etwas nicht. Abgesehen davon war Lisa zufrieden, im Bett zu liegen und die Schwestern an sich werkeln zu lassen – vorausgesetzt, sie durfte wieder in den tiefen traumlosen Schlaf zurücksinken.

Manchmal pikste und stupste sie ein Mann, zwang sie, die Augen zu öffnen und zuzuhören. Lisa mochte ihn nicht. Missmutig bemühte sie sich, seinen Wünschen gerecht zu werden, aber der Drang zu schlafen war so verführerisch, dass sie sich ihm ergab und dem Mann mit seinen Forderungen entschlüpfte.

»Zeit, sie auf Station zu verlegen«, hörte Lisa ihn sagen, als sei sie ein Auto mit Motorpanne. »Bringen wir sie hinüber.«

2

Eine dickliche Schwester mit dunkelbraunen Locken stellte sich vor: »Ich bin Nancy und werde mich heute um Sie kümmern.«

Sie legte Lisa einen kleinen weißen Plastikball in die Hand, von dem ein langes Kabel wegführte. »Das ist Ihre Klingel. Ich habe sie an den Laken festgesteckt, damit Sie sie nicht verlieren können.« Nancy blickte Lisa forschend an. »Ich werde im Laufe des Vormittags immer wieder bei Ihnen vorbeischauen. Nach Ihrem Bad werden wir Sie für ein Stündchen in den Sessel setzen.«

Der Arzt mit seinem Gepikse und Gestupse hatte sich durchgesetzt.

Lisa war durch ein endloses Gewirr von Korridoren, in Lifte hinein- und aus Liften herausgeschoben worden, bis sie in einem Zimmer angekommen war. Das helle Sonnenlicht, das durch das Fenster hereinschien, schmerzte in ihren Augen. Jetzt wurde sie von anderen Schwestern umsorgt, aber sie blieben nicht die ganze Zeit über.

Lisa hasste es, allein zu sein. Sie fürchtete sich. Nach all der Zeit, in der sie sich nichts sehnlicher gewünscht hatte, als in Frieden gelassen zu werden, fühlte sie sich jetzt wie ein von Mama zurückgelassenes Baby. Nancys mütterliche Gestalt in ihrer blaugestreiften Kluft vermittelte ein Gefühl von Sicherheit.

Das Waschen und die Stunde im Sessel hatten Lisa erschöpft. Ihr rechtes Bein fühlte sich schwer an, weil es vom Knie abwärts in einem Gipsverband steckte. Lisa war mit einem Klumpfuß links zur Welt gekommen und hatte endlose Monate mit Gips verbracht. Der Anblick des Gipsbeins weckte Erinnerungen an Babyfotos, auf denen ihr Fuß nach korrigierenden Operationen in Gips steckte.

Ihr Kopf fühlte sich nicht mehr an, als wäre er mit Watte ausgestopft, dafür schien jetzt das gesamte Riverdance-Ensemble in ihrem Schädel zu proben. Mit dem Sprechen hatte Lisa Probleme. Ihr Mund fühlte sich fremd an, als würde er ihr nicht gehören. Es war ein seltsames Gefühl. Ihre Lippen schienen voller und ihr Mund im Allgemeinen größer. Wenn sie mit der Zunge über die Zähne fuhr, war ihr abgebrochener oberer Schneidezahn vollkommen glatt. Genau genommen waren alle Zähne perfekt. Erst nach mehreren Anläufen konnte sie Nancy sagen, dass ihr Kopf schmerzte. Ihre Stimme glich einem Krächzen, und ihre Lippen fühlten sich an, als wären sie aus Hartgummi gegossen, als sie die Worte formen wollte.

Lisa konnte es nicht fassen, als die Schwester vorschlug, ihr Paracetamol zu geben – die operative Entfernung des Kopfes war eher das, was ihr vorschwebte.

Nancy gab Lisa zwei Tabletten und lieh ihr für den Rest des Tages ihre Sonnenbrille. Lisa saß in ihrem Sessel, hielt sich den Kopf und sah aus wie ein Blues Brother, während Nancy und eine weitere Schwester ihr Bett neu bezogen und sie in ein frisches Nachthemd steckten.

»Warum tut mein Hals so weh?«, krächzte sie und wunderte sich über ihre merkwürdige Stimme.

Nancy und Chris, die andere Schwester, tauschten vielsagende Blicke. »Das kommt von dem Schlauch, den Sie auf der Intensivstation im Hals hatten«, erklärte Nancy, während sie Lisas Arm in den Ärmel des Nachthemds fädelte.

»Intensivstation?«, wiederholte Lisa, deren dürftige Kräfte rapide schwanden.

»Ja, Sie wurden fast eine Woche lang künstlich beatmet. Über den Schlauch in Ihrem Hals waren Sie mit der Maschine verbunden.«

Lisa konnte es nicht glauben. Eine Maschine hatte für sie geatmet?

Die Schwestern legten sie zurück ins Bett, als sie fertig waren. Lisa war wegen der intimen Dienste, die sie ihr erwiesen, zutiefst beschämt. Sie fragte sich, wo ihre Mutter und ihr Vater waren, und musste mehrere Anläufe nehmen, bis sie die Worte herausbrachte: »Meine Mum und mein Dad – wo sind sie?«

Nancy schüttelte den Kopf. »Von Ihrer Mutter und Ihrem Vater weiß ich nichts, Linda. Ich dachte, Ihre gesamte Verwandtschaft sei in den Staaten.«

Das war das Schwachsinnigste, was sie je gehört hatte. Was sollten ihre Eltern in Amerika treiben? Sie wären wohl kaum in den Urlaub geflogen, während es ihr so schlecht ging. Und warum hatte Nancy sie mit »Linda« angesprochen? Bisher hatte sie immer »meine Liebe« gesagt. Lisa musste sich verhört haben.

Doch Nancy redete unaufhörlich weiter: »Ich dachte, wir könnten Ihnen nachher die Haare waschen. Ihr Kopf muss sich nach all der Zeit scheußlich anfühlen. Ihr Mann hat Ihre Kosmetikartikel vorbeigebracht. Sie haben wirklich schöne Sachen, Linda.«

Lisa starrte auf den Rücken der verschwindenden Nancy, die irgendetwas von Plastikschüsseln und Handtüchern murmelte, während sie aus dem Krankenzimmer eilte.

Sie hatte es schon wieder getan – Sie hatte Linda zu ihr

gesagt. Und Mann? Hatte Nancy gerade »Ihr Mann« gesagt?

Lisas Herz klopfte unangenehm gegen ihr Brustbein. Wenn sie die Hand an die Brust legte, spürte sie das Pulsieren. Es fühlte sich ganz anders an als in dem Wartezimmer, wo sie solche Angst gehabt hatte. Sie lebte, ganz eindeutig, aber warum redete man sie mit Linda an? Und wie kam Nancy auf die Idee, dass sie verheiratet war?

Linda.

Linda.

Linda.

Lisa stöhnte und vergrub den Kopf in ihren Händen. Als sie ihr Haar berührte, erstarrte sie. Es fühlte sich zerzaust und fettig an, aber vor allem war es glatt.

Glatt!

Sie hatte glattes Haar.

Mühsam zupfte sie eine Strähne hinter dem Ohr hervor und stellte erstaunt fest, dass sie bis zu ihrer Nasenspitze reichte.

Der größte Schrecken war jedoch, dass ihre Haare schwarz waren.

Kohlrabenschwarz.

So etwas konnte doch nicht von einem Autounfall kommen? Unfälle glätteten keine widerborstigen blonden Locken und färbten sie schwarz. Oder doch?

Lisa langte sich mit zittriger Hand an den Hinterkopf und ertastete einen losen Pferdeschwanz im Nacken. Sie zwang sich, nicht in Panik auszubrechen. Nancy hatte angedeutet, dass sie längere Zeit bewusstlos gewesen war. Ihr Haar konnte also gewachsen sein – aber doch nicht um so viel!

Irgendetwas stimmte nicht.

Irgendetwas stimmte ganz und gar nicht.

Lisa blickte auf ihre Hände, und ihr Atem stockte. Sie waren feingliedrig und elegant und mit diesen Acrylnägeln beklebt, die sich Sherry manchmal gönnte. Und ihr linker Fuß – der, der nicht in Gips steckte – war viel zu weit entfernt, um ihr eigener Fuß zu sein. So lang waren ihre Beine nicht. Ihre Familie nannte sie noch heute zärtlich Dreikäsehoch, weil sie nur eins sechsundfünfzig groß war.

Nancy kam mit einer blauen Plastikschüssel und ein paar Handtüchern zurück. »So, jetzt hole ich Ihr Necessaire …«

Da bemerkte sie Lisas kreideweißes Gesicht. Sie warf Schüssel und Handtücher auf einen Stuhl und eilte zum Kopfende des Bettes. »Linda! Fühlen Sie sich nicht wohl? Ich senke das Kopfende.« Sie streckte die Hand nach dem Hebel am Bett aus.

»Nein!«, krächzte Lisa und umklammerte den Arm der Schwester. »Bitte, Nancy, bitte bringen Sie mir einen Spiegel! Ich brauche einen Spiegel!«

Nancy zog die Augenbrauen hoch. »Einen Spiegel?«

Lisa nickte vehement und ließ den Arm der Schwester nicht los.

Nancy zögerte und fühlte Lisas Puls. »Sind Sie sicher, dass Sie sich nicht zu schwach fühlen?«

»Nein!«

Aber Nancy wollte ihr keinen Spiegel bringen, bevor sie nicht den Blutdruck gemessen hatte. »Ich möchte nicht, dass Sie sich zu sehr aufregen«, erklärte sie, und in ihrer Stimme schwang ein leiser Tadel mit. Diese Linda reagierte nicht, wie man es von einer Frau erwartete, die gerade dem

Tod von der Schippe gesprungen war. »Sie werden kaum nach Galaveranstaltung aussehen, nachdem Sie eine volle Woche bewusstlos waren.«

Widerwillig reichte sie Lisa einen kleinen Handspiegel.

Lisa biss sich auf die Lippe und umklammerte den schmalen Griff. Plötzlich hatte sie Angst vor dem, was sie sehen würde.

»Also?«, fragte Nancy. »Wollen Sie sich nun ansehen oder nicht? Ich habe nicht genug Zeit, um Ihnen noch die Haare zu waschen, wenn wir nicht langsam damit anfangen.«

Lisa holte tief Luft und hob den Spiegel.

Das Gesicht, das ihr entgegenblickte, war absolut entzückend, trotz der Schürfwunde und dem ungesund gräulichen Teint. Tiefschwarzes Haar teilte sich in fettigen Strähnen über einer hohen glatten Stirn. Große blaue Augen mit langen dunklen Wimpern blickten ihr angstvoll entgegen, vornehm traten hohe Wangenknochen hervor, und eine lange, gerade Nase saß über vollen roten Lippen.

Es war das Gesicht der Frau, die sie im Wartezimmer gesehen hatte.

Die Frau aus dem blauen Kabrio.

Die Frau namens Linda.

George hatte sie in den falschen Körper gesteckt.

Nancy wusch ihr nicht die Haare. Stattdessen wurde die Ärztin gerufen, und Lisa bekam ein Beruhigungsmittel, das sie schlafen ließ.

Erst am Abend wachte sie wieder auf. Das einzige Licht in ihrem Zimmer kam von einer Lampe über ihr, die jemand zur Wand gedreht hatte, damit sie ihr nicht in die Augen schien. Wahrscheinlich Nancy, vermutete Lisa. Sie war so lieb und fürsorglich gewesen, als Lisa zusammengebrochen war und nicht mehr aufhören konnte, zu weinen. Nancy hatte ihre Hand gehalten, bis sie schließlich einschlief, ihr die Haare gestreichelt und gesagt: »Keine Sorge, meine Liebe. Bald sehen Sie wieder ganz wie früher aus. Sie sind eine bildschöne Frau, aber viel wichtiger ist doch, dass Sie am Leben sind.«

Irgendwann hörten die Schluchzer auf, und die Tränen liefen nur noch still über das Gesicht und in das Kissen unter ihrer Wange. Wie konnte sie einer praktisch veranlagten, vernünftigen Seele wie Nancy erklären, welche Ironie ihr Kommentar unter den gegebenen Umständen darstellte?

Lisa lebte – aber im Körper einer anderen Frau. Wie konnte etwas derart Unglaubliches geschehen? Lisa vermutete, dass George die Regeln missachtet und sie an Lindas statt zurückgeschickt hatte. Sie hatte Lindas Leben gestohlen! Obwohl das nicht so verwerflich erschien, wenn man bedachte, dass Lisa nur aufgrund von Lindas halsbrecherischem Fahrstil tot war.

Tot? Was dachte sie da? Sie war hier, am Leben – im falschen Körper vielleicht, aber dennoch am Leben.

Ich werde verrückt! Ich habe völlig den Verstand verloren, dachte Lisa unglücklich, und wieder stiegen Tränen in ihren verquollenen Augen auf. Ein leises Scharren am Fuße ihres Bettes brachte sie von ihrem Vorhaben ab, sich einem weiteren Heulkrampf hinzugeben. Müde hob sie den Kopf.

Ein Mann saß auf einem der orangefarbenen Plastikstühle, die zur Standardeinrichtung von Krankenhäusern gehörten. Lisa erkannte ihn wegen ihrer verheulten Augen und dem spärlichen Licht nur schemenhaft.

»Du bist wach«, bemerkte er mit tiefer Stimme und deutlich ausgeprägtem amerikanischem Akzent. Er stand auf und trat mit zwei Schritten in den Lichtkreis der Lampe.

Lisa blickte zu ihm auf und blinzelte.

Warum sprach er sie so vertraulich an? Er war auffällig groß und trug ein dunkelgrünes Polohemd zu dunkelgrauen Chinos. Sein volles dunkles Haar hätte einen Friseur vertragen. Es fiel bis auf die Brauen und kräuselte sich über dem Hemdkragen. Es sah wirr aus, als hätte er die Angewohnheit, mit der Hand darin zu wühlen. Der Mann wirkte müde, wie er da auf sie herabblickte. Er schien darauf zu warten, dass sie etwas sagte.

Doch Lisa hatte nichts zu sagen. Er war nur ein weiteres fremdes Gesicht an einem Tag voller fremder Gesichter und seltsamer Erfahrungen. Vielleicht war er Arzt – an einem besseren Tag hätte sie sich gefreut, einen so gutaussehenden zu erwischen. Aber sie wollte nichts mehr hören, was sie noch mehr verwirrte. Stattdessen senkte sie den Blick und folgte der beeindruckenden Länge seiner Beine von der Gürtelschnalle bis hinab zu den grauen Halbschuhen mit Quasten.

»Wo findest du Hosen in deiner Größe?«, brachte sie langsam mit einer Stimme heraus, die gar nicht nach ihrer eigenen klang. Sie blickte in sein Gesicht. »Haben sie im Laden zwei zusammengenäht?«

Einen Moment lang wirkte er erschrocken, dann lachte er widerwillig. Es hörte sich rauh und heiser an, als hätte er es lange nicht getan. »Ich kaufe meine Kleidung in einem Laden für Übergrößen in der Stadt«, erklärte er.

Dann holte er sich den Stuhl vom Fußende des Bettes und setzte sich neben sie.

Aus der Nähe sah Linda, wie müde und abgekämpft er war.

»Wie geht es dir?«, fragte er in dieser wundervollen, tiefen Stimme.

Lisa musterte ihn nachdenklich und fragte sich, wo genau er in das Puzzle passte. Ihr war bewusst, dass ihre momentane Ruhe nicht lange andauern würde. Nach dem anstrengenden Tag blendete ihr Geist nur alles aus. Sie fühlte sich wie betäubt. Im Moment war ihr alles egal, deshalb antwortete sie gelangweilt: »Mein Kopf tut weh. Mein Bein tut weh. Oh, und dann haben sie mir heute Nachmittag ein Zäpfchen in den Po gesteckt. Abgesehen davon geht es mir fantastisch.«

Es war offensichtlich, dass sie ihn erneut erschreckt hatte. Er lachte gekünstelt, doch in seinen Augen stand Besorgnis, so, als könnte er etwas nicht recht einordnen. Lisa sah ihn mitfühlend an. Fast hätte sie ihm gesagt, dass sie es auch nicht kapierte.

»Weißt du, wer ich bin?«, fragte er.

»Nein.« Lisa erwiderte seinen Blick lustlos. »Weißt du, wer ich bin?«

»Allerdings.« Er neigte den Kopf, als wollte er ihr aufmerksam lauschen. »Erkennst du mich überhaupt nicht?«

Lisa wollte den Kopf schütteln, überlegte es sich aber anders, als Schmerz in ihre Schläfen fuhr. »Nein«, antwortete sie unter Mühe. »Bist du berühmt?«

Ein Lächeln huschte über sein Gesicht und entblößte kräftige weiße Zähne. »Ich bin Dan«, erklärte er und forschte in ihrem Gesicht nach einer Reaktion. »Dan Brogan.«

Hinterhältige Tränen stiegen in ihren Augen auf. Lisa

fasste es nicht, dass sie noch welche übrig hatte. Sie atmete zittrig ein. »Erfreut, dich kennenzulernen, Dan!«

Seine grauen Augen durchdrangen sie weiter. »Nicht weinen!«, tröstete er sie, zog zwei Taschentücher aus der Schachtel auf dem Nachttisch und reichte sie ihr.

»Sollte ich dich kennen?«, fragte Lisa matt, nachdem sie sich geschneuzt hatte.

»Ja, das solltest du.« Ironie schwang in seiner Stimme.

»Bist du einer meiner Ärzte?«

Er schüttelte den Kopf.

Sie entschied, den Spieß umzudrehen. »Wer, glaubst du, dass ich bin, Dan?«

Einmal mehr schien ihn ihre Stimme zu fesseln. Lisa gewann langsam den Eindruck, sie faszinierte ihn ebenso wie das, was sie sagte.

»Weißt du denn nicht, wer du bist?«

»O doch. Ich weiß, wer ich bin«, antwortete Lisa verbittert und fing an, zu nuscheln, weil sie wieder müde wurde. Sie konnte sich einfach nicht daran gewöhnen, mit Lindas Lippen Worte zu formen. »Die Frage ist nur, für wen mich alle anderen halten.«

Dan Brogan runzelte die Stirn. »Okay, ich komme nicht mehr mit.«

»Sag mir, für wen du mich hältst!«, rief Lisa frustriert, bereute es aber sofort, weil ihr Kopf zu zerspringen schien.

»Du bist Linda«, erwiderte er ruhig, »Linda Brogan.«

Lisa presste die Hände auf ihren pochenden Kopf und blickte ihn verdrossen an.

Brogan.

Vielleicht war er Lindas Bruder.

»Bist du mit Linda verwandt?«, fragte sie. Seinen verwirrten Blick schrieb sie der Tatsache zu, dass sie in der dritten Person von Linda gesprochen hatte.

Eine Weile blickte er forschend in ihr Gesicht. »Ich bin dein Mann, Linda.«

Lisa riss die Augen auf. »Mein Mann?«, stieß sie hervor. »Aber ich bin nicht verheiratet!«

»Doch, ich fürchte, das bist du«, entgegnete Dan Brogan beharrlich und trommelte verärgert mit den Fingern auf dem orangefarbenen Plastik zwischen seinen gespreizten Knien herum.

Auf einmal fiel Lisa der Ehering an seiner linken Hand auf. Da sprudelte es aus ihr heraus, so schnell, dass die Worte sich überschlugen: »Nein, du verstehst nicht! Ich weiß, es klingt verrückt, aber ich bin nicht Linda! Ich heiße Lisa – Lisa Jackson! Ich wurde aus Versehen in den falschen Körper gesteckt …« Sie verstummte, als ihr bewusst wurde, wie absurd das alles klang.

Dan starrte sie wortlos an.

Jetzt würde man sie also mit den anderen Irren in die Gummizelle sperren.

Gut gemacht, Lisa!

Er raufte sich aufgebracht die Haare. »Warum reden wir nicht morgen darüber?«, schlug er schließlich vor. »Ich spreche mit Rod Cameron, deinem Neurochirurgen, und erzähle ihm, wie es dir geht.«

Lisa war zu benommen, um noch antworten zu können.

»Du darfst im Moment nicht zu viel erwarten, Linda«, fuhr er leise fort. »Du hast die letzte Woche mit einer Kopfverletzung auf der Intensivstation gelegen. Es dürfte kaum überraschen, dass du verwirrt bist.«

Lisa lachte gebrochen und presste die Finger auf den Mund, als es in einem Schluchzer endete. »Das kannst du laut sagen.«

Er streckte die Hand aus, um sie ihr tröstend auf die Schulter zu legen. Sie zuckten zurück, als hätten sie sich verbrüht. Bei der Berührung hatte sie beide ein elektrischer Schlag durchfahren. Linda Brogans Mann riss seine Hand zurück und schien eine Weile nicht zu wissen, was er mit ihr anstellen sollte. Schließlich vergrub er sie in seiner Hosentasche und murmelte verlegen: »Ich komme dich morgen wieder besuchen.«

Lisa gab sich nicht die Mühe zu antworten.

Dan lief wie blind den Korridor hinunter und zermarterte sich das Hirn nach einer Erklärung. Er war orthopädischer Chirurg, und Kopfverletzungen waren nicht sein Spezialgebiet, aber er wusste, dass es für Leute mit schweren Verletzungen wie Linda nichts Ungewöhnliches war, Teile ihres Gedächtnisses einzubüßen. Der rationale, geschulte Teil seines Geistes konnte das akzeptieren. Er wusste, dass sie vielleicht nur langsam und womöglich nicht ganz vollständig genesen würde. Wenn das Sprachzentrum beschädigt war, konnte das erklären, warum sie Schwierigkeiten hatte, sich auszudrücken. Sie klang überhaupt nicht nach sich selbst. Tatsächlich kam es Dan so vor, als zöge sie die Vokale lang und näselte leicht wie eine Neuseeländerin.

Linda machte niemals Witze auf eigene Kosten, deshalb hatte Dan die Bemerkung über das Zäpfchen verblüfft, genauso wie der Kommentar zu seiner Hose. Linda machte sich ständig über seine nachlässige Erscheinung lustig, doch ihre Sticheleien kamen schon lange keinen Scherzen mehr gleich.

Dan hatte das Gefühl, als wäre er selbst auf den Kopf gefallen. Die Frau im Bett hatte ihn wie einen vollkommen Fremden angesehen, und es hatte ihm einen Stich versetzt, als er den verletzten, ängstlichen Ausdruck in ihren Augen gesehen hatte. Linda war stets darum bemüht, sich überlegen und selbstsicher zu geben. Dan war einer der wenigen, die wussten, welche Dämonen und Unsicherheiten sie quälten. Sie kämpfte dagegen an, indem sie die Leute um sich herum gegeneinander ausspielte, was nur einen der Gründe darstellte, warum ihre Ehe am Ende war. Dan hatte nicht vergessen, welch großartiges Schauspieltalent sie besaß – ein Teil von ihm fragte sich, ob sie auch jetzt alle um sie herum zum Narren hielt.

Die Kopfverletzung musste Ursache für ihren Gedächtnisverlust und die wirren Behauptungen sein. Anders ließ es sich nicht erklären – es sei denn, er wollte die Geschichte von der anderen Frau glauben, die jetzt im Körper seiner Frau steckte.

Es war entweder die Kopfverletzung oder etwas, das Dan seit langer Zeit geahnt hatte – dass seine Frau eine zwanghafte Lügnerin war.

3

Dan Brogan kam aus Boulder in Colorado und hatte an der medizinischen Fakultät der Universität von Colorado Medizin studiert. Linda Mulholland hatte er getroffen, als er als Assistenzarzt in einem Krankenhaus in Los Angeles gearbeitet hatte. Er war neunundzwanzig, sie zweiundzwanzig gewesen.

Sie hätten unterschiedlicher nicht sein können.

Dan war ein ruhiger Typ und hatte die Tendenz, barsch zu klingen. Nur seine engsten Freunde wussten, dass er schrecklich schüchtern war und sich im Zwiegespräch unwohl fühlte, insbesondere mit Frauen. Grund dafür war nicht etwa eine Abneigung gegen sie – weit gefehlt! Er war dem weiblichen Geschlecht und, nun ja, dem Sex mit Frauen ebenso zugetan wie die meisten amerikanischen Männer.

Weil er sich oft im Hintergrund hielt und aus der Distanz beobachtete, fielen ihm Details bei Frauen auf, die seinen Freunden entgingen. Dan hatte eine ausgezeichnete Beobachtungsgabe, was ihn zu einem unentbehrlichen Teammitglied im Operationssaal machte. Außerdem hielt er es nicht für nötig, mit seinen Fähigkeiten anzugeben, weil er sich gar nicht als etwas Besonderes sah. Er verstand nicht, dass seine groß gewachsene Gestalt und sein Aussehen attraktiv auf Frauen wirkten und sein Arztberuf zu seiner Anziehungskraft beitrug. Aber was sie wirklich an ihn banden, war seine Fähigkeit, zuzuhören.

Und Dan erzählte nie weiter, was man ihm sagte.

»Hey, Brogan, stimmt es, dass du Samantha ins Bett

bekommen hast? Theo sagt, er habe dich Donnerstagabend in ihre Wohnung gehen sehen und dein Auto sei morgens immer noch vor der Tür gestanden«, stachelten ihn seine Freunde zum Beispiel an.

In solchen Situationen zuckte Dan nur mit den Schultern und antwortete ausweichend: »Donnerstagabend? Samantha? War das nicht der Abend, an dem ich bei Mike gepokert habe?«

Und nachdem seine Vergesslichkeit für alles, was nicht die Arbeit betraf, berüchtigt war, gaben seine Freunde meist entmutigt auf.

Dan hatte unter Frauen den Ruf, ein echter Kerl zu sein – der kräftige, stille Typ. Trotz seiner Vergesslichkeit war er alles andere als dumm. Er hatte bald herausgefunden, dass es sich nicht auszahlte, einer Frau anzuvertrauen, dass er nur deshalb schwieg, weil er auch keine Lösung für ihr Problem hatte – oder zumindest keine, die ihr gefallen würde. Stattdessen hatte er früh für sich entschieden, lieber den Mund zu halten und an den richtigen Stellen mitfühlend zu nicken. Er hatte zu oft erlebt, wie seine Freunde sich ins eigene Fleisch schnitten, indem sie ihren Freundinnen Ratschläge erteilten und dann zusehen mussten, wie sie sich aus dem Staub machten. In der Zwischenzeit führte er Frauen aus und genoss ihre Gesellschaft – sowohl im als auch außerhalb des Bettes.

»Dan, du bist eine dieser seltenen Ausnahmen«, hatte ihm eine Verabredung einmal anvertraut. »Du verstehst instinktiv, dass Frauen von der Venus und Männer vom Mars kommen – und ich wette, du hast das Buch noch nicht einmal gelesen.«

Nein, das hatte Dan auch nicht. Weil er ständig mit der

Nase in irgendwelchen Fachbüchern der Medizin steckte, war zu bezweifeln, ob er überhaupt davon gehört hatte.

Linda war auf einer Party in sein Leben geplatzt. Sie trug ein knappes weißes Top und enge Bluejeans, die ihre sagenhafte Cheerleader-Figur voll zur Geltung brachten, und war eine der wenigen Partygäste neben Dan, die noch nüchtern waren. Dan sah sie den ganzen Abend nichts anderes als Pepsi trinken.

»Heiliger Bimbam!«, flüsterte einer von Dans Freunden anerkennend, als Linda in den Partyraum geschlendert kam, was ungefähr die Reaktion aller anwesenden Männer zusammenfassen dürfte, sehr zur Verärgerung ihrer Begleitungen.

Linda war sich der Aufmerksamkeit, die sie erregte, durchaus bewusst, und sie genoss es. Dan bemerkte ihre Angewohnheit, sich mit der Spitze einer Strähne ihrer prachtvollen schwarzen Haare selbstvergessen über die Lippen oder den Nacken – oder den freiliegenden Brustansatz – zu streichen, als sie sich mit einem Typ unterhielt. Bis der arme Kerl eine betonharte Erektion bekam, dauerte es gerade einmal so lang, wie er brauchte, um die Vorstellung heraufzubeschwören, wie ein ganz bestimmter Körperteil von ihm den Platz dieser glücklichen Haarsträhne einnahm. Linda kicherte und entschuldigte sich, als jemand sie darauf aufmerksam machte, was sie da anstellte. Es sei eine unbewusste Angewohnheit, meinte sie, die sie sich dringend abgewöhnen müsste.

Unbewusste Gewohnheit, wer's glaubt!, hatte Dan höhnisch gedacht und an seinem Bier genippt. Sie sah so umwerfend gut aus, dass es fast in den Augen schmerzte. Jeder Mann auf der Party wollte sie, und Linda spielte sie gekonnt die ganze Nacht hindurch einen gegen den anderen aus, während Dan an einer Wand lehnte, in der einen Hand ein Bier, die andere in der Hosentasche, und sie beobachtete. Sie schien jeden Kerl zu meiden, der auch nur leicht angetrunken war, so, als würde Alkohol sie stören.

Im Laufe der Nacht hatte sie immer öfter zu ihm hinübergeblickt, einen verwirrten Ausdruck in ihrem bildhübschen Gesicht. Dan hatte als einziger Kerl im Raum noch keinen Annäherungsversuch unternommen. Er hatte nur zwei Dosen Budweiser getrunken, weil er am nächsten Morgen arbeiten musste.

An diesem Abend bemühte er sich nicht etwa, stark und ruhig zu wirken. Er konnte sich nur a) nicht vorstellen, dass ein solch zauberhaftes Wesen echt sein konnte und dass sie b) auch nur im Entferntesten an jemandem wie ihm interessiert sein könnte.

Schließlich war sie auf ihn zugeschlendert und hatte sich neben ihm an die Wand gelehnt. »Und du redest nicht, großer Mann?«, fragte sie herausfordernd.

Dan blickte einige Momente auf sie herab und dachte, dass sie aus der Nähe sogar noch hübscher war. Linda hob eine manikürte Hand und wedelte damit vor seinem Gesicht herum. »Hallo? Jemand zu Hause?«

Er versteifte sich und wich zurück, die Nase gefüllt mit ihrem moschusartigen Parfüm. Seine Schüchternheit verschlimmerte sich, als er sich vorstellte, dass er sich vor dieser Frau zum Idioten machen könnte.

»Nicht!«, stieß er aus.

Linda erstarrte, die Hand auf halber Höhe, und blinzelte ihn überrascht an. Das war nicht die Reaktion, die sie gewöhnt war. »Nicht?«, wiederholte sie unsicher.

»Entschuldige!«, murmelte Dan unglücklich. »Ich wollte nicht so rüpelhaft sein.«

»Oh«, lachte sie, und ihr Gesicht hellte sich auf. »Das ist in Ordnung. *Ich* war rüpelhaft.«

Sie ließ eine Hand über ihre Brust wandern, zwirbelte sich eine Haarsträhne um den Finger und begann, direkt über ihrer rechten Brustwarze Kreise damit zu ziehen. Dan zwang sich, ihr ins Gesicht zu blicken, während der Reißverschluss an seiner Jeans auf einmal unangenehm zu drücken begann.

»Wie heißt du?«, fragte sie, und ihre blauen Augen funkelten schelmisch.

»Dan. Dan Brogan«, erwiderte er barsch und wurde immer nervöser. Als er sich schnell in dem Raum umsah, konnte er Sally, seine Begleitung, nicht entdecken.

»Brogan!«, quietschte die schöne Brust-Umkreiserin. »He! Dann bist du auch Ire! Ich heiße Mulholland, Linda Mulholland.«

Aus dem Augenwinkel sah Dan, wie Lindas Finger tiefer wanderten und sie die Strähne direkt über ihre Brustwarze zog. Sofort stellte sie sich auf und drückte gegen den dünnen dehnbaren Stoff ihres weißen Tops.

»Vielleicht sind wir verwandt«, meinte sie.

Dan zog ungläubig eine Braue hoch. Das wagte er zu bezweifeln. Wäre sie Mitglied seiner Familie, hätte er sicher davon gewusst.

Sie blickte ihn weiter prüfend an. »Und was machst du so, Dan?«

Ich mache mich auf Partys zum Idioten, dachte er unglücklich und sah sich erneut nach seiner Verabredung um.

»Barmann«, log er.

»Oh«, antwortete sie, ließ die Strähne fallen und sah enttäuscht aus.

»Musst du das mit deinem Haar machen?«, brach es plötzlich aus Dan heraus. »Ich meine, es ist nicht so, als würden die Jungs nicht ohnehin schon schauen.«

Lindas volle Lippen formten ein überraschtes O. »Muss ich *was* mit meinem Haar machen?«, fragte sie schroff.

»Du weißt schon, wovon ich rede«, murmelte Dan, der seinen Ausbruch schon wieder bereute. Warum nur hatte er das sagen müssen? Er hatte seine goldene Regel gebrochen und einer Frau einen Rat erteilt.

Sally betrat den Raum und wirkte nicht besonders erfreut, als sie Dan mit Linda entdeckte. Sie kämpfte sich durch die Feiernden zu ihnen durch, nahm Dans Arm und drückte sich an seine Seite.

»Hallo, Linda«, grüßte sie unterkühlt und musterte die andere misstrauisch.

Linda löste ihren durchdringenden Blick lange genug von Dan, um tonlos »Hallo, Sally, wie geht es dir?« zu sagen.

»Ganz gut.«

Sally presste sich noch enger an Dan und schob ihn dabei unwissentlich näher zu Linda hin, so dass deren Brüste sich nun gegen seinen anderen Arm drückten. Er schloss kurz die Augen, ein Mann zwischen Himmel und Hölle: der Himmel in Form von Brüsten an jedem seiner Arme, die Hölle in Gestalt ihrer Besitzerinnen, die aussahen, als würden sie sich im nächsten Moment die Augen auskratzen. Wie hatte es dazu kommen können? Ihn streifte die dunkle Vorahnung, dass die Situation aus dem Ruder laufen könnte, wenn er nicht bald eingriff.

»Sally?«, fragte er.

»Ja, mein Süßer?«, presste sie zwischen zusammengebissenen Zähnen hervor.

Dan zuckte zusammen. Mein Süßer? Sally übertrieb wirklich ein bisschen. »Ich glaube, wir sollten langsam gehen«, erklärte er.

»Selbstverständlich, mein Herz!«, flötete sie und feixte Linda an. »Ich hatte ganz vergessen, dass du ja morgen Frühschicht im Krankenhaus hast.«

»Im Krankenhaus?«, entwich es Linda verblüfft, und ihre Augen blickten ihn fragend an. »Du arbeitest an der Bar in einem Krankenhaus?«

Sally machte ein verwundertes Gesicht. »Dan arbeitet nicht an der Bar. Er ist Arzt.«

Linda starrte Dan fassungslos an.

Dan starrte zurück.

Danach verfolgte sie ihn drei Wochen lang schonungslos, bis er die Waffen streckte. Selten hatte sich ein Mann so glücklich ergeben. Er war bis über beide Ohren verknallt, obwohl er sich redlich bemühte, das zu verbergen. Sein Gefühl sagte ihm, dass er sie zappeln lassen musste. Sobald sie gewann, würde sie ihn an der Nase herumführen. Aber sie war charmant, lustig, unberechenbar und sehr, sehr sexy.

»Wärst du auch an mir interessiert gewesen, wenn ich an einer Bar gearbeitet hätte?«, fragte Dan, als sie das erste Mal miteinander geschlafen hatten.

Linda überlegte, doch schließlich sagte sie die Wahrheit. Sie hatte schon bemerkt, dass Dan Brogan Lügen auf Meilen gegen den Wind roch. »Ich hätte trotzdem mit dir ins Bett gewollt.«

»Vielen Dank«, antwortete er reserviert.

Er lag auf dem Rücken, Linda auf ihm, und ihr langes Haar fiel über seinen nackten Körper.

Sie drückte einen Kuss auf seinen Bauch und lächelte, als seine Muskeln sich anspannten. »Keine Ursache, Dr. Brogan.«

»Aber abgesehen von Sex?«, bohrte er nach und spielte mit ihrem Haar.

Sie schürzte die Lippen und gestand: »Ich hätte dich weitergeschickt. Ich habe mich nicht vom Trailerpark hochgekämpft, um wieder in der Gosse zu landen.«

Dan respektierte ihre Ehrlichkeit.

Er hatte Linda ungefähr zwei Monate gekannt, als ihre Mutter in das Krankenhaus eingewiesen wurde, in dem er arbeitete. Linda hatte nie von ihrer Familie gesprochen. Dan hatte sich nicht groß Gedanken darüber gemacht, da ihre Beziehung noch am Anfang stand und sie das Bett nur lange genug verließen, um zur Arbeit zu gehen, zu essen oder ab und zu einen Film anzuschauen. Dan erfuhr nur von der Einweisung von Lisas Mutter, weil der für sie zuständige Kollege Schwierigkeiten hatte, Linda zu kontaktieren, die als Betty Mulhollands nächste Angehörige aufgelistet war. Nachdem er wusste, dass Linda Dans Freundin war, sprach er ihn an.

Linda war alles andere als begeistert, ihre Mutter besuchen zu müssen. Sie erklärte, dass sie sich nie besonders nahe gestanden hätten. »Ich habe sie seit fast zwei Jahren nicht gesehen.«

Dan hatte ein enges Verhältnis zu seiner Familie und konnte das kaum nachvollziehen. Er vermochte sich nicht vorzustellen, sich so heftig mit seinen Eltern und seinem jüngeren Bruder zu streiten, dass er zwei Jahre lang nicht mit ihnen reden wollte.

»Wenn du willst, komme ich mit, Linda«, bot er an und bereute schon, dass er ihr überhaupt von der Einlieferung ihrer Mutter erzählt hatte.

Linda zögerte, doch schließlich willigte sie ein. »Dann siehst du eben jetzt schon, wo ich herkomme«, meinte sie resigniert.

Dan erkannte binnen zehn Sekunden im Krankenzimmer, dass Betty Mulholland an Delirium tremens litt. Sobald Linda einen Fuß über die Schwelle gesetzt hatte, fing sie an, sich bitterlich zu beschweren.

»Jetzt, wo du dir einen reichen Arzt geangelt hast, bist du dir wohl zu fein dazu, deine Mutter zu besuchen.« Ihre nikotinverfärbten Finger zitterten, während sie an den Laken ihres Krankenhausbetts herumknoteten.

Aus Lindas feindlicher Miene schloss Dan, dass ihr diese Situation nicht neu war. Auf einmal verstand er ihre Aversion gegen Alkohol.

Betty war wahrscheinlich einst so hübsch wie ihre Tochter gewesen, aber Alkohol und Verbitterung hatten alle Spuren davon fortgewischt. Ihr Körper war nur mehr eine dürre Hülle, sie war vorzeitig gealtert, der Ausdruck in ihren Augen war hart, und sie war neidisch auf ihre Tochter. Sie musterte Dan von oben bis unten, so dass dieser an eine Gottesanbeterin denken musste, die das Männchen inspiziert, bevor sie ihm den Kopf abbeißt. »Ich habe es dir immer gesagt: Dein einziges Kapital ist dein Aussehen«, höhnte sie. »Ganz bestimmt ist es nicht deine Intelligenz!«

Dan warf Linda einen verunsicherten Blick zu. Sie hatte ein teilnahmsloses Gesicht aufgesetzt, als sei sie es gewöhnt, ihre Mutter und deren Boshaftigkeit auszublenden.

Betty fuhr gehässig fort: »Sie ist dumm wie ein Stück

Brot, wissen Sie. Immer Klassenletzte. Die Fünfte musste sie gleich zwei Mal wiederholen! Nie einen Abschluss gemacht.« Sie lachte zittrig. »Das zumindest habe ich geschafft. Du kannst über mich sagen, was du willst, Miss Supertoll, aber zumindest bin ich nicht blöd!«

Linda schob sich an Dan vorbei und stürzte aus dem Zimmer.

Dan starrte Lindas Mutter an. Er konnte nicht glauben, dass eine Mutter so mit ihrem Kind sprach.

Langsam trat er auf das Bett zu. Er stützte seine Hände rechts und links neben Bettys dürren Beinen auf das Laken, schob seinen Kopf bis auf wenige Zentimeter an ihr Gesicht heran und knurrte: »Hören Sie mir gut zu, Sie verrückte alte Hexe. Wenn Sie noch ein Mal auch nur in Lindas Richtung spucken, werde ich mir persönlich vornehmen, Ihnen das Leben zur Hölle zu machen!«

Betty schrumpfte in ihrem Bett zusammen. »Sie … Sie können mir nicht drohen!«, krächzte sie verunsichert. »Dafür wird man Sie feuern! Ich … ich sorge dafür, dass man Ihnen die Zulassung entzieht! Schwester!«, fing sie an, zu kreischen. »Schwester! Hier ist ein Verrückter in meinem Zimmer! Hilfe!«

Dan kannte die Schwestern auf diesem Stockwerk. Sie hatten erwähnt, dass Betty Mulholland einen Großteil des Tages damit verbrachte, herumzuschreien und das Personal zu beschimpfen. Er erwartete nicht, dass sie dieser Patientin schnell zu Hilfe eilten. Er richtete sich auf und wartete. Als Betty kurz Luft holen musste, nützte er die Gelegenheit und sagte: »Ich hoffe, wir verstehen uns, Mrs. Mulholland. Hoffentlich begegnen wir einander nie wieder!«

Als er aus dem Zimmer ging, fing Betty wieder an, lauthals zu zetern, und benutzte Ausdrücke, bei denen jeder Hafenarbeiter errötet wäre.

Linda hatte auf dem Parkplatz an Dans Auto gelehnt gewartet, die Arme um die Taille geschlungen und die Augen hinter einer Sonnenbrille versteckt. Dans Herz zog sich zusammen, als er ihre eingezogenen Schultern sah, die den Eindruck vermittelten, als würde sie einen Schlag erwarten. »Alles in Ordnung?«, fragte er und blieb vor ihr stehen, so dass sie zwischen ihm und dem Wagen gefangen war.

Sie zuckte mit den Schultern und blickte in die Ferne. »Tut mir leid«, sagte sie steif. »Ich weiß nicht, warum ich dich mitgenommen habe. Das hättest du wirklich nicht hören müssen.«

Dan brummte. »Mach dir um mich keine Gedanken. Was ist mit dir? Ist sie immer so?«

Linda blickte auf ihre Füße. »Meistens, aber ich bin es gewöhnt.« Sie sah auf ihre pinkfarbenen Fußnägel, die aus den zierlichen hochhackigen Sandalen hervorspitzten. »Was hat dich so lange aufgehalten?«

Er räusperte sich. »Ich musste ein paar Dinge mit deiner Mutter klären.«

»Klären?«

Dan zögerte. Er fand gerechtfertigt, was er zu Betty Mulholland gesagt hatte. Dennoch war er nicht gerade stolz darauf: Ein Mann seiner Größe drohte einer verdorrten alten Frau, selbst wenn sie das Mundwerk einer Hafenhure hatte. Er entschied sich für eine stark redigierte Version des Geschehens. »Ich sagte ihr, dass ich es persönlich nähme, wenn sie dich jemals wieder verletzt.«

Linda riss den Kopf mit einem Ruck hoch, so dass die silbernen Creolen an ihren Ohren gegen ihre Wangen schlugen und ihr die Sonnenbrille von der Nase rutschte. Ungläubig blickte sie Dan an. »Du hast *was* getan?«

Er seufzte und wischte sich mit der Hand durchs Gesicht. »Ich habe ihr gesagt, dass ich ihr das Leben zur Hölle mache, wenn sie dich jemals wieder beleidigt.« Er wagte einen vorsichtigen Blick zu Linda und fügte mürrisch hinzu: »Entschuldige, aber ich konnte nicht untätig danebenstehen, wenn sie auf diese Weise mit dir umspringt. Das verdienst du nicht.«

Linda starrte ihn an. »Tue ich das nicht?«, fragte sie mit brüchiger Stimme.

Dan hätte fast laut aufgestöhnt, als sie zu schniefen begann und Tränen über ihre Wangen kullerten. »Linda ... he, es tut mir leid! Sie ist deine Mutter, aber verdammt! Ich konnte sie nicht so mit dir reden ...«

Er wurde mitten im Satz unterbrochen, als Linda ihre Arme um seinen Hals schlang und ihn fast erwürgte. »Das ist das Schönste, was je jemand für mich getan hat!«, schluchzte sie ihm ins Ohr.

Auf der Heimfahrt zu ihrer winzigen Wohnung sagte Linda zögerlich: »Aber in einem Punkt hat sie recht.«

Dan blickte sie mit einem Das-meinst-du-nicht-ernst-Blick an. »In welchem?«

»Ich *bin* dumm.«

Er sah stirnrunzelnd auf die Straße vor sich. »Nein, bist du nicht.«

»Doch, das bin ich!«, protestierte sie. »Ich bin dumm, Dan! Ich ...« Ihre Stimme wurde zu einem Flüstern. »Ich kann nicht lesen.«

Dan war wie vom Donner gerührt. Ihm war aufgefallen, dass Linda immer nur Zeitschriften ansah und ihn von Büchern weglockte, wenn er zufällig einmal eins aufhob. Er hatte es darauf zurückgeführt, dass sie ein quirliger, aktiver Typ war und Aktivitäten und Bewegung mochte. Linda war keine sonderlich entspannende Gefährtin, aber man hatte jede Menge Spaß mit ihr. Außerdem war sie hochintelligent, nahm viele Details an Leuten und Orten wahr und stellte jede Menge Fragen.

»Hast du viel Unterricht verpasst, als du klein warst?«, fragte er und fühlte sich, als wanderte er mit verbundenen Augen über ein Minenfeld.

»O nein!«, lachte Linda bitter auf. »Wir sind zwar oft umgezogen, aber Betty schickte mich immer zur Schule. Das war die Zeit, in der sie trank.«

»Aber du kannst nicht lesen?«

Eine Weile schaute sie aus dem Fenster. »Ich kann nur kurze Zeit lesen. Wenn ich es zu lange mache, wird mir schwindelig, und die Worte hüpfen auf der Seite herum. Bis zur Fünften war ich wirklich gut in der Schule, weil ich es irgendwie ausgleichen konnte. Ich habe dreimal solange wie die anderen für die Hausaufgaben gebraucht, aber ich habe mich dazu gezwungen. Ich war lieber in meinem Zimmer anstatt unten, wo ich Bettys Gelalle und Gefluche anhören musste.«

Lisa schwieg so lange, dass Dan schon dachte, sie hätte zu Ende erzählt. »Als ich in die Fünfte kam, zog ein Freund von Betty bei uns ein. Sie haben die ganze Zeit gestritten, und es war so schlimm, dass ich nicht einmal in meinem Zimmer Ruhe hatte, und so …« Sie zuckte mit den Schultern. »Meine Noten fielen in den Keller, und ich wiederholte die Fünfte wieder und wieder und *wieder*.«

Dan umklammerte das Lenkrad und wünschte, es wäre

Betty Mulhollands dürrer Hals. »Linda«, begann er vorsichtig, »was du da beschreibst, klingt wie Legasthenie.«

Sie zuckte zusammen und keifte: »Ich *weiß*, wie es heißt, Dan.«

»Viele berühmte, erfolgreiche Leute ...«

»Ja, ja, ich habe von ihnen gehört. Thomas Edison, Albert Einstein, Leonardo da Vinci, Alexander Graham Bell, Walt Disney.« Linda funkelte ihn an. »Wenn ich das verdammte Telefon erfinden oder ein Remake von *Schneewittchen* produzieren wollte, würde mir das echt helfen!« Sie wandte sich ab und blickte aus dem Fenster. »Ich wäre schon froh, wenn ich rechts von links unterscheiden könnte, ohne auf einen Trick zurückgreifen zu müssen.«

»Was für ein Trick?«

Linda seufzte und streckte die Hände aus. »Weißt du, wie ich mir links und rechts merke?« Sie neigte den Kopf und lächelte ihn bitter an.

Dan schüttelte den Kopf.

Sie hob die linke Hand. »Links trage ich die Uhr, und mit der rechten Hand schreibe ich.« Sie warf ihm einen herausfordernden Blick zu. »Ach, und übrigens kann ich die Uhr nicht lesen. Ich trage sie nur zum Schein. Das ist der Grund, warum ich immer zu spät komme.«

Selbst wenn Dan nicht vollkommen in Linda verschossen gewesen wäre, hätte er nach dieser Eröffnung nicht Schluss machen können, so wie sie es erwartete. Er war von Natur aus der Typ »Retter«. Als Kind hatte er herrenlose Hunde und verletzte Vögel nach Hause gebracht. In der Schule hatte er immer versucht, die kleinsten und unbeliebtesten

Kinder in die Spiele zu integrieren. Seine Eltern waren nicht überrascht gewesen, als er sich für eine medizinische Laufbahn entschied.

»Ja, Arzt oder Missionar«, hatte sein jüngerer Bruder Glenn gesagt, als Dan sich für einen Studienplatz an der medizinischen Fakultät bewarb. »Nur das Alkoholverbot wäre vielleicht zum Problem geworden, wenn er sich für die Missionarstätigkeit entschieden hätte. Und wenn er zwischen Nonnen und Krankenschwestern wählen müsste, würden die Krankenschwestern eindeutig gewinnen.«

Ihre Mutter Molly, die regelmäßig in die kleine katholische Kirche am Ort ging, hatte empfindlich auf die respektlosen Kommentare ihres jüngeren Sohns reagiert: »Missionare leisten wunderbare Arbeit an Orten auf dieser Welt, an denen große Schwierigkeiten herrschen!«

»Ich bin mir sicher, dass Dan die Arbeit als Missionar gründlich in Erwägung gezogen hat, Mom«, antwortete Glenn mit ernster Miene.

»Glenn«, knurrte Kell Brogan seinen Sohn warnend an. Auch er bemühte sich um ein ernstes Gesicht, während Molly Brogan misstrauisch von einem zum anderen blickte und fragte: »Was? *Was?*«

Lindas Erziehung hätte sich kaum stärker von Dans unterscheiden können. Betty Mulhollands »fürsorgliche Liebe« und Lindas wachsendes Gefühl des Scheiterns aufgrund ihrer Legasthenie hatten sie eine Härte entwickeln lassen, die nicht immer attraktiv war. Ihr natürliches Misstrauen gegenüber Menschen machte sie austauschbar, wenn sie nicht nach ihren Regeln spielen wollten.

Dan hatte ihr von Anfang an klipp und klar gesagt, dass er nicht mehr als zwei Personen in einer Beziehung duldete.

»Wenn du mich betrügst oder anlügst, bist du mich los. Hast du das verstanden?«

»Ich verstehe«, bestätigte Linda langsam. »Aber kann ich im Gegenzug das Gleiche von dir erwarten?«

»Absolut.«

Er wusste, dass es wider ihren natürlichen Instinkt war, aber sie wollte ihm so gern glauben. Dan gab Linda den Halt, nach dem sie ihr ganzes Leben gesucht hatte.

»Ich riskiere doch nicht das Beste, was mir in meinem Leben passiert ist, Dan«, versicherte sie ihm und ließ sich umarmen. »Ich liebe dich.«

4

Dan war so verliebt in Linda gewesen, dass es ihm das Herz gebrochen hätte, sie stehen zu lassen, wie er so resolut angedroht hatte. Mehrere seiner Freunde versuchten ihm auszureden, Linda zu heiraten. Luke, ein Freund aus dem Krankenhaus, warnte ihn vor ihr. »Linda Mulholland bringt Unheil, Dan. Sie hat es im Umkreis von zwanzig Meilen bei allen Assistenzärzten probiert und ist wild entschlossen, einen von ihnen zu heiraten.«

Dan ignorierte Luke, war aber erschüttert, als seine Mutter mit ihren strengen religiösen Ansichten ihn fragte, warum sie nicht erst einmal eine Weile zusammenlebten, bevor sie heirateten. »Das machen heute schließlich alle so«, war ihre Erklärung.

Lindas Einführung in die Familie war nicht sonderlich erfolgreich verlaufen. Ihre abwehrende Haltung, kombiniert mit gesteigerter Nervosität, weil sie ihre zukünftigen Schwiegereltern traf, ließen sie spröde und kaltherzig erscheinen. Die Brogans bekamen die einnehmende, lustige, liebevolle Frau nie zu sehen, die Dan kannte.

»Sie ist sehr hübsch«, bemerkte Kell.

»Sie ist sehr groß«, bemühte sich Molly.

»Schlaf mit ihr, aber heirate sie nicht«, riet Glenn unverblümt.

Die beiden Brüder sprachen nicht mehr miteinander bis kurz vor der Hochzeit, bei der Glenn Dans Trauzeuge war.

Linda war zutiefst verletzt und sehr nachtragend. »Deine Familie mag mich nicht.«

»Sie kennen dich nicht«, entgegnete Dan. »Gib ihnen eine Chance.«

Sie heirateten sechs Monate, nachdem sie sich kennengelernt hatten. Betty Mulholland wurde nicht eingeladen.

Alle waren sich darin einig, dass Linda eine atemberaubend hübsche Braut war, in ihrem Hochzeitskleid aus elfenbeinfarbener Spitze mit einem langen hauchdünnen Schleier, der an einem kleinen Satinhäubchen befestigt war, das auf ihrem strahlend schwarzen Haar saß. Dan hatte das Kleid bezahlt, weil Linda sich in es verliebt hatte und es sich nicht leisten konnte.

Sie genoss es, mit einem Arzt verheiratet zu sein. Sie gab ihre Arbeit im Nagelstudio auf und schrieb sich für Kurse in Erwachsenenbildung ein, die sie nie zu Ende führte. Dan machte den Fehler, herauszufinden, dass es viele anerkannte Kurse für Legastheniker in ihrer Gegend gab.

»Ich mache keinen dieser dämlichen Kurse mehr!«, schrie Linda. »Ich habe sie alle mindestens zwei Mal probiert, und sie bringen nichts. Sie bringen *überhaupt* nichts!«

»Aber Linda, du kannst nicht schon alle versucht haben«, beharrte Dan. »Was ist mit der Irlen-Methode?«

»Ach, großartig! Ist das die, bei der man eine affige Brille mit bunten Gläsern aufsetzt?«

»Wen interessiert, wie du aussiehst, wenn du damit lesen und schreiben kannst?«, schrie Dan zurück, dem schließlich der Geduldsfaden riss.

Linda brach in Tränen aus. »Bitte nicht schreien! Bitte schrei mich nicht an!«

Betty hatte ihr so gründlich eingeimpft, dass ihr Aussehen ihr einziges Kapital war, dass Dan genauso gut in Zulu mit ihr hätte sprechen können. Sie verstand ihn nicht. Sie fürchtete so sehr, dumm oder unattraktiv auszusehen, dass an eine Brille nicht zu denken war. Sie war überzeugt, dass man sie einzig wegen ihres Aussehens lieben konnte.

Dan lernte, mit Lindas Legasthenie umzugehen. Er las alles, was er zu diesem Thema finden konnte, und sein Frust steigerte sich, weil er mehr und mehr zu der Überzeugung gelangte, dass ihr Problem sich beheben ließe. Bei Linda fehlte es nicht an Begabung, es fehlte am *Willen*. Aber er hatte nicht die leiseste Ahnung, wie er diese lebenslange Gewohnheit und Überzeugung durchbrechen sollte. Er kaufte ihr eine wasserdichte Digitaluhr, die sie nie abzunehmen brauchte, damit sie immer wusste, wo links und rechts ist. Er sorgte dafür, dass sie stets ihr Handy bei sich trug, damit er sie anrufen und an ihre Termine erinnern konnte. Mit der Zeit mutierte er vom Ehemann zum Papa.

Nach einem Ehejahr hatte Lisa langsam erkannt, dass das Dasein als Arztgattin viele Stunden in Einsamkeit und nächtliche Störungen durch Telefonanrufe bedeutete, wenn Dan zu einem Notfall ins Krankenhaus gerufen wurde.

»Ich sehe dich überhaupt nicht mehr!«, beklagte sie sich. »Ich langweile mich zu Tode!«

»Was hast du erwartet, Linda?«, gab Dan zurück. »Als du mich geheiratet hast, hast du die Arbeit mit geheiratet. Uns gibt es nur im Doppelpack.«

Als er vorschlug, Kinder zu haben, sah sie ihn an, als hätte er den Verstand verloren. »Du willst, dass ich den ganzen Tag allein mit einem *Baby* zu Hause sitze? Was, wenn es nach mir kommt und nicht nach dir? Das ist das Letzte, was wir brauchen – einen zweiten Schwachkopf in der Familie!«

In einem Punkt musste er ihr recht geben: Seine Arbeit im Krankenhaus bedeutete, dass er kaum Zeit für sein Kind haben würde, was er auch wieder nicht wollte.

Schließlich beschloss er, sich auf den Bereich »Pädiatrische Orthopädie« zu spezialisieren, und liebte ihn leidenschaftlich. Nach und nach verdiente Dan sich einen Ruf als einer der besten jungen Orthopädie-Chirurgen der Gegend. Er war fasziniert von der Ilizarov-Methode, bei der ein spezieller Rahmen mit Nägeln und Schrauben am Knochen fixiert wird. Durch regelmäßiges Drehen der Schrauben wächst der heilende Knochen. Die Methode war mit großem Erfolg an Kindern angewendet worden, die bisher den Rest ihres Lebens gehumpelt wären. Dan operierte so erfolgreich schwierige Fälle, dass er trotz seines jungen Alters telefonische Nachfragen bekam, Operationen an Kindern außerhalb der Staaten vorzunehmen. Außerdem veröffentlichte er eine Reihe viel beachteter Artikel in Fachzeitschriften zu diesem Thema. Doch obwohl er sich langsam zum Star mauserte, blieb er immer bescheiden, und der Erfolg war ihm nicht zu Kopf gestiegen. Zu sehen, wie tapfer Kinder mit Schmerz und langen Monaten der Heilung umgingen, bewahrte ihm seine Bescheidenheit und Bodenhaftung.

Im Laufe der Jahre wuchs Lindas Frustration und Langeweile. Dan war ihr Leben. Sie war hochintelligent, aber sie hatte keine Aufgabe, abgesehen davon, ihm das Abendessen zu kochen, das Haus instand zu halten und einkaufen zu gehen. Ihr angeschlagenes Selbstwertgefühl machte sie außerdem anfällig für Eifersucht. Wiederholt beschuldigte sie Dan, Affären mit den hübscheren Kolleginnen zu haben, und konnte bei Empfängen kaum an sich halten. Im

Rückblick erkannte Dan, dass Linda eine tickende Bombe gewesen war.

Als er eine Stellenanzeige für den Posten eines Chirurgen in einer Kinderklinik in Auckland in Neuseeland entdeckte, wo man sich auf die Ilizarov-Methode spezialisiert hatte, bewarb er sich und jubelte, als er genommen wurde. Er hoffte, dass ein vollständiger Szenenwechsel Linda und ihm einen Neustart ermöglichte.

»Du erwartest von mir, dass ich meine Freunde und mein Heim zurücklasse, um in ein mickriges Land am Ende der Welt zu gehen?«, fragte Linda ungläubig.

»Es ist höchstens für zwei Jahre, und es ist eine großartige Chance«, erklärte Dan ihr. »Ich weiß nicht, ob dir bewusst ist, was für ein Glück es ist, in meinem Alter so eine Stelle angeboten zu bekommen.«

»Für dich vielleicht. Aber was ist mit mir?«, polterte sie.

Er musterte sie mit steinerner Miene. »Was ich auch anstelle, ich kann es dir nicht recht machen, Linda. Du sagst die ganze Zeit, dass du nicht so viel allein sein willst. Gut, dieser Job bedeutet kürzere Arbeitszeiten. Ich werde mein eigenes Team und wir werden mehr Zeit für uns haben.«

»Ja, das habe ich schon oft gehört«, spottete sie.

Dan riss der Geduldsfaden. »Okay, dann bleibst du eben hier, Linda. Mach, was du willst!«

Er hatte das Haus verlassen und die Nacht in einem Motel verbracht, wo er einen Film ansah, an den er sich später nicht mehr erinnerte. Es war das erste Mal, dass er Linda stehen gelassen hatte, und sie war arg zerrüttet, als er in den frühen Morgenstunden heimkehrte.

Sie warf sich ihm in die Arme, sobald er durch die Tür

getreten war, und schluchzte: »Verlass mich nicht! Du darfst mich nie verlassen!«

»Liebling, ich möchte nicht von dir getrennt leben, aber du machst es mir so schwer«, beruhigte Dan sie und hielt sie fest umschlungen. »Wäre ich ernsthaft überzeugt, dass es dich glücklich macht, würde ich meine Arbeit aufgeben.«

Linda hob den Kopf von seiner Brust und sagte schrill: »Nein! Hör niemals auf, Arzt zu sein!«

Dan liebte Neuseeland, und er liebte Auckland. Da sie im oberen Teil der Nordinsel liegt, ist das Klima in der Stadt subtropisch. In einem Land mit gerade vier Millionen Einwohnern lebte eine Million davon in Auckland. Die Stadt sitzt auf einer schmalen Landenge zwischen zwei Häfen, dem Manukau und dem Waitemata. Am Manukau-Hafen zum Westen hin gibt es schwarze Sandstrände, Brandung und eine Tölpelkolonie und natürlich die üppigen Regenwälder auf den Waitakere Ranges, einer Hügelkette. Dan war wie verzaubert gewesen, als er bei einer ersten Wanderung dieses Gebiet erkundet hatte. Der neuseeländische Busch ist so dicht und mit seinen urzeitlich anmutenden Baumfarnen so einzigartig, dass man sich kaum wundern würde, wenn ein Dinosaurier vorbeispazierte.

Im Kontrast dazu sind die Sandstrände am Waitemata-Hafen zum Osten hin weiß, und das Meer ist ruhiger. Einen zusätzlichen Reiz bietet der schnelle Zugang zum Hauraki-Golf mit seinen unzähligen kleinen Inselchen. Jeder siebte Ancklander besitzt ein Boot, und die zwei Häfen sind ihr Spielplatz, riesige Planschbecken, in dem sie schwimmen, surfen, segeln, tauchen, fischen und nach Herzenslust faulenzen.

Dan liebte das Meer, und der entspannte Lebensstil der

Ducklander war wie maßgeschneidert für ihn. Er und Linda mieteten ein Haus am North Shore, direkt über einem der Strände, die ihm reichlich Gelegenheit gaben, seiner Liebe zum Wassersport zu frönen. Er kaufte Bretter zum Windsurfen für sich und Linda und ein Mountainbike, um die steilen Straßen um sein neues Heim herum zu bewältigen.

Linda hasste Auckland. Sie kam mit den verschobenen Jahreszeiten nicht zurecht, fand es doof, dass Weihnachten in den Sommer fiel und ihr Geburtstag im Juli in den Winter. Sie konnte sich nicht daran gewöhnen, dass die Leute auf der linken Seite fuhren, und wurde mehrere Male beinahe beim Überqueren von Straßen überfahren, wenn sie aus Versehen in die falsche Richtung blickte. Es verärgerte sie, dass sie immer wieder auf der falschen Seite ins Auto steigen wollte, und am Surfen verlor sie bald das Interesse, so dass Dan seinem Hobby allein nachging. Linda klagte, dass Auckland keine richtige Stadt sei, sondern eher ein großes Dorf, und dass die einzig anständigen Shoppingmeilen auf der anderen Seite von Harbour Bridge lagen, in Parnell und Newmarket.

Dan konnte einfach nicht nachvollziehen, wie jemand umgeben von so viel Schönheit unglücklich sein konnte. Sie hatten ein hübsches Zuhause, genug Geld und er arbeitete nicht mehr so irrsinnig lang wie in den Staaten. Eigentlich hätten Linda und er jetzt mehr Zeit miteinander genießen können. Er sah Väter, die mit ihren Kindern am Strand herumtollten, und fragte sich, warum er keine hatte. Schließlich hörte er auf, seiner Frau zuzuhören.

Seine Arbeit in der Kinderklinik der Stadt war ein voller Erfolg. Er verstand sich gut mit seinen Kollegen, die seine außergewöhnlichen chirurgischen Fähigkeiten bewunderten und seine bescheidene Art schätzten. Und, wie immer, liebte er die Kinder.

Als Linda sich beschwerte, dass sie den ganzen Tag über nichts zu tun hätte und sich nach den Staaten sehnte, stellte Dan auf stur und gab nicht nach. »Ich kann hier nicht weg, Linda. Ich habe einen Vertrag unterschrieben.«

»Na und? Verträge kann man auflösen.«

»Das mache ich nicht«, erwiderte Dan unterkühlt. Langsam dämmerte ihm, dass Linda nie glücklich sein würde – zumindest nicht mit ihm. Aber immer wenn er die Möglichkeit einer Trennung ansprach, geriet sie in Panik und meinte, dass sie ohne ihn nicht leben könnte, dass sie ihn liebte.

Auf einem Abschiedsfest für einen Chirurgen aus dem Team der Klinik, der in den Ruhestand ging, hatten sie ein anderes amerikanisches Pärchen kennengelernt. Janice Millar arbeitete als Gynäkologin im Haupttrakt des Krankenhauses oberhalb der Kinderklinik. Sie war eine relativ unscheinbare Frau, die unter schrecklicher Schüchternheit litt. Dan fühlte sich ihr verbunden, weil er lange mit dem gleichen Problem gekämpft hatte.

Ihr Mann Jack arbeitete für eine der Yacht-Wettgemeinschaften, die versuchen wollten, den Schweizern den America's Cup wieder abzuluchsen. Dass Janice ihren Mann unendlich bewunderte, sah man auf den ersten Blick. Jack Millar war charmant und aufmerksam und betrog seine leidgeprüfte Frau nach Strich und Faden. Linda war fasziniert von seiner glänzenden Ausstrahlung und den geistreichen Anekdoten, die er über Segelregatten zum Besten gab. Dan wusste nach fünf Minuten, dass Jack ein Angeber war, nachdem er beiläufig die Namen einiger der

Millionäre und Milliardäre fallengelassen hatte, die seinen Wettverband finanzierten. Selbst Janice wirkte beschämt, aber Linda hing gebannt an seinen Lippen.

Vom ersten Moment an, als er Linda gesehen hatte, stellte er ihr nach. Linda war gelangweilt und fühlte sich vernachlässigt, trotz der zusätzlichen Zeit, die Dan zu Hause verbrachte. Sie war reif, um gepflückt zu werden. Die zusätzlichen Stunden in Zweisamkeit hatten schmerzhaft zutage gefördert, wie wenig sie und Dan gemeinsam hatten. Außerdem frustrierte es Linda, dass ihr Mann im Laufe ihrer Ehe immer weniger dazu bereit war, auf ihre Wutanfälle und Launen einzugehen.

Dan ahnte nicht, dass seine Frau ihn betrog. Er war einfach nur froh, dass sie glücklicher zu sein schien und ihn endlich nicht mehr mit Trauermiene oder einer Szene begrüßte, wenn er nach einem langen Tag zur Haustür hereinkam. Was ihn letztendlich misstrauisch stimmte, war, wie Linda manchmal das Telefon einhängte, wenn er in den Raum kam, oder dass niemand dran war, wenn er ans Telefon ging.

Sein Verdacht wurde bestätigt, als er Jack dabei überraschte, wie er bei einem Barbecue im März Lindas Brüste am Pool des Gastgebers befummelte, ungefähr acht Monate nachdem sie nach Neuseeland gekommen waren. Linda kicherte und ermutigte ihn, als Dan auf den Plan trat.

Er war vor Schreck erstarrt. Ihm war ein solcher Schmerz in die Brust gefahren, dass er geglaubt hatte, sie müsste zerspringen. Er wusste schon lange, dass seine Ehe gescheitert war, es aber auf diese Weise bewiesen zu bekommen, war absolut niederschmetternd. Dan sah, wie Linda ihn über Jacks Schulter hinweg anblickte, während Jack sich herunterbeugte, um ihre Brüste zu küssen. Ihr Gesicht war im Mondlicht deutlich zu sehen, es trug einen höhnischen Ausdruck. Das stieß Dan so ab, dass ihm schlecht wurde. Er vermutete, dass Linda ihn kommen gesehen hatte und entdeckt werden wollte.

Sie gab Jack einen Klaps auf die Schulter. »Jack! Jack! Hör auf! Wir haben Gesellschaft!«

Jack hob den Kopf aus ihrem Ausschnitt und erschrak, als er Dan bemerkte, der nur ein paar Schritte entfernt stand und ihn ansah. »Verdammt!«, fluchte er und riss die Hand unter Lindas Top hervor.

Dans erster Impuls war, Jack die Nase einzuschlagen. Sein Gesichtsausdruck war so tödlich, dass Jack zurückwich und an Linda stieß, die stolperte und in den Pool gefallen wäre, hätte sie sich nicht an seinem Rücken festgehalten. »Pass auf!«, giftete sie ihn an.

Wahrscheinlich hätte Dan Jack besinnungslos geschlagen, hätte er nicht plötzlich Lindas Gesicht im Mondlicht gesehen. Sie wirkte eifrig und gebannt, so, als fände sie Spaß an der ganzen Angelegenheit. Dan spürte Magensäure im Hals aufsteigen. »Himmel«, flüsterte er. »*Himmel!*«

Jack hob die Hände vors Gesicht und duckte sich vor einem Schlag, der nie kam. »Schlagen Sie mich nicht, Brogan! Sie bringen mich um mit Ihren Fäusten!«

»Schlag ihn!«, kreischte Linda über seine Schulter und schubste Jack sogar noch auf ihren Mann zu.

Jack wich stolpernd aus, um Dan zu entgehen. Er sah Linda ungläubig an. »*Halt den Mund*, Linda!«

»Was ist los mit dir?«, schrie Linda Dan an, ihr Gesicht wutverzerrt. »Bin ich dir etwa egal?«

Dan löste langsam die Fäuste und hob seine Hände, die

Handflächen nach außen. »Sie können sie haben«, sagte er. Dann machte er kehrt und ging schnell davon.

Vage war er sich der bestürzten Zuschauerschaft bewusst, die sich am anderen Ende des Pools in den breiten Terrassentüren versammelt hatte. Er wollte nur noch weg von Linda und ihrem lächerlichen Liebhaber. Fort, an einen Ort, wo er frische Luft atmen konnte.

»Du gemeiner Hund!«, schrie Linda ihm hinterher. »Du Hund! Du kannst nicht einfach weggehen!« Und dann in schrillerem Tonfall: »Dan! Dan! *Komm zurück!*«

Das nächste Mal sah Dan Linda am Abend darauf. Sie lag in der Notaufnahme im Auckland Hospital und hing am Beatmungsgerät. Ihre Kleidung hatte man aufgeschnitten, sie lag zerfleddert unter ihr. Die Nacht davor hatte Dan nicht zu Hause verbracht, sondern in der Klinik in einem Zimmer für Assistenzärzte und im Krankenhaus wohnende Chirurgen.

Linda und Jack Millar waren in einen Unfall geraten, nicht weit entfernt von Lindas und Dans Haus. Linda hatte keinen Führerschein und war zu schnell gefahren. Die junge Frau im anderen Auto hatte es so böse erwischt, dass sie in der Notaufnahme starb. Jack war mit ein paar Kratzern und blauen Flecken davongekommen. Linda hatte sich das rechte Bein gebrochen und eine Kopfverletzung zugezogen, als ihr Kopf gegen die Windschutzscheibe schlug, weil sie nicht angeschnallt war. In der Notaufnahme hatte sie vorübergehend aufgehört zu atmen, und es dauerte eine Weile, bis ihr Zustand wieder stabil war und sie auf die Intensivstation verlegt wurde.

Dan hatte der gesamten Prozedur vom Fußende des Bettes zugesehen, benommen und fassungslos. Als einer der behandelnden Ärzte ihn unterrichtete, dass Lindas Kind abgegangen war, blickte Dan den Arzt nur ausdruckslos an, während er versuchte, diese neueste Information zu verarbeiten.

Die Schwellung in Lindas Gehirn war ernst, und die Ärzte auf der Intensivstation erwogen, sie in den Operationssaal zu fahren, um den Druck zu lösen. Letztlich schloss man sie jedoch an das Beatmungsgerät und hielt sie bewusstlos, damit die Schwellung abnehmen konnte.

Als Dan an Lindas Bett dem Heben und Senken ihrer Brust zusah und dem »Fffp-Fffp« des Beatmungsgeräts lauschte, dachte er wieder an die Fehlgeburt.

Sie war ein harter Schlag für ihn. Das Baby konnte nicht von ihm sein, denn er und Linda hatten seit beinahe drei Monaten nicht miteinander geschlafen. Dieses Wissen schmerzte mehr als ihr Anblick in Jacks Armen. Dan war sich sicher, dass es eine ungeplante Schwangerschaft war. Linda hatte das Thema Kinder immer auf später verschoben, so lange, bis Dan aufgegeben hatte zu fragen.

Dan kam sich vor wie auf Autopilot. Er sah seine Frau wie eine Patientin, registrierte ihre Verletzungen und freute sich über Heilerfolge, doch seine Empfindungen waren völlig distanziert. Zu keinem Zeitpunkt wünschte er ihren Tod. Seine Eltern und sein Bruder hatten angeboten, zu kommen, aber Dan wusste, dass er ihnen nichts vormachen konnte und sie den Zustand seiner Ehe erraten hätten.

So wachte er einsam an Lindas Bett, redete ihr zu und ermunterte sie, aufzuwachen. In diesen Stunden kam er schließlich zu einer Entscheidung. Er würde sich um Linda kümmern und sie wieder auf die Beine bringen. Dann würde er sie in die Staaten zurückkehren und zum Scheidungsrichter laufen lassen. Dan war es mittlerweile egal, solange nur endlich etwas Frieden in seinem Leben einkehrte. Linda würde alles daransetzen, ihn finanziell zu ruinieren, doch dieses Risiko nahm Dan in Kauf. Er tröstete sich damit, dass wenigstens keine Kinder unter der Trennung leiden mussten. Er hätte sie niemals einer Frau wie Linda überlassen können, deren einziges Muttervorbild Betty Mulholland war. Er wusste, dass Linda ihre Kinder dazu benutzt hätte, sich an ihm zu rächen.

Eigentlich nahm Dan kaum noch Schmerz wahr. Manchmal fragte er sich, wo eigentlich das quirlige, zärtliche Mädchen geblieben war, das er geheiratet hatte. Aber er musste sich eingestehen, dass er sich etwas vorgemacht hatte. Er hatte geglaubt, sie retten zu können, weil er schon immer eine Schwäche für Benachteiligte gehabt hatte. Dan hatte acht Jahre gebraucht, um einzusehen, dass Lisa nicht zu retten war und jeden ruinieren würde, der es versuchte.

Aber wie immer ließ Linda sich nicht so einfach unterkriegen.

Es hatte Dan nicht überrascht, als eine der behandelnden Ärztinnen bei ihm anrief und berichtete, dass Linda am Vormittag bei Bewusstsein gewesen war und sogleich nach einem Spiegel verlangt hatte.

»Als sie ihr Gesicht sah, wurde sie hysterisch, Mr. Brogan«, erzählte die Ärztin. »Absolut hysterisch. Ich musste ihr ein Beruhigungsmittel geben. Sie schläft jetzt, aber ich wollte Sie informieren, bevor Sie zu Ihrem üblichen Abendbesuch kommen.«

Dan dankte ihr und zwang sich, zu fragen: »Hat sie sich nach dem Kind erkundigt?«

Die Ärztin war voller Mitgefühl, denn sie nahm an, er sei der trauernde Vater. »Nein, Mr. Brogan«, antwortete sie leise. »Darüber hat sie kein Wort verloren.«

Natürlich hatte Linda als Erstes um einen Spiegel gebeten, dachte er. Nichts war ihr so wichtig wie ihr Aussehen. Und was die Schwangerschaft betraf, bestand immer noch die Möglichkeit, dass sie es vergessen hatte. Linda war immer gut darin gewesen, Unangenehmes von sich zu schieben.

Dan hatte fest geglaubt, nichts mehr für sie zu empfinden, doch gegen seinen Willen war er von der Frau gerührt, die er an diesem Abend gesehen hatte, mit ihrem seltsamen Akzent und den traurigen, verwirrten Augen. Diese Linda schien es nicht zu kümmern, ob ihr Haar fettig und ihre Haut farblos war. Sie hatte nicht bemerkt, in welchem Zustand sich ihre Nägel befanden und dass das Bein, das nicht in Gips steckte, von dunklem Flaum bedeckt war.

Sie hatte einfach nur verloren ausgesehen.

Dan rief sich zur Ordnung. Er würde Linda nicht im Stich lassen, und sei es nur, weil sie außer ihm niemanden hatte. Als Arzt wusste er, wie wichtig es bei Gedächtnisschwund war – sofern ein solcher vorlag –, von vertrauten Menschen und Gegenständen umgeben zu sein.

Ich werde sie wie eine Patientin behandeln, entschied er, als er zum Parkplatz des Krankenhauses ging.

Etwas Besseres hatte er ihr nicht zu bieten.

5

Nancy wollte nichts davon hören, als Lisa sich auch am nächsten Tag um die Haarwäsche drücken wollte. »Es muss sich doch schrecklich anfühlen!«, meinte sie wieder.

Lisa zuckte mit den Schultern. Ihr war gerade alles egal. »Wen interessiert es?«, murmelte sie apathisch. »Es sind nur Haare.«

Nancy bedachte sie mit einem wissenden Blick. Das Schwesternteam war über die jüngsten Entwicklungen im Fall Linda Brogan informiert worden. Sie wussten, dass sie ihr Gedächtnis verloren hatte, ihren Mann nicht mehr erkannte – diesen attraktiven amerikanischen Orthopäden aus der Kinderklinik – und »Lisa« genannt werden wollte.

»Ich würde lügen«, meinte Chris, eine andere Schwester, nach der Morgenübergabe von der Nachtschicht. »Würde ich aufwachen und herausfinden, dass so jemand mein Mann ist, würde ich einfach sagen: Ja, stimmt genau, wir zwei sind ein Paar, und wann können wir heimfahren?«

»Danke, Chris«, hatte die Stationsschwester trocken bemerkt. »Ich bin sicher, dass ich niemanden an die Schweigepflicht erinnern muss, die auch für das Pflegepersonal gilt, richtig? Insbesondere, wenn der Patient mit einem renommierten Operateur in der Kinderchirurgie verheiratet ist!«

Nancy war besorgt darüber, wie niedergeschlagen Linda Brogan aussah. Man hatte vereinbart, sie von festen Schwestern behandeln zu lassen, damit sie sich an die Gesichter gewöhnte. Außerdem war ein Termin beim Psychiater für sie vereinbart worden und ein CT für den Nachmittag, um nach eventuellen neuen Hirnblutungen zu suchen.

»Dann tun Sie es für mich«, fuhr Nancy fort, schlug die Laken zurück und schob einen Rollstuhl ans Bett. »Das ganze Zimmer wirkt unaufgeräumt, wenn Sie so aussehen.«

Murrend ließ Lisa sich zur Dusche schieben. Doch dann war sie zutiefst beeindruckt, als Nancy sie von oben bis unten duschte, ohne den Gips nass zu machen. Sie hatte Lisa auf einen weißen Plastikstuhl mit Löchern in der Sitzfläche verfrachtet und mit dem Duschkopf abgesprüht.

»Sie sind fantastisch, Nancy!«, gestand sie widerwillig ein. »Sie haben nicht einmal eine Plastiktüte über den Gips gestülpt. Als ich früher Gipsfüße hatte, haben die Schwestern immer Plastiktüten verwendet.«

»Wann hatten Sie denn die Füße in Gips?«, fragte Nancy interessiert.

»Als Kind«, antwortete Lisa, während Nancy sie in ein Handtuch hüllte, damit sie bei der Haarwäsche nicht auskühlte. »Ich kam mit Klumpfuß zur Welt. Als Baby wurde ich immer wieder operiert und eingegipst.«

Lisa verstummte. Das war *ihre* Geschichte, nicht Linda Brogans. Sie warf Nancy einen unauffälligen Blick zu, aber die Schwester war damit beschäftigt, weiße Plastikfläschchen aus einer Reihe von Beuteln zu ziehen, die sie in Lisas Schoß in die Dusche gefahren hatte.

»Was ist das alles?«, erkundigte Lisa sich, um das Thema zu wechseln.

Nancy schüttelte den Kopf und las die Beschriftungen auf den Fläschchen vor. »Na ja, auf dem hier steht ›Pre-Rinse‹ und das hier ist eine Glanzkur.«

Lisa runzelte die Stirn. »Ist denn kein Shampoo oder Conditioner dabei?«

»Wahrscheinlich schon, aber nicht unter diesen Namen.« Nancy stupste den prall gefüllten Beutel an der Wand mit der Fußspitze. »Ich kenne mich mit diesem teuren Zeug nicht aus. Ich kaufe immer die Angebote im Supermarkt.«

Ich auch, dachte Lisa traurig. Linda Brogan musste den ganzen Tag darauf verwendet haben, sich all das Zeug ins Haar zu schmieren. Die Haarwäsche musste ein echtes Ereignis gewesen sein.

Schließlich bewältigten sie das Problem, indem sie die Fläschchen auszählten und warteten, welches übrig blieb: »Ene mene muh …«

Als Nancy Lisas Haare trockenrubbelte, hatte Lisa Gelegenheit, sich Linda Brogans Körper einmal genau anzusehen. Linda war mit einer Figur gesegnet, wie man sie aus den Bademodenkalendern von *Sports Illustrated* kannte. Sie hatte meilenlange Beine, sanft geschwungene Hüften und einen überraschend üppigen Vorbau für so eine schlanke Frau. Sie hätte sich kaum mehr von Lisa unterscheiden können, die eine nahezu knabenhafte Brust gehabt hatte.

Lisa beäugte Lindas Brüste voller Interesse. »Meinen Sie, die sind echt, Nancy?«

Nancy schielte über Lisas Schulter. »Was soll echt sein?«

Lisa nickte auf Lindas Brüste. »Die da.«

Nancy wirkte verwirrt. »Ihre …?« Sie deutete darauf. »Ihre Brüste?«

»Ja.« Lisa hob eine mit dem Zeigefinger an und sah darunter. »Ich sehe keine Narben.«

»Das muss nichts heißen«, antwortete Nancy, nachdem sie ihre erste Überraschung überwunden hatte. »Es gibt eine neue OP-Technik, bei der die Prothese durch den Nabel eingeführt wird, so dass keine Narben entstehen.«

Lisa war fassungslos. »*Wie bitte?*«

Nancy nickte und rubbelte Lisa den Rücken ab.

»Das glaube ich nicht! Wie sollten die da durchpassen?«

»Sie werden leer eingeführt und aufgefüllt, wenn sie an der richtigen Stelle sitzen.«

Lisa dachte eine Weile darüber nach. »Das ist ein bisschen, wie wenn man einen Autoreifen aufpumpt.«

Nancy prustete los. »Man sieht es nicht, aber man fühlt es, wenn man sie anfasst.« Sie stellte sich vor Lisa und musterte ihre Brüste. »Nein, ich glaube, die sind echt.« Sie grinste. »Fragen Sie Ihren Mann. Er wird es wissen.«

Lisa bedeckte sich mit dem Handtuch und spürte, wie ihr das Blut in die Wangen schoss. Sie konnte doch keinen Fremden über ihre Brüste befragen! Oder zumindest über die Brüste seiner Frau. Sie konnte sich den Ausdruck in Dan Brogans Gesicht nur allzu gut vorstellen.

Noch etwas kam ihr in den Sinn. »Nancy, wissen Sie, ob ich … äh … ob ich … meine Tage hatte, seit ich im Krankenhaus bin?«

Nancy schüttelte gerade ein frisches Nachthemd von Linda aus, ein hauchzartes Ding mit dünnen Trägern. Lisa musterte es angewidert. Die übergroßen T-Shirts, die sie selbst zum Schlafen trug, wären ihr viel lieber gewesen.

Nancy sah sie forschend an. »Nein, Sie hatten Ihre Periode noch nicht, seit Sie hier sind, Lisa.« Sie machte eine Pause. »Warum fragen Sie?«

Lisa schüttelte den Kopf und zuckte mit den Schultern. Der Knoten in ihrem Magen löste sich. »Nur so.«

Vielleicht gab es ja auch einen Lichtblick in ihrer finsteren Lage. Sie hatte so viele Jahre unter ihrer höllischen Endometriose gelitten und monatlich das Einsetzen der Periode gefürchtet. Vielleicht blieb ihr diese Qual in Lindas Körper ja erspart und sie konnte eine ganz normale Periode haben, so wie alle anderen Frauen. Warum Nancy so betont sprach, war Lisa zwar nicht ganz klar, aber wahrscheinlich gehörte das zu diesem intimen Schwestern-Patienten-Verhältnis. Zur Hölle, im Moment wussten die Schwestern mehr über ihre Körperfunktionen als sie selbst!

Dan Brogan erschien, als Lisa unter Anleitung der Physiotherapeutin ihre Runden mit den Krücken drehte. Nach sechs Schritten lief ihr bereits der Schweiß herunter, und die Zunge spitzte seitlich aus dem Mund, eine Angewohnheit, wenn sie sich sehr konzentrierte. Lisa sah nicht seine belustigte Miene angesichts ihres entschlossenen Blicks und des achtlos geknoteten Gürtels an ihrem zartrosa Morgenmantel, der seitlich neben ihr über den Boden schliff. Immer wieder pustete sie sich verärgert die Ponyfransen aus den Augen. Ihr Haar fiel über ihre Schultern, glänzend und frisch von der Dusche.

Dan nickte der Physiotherapeutin Lucy zu und bückte sich nach dem schleifenden Gürtel. Als Lisa sich unbeholfen umdrehte, um zu ihrem Zimmer zurückzuhinken, stand Dan mit dem Gürtel vor ihr wie mit einer Leine. »Ich warne dich«, keuchte Lisa. »Ich hole keine Stöckchen oder hechel hinter Bällen her!«

Er lachte, rollte den Gürtel zusammen und stopfte ihn in eine der großen Taschen vorn an ihrem Bademantel. Dabei streifte seine Hand ihren Oberschenkel durch das dünne Material. »Du machst dich großartig.«

Lisa war verblüfft von der beiläufigen Vertraulichkeit dieser Geste. Sie sah Dan an und erinnerte sich, dass er Linda Brogans Mann war. In der Vergangenheit hatte er weit mehr getan, als sie unschuldig am Schenkel zu berühren.

Dann bemerkte sie seine Kleidung. Er trug eine anthrazitfarbene Anzughose, ein hellgrünes Hemd und ein dunkelgrünes Jackett, in dem er noch größer wirkte und das seine grauen Augen dunkler erscheinen ließ. Man hätte sich fast vor ihm fürchten können, hätte er nicht diese graue Krawatte mit dem großen gelben *Tweetie* getragen.

Grinsend zupfte Lisa daran. »Hübsche Krawatte.«

»Danke.«

Nancy und Chris hatten erwähnt, dass er in der Kinderklinik als »Dr. Dan« bekannt war, nicht als »Mr. Brogan«, wie es seinem Status als Chirurg entsprochen hätte. Außerdem hatten Nancy und Chris erzählt, dass die Kinder ihn liebten. Lisa vermutete, dass die Cartoon-Krawatten ein echter Renner waren und Dan einen ganzen Schrank voll davon besaß.

»Er ist nicht nur bei den Kindern beliebt«, hatte Chris gemurmelt.

»Chris«, hatte Nancy gezischt und die Augen vielsagend in Lisas Richtung verdreht.

»Schon in Ordnung, Nancy.« Lisa lächelte matt. »Ich bin nicht blind. Ich kann mir schon vorstellen, wem Dan Brogan noch gefallen könnte.«

Chris biss sich auf die Lippe. »Entschuldigen Sie, Lisa.«

»Ehrlich, es ist in Ordnung«, versicherte Lisa ihr. »Er ist ein ziemlicher Prachtkerl, was?«

Chris schnaubte. »Das können Sie laut sagen!«

»Chris!«, rief Nancy.

»Entschuldigen Sie, Lisa.«

Der Humor der Schwestern half Lisa, bei Verstand zu bleiben und sie von ihrer schrecklichen Situation abzulenken. »Ein Jammer, dass ich mich nicht an ihn erinnern kann, oder?«, meinte sie und prustete dann zusammen mit Chris los.

»Ermutigen Sie sie nicht auch noch!«, stöhnte Nancy und musste sich ein Lächeln verkneifen.

Dan wusste nichts von seinem Pin-up-Status unter den Schwestern. Er folgte Linda, die langsam und unter Aufsicht von Lucy zurück zu ihrem Zimmer humpelte. Er hatte bemerkt, dass seine Berührung an ihrem Schenkel ihr unangenehm war. Ihre großen blauen Augen hatten sich geweitet, und sie hatte ihn angeblinzelt wie ein Reh, das ins Scheinwerferlicht geraten ist. Er hätte sich ohrfeigen können. Warum hatte er sich von ihrem verschmitzten Charme und dem schrägen Humor, den sie seit ihrem Erwachen zur Schau trug, schon wieder einlullen lassen? Er durfte nicht vergessen, dass sie noch immer Linda war und ihre Waffen jederzeit gegen ihn richten konnte. Doch vor allem war Dan, wenn man ihr glauben wollte, im Moment ein Fremder für sie, von dem sie nicht berührt werden wollte.

Mit dem Versprechen, später noch einmal vorbeizuschauen, ging Dan in ihr Zimmer voraus, um die Schmutzwäsche einzusammeln, die die Schwestern in einer Tasche unten im Nachtkästchen sammelten. Als er vor dem Schränkchen kauerte, musste er an den Klang von Lindas Stimme denken. Jetzt zog sie die Vokale noch mehr in die Länge als bei ihrem ersten Erwachen. Es war verblüffend, wie sich seine Kalifornierin mehr und mehr nach Kiwi anhörte. Er fragte sich, ob es am Umgang mit den neuseeländischen Schwestern lag. Jedenfalls klang Linda nicht mehr nach Linda.

Dan wusste, dass er sich von dem seltsamen Akzent und dem neuartigen skurrilen Humor nicht täuschen lassen durfte. Zu Beginn ihrer Bekanntschaft hatte Linda auch viel gelacht und witzige Bemerkungen vom Stapel gelassen, allerdings selten auf eigene Kosten, nachdem man sie als Kind so oft heruntergeputzt hatte. Doch was die Schwester ihm erzählt hatte, als er sich nach Lindas Tag erkundigte, verstörte Dan. Er war sich absolut sicher, dass Linda keinen Klumpfuß gehabt hatte. Außerdem hätte er doch die Narben gesehen. Dan kannte diese Art von Narben nur zu gut, schließlich war das genau die Sorte Operation, die er ein Gebäude weiter an Kindern ausführte.

Aber warum sollte Linda so etwas erfinden?

Schwester Nancy berichtete außerdem, dass Linda sich nach ihrer Periode erkundigt hatte. Dan überlegte grimmig, ob Lindas Gedächtnisschwund vielleicht doch etwas gespielt war. Hatte sie sich daran erinnert, dass sie bei dem Unfall schwanger gewesen war? Laut Schwester hatte sie nicht nach dem Baby gefragt.

Lindas Mann besuchte sie abends erneut und brachte ein paar Modemagazine und einige frische knappe Nachthemdchen mit. Diesmal trug er ein dunkelgrünes T-Shirt mit einem Vogel darauf, ausgeblichene Bluejeans, die tief auf den Hüften saßen und um seine langen Beine schlackerten, und eine abgewetzte braune Lederjacke. Es sah zum

Anbeißen aus, wie er sich immer wieder eine störrische dunkle Strähne aus der Stirn strich.

Lisa wollte nicht undankbar erscheinen, aber sie war gerade aus einem langen Nachmittagsschlaf erwacht. Außerdem war sie niedergeschlagen und sehnte sich entsetzlich nach ihren Eltern. Sie musste ständig daran denken, dass man zu Hause sicher um sie trauerte. Sie fragte sich, wie ihre Familie mit diesem Schicksalsschlag fertig wurde. Lisa hatte ein enges Verhältnis zu Eltern und Geschwistern und wusste, dass ihr Tod sie komplett aus der Bahn geworfen haben musste.

Als Dan seine Lederjacke abstreifte, sah Lisa den Aufdruck auf seinem T-Shirt erst richtig. Auf der Brust prangte ein großer brauner Kiwi mit selbstgefälligem Lächeln. Darunter stand »I'm a little kiwi who eats roots and leaves« – »Ich bin ein kleiner Kiwi, ich esse Wurzeln und Blätter«. Lisa musste schmunzeln und fragte sich, ob Dan auch wirklich wusste, was da auf seiner Brust stand. Dieser zweideutige Spruch war ein beliebter Klassiker in Neuseeland, aber Lisa bezweifelte, dass »to root« in Amerika auch eine Umschreibung für Geschlechtsverkehr war.

»Ähm, Dan …« Sie zeigte auf sein T-Shirt. »Bedeutet ›to root‹ in Amerika das Gleiche wie in Neuseeland?«

Er blickte an sich herab und wieder auf. »Keine Ahnung. Was heißt ›to root‹ denn in Neuseeland?«

Lisa wurde misstrauisch. Sie hätte schwören können, dass seine Mundwinkel gezuckt hatten, bevor er antwortete. Sie räusperte sich verlegen und bereute, dass sie das Thema angesprochen hatte. »In Neuseeland bedeutet es …« Sie verzog das Gesicht und stieß eilig hervor: »›To root‹ heißt mit jemandem schlafen.«

Dan machte ein überraschtes Gesicht. »Was du nicht sagst!« Er blickte erneut an seinem T-Shirt herunter und las langsam vor: »I'm a little Kiwi, who eats … roots … and leaves.« – »Ich bin ein kleiner Kiwi, ich esse, vögle und verschwinde.« Er nickte versonnen. »Zum Glück habe ich meinem Bruder eins zum Geburtstag geschickt, er ist nämlich der größte Schwerenöter von ganz Colorado.«

Lisa warf ein Magazin nach ihm. »Warum hast du es mir nicht gesagt, bevor ich mich zum Idioten mache?«

Er wich aus und grinste. »Ich wollte eben auch einmal meinen Spaß haben. Als meine Mutter Glenns T-Shirt sah, meinte sie im Vertrauen zu mir, ich solle mir keine Hoffnungen machen, mein Bruder würde niemals Vegetarier werden.«

Sie blickten sich einen Moment lang an, dann prusteten sie gemeinsam los.

Dan zeigte auf die Magazine, die er auf ihr Nachttischchen gelegt hatte. »Ich habe dir ein paar von deinen Lieblingsmagazinen gebracht.«

Lisa schielte desinteressiert auf die Hochglanzmagazine. Sie hatte sich nie viel aus Mode und Make-up gemacht, diese Dinge hatte sie Sherry überlassen. Lisa hatte natürlich nichts gegen hübsche Kleider, aber Sherry war diejenige mit dem Modebewusstsein in der Familie. Obwohl Lisa in ihrem Zustand noch kein Buch lesen konnte, waren Magazine mit blasierten Models in gestellten Posen und abgedrehten Designer-Kreationen nicht ihr Ding. Lisa war Grundschullehrerin und hatte wegen ihrer Endometriose in den letzten Jahren nur noch als Vertretung gearbeitet, um sich an den schlechten Tagen krankmelden zu können.

»Danke«, meinte sie höflich und sah zu, wie Dan sich

vor ihr Bettkästchen kniete. Dabei rutschte seine Jeans hoch und entblößte zwei unterschiedliche Socken, einen braunen und einen flaschengrünen. Lisa schmunzelte, doch ihr Lächeln erstarb, als Dan begann, frische Unterwäsche und Nachthemden in ihr Nachtkästchen zu räumen. Mit hochroten Wangen sah sie einem wildfremden Mann dabei zu, wie er ganz selbstverständlich mit ihrer Unterwäsche hantierte. »Das mache ich schon!«, rief sie und lehnte sich über die Bettkante, um Dan einen Stringtanga aus der Hand zu reißen, wobei sie fast aus dem Bett und auf ihn gefallen wäre.

Dan fing sie gerade noch auf. »Das war dumm«, schimpfte er und hievte sie zurück ins Bett.

Wieder durchzuckte es Lisa wie ein Stromschlag, als seine Hände ihre Haut berührten, und sie drückte sich in die Kissen. Auch Dan hatte sie hastig losgelassen und war einen Schritt zurückgetreten.

»Hat Linda denn keine normalen Höschen?«, sprudelte es aus Lisa heraus.

»Normale Höschen?« Dan war verwirrt. »Wie meinst du das?«

»Du weißt schon …« Sie wedelte mit der Hand. »Slips heißen sie bei euch, glaube ich. Hat sie denn keinen einzigen Slip?«

»Und was ist das?« Er deutete mit dem Daumen auf das Nachtkästchen.

»Das sind Stringtangas«, murmelte Lisa vor sich hin.

Dan blinzelte. »Du magst keine Stringtangas?«

»Nein, ich verstehe nicht, wie irgendjemand diese Ritzenputzer tragen kann.«

Dan traute seinen Ohren nicht. »Ritzenputzer?« Doch

als er Lisas ernstes Gesicht sah, fügte er hastig hinzu: »Ich schaue einmal nach, was ich zu Hause finde.«

»Danke«, antwortete sie steif. »Und wenn du schon dabei bist, könntest du mir vielleicht ein großes T-Shirt anstatt dieser knappen Nachthemden bringen?«

Seine Lippen formten einen dünnen Strich. Linda liebte sexy Nachthemden und Unterwäsche! »T-Shirt?«, wiederholte er schroff. »Du hast kein großes T-Shirt.« Linda besaß ausschließlich knappe oder figurbetonende Kleidung. Sie hatte nie mit ihren Reizen gegeizt.

Lisa ging langsam die Geduld aus, und sie wurde wagemutiger. »Und was ist mit dir?«

Dan sah sie verwundert an. »Du willst wissen, was ich zum Schlafen trage?«

»Nein! Besitzt du irgendwelche alten T-Shirts, die ich mir leihen könnte?«

»Wahrscheinlich schon. Klar.« Als sie ihn weiter erwartungsvoll anblickte, zuckte Dan mit den Schultern und seufzte. »Ich bringe dir welche.«

»Danke.«

Einen Moment lang stand er unschlüssig da, dann holte er sich einen der orangefarbenen Plastikstühle und stellte ihn in diskretem Abstand neben das Bett.

»Wie fühlst du dich?«, erkundigte er sich, nachdem er sich auf das Puppenmöbel gepfercht hatte.

Wenn mich das noch jemand fragt, schreie ich!, dachte Lisa. Wie gerne hätte sie ihnen allen die Wahrheit gesagt – irgendetwas im Sinne von: »Ich bin völlig am Ende und total verwirrt. Ich stecke im Körper einer anderen Frau und muss daran arbeiten, dass er heilt. Ich muss vorgeben, mich an nichts zu erinnern, obwohl das überhaupt nicht stimmt.

Nur sind es eben nicht die Erinnerungen, die ich nach Meinung aller haben sollte. Und zu allem Überfluss ist diese Frau auch noch für meinen Tod verantwortlich.«

Als Lisa keine Antwort gab, versuchte Dan es anders. »Die Ergebnisse aus dem CT waren gut.«

»Ja«, meinte sie spitz und blickte auf den Gips, der langsam anfing, höllisch zu jucken. »Sie haben tatsächlich ein Hirn darin entdeckt.«

Dan presste die Lippen zusammen. Dieser Kommentar war typisch für Linda. »Und war Dr. Fergusson, der Psychiater, schon bei dir?«

»*Ja!*«, schnaubte Linda und verdrehte die Augen. »Also, der hat *wirklich* eine Schraube locker!«

Sie erinnerte sich an die Stunde nach dem Mittagessen, die sie mit dem Psychiater verbracht hatte.

Lisa war noch nie einem Psychiater begegnet, geschweige denn von einem untersucht worden, und genau das hatte er getan, auch wenn er dazu keinen kleinen Hammer oder Lämpchen verwendet hatte, um ihr in die Augen zu leuchten.

Dr. Fergusson stellte sich als Craig vor und richtete sich auf dem orangefarbenen Stuhl ein, als habe er vor, eine Weile zu bleiben. Er wirkte wie um die fünfunddreißig, hatte hellbraunes Haar und unfassbar lange Wimpern, die ständig an den Gläsern seiner Brille hängen blieben und ihn veranlassten, zu zwinkern. Lisa betrachtete ihn neugierig. Es wäre nett gewesen, wenn er zur Abwechslung nicht mit der Frage begonnen hätte, wie sie sich fühlte, aber nachdem er Arzt war, machte sie sich keine allzu großen Hoffnungen.

»Gelangweilt?«, fragte er.

Lisa war überrascht. »Äh … ja. Das bin ich.«

Craig nickte, legte den rechten Fuß über das linke Knie und verschränkte die Finger hinter seinem Kopf. »Krankenhäuser sind nach einer Weile furchtbar öde – insbesondere wenn es einem nicht mehr so schlecht geht, aber eben noch nicht gut genug, um heim zu dürfen. Ich selbst mochte Krankenhäuser nie besonders.«

Lisa blickte ihn groß an. »Aber Sie sind Arzt. Wie kann man als Arzt keine Krankenhäuser mögen?«, gab sie zurück und fragte sich insgeheim, ob er vielleicht ein Patient oder ein Besucher war, der sich nur als Arzt ausgab. Sie schielte auf das Namensschild an seinem Jackett.

Er nahm das Plastikkärtchen ab und hielt es ihr lachend hin. »Keine Sorge – ich bin echt!«

Lisa errötete und schrumpfte in dem Sessel zusammen, in den ihr Chris geholfen hatte. Sie schüttelte den Kopf und murmelte etwas im Sinne von nie daran gezweifelt zu haben.

Craig klippte das Schildchen wieder an seine Brusttasche. »Sie wirken immer noch nicht überzeugt. Was haben Sie erwartet?«

Bei Lisa meldeten sich leise Kopfschmerzen und außerdem kaufte sie ihm sein liebenswertes Trottel-Gehabe nicht ab. »Ich weiß nicht. Eine Couch? Eine Uhr, um mich zu hypnotisieren? Ein paar von diesen Kleckskarten, und ich soll dann sagen, dass sie wie Paare beim Geschlechtsverkehr aussehen?« Sie schloss abrupt den Mund. Jetzt dachte er sicher, dass sie auch noch ein gestörtes Verhältnis zur Sexualität hatte, und erzählte es am Ende Dan Brogan. Sie schlug ihre Hände vor die Augen. Ahhh!

Craig wechselte gnädig das Thema. »Die Schwestern erzählten mir, dass Sie sich an nichts erinnern, was passierte, bevor Sie im Krankenhaus aufgewacht sind. Stimmen Sie damit überein?«

Lisa lugte zwischen ihren Fingern hindurch. Dieser Craig mochte vielleicht keinen weißen Kittel tragen, aber er besaß immer noch die Autorität, sie einzusperren, sollte er sie für durchgeknallt halten. »Ich erinnere mich nicht daran, Linda Brogan gewesen zu sein«, formulierte sie ausweichend.

Als nicht mehr kam, hakte Craig Fergusson nach: »Können Sie mir das Erste nennen, woran Sie sich erinnern?«

Als ich mit zwei Jahren die Treppe vor unserer Haustür hinunterpurzelte und mir die Lippen aufschlug, dachte Lisa, und ihre Hand fuhr an Lindas Mund. *Es blutete höllisch, und bis heute habe ich eine kleine Narbe auf der Oberlippe – oder zumindest hatte ich sie.* Ihre Augen füllten sich mit Tränen. Sie schüttelte den Kopf, schluckte mühsam und flüsterte: »Nein. Nein, ich kann Ihnen nicht sagen, welches meine erste Erinnerung ist.«

Craig Fergusson wartete, bis sie sich geschneuzt und die Augen trocken gewischt hatte. »Erinnern Sie sich an Dan Brogan?«, fragte er sanft.

Lisa seufzte und schüttelte den Kopf.

Craig schlug eine Therapie mit Antidepressiva vor. Lisa lehnte die Einnahme ab.

»Sperren Sie sich nicht kategorisch dagegen, Linda«, warnte er. »Sie sind deprimiert, was kaum überrascht, wenn man bedenkt, was Sie durchgemacht haben. Es ist sehr beängstigend, aufzuwachen und nicht zu wissen, wer man ist.«

Lisa blickte ihn finster an. *Aber ich weiß, wer ich bin!*

»Ich bin mir sicher, dass Ihre Erinnerung zurückkommen wird.«

Ich habe sie nie verloren!

»Doch bis dahin ist es wichtig, dass Sie die Tage nehmen, wie sie kommen.«

Sie hören sich an wie meine Mutter.

»Ich glaube, es wäre gut, wenn wir uns regelmäßig träfen.«

Um zu prüfen, ob man mich einsperren muss.

»Legen Sie sich Papier und Stift ans Bett. Wenn Sie sich an etwas erinnern, schreiben Sie es auf.«

Wenn ich nur die Hälfte von dem aufschriebe, was in meinem Kopf passiert, würden Sie Maße für meine Zwangsjacke nehmen.

»Craig?«, fragte Lisa, die keine Fragen und Ratschläge mehr hören wollte.

»Ja?«

»Warum besorgen Sie sich keine Kontaktlinsen? Was mich im Moment wirklich in den Wahnsinn treibt, ist zuzusehen, wie Ihre Wimpern sich an Ihren Brillengläsern verfangen.«

Er blinzelte überrascht, was das Problem nur verschlimmerte. Mit einem irritierten Seufzer nahm er die Brille ab und rieb sich die Augen mit Daumen und Zeigefinger. »Ich habe es mit Kontaktlinsen probiert, aber nach ein paar Stunden reizen sie meine Augen.«

»Ah«, nickte Lisa mitfühlend. »Und warum kürzen Sie dann nicht Ihre Wimpern?«

»Das habe ich auch versucht. Aber dazu muss ich die Brille abnehmen, und beim Schneiden hätte ich mir fast ein Auge ausgestochen.«

»Igitt!«

»Genau.« Lächelnd setzte er die Brille wieder auf. »Das können Sie sehr gut, nicht wahr?«

»Was?«

»Vom Thema ablenken.«

Lisa sah ihn unschuldig an, spürte aber, wie sie verräterisch errötete, und war froh, als er sich bald darauf verabschiedete – allerdings mit der Ankündigung, in ein paar Tagen wieder vorbeizuschauen.

Dan riss sie aus ihren Gedanken: »Hat das Gespräch mit ihm geholfen?«

Lisa blickte ihn müde an. »Er war sehr nett, sehr freundlich. Aber er kann mir nicht helfen, Dan.« Ihr Blick fiel wieder auf den Gips, und in ihrem Gesicht stand Hoffnungslosigkeit. »Ich glaube, mir kann *niemand* helfen.«

Trotz seiner Vorsätze berührte es Dan, wie verloren sie aussah. Es erinnerte ihn daran, wie sie ihm von ihrer Legasthenie erzählte, als er sie gerade kennengelernt hatte. Er musste aufpassen, sich nicht wieder von ihr einwickeln zu lassen. »Warum sagst du das?«

Lisa befand sich sofort in der Defensive. Dan sah sie auf die gleiche Weise an wie Craig Fergusson, als er versucht hatte, in ihren Kopf zu schauen. In einem verzweifelten Versuch, das Thema zu wechseln, brabbelte sie das Erstbeste, was ihr in den Sinn kam. »Sag mir, sind die echt oder falsch?«, fragte sie, indem sie die Brust vorschob und auf Lindas knackigen Busen zeigte.

Dan war sprachlos. Sie fragte ihn nach ihrem eigenen Busen? Demselben Busen, den er unzählige Male geküsst und befummelt hatte? Demselben Busen, dessen detailgetreues Abbild er im Geiste sah, wenn er die Augen schloss? Wut kochte in ihm hoch. Das war typisch Linda! Sie setzte ihre körperlichen Reize ein, um von Themen abzulenken, die ihr nicht behagten. Nur war sie in der Vergangenheit nicht so plump vorgegangen.

Sein Blick verhärtete sich. »Wie bitte?«, entgegnete er kalt und sah mit Befriedigung, wie sie die Lider niederschlug und in ihren Kissen zusammenschrumpfte, während ihre blassen Wangen sich röteten. Sie rutschte tiefer unter die Decke und murmelte etwas, das wie »Nichts« klang.

Seine Genugtuung löste sich in Rauch auf. Was Dan auch von ihr halten mochte, Linda erholte sich immer noch von einer ernsthaften Verletzung und verdiente es nicht, für ihr Verhalten in der Vergangenheit bestraft zu werden – einer Vergangenheit, an die sie sich angeblich nicht erinnerte.

Seit sie wieder zu Bewusstsein gekommen war, wunderte Dan sich über ihren trockenen, kuriosen Humor, der ihm bei Linda völlig neu war. Er sprach automatisch auf die Witzeleien an, zu denen diese Frau neigte, die sich da im Bett duckte. »Warum glaubst du, dass deine Brüste künstlich sind? Fühlen sie sich anders an?«

Lisa blickte ihn finster über den Rand der Decke an und bereute zutiefst, dieses Thema angeschnitten zu haben. »Anders als was?«, fragte sie patzig. »Ich war immer flach wie ein Brett, bevor … all das … passiert ist.«

Jetzt war es an Dan, zu stutzen. Hatte sie gerade gesagt, dass sie vor dem Unfall kaum Busen gehabt hatte? Geflissentlich überging er ihren merkwürdigen Kommentar und widmete sich lieber einem Thema, von dem er etwas verstand. Er legte den rechten Fuß über das linke Knie, faltete seine Hände lose im Schoß und setzte ein sehr ernstes Gesicht auf. »Sie sind echt. Künstliche fühlen sich anders an.«

Lisa setzte sich auf. »Für wen? Den Grapscher oder den Begrapschten?«, wollte sie wissen. »Warte kurz, ich schlüpfe unter die Decke und teste.« Sie zog sich die Decke über den Kopf und zappelte darunter herum, während Dan belustigt zusah. Als sie wieder hervorkam, stand ihr dunkles Haar in alle Richtungen. Sie sah ihn trotzig an. »Entschuldigung, aber das Ergebnis ist nicht eindeutig. *Woher* zum Teufel soll ich wissen, wie sich Implantate anfühlen? Ich war flachbrüstig, habe ich gesagt, nicht lesbisch!«

Er lachte laut.

Das tat er viel zu selten, dachte Lisa. Sie starrte ihn an, und ihr Magen zog sich zusammen. Der Mann sah hinreißend aus, wenn er lockerließ und sich aus seinem Schneckenhaus wagte. Sein Gesicht war wie ausgewechselt, alle Anspannung und Sorge waren wie weggeblasen. Mit nagendem Gewissen wurde ihr bewusst, dass sie der Grund für viele dieser Sorgenfalten und den verbissenen Ausdruck war. Sie *und* Linda, dachte sie niedergeschlagen. Nicht zum ersten Mal fragte sie sich, wie es eigentlich um die Beziehung von Dan und Linda bestellt gewesen war.

Er beobachtete das Auf und Ab ihrer Hände und hörte, wie Haut über Haut strich. Abrupt stand er auf. »Du solltest etwas schlafen.« Er stellte den Stuhl zurück an seinen Platz am Fußende des Betts.

Auf einmal wollte Lisa nicht, dass er ging. »Ich bin nicht müde.«

»Aber ich«, meinte Dan knapp. »Ich komme morgen wieder.«

»Okay«, antwortete sie verloren, als er zur Tür ging. »Gute Nacht.«

Er erwiderte nichts.

6

Dan brachte Lisa ein paar seiner T-Shirts mit. Sie waren so groß, dass sie bis zu den Knien darin versank. Lisa war begeistert und wenn es Dan irritierte, sie in seiner Kleidung zu sehen, so behielt er es für sich.

Die Ärzte und Schwestern redeten davon, dass Lisa langsam heimgehen könnte – heim mit Dan Brogan, bedeutete das. Anscheinend heilte Lindas Bein gut, und Lisa war mit den Krücken schon so gewandt, dass sie sich ohne Hilfe bewegen konnte.

Lisa war erschüttert. Sie war so damit beschäftigt gewesen, ihre groteske Situation zu verarbeiten, dass sie noch gar nicht daran gedacht hatte, wie es eigentlich weitergehen würde. Ihre Gefühle fuhren ständig Achterbahn mit ihr. Einen Moment lang war sie überzeugt, dass sie ihr Schicksal annehmen konnte, dass sie die Chance auf ein zweites Leben mit beiden Händen ergreifen wollte, nachdem sie dem Tod so knapp entronnen war. Doch im nächsten Moment versank sie in tiefste Verzweiflung, wenn sie sich so sehr nach ihrer Familie sehnte, dass es fast körperlich schmerzte, und sie sich vorstellte, das Leben einer wildfremden Frau zu führen.

Mit dem Mann einer wildfremden Frau, in den sie sich immer mehr verschoss.

Dan Brogan besuchte sie auch weiterhin jeden Abend. Obwohl er stets geduldig und aufmerksam war, blieb er distanziert. Lisa fragte sich immer öfter, in welchem Zustand die Ehe mit Linda Brogan gewesen war. Es erschien ihr unnatürlich, dass ein Mann seiner Frau gegenüber so *höflich* war. Wenn es nicht unbedingt nötig war, vermied er Berührungen, und Lisa hatte nicht den Eindruck, dass er es aus reiner Rücksicht auf ihren Gedächtnisverlust tat. Sie spürte, dass Dan sich verantwortlich fühlte, sich um Linda zu kümmern. Außerdem hegte sie den stillen Verdacht, dass er seine Frau nicht sonderlich mochte. Lisa wunderte sich, dass Linda außer Dan keinen anderen Besuch bekam. Eines Abends erwähnte sie das gegenüber Dan. Sofort war er hellwach, was mitunter ziemlich irritierend sein konnte. Dans silbergraue Augen blickten sie an, als wollten sie bis auf den Grund ihrer Seele dringen.

An diesem Abend trug sie ein ausgeblichenes T-Shirt mit Nike-Logo. Erst hatte Dan nur seine besten T-Shirts gebracht, aber dann hatte Lisa erklärt, es wäre ihr ernst gewesen, als sie ihn um alte bat. »Die sind doch nicht alt, dafür sehen sie zu gut aus.« Diese alten gefielen ihr besser als die neuen, und Dan gefiel besser, wie sie darin aussah, verglichen mit sich selbst. Aus unerfindlichem Grund wirkte sie in seinen alten Jogging-T-Shirts sexier als in den aufreizenden Satinhängerchen, denn der weiche Baumwollstoff umspielte ihre Kurven, wölbte sich über Brüsten, Hüften und der Rundung ihres Pos, bevor die Formen wieder verschwanden, wenn sie sich bewegte. Dan entwickelte nach und nach einen Faible für ausgeleierte T-Shirts.

»An wen hast du denn gedacht?«, fragte er brüsk. Er kam direkt aus der Kinderklinik und trug noch Arbeitskleidung: einen dunklen Anzug, ein hellblaues Hemd und eine *Lilo-und-Stitch*-Krawatte.

Lisa schüttelte den Kopf. Sie bereute ihre Frage schon

wieder. Das Letzte, was sie brauchte, war ein Besucher aus Lindas Vergangenheit. »An niemanden. Vergiss es! Ich weiß nicht, warum ich gefragt habe«, murmelte sie hastig und warf einen Blick auf den großen Strauß langstieliger roter Rosen, der am Nachmittag ohne Karte gekommen war. »Ich frage mich, wer die geschickt hat«, sagte sie, um das Thema zu wechseln.

Dan hatte die Rosen bei seiner Ankunft lange betrachtet und über das Gleiche nachgedacht. Als Lisa ihm sagte, dass keine Karte dabei gewesen war, hätte er sie am liebsten gepackt und in den Abfalleimer geschleudert. »Von einem heimlichen Verehrer, nehme ich an«, äußerte er tonlos und erntete einen verständnislosen Blick von Lisa.

Mary, die Stationsassistentin, klopfte sachte an die offene Tür. »Lisa? Sie haben Ihr Menü für morgen noch nicht ausgesucht.«

Dan hasste es, wenn sie Lisa genannt wurde, aber genauso wie die Schwesternbelegschaft spielte er mit, um sie bei Laune zu halten.

»Oh, danke, Mary.« Lisa stützte ihre Hände auf die Matratze und setzte sich auf. »Ich war faul. Nancy und Chris haben es immer für mich erledigt.« Und wie nicht anders zu erwarten, schmeckte das Essen im Krankenhaus scheußlich. Nie gab es Fleisch.

Lisa bemerkte, wie Mary Dan anschmachtete, als sie in ihr Zimmer kam – wie ein Weihnachtsgeschenk, das sie gerne an einem ruhigen Plätzchen ausgepackt hätte.

Lisa wurde wütend. Schließlich war Dan Brogan Lindas Mann. Es erschien Lisa extrem unhöflich, den Mann einer anderen Frau zu begaffen, wann immer er auftauchte. Manchmal fühlte sie sich wie eine verknallte Teenagerin, wenn Dan in ihr Zimmer kam oder sie seine Stimme hörte. Durch diese Erkenntnis wurde sie in seiner Gegenwart nur noch befangener.

Mary reichte Lisa die Karte, während sie Dan kontinuierlich anlächelte, und Lisa musste sich zurückhalten, um sie ihr nicht aus der Hand zu reißen. Daher bemerkte sie auch nicht Dans angespanntes Gesicht, als sie die Karte nahm. Zum ersten Mal, seit sie aufgewacht war, musste Lisa etwas schreiben.

»Hast du einen Stift, Dan?«, fragte sie und wunderte sich, wie widerstrebend er ihr einen reichte. Sie blickte auf die Menüauswahl und blinzelte. Es gab drei Spalten, die, nahm sie an, für Frühstück, Mittagessen und Abendessen standen.

Lisa hob das Blatt näher an ihre Augen und schaute konzentriert. Aus irgendeinem Grund sah *Morgen* aus wie *Morgeu* und *Abend* wie *Adenb*. Je länger sie die Wörter ansah, desto weniger Sinn ergaben sie. Bald fingen sie an, sich zu bewegen, und die weißen Abstände zwischen den schwarzen Buchstaben formten Muster wie Bäche, die über die Seite rannen. Sie sperrte den Mund auf. »Was zum …?«

Dan wollte ihr die Speisekarte abnehmen. »Gib her, ich mache das für dich.«

Lisa riss sie ihm weg. »Nein! Das ist absolut faszinierend!«

»Linda, du regst dich nur auf. Lass mich das für dich machen«, beharrte Dan und sah sie ängstlich an. Sie machte ein Gesicht, als hätte sie soeben eine Erleuchtung.

Dann presste sie das Blatt an ihre Brust und sah Dan mit großen Augen an. »Linda war Legasthenikerin, oder?«

Die nächste halbe Stunde wusste Dan nicht, wo ihm der Kopf stand.

Zum Ersten redete Linda permanent in der dritten Person von sich. Sosehr er sich bemühte, für ihn blieb diese Frau Linda, und er musste sich daran erinnern, sie Lisa zu nennen. Bei jedem Versprecher blickte sie ihn so gekränkt an, dass er sich ganz mies vorkam.

Sie bombardierte ihn mit Fragen. Wann wurde die Legasthenie diagnostiziert? Wie litt sie darunter? Litt sie unter Schwindelgefühl? Wurde sie leicht seekrank? Geriet sie oft in Unfälle (sie verdrehte die Augen, als sie diese Frage stellte) – und dann der Gipfel: Welche Lernprogramme hatte sie probiert?

»Als Kind hast du die meisten ausprobiert«, antwortete Dan und bemühte sich, nicht auszurasten. Er erzählte ihr nichts, was sie nicht ohnehin schon wusste.

»Aber keines hat gegriffen?«

Er schüttelte den Kopf.

»Was ist mit Erwachsenenkursen?«

Er schüttelte erneut den Kopf. »Dagegen hast du dich gewehrt.«

Sie sah ihn verständnislos an. »Wie ist sie damit fertig geworden?«

»Gar nicht. Sie ist – du bist gar nicht damit fertig geworden.«

Lisa blickte auf die Speisekarte und schnappte sich ein Modemagazin nach dem anderen von ihrem Nachtkästchen. Sie blickte auf die Überschriften. »Das ist verrückt! Ich habe mich immer gefragt, wie es für die Kinder war, die ich unterrichtete.«

Dan starrte sie an. »Welche *Kinder*, Linda?«

»Ich bin Lehrerin«, antwortete sie geistesabwesend, während sie das Magazin auf der Suche nach einer Seite mit mehr Text durchblätterte. Sie bemerkte nicht einmal, dass er sie mit Linda angesprochen hatte. »Grundschule. Ich hatte öfter Kinder mit Lernschwierigkeiten – Legasthenie, Rechenschwäche, Aufmerksamkeitsdefizit-Störung – in meinen Klassen. Bisher habe ich nie ganz verstanden, was sie sahen. Schau!«, krächzte sie und stieß den Zeigefinger auf die Seite. »Das heißt ›nie‹, oder?«

Dan verbog sich den Hals. »Ja, da steht ›nie‹.« Er sah sie ungläubig an. »Ein« und »nie« sind Wörter, die Legastheniker kaum auseinanderhalten können. Linda war immer wieder darüber gestolpert. Er war erstaunt, dass sie sich ausgerechnet dieses Beispiel ausgesucht hatte. »Wie hast du das gemacht?«, wollte er wissen.

Sie legte das Magazin zur Seite und hob die Speisekarte auf. »Und das heißt ›Morgen‹, oder? Und das ›Abend‹.«

Dan war sprachlos. Ds und Bs waren eine weitere klassische Klippe. »Wie hast du das gemacht?«, wiederholte er unbehaglich.

Lisa war so aufgeregt wie nie seit ihrem Erwachen. »Hast du schon einmal vom Irlen-Syndrom gehört?«

Dan nickte stumm und spürte, wie er eine Gänsehaut bekam. Er hatte mit Linda nie über das Irlen-Syndrom gesprochen, weil er wusste, dass sie nichts davon hören wollte. Er bemerkte, dass sie immer noch mit ihm sprach. »Entschuldige?«

»Ich sagte, hast du schon einmal von der Davis-Legasthenie-Korrektur gehört?«

»Natürlich!«, blaffte er sie an und dachte an all die Bücher, die er im Laufe der Jahre zum Thema Legasthenie gelesen hatte, in der Hoffnung, Linda irgendwie helfen zu können.

»Entschuldigung.« Sie sah gekränkt aus.

Dan seufzte. »Ich wollte dich nicht anschnauzen.«

Sie zuckte mit den Schultern. »Ich weiß, dass es für dich auch nicht einfach ist.«

Eine Weile schwiegen sie verlegen.

Dan sah, dass sie darauf brannte, ihn etwas zu fragen, und lächelte widerwillig. Man konnte Lisa jedenfalls nicht vorwerfen, gern zu schmollen, so wie Linda früher. »Was ist?«

»Könntest du … fragen, ob das Krankenhaus einen Termin für mich vereinbaren kann, bevor ich heimkomme?«, fing sie vorsichtig an und wurde immer schneller, als ihre Begeisterung sie mitriss. »Flash-Cards mit Bildern sind eine gute Methode, um den Satzbau zu trainieren und zu lernen, wie man Wörter erkennt.« Sie machte eine Pause und schnappte sich den Kugelschreiber. »He! Wie steht es mit Schreiben?«

Dan fühlte sich, als ob ein Laster über ihn hinweggerollt wäre. Woher die plötzliche Begeisterung? »Immer nur ein paar Sätze. Du leidest an Koordinationsschwäche beim Schreiben, und deine Schrift …«

»Fällt am Rand der Seite herunter«, führte sie den Satz zu Ende. Sie machte sich daran, ihren Namen in das Kästchen oben auf der Seite zu schreiben, mit langsamen, fahrigen Bewegungen. Nach ein paar Buchstaben spitzte ihre Zunge aus dem Mundwinkel, und ihr Kopf neigte sich, um sich der wackeligen, schräg nach unten führenden Schrift ihres Namens anzupassen.

Dan konnte nicht glauben, was er da sah. Linda versuchte, vor Publikum zu schreiben. Sie wollte über ihre Legasthenie sprechen und schien Dinge zu wissen, über die sie in der Vergangenheit nie geredet hätte. Aber am meisten beunruhigte ihn, dass sie mit der linken Hand schrieb. Und der Name, den sie mühsam über jede der Spalten schrieb, war nicht *Linda Brogan*.

Sie schrieb *Lisa Jackson*.

Dan saß auf dem Plastikstuhl, seine Hände hingen kraftlos zwischen seinen gespreizten Knien herab, und er schüttelte müde den Kopf.

»Dan?«

»Was?«

»Gibt es auf dieser Speisekarte Fleischgerichte?«

»Du bist Vegetarierin, Linda«, erwiderte er matt.

Ihre Lippen bildeten diese trotzige Linie, die ihm langsam vertraut wurde, und aus ihren Augen sprach der Tadel, weil er sie Linda genannt hatte. »So ein Unsinn!«, murmelte sie.

Dan warf seine Hände in die Höhe und ließ sich auf den orangefarbenen Stuhl zurücksinken.

Lisa zog die Brauen hoch. »Isst du Fleisch?«

»Natürlich esse ich Fleisch!«, schnaubte er.

»Puh, da bin ich aber erleichtert!« Sie hielt ihm den Stift hin. »Kannst du mir ein Fleischgericht ankreuzen? Bitte? Ich dachte schon, hier gäbe es keines.«

Dan blickte in das kleine Gesicht mit den wachen Augen, die ihn vertrauensvoll anblickten, und griff langsam nach dem Stift. Dann kreuzte er alles mit Fleisch an und verkündete: »Du bist seit acht Jahren Vegetarierin, Linda.« Er dachte, er würde keine weiteren Überraschungen mehr verkraften.

»Na und? Das sind acht Jahre zu viel, wenn man mich fragt«, antwortete sie leichthin. »Ich fürchte, dieser Herbo ist gerade abtrünnig geworden.«

Dan hob den Kopf. »Herbo?« Wovon redete sie nun schon wieder?

»Herbivore.«

Plötzlich war aller Elan gewichen, all der Eifer und die Begeisterung. Auf einmal sah Lisa wieder so niedergeschlagen und müde aus wie bei Dans Ankunft. Er stand auf und fragte sich, wie er ihren Höhenflug gestoppt hatte. Er wünschte, er wäre nicht so kritisch gewesen. Aber wie sollte man verdammt noch mal reagieren, wenn diese Frau nach acht Jahren plötzlich eine Hundertachtzig-Grad-Wendung bei einem persönlichen Problem hinlegte, das sie ihr Leben lang geheim gehalten hatte, *und* behauptete, Fleisch zu essen, obwohl sie es in der Vergangenheit nur widerstrebend ein paar Mal die Woche für Dan gekocht hatte?

»Du bist müde«, stellte er fest.

Sie nickte und schlüpfte tiefer unter die Laken. Dabei sah sie so verloren aus, dass Dan sich zurückhalten musste, um sie nicht an sich zu ziehen und in die Arme zu schließen.

»Ich lasse dich etwas schlafen.«

Wieder nickte Lisa. Sie schloss die Augen und drehte das Gesicht ins Kissen. »Danke, Dan. Gute Nacht.«

»Nacht.« Er musterte sie noch kurz, bevor er über das Bett langte und das Licht herunterdimmte. Das Zimmer wurde in einen sanften Schein getaucht, eine Oase in der Hektik und dem Lärm, die vom Korridor zu ihnen drangen. Er lieferte die Speisekarte auf Marys Schreibtisch ab und nahm kaum wahr, wie sie ihm überschwenglich dankte. Auf dem Weg zum Parkplatz fühlte er sich mindestens so verzweifelt, wie Lisa es zu sein schien.

Lisa wollte nicht weinen, aber es war schwer. Diesmal war es der Herbivore-Witz gewesen. Sie wünschte, sie könnte Dan erklären, dass sie und ihre Schwester Sherry Vegetarier immer »Herbivore« genannt hatten. Sherry sagte gerne: »Sehe ich vielleicht wie eine Raupe aus?«, wenn das Thema Vegetarismus auf den Tisch kam.

Bei dem Gedanken an ihre Schwester stürzten all der Kummer und die Einsamkeit von neuem auf Lisa ein. Sie ließ sich unter die Decke sinken und schloss die Augen. Sie wusste, dass Dan sie noch einige Zeit lang stumm beobachtet hatte, bevor er ihr eine gute Nacht gewünscht hatte und gegangen war. Er schien zu bemerken, wann man sie in Ruhe lassen musste, und machte keine Umstände deswegen. In solchen Momenten schützte sie immer ihr Schlafbedürfnis vor, damit man sie allein ließ.

Seit Linda wieder bei Bewusstsein war, stimmte es irgendwie nicht mehr.

Es *passte* einfach nicht zusammen.

Nachdem sie aufgewacht war, hatte sie erst kaum ein Wort herausgebracht und war schwer zu verstehen gewesen. Dan hatte sich gefragt, ob vielleicht das Sprachzentrum verletzt war, aber das CT hatte gezeigt, dass es keine Blutungen oder Schwellungen in diesem Bereich gegeben hatte. Als sie schließlich wieder sprach, tat sie das mit neuseeländischem Akzent, gespickt mit regionalen Redewendungen. Und sie schien sich weniger Gedanken um ihr Aussehen zu machen. Solange man sie wusch und fütterte, schien sie weitgehend zufrieden zu sein. Sie hatte erzählt, dass sie mit Klumpfuß zur Welt gekommen war. Und jetzt hatte sie einen fremden Namen auf ein Blatt Papier gesetzt und dabei die linke Hand benutzt.

Linda war immer Rechtshänderin gewesen.

Dan wusste nicht mehr, was er denken sollte. Und dabei mochte er die neue Linda lieber als die alte. Aber Dinge wie der protzige Rosenstrauß erinnerten ihn daran, wozu sie in der Vergangenheit fähig gewesen war. Dass die Rosen von Jack Millar kamen, stand für ihn außer Frage. Dieser feige Hund wollte einfach nicht aufgeben! Dan war Janice Millar absichtlich im Hauptgebäude des Krankenhauses über den Weg gelaufen und hatte ihr von Lindas Gedächtnisverlust erzählt. Auf diese Weise stellte er sicher, dass Jack davon erfuhr. Dan hatte erwogen, zu ihm zu fahren und ihn zur Rede zu stellen, aber er wusste, dass er den Kerl diesmal zusammengeschlagen hätte, und das hätte Janice und die Kinder erschreckt. Es versetzte ihm einen Stich, wie abgezehrt und verängstigt Janice aussah, als er sie ansprach. Es musste hart sein, in dem Wissen zu leben, dass einen der Ehemann betrog. Dan empfand vollstes Mitgefühl.

In letzter Zeit hatte er viel über die junge Frau nachgedacht, die bei dem Unfall ums Leben gekommen war. Er wusste nicht, wie sie hieß, hatte es nicht wissen wollen. Aber er wusste, dass sie bei ihm in der Nähe gewohnt hatte und siebenundzwanzig Jahre alt gewesen war, zwei Jahre jünger als Linda.

Die Polizei hatte ihm bereits einen Besuch abgestattet. Eigentlich wollten sie mit Linda sprechen, aber bisher hatte die Erklärung der Ärzte über ihren geistigen Zustand und ihren Gedächtnisverlust sie davon abgehalten. Die Ärzte machten sich Sorgen, ob Linda es verkraften würde, dass ihr leichtsinniges Verhalten zum Tod eines anderen Menschen beigetragen hatte, wo sie doch so offensichtlich unter Depressionen litt. Dennoch, hätte Dan geglaubt, dass es der Familie der Verstorbenen in irgendeiner Hinsicht helfen würde, hätte er die Polizei wahrscheinlich mit Linda sprechen lassen. Früher oder später musste sie sich ohnehin damit auseinandersetzen. Der Fall würde sicherlich strafrechtlich verfolgt werden. Linda musste mindestens mit einer Geldstrafe und Sozialdienst rechnen, weil sie ohne Führerschein gefahren war, doch wie es aussah, trug die andere Frau die Schuld an dem Unfall.

Das blaue Kabriolett hatte Jack gehört. Er hatte Linda ans Steuer gelassen, obwohl er wusste, dass sie keinen Führerschein besaß. Aufgrund ihrer Legasthenie hatte sie nie versucht, die Prüfung in den Staaten abzulegen, obwohl Dan ihr versicherte, dass jährlich Tausende von Legasthenikern ihren Führerschein machten. Linda hatte sich geweigert und ihn eine Nervensäge genannt. Wenn er nicht da war und sie chauffieren konnte, hatte sie sich entweder mit dem Taxi oder dem Mountainbike fortbewegt. Zu Beginn ihrer Beziehung waren sie oft zusammen geradelt, aber aufgrund von Dans Verpflichtungen hatten sie immer seltener Zeit dafür gefunden.

Linda war sehr gesundheitsbewusst und hielt sich immer in Form. Eins der Argumente, mit denen Dan ihr Neuseeland schmackhaft machen wollte, war die Aussicht, hier wieder mehr Zeit für ihre alten Hobbys zu haben und neue aufnehmen zu können. Eine Weile hatten sie das auch getan, doch schließlich entschloss Linda sich für das Fitnessstudio.

»Du nimmst überhaupt nicht an meinen Interessen teil«, hatte sie sich oft beschwert.

Dan hatte den Fehler gemacht, genauso patzig zu erwidern: »Du meinst, ich lasse mir keine Acrylnägel ankleben oder rede nicht darüber, wie viele Sit-Ups ich hinbekomme oder wie lang man die Röcke dieses Jahr trägt?«

Er bereute seinen Ausbruch sofort, denn er wusste, dass er sie mit Angriffen auf ihre Intelligenz zutiefst verletzte. Er versuchte, sich zu entschuldigen, doch es war zwecklos. Linda konnte keine Entschuldigungen annehmen, weil sie Fehler nicht verzieh.

Er grübelte wieder über die junge Frau, die gestorben war, und malte sich aus, sein Leben hätte mit siebenundzwanzig geendet. Er versuchte, sich den Kummer und den Schmerz der Mutter und des Vaters vorzustellen, die ihr Kind begraben mussten. Sie hatte eine schwere Kopfverletzung davongetragen und war bald nach ihrer Ankunft in der Notaufnahme gestorben, weil sie durch den Leberriss so viel Blut verloren hatte. Als Dan Linda so betrachtete, fragte er sich, ob es da oben irgendjemanden mit einem Plan gab. Er hätte sich niemals ihren Tod gewünscht, aber er fragte sich, wie groß das Loch gewesen wäre, das Linda im Leben anderer Leute hinterlassen hätte, im Vergleich zu dem, das der Tod dieser anderen Frau vielleicht verursachte.

7

Lisas Sehnsucht nach ihren Eltern wurde immer unerträglicher. Sie brach bei der kleinsten Kleinigkeit in Tränen aus, verweigerte aber weiterhin die Einnahme des Antidepressivums, das Craig Fergusson empfahl. Gegen solchen Kummer konnte es keine Pille geben.

Dan ließ ihr immer genug Kleingeld da, damit sie sich die Morgenzeitung kaufen konnte, sollte ihr danach sein, und eine Telefonkarte für das Münztelefon neben dem Aufzug vor der Station. Lisa fragte sich, wen eine Frau mit Amnesie seiner Meinung nach anrufen sollte, während Dan sich wunderte, warum eine Frau, die kaum lesen konnte, sich den *New Zealand Herald* kaufte.

Am Tag vor ihrer angesetzten Entlassung aus dem Krankenhaus wurde Lisas Bedürfnis, mit ihrer Familie zu sprechen, überwältigend. Sie humpelte durch die Station bis zum Telefon. Dort angekommen, konnte sie mit ihren fahrigen Fingern kaum die Nummer wählen. Es klingelte so lange, dass Lisa schon auflegen wollte, da hörte sie plötzlich die gedämpfte Stimme ihrer Mutter: »Hallo?«

Lisa stieß einen lauten zittrigen Schluchzer aus und krallte sich am Hörer fest, unfähig, zu sprechen.

»Hallo?«, fragte ihre Mutter noch einmal, diesmal etwas verärgert.

»Mu…«, Lisa schluckte. »Mum?«

»Wer ist da?«, fragte ihre Mutter schrill. »Wer sind Sie?«

»Ohhh!«, weinte Lisa leise. »Mum!«

Mit gebrochener Stimme fragte ihre Mutter: »Wer sind Sie? Warum tun Sie das?«

Im Hintergrund entstand Gemurmel. Lisa hörte ihre Mutter sagen: »Es klingt wie Lisa! Es klingt wie Lisa!«

Ihr Vater kam ans Telefon und blaffte wütend in den Hörer: »Wer sind Sie? Ich schwöre, ich werde diesen Anruf zurückverfolgen lassen und eine Beschwerde bei der Polizei einreichen. Finden Sie so etwas vielleicht komisch?«

»Dad!«, schluchzte Lisa und hielt sich mit einer Hand an dem Plastikdach über dem Telefon fest. »Dad! Bitte leg nicht auf!«

Es folgte betroffenes Schweigen, dann stöhnte ihr Vater: »Nein! O nein! Bitte lassen Sie uns in Ruhe!«

Er legte auf.

Lisa glitt zu Boden und wimmerte wie ein Tier, den Hörer noch immer umklammert. Ein vorbeikommender Besucher holte eilig eine Schwester, die Lisa mit dem Rollstuhl in ihr Zimmer schob. Dann rief sie Dan an, der seinen Assistenten die Visite allein beenden lassen musste und ins Hauptgebäude hastete.

Lisa lag auf dem Bett, so eng zusammengerollt, wie es das Gipsbein zuließ, als er nach einer eiligen Erklärung der Schwestern in ihr Zimmer kam. Sie schien die Welt um sich komplett vergessen zu haben. Heftige Schluchzer entrangen sich ihrer Brust und schüttelten sie.

»Linda?«, fragte Dan vorsichtig und ging um das Bett herum, um ihr Gesicht zu sehen. »Linda, Liebling? Was ist passiert? Wer hat dir weh getan?« Er setzte sich auf die Bettkante und strich ihr das zerzauste schwarze Haar aus der Stirn.

Sie schluchzte weiter. »*Bitte* nenn mich nicht mehr Linda!«

»Okay.« Er streichelte weiter ihr Haar.

»Was soll ich nur tun?«, flüsterte sie mit starrem Blick auf die Wand. »*Was* soll ich nur tun?«

Dans Herz zog sich zusammen. Er hatte selten solch abgrundtiefe Verzweiflung bei einem Menschen erlebt, und in seinem Beruf hatte er viel mit Schmerz zu tun.

»Wen hast du angerufen?«, fragte er sanft.

»Meine … meine Familie.«

Er runzelte die Stirn. »Deine Familie? Du meinst deine Mum? In den Staaten?«

Wütend stieß sie seine Hand weg und funkelte ihn an. »Nein! Ich meine meine Mum und meinen Dad! *Hier!*«

Dan musste seine Verblüffung verbergen. Was redete sie da für einen Unsinn? Lisa schlug ihre Hände vors Gesicht und weinte.

»Bitte hör auf!«, bat Dan. Er vergaß seinen Vorsatz, Distanz zu wahren, nahm sie in die Arme und zog sie an seine Brust. Sie wehrte sich kurz, dann entspannte sie sich und ließ sich schweigend den Rücken streicheln.

Nach und nach beruhigte Lisa sich, als sie an Dan Brogans starker Brust lag und dem gleichmäßigen Schlagen seines Herzens lauschte. Ihre Schluchzer verstummten, und ihre Tränen hörten schließlich auf, sein Hemd zu durchnässen. Mit einer Hand ertastete sie die Brustseite seines Hemds und krallte sich daran fest, wobei sie ihn unwissentlich mit den ungewohnten Acrylnägeln kratzte.

Dan zuckte zusammen, streichelte sie aber weiter. Er dachte schon, sie sei eingeschlafen, doch dann sah er, dass sie noch wach war. Sanft bettete er sie auf die Kissen, stützte sich mit den Händen rechts und links von ihrer Taille auf und beugte sich über sie.

»Es wird wieder gut«, versprach er und blickte ihr tief in die verquollenen Augen. »Ich lasse nicht zu, dass dir etwas zustößt.«

Lisa sah zu ihm auf, und kleine Falten zeichneten sich zwischen ihren Brauen ab. »Danke«, sagte sie mit belegter Stimme. »Du bist sehr gut zu mir. Das ist sehr lieb von dir, Dan.«

Dan nickte und setzte sich widerstrebend auf. »Ich komme gleich nach der Visite zurück. Kann ich dich so lange allein lassen?«

Sie nickte. Erst jetzt fiel ihr auf, dass er Arbeitskleidung trug.

Als Dan aufstand, nahm er unauffällig die Telefonkarte vom Nachttisch und ließ sie dezent in seine Hosentasche gleiten. Er fragte sich, wen Linda wohl angerufen hatte, dass sie sich so aufregte.

Außer Betty Mulholland fiel ihm nur Jack Millar ein.

Am nächsten Morgen vereinbarte Dan einen Termin mit Rod Cameron, dem Neurochirurgen, und einen mit Craig Fergusson. Er musste ein paar Dinge mit ihnen klären, bevor er Linda heimholte, obwohl er bezweifelte, dass sie ihm etwas Neues sagen konnten.

»Vor dem Unfall war Linda Rechtshänderin«, berichtete Dan Rod. »Jetzt schreibt sie auf einmal mit links, und ihre Aussprache hat sich radikal verändert. Ich gebe bereitwillig zu, kein Spezialist zu sein, aber so, wie ich das CT deute, hat sie sich bemerkenswert gut erholt.«

Rod nickte zustimmend. »Ich kann diese Veränderungen auch nicht erklären, aber spielt es letztlich eine Rolle?« Er blickte Dan ungeduldig an. »Ihre Frau lebt, sie hat keinerlei motorische oder sensorische Einschränkungen und wird ihr Gedächtnis wahrscheinlich zurückgewinnen. Ist das nicht alles, was zählt?«

Dan nickte und dankte Rod für alles, was er für Linda getan hatte. Er wusste, dass Rod ihn für eine undankbare Nervensäge hielt. Dieser Mann hatte mit Patienten zu tun, die sich nie erholen würden, er und seine Kollegen mussten über Leben und Tod entscheiden, wenn es darum ging, faktisch hirntote Menschen von den Maschinen zu nehmen.

Dan ging zu dem Büro, das er sich mit zwei Kollegen in der Kinderklinik teilte, um sich mit Craig Fergusson zu treffen. Es war der einzige gemeinsame Termin, den sie in ihren vollgepackten Terminkalendern vor Lindas Entlassung finden konnten. Glücklicherweise waren die anderen beiden Ärzte nicht da, als Craig kam. Wie immer hatte er Probleme mit seiner Brille.

Dan kannte Craig viel besser als den Neurochirurgen und konnte offener mit ihm über seine Bedenken sprechen. Er erklärte die Veränderungen in Lindas Sprechverhalten, das geschwundene Interesse an ihrem Aussehen und ihre neuen Essgewohnheiten.

»Ein paarmal hat sie geäußert, dass sie gar nicht Linda sei. Als sie aufwachte, behauptete sie, eine gewisse Lisa Jackson zu sein«, erzählte er und sah müde und abgekämpft aus. »Und nachdem sie sich jahrelang geweigert hat, über ihre Legasthenie zu reden, ist sie plötzlich Expertin auf dem Gebiet und bittet mich, ihr Flashcards und Farbfilter zu besorgen, damit sie testen kann, ob sie ihr beim Lesen helfen.«

Craig hörte mitfühlend zu. »Nun, zumindest ist das etwas Positives. Ich finde es interessant, dass sie ausgerechnet Lisa genannt werden möchte. Das klingt sehr ähnlich wie Linda. Ich kann nicht viel von dem erklären, was Sie mir berichten, Dan, aber das geschwächte Interesse an ihrem Aussehen lässt sich wahrscheinlich auf die Depression zurückführen. Das ist ein typisches Symptom.«

Dan schnaubte verächtlich. »Nicht bei meiner Frau, Craig! Linda war vollkommen auf ihr Aussehen fixiert. Sie glaubte, das wäre ihre einzige Stärke.« Er machte eine Pause und fügte grimmig hinzu: »Linda gehörte zu den Frauen, die sich noch den Lippenstift nachziehen, wenn sie gerade verbluten.«

Craigs Gesichtszüge zeigten die Andeutung eines Lächelns. »Sie sprechen von ihr, als wäre sie fort.«

Dan lehnte den Kopf an die Rückenlehne des Stuhls, blickte zur Decke und murmelte: »Vielleicht ist sie das.«

Craig musterte ihn nachdenklich. »Wie kommen *Sie* denn mit der Situation zurecht, Dan? Es muss doch auch für Sie schwer sein, insbesondere mit dem zusätzlichen Druck der Arbeit.« Sofort setzte Dan sich aufrecht in seinen Stuhl. »Mir geht es gut.«

Craig blinzelte, runzelte die Stirn und nahm seine Brille ab. »Es würde helfen, wenn wir Linda überreden könnten, ein Antidepressivum zu nehmen, aber sie weigert sich.«

Dan nahm eine Büroklammer aus dem Stifteköcher und begann, sie vorsichtig gerade zu biegen. »Haben Sie gehört, was gestern passiert ist, nachdem sie telefoniert hat?«

Craig nickte, und seine Augen wanderten über Dans Tisch. Es war ein Durcheinander, aber die Belegschaft hütete sich, ihn anzurühren. Der einzige Anlass, bei dem sie den netten, reservierten Dr. Dan in die Luft gehen sahen, war, nachdem jemand unvorsichtigerweise seinen Tisch aufgeräumt hatte.

Dan schien ganz darin vertieft, die Büroklammer gerade zu biegen. »Halten Sie es für möglich, dass sie selbstmordgefährdet ist?«

»Nein.« Craig schüttelte den Kopf. »Nein, ich habe den Eindruck, dass Linda sehr dankbar ist, noch hier zu sein.« Er zögerte. »Was geschieht, wenn Sie sie am Freitag nach Hause holen? Nehmen Sie sich nächste Woche ein paar Tage frei?«

Dan seufzte und ließ die Büroklammer fallen, um sich mit beiden Händen durchs Haar zu fahren. »Das geht im Moment nicht. Ich habe ein paar Operationen, die ich nicht meinem Assistenzarzt überlassen kann. Ein paar der Kinder warten seit Monaten auf ihren Termin. Ich kann mir nicht einfach freinehmen.« Er blickte Craig frustriert an. »Aber mir ist nicht wohl dabei, Linda allein zu Hause zu lassen, wenn ihr Gemütszustand so kritisch ist.«

»Wie steht es mit Ihrer Mutter? Sagten Sie nicht, sie hätte angeboten, sich um Linda zu kümmern?«

Dan lachte freudlos und warf sich auf seinem Stuhl zurück. »Das war ein Traum. Meine Mutter würde kommen, aber sie und Linda haben sich nie verstanden.«

»Vielleicht wäre das jetzt anders«, gab Craig zu bedenken.

Dan schüttelte den Kopf. »Dieses Risiko möchte ich nicht eingehen.«

Eine Weile schwiegen sie beide.

Dan sah zu, wie Craig seine Brille wieder aufsetzte, blinzelte und sie verdrossen wieder abnahm. »Warum tragen Sie nicht einfach Kontaktlinsen?«

»Weil ich sie nicht ausstehen kann, deswegen!«

»Und warum lassen Sie Ihre Augen nicht mit Laser behandeln? Ich kann Ihnen einen ausgezeichneten Spezialisten nennen.«

Craig erschauerte. »Kommt nicht in Frage! Beim Anblick von Skalpellen kriege ich Zustände. Was glauben Sie, warum ich Psychiater geworden bin?«

Dan sah ihn belustigt an. »Tja, dann ... ich weiß auch nicht ... schneiden Sie sich die Wimpern kürzer.«

Craig lächelte. »Dasselbe hat mir Ihre Frau geraten.«

Die Belustigung schwand aus Dans Gesicht. »Was soll ich nur machen, Craig?«

»Hat Linda irgendwelche Freunde, die Ihnen aushelfen könnten?«

»Nein.«

Linda hatte keine dauerhaften Freundschaften in Neuseeland geschlossen.

»Sie wissen selbst, wie es ist, Dan«, sagte Craig. »Je mehr Linda sich mit Menschen aus ihrem alten Leben umgibt, desto besser stehen ihre Chancen, ihr Gedächtnis zurückzuerlangen.«

»Ja«, seufzte Dan. »Ich weiß, wie es ist.«

»Im Moment fällt also alles auf Sie zurück.«

»Ja«, stimmte er niedergeschlagen zu, »auf mich.«

Widerwillig kam Dan zu dem Schluss, dass er sich irgendwie ein paar Tage freinehmen musste. Als er Linda an diesem Abend besuchte, hatte er ein schlechtes Gewissen – so, als hätte er sie betrogen. Sie ging wirklich tapfer mit der schrecklichen Situation um. Sie trug ihre Amnesie mit Humor, wo sie nur konnte, und brachte sogar *ihn* zum Lachen. Er war erstaunt, welches Vertrauen sie ihm entgegenbrachte, obwohl er für sie doch ein Fremder sein musste. Er redete sich ein, dass sie ihn wie die Ärzte betrachtete, die sich um sie kümmerten. Doch das erklärte nicht diese übermächtige körperliche Anziehung, die plötzlich zwischen ihnen zum Leben erwacht war.

Diese Entwicklung hatte Dan rücklings überrumpelt. Linda hatte schon lange ihre Anziehungskraft auf ihn verloren. Er sah, dass sie sehr attraktiv war, aber sie erschien ihm wie eine verlockend aussehende Speise, die verdorben schmeckte. In den Monaten vor dem Unfall war Dans Verhältnis zu Linda an dem Punkt angelangt, wo er sie nicht einmal mehr berühren wollte. Er wusste, dass Linda dieser Rückzug schwer zu schaffen machte. Mit seinem Desinteresse hatte Dan ihr unbeabsichtigt einen fürchterlichen Schlag versetzt. Lindas wackeliges Selbstwertgefühl fußte allein auf ihrem guten Aussehen.

»Wenn du heimkommst …«, fing er zögerlich an. Wie immer saß er auf dem Stuhl am Fuße ihres Krankenbetts.

Lisa unterbrach ihr Gehoppel und stützte sich mit der rechten Hand auf der Matratze ab. Dan fiel auf, dass sie ihren Morgenmantel wieder einmal schlampig angezogen hatte und der Gürtel über den Boden schleifte. Und während er diese neue, nachlässige Linda mit der modebewussten, perfekt gestylten alten zu vereinbaren suchte, bemerkte Lisa seine unterschiedlichen Socken und die *SpongeBob*-Krawatte.

Sie deutete darauf. »Wo hast du die denn her?«

Dan hob das Ende ihres Gürtels vom Boden, richtete sich auf und schob es durch ihre Gürtelschlaufe. Dann umfasste er sie und fädelte das andere Ende durch die Schlaufe auf der anderen Seite. »Aus einem Geschäft, und hör auf, vom Thema abzulenken.«

Lisa stand auf ihrem gesunden Bein, lose umfangen von Dans Armen, und hielt ihre eigenen Arme ausgebreitet, um die Balance zu halten. Sie wünschte, sie könnte die Hände auf seine Brust legen, sich nach vorn beugen und einen tiefen Zug von seinem warmen, herben Männerduft einsaugen. In einer Millisekunde hatte ihr Puls vom gemächlichen Spaziergang im Park auf Hundertmeterlauf beschleunigt. Ihr Atem ging schnell, und sie hoffte, dass es Dan nicht auffiel. »Wenn ich heimkomme?«, half sie ihm weiter, die Augen starr auf *SpongeBob* geheftet.

Dan hielt plötzlich inne, die Gürtelenden in den Händen. Sie standen sich gegenüber. Lisa blickte argwöhnisch zu ihm auf, mit großen blauen Augen. Das schwarze Haar hatte sie zu zwei dicken Zöpfen geflochten, die den Ansatz ihrer Brüste streiften. Dan fand, dass sie zum Anbeißen aussah. Er spürte die Wärme ihres schlanken Körpers durch den dünnen Morgenmantel, wo seine Hände sich an ihren Bauch pressten. Gegen seinen Willen fiel sein Blick auf ihre weichen roten Lippen. Sie öffneten sich, als sie plötzlich einatmete.

»Wenn ich heimkomme?«, fragte sie noch einmal leise.

Dan reagierte, als hätte er sich verbrannt, und stolperte hektisch einen Schritt zurück, so dass er gegen den drehbaren Tisch rempelte, der über das Bett ragte. Er räusperte sich. »Nichts«, sagte er knapp. »Soll ich schon einmal etwas Wäsche mitnehmen?«

Sie wurde rot und schüttelte den Kopf. Aus irgendeinem Grund schien ihr der Gedanke unangenehm zu sein, dass er ihre Wäsche wusch. »Nein danke«, murmelte sie und zupfte den Tisch umständlich zurück in die richtige Position.

Dan raufte sich die Haare und fragte sich, wie diese Frau es nur immer anstellte, ihm die Zunge zu verknoten. »Wenn du heimkommst«, begann er mürrisch, »kann ich mir nicht gleich freinehmen, deshalb wirst du erst einmal viel allein sein. Aber sobald ich kann, nehme ich ein paar Urlaubstage.«

Sie reagierte entsetzt. »Nein! Ehrlich, ich komme schon zurecht. Ich erwarte nicht, dass du dir für mich freinimmst. Wirklich! Das ist nicht nötig!«

Nun, das verwies ihn jedenfalls auf seinen Platz, dachte Dan säuerlich. »Na gut. Lassen wir es auf uns zukommen.«

»Ja, tun wir das«, stimmte Lisa zu.

8

Sherry Jackson schäumte vor Wut.
Irgendeine kranke Spinnerin hatte ihre Mutter angerufen und sich als Lisa ausgegeben.

»Ich lasse den Anruf von der Telecom zurückverfolgen«, versprach sie ihrem Vater Brian, als sie zusammen in der Küche ihrer Eltern standen. »Ich finde heraus, wer das war, und …«

»Tu es nicht, Sherry!«, unterbrach ihr Vater müde. »Lass es gut sein. *Bitte!*«

»Aber was, wenn sie noch mal anruft? Was …«

Brian hob beschwichtigend die Hand. »Wenn sie noch einmal anruft, wende ich mich selbst an die Telecom. Im Moment möchte ich die Sache einfach vergessen.« Er schielte durch die Küchentür zu seiner Frau im Wohnzimmer, die am Esstisch saß, aus dem Fenster starrte und Kette rauchte. »Einen Aufstand bei der Telecom zu machen, hilft deiner Mutter im Moment auch nicht.«

Sherry versuchte, ihre Wut und ihren Frust hinunterzuschlucken. Dass sie nicht in der Lage war, die Dinge in Ordnung zu bringen, machte ihr im Moment am meisten zu schaffen. Erst der Schock und die Unfassbarkeit, dass Lisa in einen Autounfall am Kreisverkehr nahe dem Haus ihrer Eltern geraten war, dann ereilte sie die Nachricht aus dem Krankenhaus, dass Lisa fünfzehn Minuten vor Sherrys Ankunft gestorben war.

Sherry war Polizistin. Als sie ins Krankenhaus gekommen war, hatte sie als Erstes zwei ihrer Kollegen gesehen, die ihren Eltern langsam einen Gang in der Notaufnahme hinunter folgten. Der Anblick ihrer Eltern hatte Sherry erschreckt. Sie hatten wie Zombies ausgesehen, die Arme hingen schlaff an ihnen herunter, und ihre Gesichter waren leer. Sie hatten gerade eine Leiche als ihre Tochter Lisa Louise Jackson identifiziert.

Sherrys Bruder Ben ging auf direktem Weg zu Lisa, als er eine halbe Stunde später im Krankenhaus ankam. Als er wieder herauskam, weinte er so heftig, dass Sherry ihn kaum verstand. »Geh rein … Geh rein, und schau sie dir an, Sherry. Sie … sie ist noch warm.«

Aber Sherry wollte Lisas toten Leib nicht sehen. Stattdessen setzte sie ein verbissenes Lächeln auf und machte sich auf die Suche nach der Fahrerin des anderen Autos.

»Die Fahrerin des anderen Autos liegt in Rea-Raum eins«, hatte eine Schwester sie informiert, bevor sie in die entgegengesetzte Richtung davoneilte. Sie hatte Sherry in ihrer Polizeiuniform automatisch für einen der Beamten gehalten, die häufig die betriebsame Notaufnahme der Stadt besuchten. »Einer Ihrer Kollegen ist bereits dort.«

Sherry warf einen Blick auf die Kunststofftafel und entdeckte den Namen »Linda Brogan«, der mit rotem Filzer in das Kästchen unter »Rea-Raum eins« gekritzelt worden war.

Eine Schwester kam vorbei, die Augen auf einen Punkt weiter hinten im Gang gerichtet. »Mr. Brogan?«, fragte sie.

Sherry wirbelte herum und sah einen extrem großen, dunkelhaarigen Mann in grünem Kittel auf sich zuschreiten. Dass er Chirurg war, schloss sie daraus, dass die Schwester ihn mit »Mr.« und nicht mit »Dr.« angesprochen hatte. Ein blauer Mundschutz hing von seinem Hals, als wäre er gerade aus dem Operationssaal geeilt. Er trug den leeren, fassungslosen Ausdruck, den Sherry schon so oft in den Gesichtern Angehöriger gesehen hatte, wenn sie erfuhren, dass ein geliebter Mensch in einen Unfall verwickelt worden war.

Brogan bemerkte Sherrys Uniform und blickte sie stirnrunzelnd an. Offensichtlich fragte er sich, ob auch sie mit ihm sprechen wollte. Als Sherry ihn nur weiter wortlos ansah, wandte er seine Aufmerksamkeit wieder der Schwester zu und sagte: »Ja?«

»Ihre Frau liegt in RR1«, erklärte sie ihm. »Ich zeige Ihnen, wo Sie hinmüssen.«

»Wie geht es ihr?«, hörte Sherry ihn fragen, als er und die Schwester davoneilten. Sie bemerkte, dass er mit amerikanischem Akzent sprach.

Sherry eilte ihnen hinterher, entschlossen, in RR1 zu gelangen und dann … was? Sie geriet ins Stocken, als die Tür aufschwang, um Brogan und die Schwester einzulassen. Dillon Taylor, ein Kollege und Freund von Sherry, kam heraus. Er blickte sie misstrauisch an. »Sherry? Sherry, was machst du denn hier?«

Sherry bemerkte, dass er seine Hände nach außen drehte, während er auf sie zukam. Sie versuchte, sich seitlich an ihm vorbeizudrücken und zur Tür zu rennen, aber Dillon fing sie auf und hielt sie fest, während sie sich wand und gegen ihn ankämpfte, obwohl er viel größer war als sie. »Sherry! Sherry! Komm schon, Sherry! Du weißt, dass du da nicht reindarfst!«

»Lebt diese Frau, Dillon?«, fauchte Sherry und entwand sich seinem Griff. »Denn Lisa ist tot!«

Diese Nachricht war ein Schock für Dillon. Er war zwei

Jahre mit Lisa zusammen gewesen, bevor ihre Endometriose so schlimm wurde, dass sie die Beziehung abbrach. Eine Weile waren Sherry und der Rest ihrer Familie davon ausgegangen, dass Dillon eines Tages zur Familie gehören würde.

Er schloss kurz die Augen. »Es tut mir so leid, Sherry. Das tut mir so leid!«

»Dann … dann … lebt sie also noch?«, zischte Sherry. »Diese Brogan-Frau?«

»Ich glaube schon. Sie behandeln sie da drinnen.«

In diesem Moment bildete Sherry sich ein, Lisa würde ihren Namen rufen und etwas berührte sie leicht am Arm. Entgeistert blickte sie nach rechts, doch da war nichts – absolut nichts. Sie zog den Kopf ein und fühlte einen Luftzug, als ob etwas mit großer Geschwindigkeit an ihr vorbei in Richtung der Türen zum Rea-Raum sauste.

Dillon packte sie, als ihre Beine einknickten. »Sherry? Sherry, ist alles okay?«

»Hast du das gehört?«, flüsterte sie durch blutleere Lippen. »Es klang wie Lisa. Hast du sie gehört?«

Dillon wurde blass. Er hob Sherry auf und trug sie den Korridor hinunter, weg von dem Raum.

Sherry blickte noch einmal durch die Küchentür zu ihrer Mutter. Vergangene Weihnachten war es Jill Jackson nach fünfundzwanzig Jahren endlich gelungen, mit dem Rauchen aufzuhören. Sherry und Lisa waren ihr seit Ewigkeiten damit in den Ohren gelegen. Doch erst als Lisa eine Unsicherheit bei ihrer Mutter spürte, eine Schachtel Zigaretten nach Hause brachte und selbst mit dem Rauchen anfing, hatte ihre Mutter ein Einsehen gehabt und den Absprung geschafft.

»Du bist eine miserable Raucherin«, hatte Sherry gelästert. Sie hatte Lisa zugesehen, wie sie sich durch eine Zigarette hustete und prustete, und sich gefragt, warum sie nicht selbst auf diese Idee gekommen war.

»Du meinst, es gibt auch gute Raucher?« Lisas Augen tränten vom Qualm.

Sherry musste Lisas Taktik bewundern. Lisa wusste, dass ihre Mutter den Gedanken nicht ertragen würde, dass ihre Tochter rauchte. Und tatsächlich war Jill außer sich gewesen. »Wie kann man nur so dumm sein! Du ruinierst dir deine Gesundheit!«

»Was macht das schon für einen Unterschied?«, hatte Lisa zurückgegeben und sich eine neue Zigarette an der Glut der alten angesteckt. Sie trug ein altes Paar Handschuhe von ihrer Großmutter, damit das Nikotin nicht auf ihre Finger abfärbte. »Glaubst du, mit Nikotin-Jill zusammenzuleben hat meiner Lunge nicht geschadet?« Sie schlug sich theatralisch an die Brust. »Glaub mir, hier drin stecken fünfundzwanzig Jahre von deinem Nikotin. Da dachte ich, wozu brauche ich eigentlich eine Mittlerin?«

Das war ein Schlag unter die Gürtellinie, fand Sherry. Ihre Mutter ging zum Rauchen immer hinaus und trug eine schuldbewusste Miene wie ein Junkie, der sich seinen Schuss setzt.

»Sherry, ich weiß nicht, wie lange ich das durchhalte«, klagte Lisa schon nach vier Zigaretten. »Ich glaube, ich muss mich gleich übergeben.«

Zum Glück gab ihre Mutter auf, bevor Lisa durch die halbe Schachtel war. Sherry, Ben und Brian hatten Wetten abgeschlossen, wie lange Jill weiterqualmen würde. Ben hatte gewonnen. »Bei dir oder mir hätte ich ihr länger gegeben«, erklärte er. »Aber du weißt ja, wie Mum und Dad in Bezug auf Lisa sind.«

Sherry lächelte. Die ganze Familie teilte diese Beschützerhaltung gegenüber Lisa, die fast zwei Monate zu früh zur Welt gekommen war. Sherry war alt genug gewesen, um sich an Lisas Gips nach der Klumpfuß-Operation zu erinnern. Sherry glaubte, dass die Endometriose, durch die Lisa sich in den meisten Monaten unter Schmerzen in ihrem Bett wand, das Fass zum Überlaufen brachte.

Es hatte immer so ungerecht gewirkt.

Sherry und Ben waren rundum gesund und wurden fast nie krank. Beide waren sie groß und kräftig, während Lisa, das mittlere Kind, gerade einmal eins sechsundfünfzig erreichte und eine zarte Erscheinung war. Eine Anekdote, die immer wieder gerne zum Besten gegeben wurde, handelte von Bens erstem Schultag. Lisa, zwei Jahre älter als ihr Bruder, hatte Ben bei der Hand in sein Klassenzimmer gezogen und ihn seiner neuen Lehrerin mit den Worten vorgestellt: »Mrs. Davies, das hier ist mein kleiner Bruder Ben. Er hat heute seinen ersten Schultag und ist ein bisschen schüchtern.«

Mrs. Davies hatte diese Geschichte Jill Jackson erzählt und beschrieben, wie das winzige Elfchen Lisa mit ihrem blonden Lockenschopf und den blaugrauen Augen ihrem »kleinen« Bruder kaum bis an die Schulter reichte. »Aber ich habe nicht gewagt, zu lachen«, erklärte sie Jill. »Sie meinte es todernst.«

Diese Geschichte charakterisierte Lisa so gut, dachte Sherry traurig. Sie war vielleicht nicht die Größte und

Gesündeste gewesen, trotzdem kannte Sherry niemanden, der so mutig und unerschrocken war wie sie. Sie ließ nie locker, wenn sie etwas nicht für richtig hielt, was auch der Grund gewesen war, weswegen ihre Mutter sich im Kampf um das Rauchen ergeben hatte. Es verbitterte Sherry, dass Lisas Tod Jill wieder zu ihrer alten Gewohnheit verführt hatte. Ihre Schwester wäre so enttäuscht gewesen!

Nicht, dass Sherry ihrer Mutter einen Vorwurf machte. Zur Hölle, sie alle waren auf der Suche nach etwas, um den Schmerz des Verlustes zu betäuben! Falls das überhaupt möglich war. Ihr Vater versteckte sich in seinem Garten und tat, als würde er seine Pflanzen pflegen, aber wenn Sherry nach ihm suchte, saß er oftmals auf der Holzbank unter dem Puahou-Baum und starrte ins Leere, eine Gartenschere vergessen in der Hand haltend und einen Ausdruck solch vollkommener und absoluter Trostlosigkeit im Gesicht, dass Sherry zum Heulen zumute war. Seit Lisas Tod war Brian Jackson dramatisch gealtert, und sowohl Sherry als auch Ben registrierten besorgt, wie zerbrechlich er aussah. Das war mit ein Grund dafür, warum Sherry in puncto Telecom nachgab.

»Hast du die Bilder gesehen, die uns die Schule geschickt hat?«, fragte Brian. »Die Kinder haben sie für Lisa gemalt.«

»Nein.« Sherry versuchte, zu lächeln. »Ich schaue sie mir an, bevor ich gehe.«

Lisas langer und hoffnungsloser Kampf gegen die Endometriose war in den letzten drei Jahren so schlimm geworden, dass er ihr Leben immer mehr beherrschte. Als die Schmerzen Monat für Monat schlimmer wurden, mied sie schließlich jede Beziehung, die mit Sex zu tun haben konnte. Sherry war sich ziemlich sicher, dass Dillon Taylor der letzte Mann war, mit dem Lisa geschlafen hatte. Lisa hatte oft mit Sherry über ihren zölibatären Zustand gescherzt. »Ich glaube, vor meiner Mumu hängt ein Schild, auf dem ›Verdammnis‹ steht.«

Auch deswegen plagten Sherry Schuldgefühle: Sie selbst war quietschfidel und verspürte während ihrer Periode gerade einmal ein leichtes Ziehen im Bauch, doch mit Kindern konnte sie absolut nichts anfangen. Lisa hingegen litt schreckliche Qualen, dabei hätte sie so eine tolle Mutter abgegeben. Es war einfach nicht fair.

Genauso, wie es ungerecht war, dass Linda Brogan überlebt hatte und mit ihrem reichen Chirurgen heimgehen würde. Sherry hatte sich über ihre Kontakte bei der Polizei über Linda informiert. Der Gedanke daran, was diese Frau getan hatte, quälte sie. Sie wusste, dass die Brogans in einem der Häuser über den Klippen mit Blick auf den Strand wohnten. Das Haus der Jacksons lag keine fünf Autominuten davon entfernt.

Ben hatte sie gemahnt, sich zurückzuhalten. »Mum und Dad haben es schon schwer genug, ohne dass du eine Dummheit anstellst, Sherry!«

»Ich möchte sie nur einmal von Angesicht zu Angesicht sehen und ihr sagen, was sie uns angetan hat«, erwiderte Sherry grimmig. »Ich will, dass sie leidet!«

Ben, der schon immer der Pazifist in der Familie gewesen war, schüttelte den Kopf. »Und woher willst du wissen, dass sie das nicht ohnehin schon tut?«

»Sie lebt! Lisa ist tot!«

Ben nickte. »Das stimmt. *Sie* muss für den Rest ihres Lebens damit leben, was sie getan hat.«

»Wie kannst du nur immer so verdammt verständnisvoll sein, Ben?«, erkundigte Sherry sich wütend. »*Hasst* du Linda Brogan etwa nicht?«

»Natürlich hasse ich sie!«, brauste er auf, so dass Sherry zusammenzuckte. Wenn jemand in der Familie laut wurde, dann für gewöhnlich sie, nicht Ben. »Ich würde sie wahrscheinlich erwürgen, wenn man mich in einen Raum mit ihr steckte.«

Nach diesem Geständnis konnten sie einander eine Weile nicht in die Augen sehen.

»Für Lisa können wir jetzt nichts tun, Sherry«, fuhr Ben etwas ruhiger fort und legte ihr eine Hand auf die Schulter, als sie wimmerte. »Aber Mum und Dad brauchen uns. Soll sich doch der Staatsanwalt um Linda Brogan kümmern!«

Sherry antwortete nicht. Sie wollte nicht zugeben, dass Lisa die Vorfahrt missachtet hatte und wahrscheinlich die Schuld an dem Unfall bekäme. Stattdessen schlang sie ihre langen kräftigen Arme um Bens Rücken und drückte ihn. Er erwiderte die Umarmung mit besorgter Miene. Er wusste, dass seine große Schwester die Sache nicht auf sich beruhen lassen würde.

Sherry trug eine Tasse Tee durch das Wohnzimmer und stellte sie ihrer Mutter neben den Ellbogen. Sherrys Meinung nach wurde Tee maßlos überschätzt. In der Woche nach Lisas Tod hatten ihr wohlmeinende Menschen das Zeug zwangsverabreicht, bis sie schon nach der Teedose sprang, wenn sich bei irgendjemandem in ihrer Umgebung ein neuer Gefühlsausbruch auch nur ankündigte.

Ihre Mutter schien die Tasse nicht zu bemerken.

»Eine Tasse Tee, Mum?«

Jill strahlte. »Danke, Liebes.« Sie schenkte der dampfenden Flüssigkeit in ihrer liebsten rosenumrankten Tasse kaum einen Blick.

Sherry fragte sich, was ihre Mutter wohl von dem Vorschlag hielte, in eine Kneipe zu gehen und sich die Kante zu geben. Oder vielleicht sollte sie einfach anfangen, ihren Tee mit einem Schuss zu versehen? Das konnte auch nicht schädlicher sein als die Kombination von Zigaretten und Schlaftabletten, mit der sie sich im Moment über Wasser hielt.

»Der Steinmetz hat angerufen«, ergriff Jill das Wort und nahm sich die nächste Zigarette.

Sherry ging um den Tisch und öffnete ein weiteres Fenster.

»Entschuldige, Liebling«, sagte Jill und sog Rauch in ihre Lunge.

»Macht nichts«, antwortete Sherry und fragte sich, warum sie eigentlich log. Ihre Mutter würde sich selbst ins Grab neben Lisa rauchen, wenn sie nicht vorsichtig war. Bei dem Gedanken an ihre Schwester in der kalten, harten Erde auf dem Friedhof zog sich ihr Herz zusammen. Sie und Ben waren überzeugt, dass Lisa eine Feuerbestattung bevorzugt hätte, aber ihre Eltern hatten es einfach nicht über sich gebracht. Sherry bemerkte, dass ihre Mutter noch immer redete. »Bitte noch einmal, Mum.«

»Ich sagte, der Steinmetz hat angerufen, weil der Grabstein fertig ist«, wiederholte Jill. »Wir können ihn nächste Woche setzen.«

»Oh«, machte Sherry lethargisch. »Das ist gut.«

Als ob Lisa das gekümmert hätte!

Sie seufzte. Für ihre Mum und ihren Dad war es wichtig. Sie besuchten den Friedhof mehrmals in der Woche. Für sie war er zu einer Pilgerstätte geworden. Sherry war seit der Beerdigung nicht mehr zurückgekehrt, aber sie wusste, dass Ben ein paarmal dort gewesen war.

»Der Stein ist bezaubernd geworden«, fuhr Jill fort. »Wunderschöner Marmor. Und wir haben dieses schöne Bild von Lisa am Strand ausgesucht, von letzter Weihnacht – weißt du, welches ich meine?«

»Ja, Mum. Ich weiß, welches«, antwortete Sherry leise.

»Ich glaube, es hätte ihr gefallen.« Jill nickte vor sich hin.

Sie hätte es grässlich gefunden, dachte Sherry wütend. Sie hätte *alles* grässlich gefunden.

Ein großer weißer Pick-up hielt vor dem Haus. Ben kletterte heraus, dicht gefolgt von seiner Verlobten Brenda. Sherry verdrehte die Augen. Das hatte ihnen jetzt gerade noch gefehlt – ein Besuch von Ms. Miesepeter! Sie und Lisa hatten Brenda nie besonders leiden können, weil sie freudlos und geizig war und ihren kleinen Bruder – eine aufgeschlossene, sportliche Frohnatur – in einen übergewichtigen Grübler mit sorgenumwölbter Stirn verwandelt hatte. Im Vorjahr hatte Lisa Brenda im Two-Dollar-Shop dabei erwischt, wie sie ihr Geburtstagsgeschenk für Ben dort kaufen wollte. Seither war das Verhältnis äußerst gespannt gewesen.

Brendas verbissener Vegetarismus hatte die Schwestern schließlich komplett dagegen gestimmt. Sherry hatte angefangen, sie eine Herbivore zu nennen, und dieser Name war haften geblieben. Irgendwie, sann Sherry, hatte Brenda ein Talent dafür, Gründe gegen alles zu finden, was Spaß machte, und es dann, schlimmer noch, allen anderen zu vermiesen. Am letzten Weihnachtsabend hatte sie missbilligend auf die Lastwagenladungen von Grillfleisch geblickt, die alle um sie herum, inklusive Ben, mit Freude und Genuss verschlangen. Brenda hatte mit zwei Salatblättern und einer Cherry-Tomate als Beilage vorliebgenommen.

»Da braut sich etwas zusammen, Benny-Boy«, hatte Sherry ihren Bruder mit bedeutungsvollem Blick in Richtung Brenda gewarnt, die mit eingezogenen Schultern in ihrem Sessel auf der Terrasse saß und noch immer an dem ersten Glas Weißwein trank, das man ihr zur Begrüßung gereicht hatte.

»Ach was, das passt schon!«, hatte Ben abgewinkt, der Brenda wie üblich verteidigte.

Sherry blickte ihn verwundert an und fragte sich zum tausendsten Mal, was Ben an dieser Frau fand. Aber so war Ben eben: ein Retter hoffnungsloser Fälle und Benachteiligter.

Doch als es darum ging, bei der Planung von Lisas Begräbnis zu helfen, war Brenda ganz in ihrem Element gewesen. Sie war regelrecht *aufgeblüht* und hatte ein paar wirklich schöne Ideen beigesteuert. Von ihr kam zum Beispiel der Vorschlag, allen Erwachsenen Ballone zu geben, die sie steigen ließen, als sich der Trauerzug in Bewegung setzte, und die Kinder durften Seifenblasen pusten. Sherrys Kehle schnürte sich noch jetzt zusammen, wenn sie an die Ballone und Seifenblasen dachte, die in den tiefblauen Himmel gestiegen waren. Dies war wahrscheinlich der einzige Teil der Zeremonie gewesen, der Lisa gefallen hätte.

Danach war Brenda wieder zu ihrem alten Verhalten zurückgekehrt. Vermutlich irritierte es sie, dachte Sherry, dass Ben und seine Familie sie nun nicht mehr bemitleideten. Verglichen mit Lisas Tod waren Brendas Probleme nur noch ein Ameisenhaufen am kollektiven Horizont. Die arme Brenda war von einer Toten ausgebootet worden, und das war sicher eine herbe Erfahrung. Sherry wünschte, sie könnte Lisa davon erzählen und mit ihr darüber lachen.

Sie sah durch das Fenster, wie Ben die Gartentür öffnete und auf das Haus zukam. Auf halbem Weg machte er halt und sprach mit ihrem Vater, der die Büsche beschnitt. Mit Schrecken wurde Sherry bewusst, dass Brian in den letzten Tagen kaum etwas anderes gemacht hatte, als alte und sterbende Zweige zurückzuschneiden. Soweit sie wusste, hatte er noch nicht einmal die Zwiebeln für den Frühling gesetzt, was er sonst im Herbst so regelmäßig wie ein Uhrwerk vollbrachte. Sie blickte auf sein graues Haar und wurde plötzlich von Angst ergriffen. Er wirkte so alt und gebrechlich!

Ben kam ins Haus wie ein warmer, frischer Windhauch, die Arme weit geöffnet, um zu umarmen und Trost zu spenden. Er hatte die gleichen blaugrauen Augen wie Lisa und ihre Mutter, aber dunkles Haar wie Sherry. Brenda folgte ihm mit geschürzten Lippen und wachsamen Augen.

»Wie geht es dir, meine kleine Politesse?«, fragte Ben und erstickte seine Schwester fast an seiner Brust.

Sherry wand sich kurz in gespieltem Protest, dann schmiegte sie sich an ihn und hauchte: »Beschissen.«

»Das wollte ich hören.« Er nahm ihr Gesicht in die Hände und wackelte ihren Kopf von einer Seite zur anderen. »Wo ist Mum?«

»Im Thronsaal.«

Ben seufzte. Diesen Namen trug das Esszimmer, seit ihre Mutter ihre wachen Stunden an diesem Tisch verbrachte, Tee trank und rauchte. Erst war sie auf dem Bett gelegen und hatte an die Decke gestarrt, bis es Ben gelungen war, sie aus dem Schlafzimmer zu locken. Sherrys Meinung nach war es bald Zeit für den nächsten Ortswechsel für Jill, aber wahrscheinlich würden ihnen bald die Zimmer ausgehen.

»Du solltest dich nicht über sie lustig machen«, mischte Brenda sich mahnend von hinten ein. »Sie könnte dich hören.«

Ben überging ihren Kommentar, was Sherry immens aufheiterte. Ihr war aufgefallen, dass das seit der Beerdigung öfter vorkam. Und wieder wünschte sie, Lisa wäre da, um es zu erleben. Als Ben ins Esszimmer zu seiner Mutter ging, drehte Sherry sich zu Brenda um und sagte freundlich: »Brenda?«

»Was?«

»Warum steckst du dir nicht den Finger in den Po und kreiselst darauf?«

Brenda wären fast die Augen aus dem Kopf gefallen.

Sherry lächelte und schlenderte ins Esszimmer. Jetzt ging es ihr gleich viel besser. Am Ende hatte Brenda ja doch ihre Vorzüge.

Ben stand über ihre Mutter gebeugt, ihre Zigarette und ihr Feuerzeug in der Hand. »Genug, Mum!«

»Was?«, fragte Jill bebend, und ihre Augen füllten sich mit Tränen.

»Das weißt du ganz genau«, erwiderte Ben fest und wedelte mit der Zigarettenschachtel vor ihrem Gesicht herum. »Lisa wäre enttäuscht von dir.«

Jill war schockiert. Sie hatte sich so daran gewöhnt, mit Samthandschuhen angefasst zu werden, und Ben war nun wirklich der Letzte, von dem sie diesen harten Ton erwartet hätte. Sherry, ja, aber nicht ihr nachsichtiger, freundlicher Sohn. Als er Lisas Namen erwähnte, kullerten die Tränen. »Ich … ich *kann* nicht anders! Ich weiß, ich sollte es nicht tun, aber … aber … es hilft!«

Ben ließ sich schwerfällig auf dem Stuhl neben ihr nieder, und Sherry fragte sich besorgt, seit wann er eigentlich so zugelegt hatte. »Mum, du musst langsam wieder ins Leben zurückkehren«, drang er in sie und schaute ihr dabei fest in die Augen.

»Aber …«

»Kein Aber, Mum! Es ist jetzt einen Monat her. Sherry und die Nachbarn können das Kochen und Einkaufen nicht ewig für dich übernehmen. Du hast Verpflichtungen.« Er legte ihr zärtlich eine Hand auf den Nacken. »Du hast immer noch Dad.« Er machte eine Pause. »Und uns.«

Jill presste ihre Hände auf die Tischplatte und schluckte. »Es … ist … so *schwer!*«

»Ich weiß«, versicherte Ben leise und blickte zu Sherry, die in der Tür zwischen Küche und Esszimmer lehnte, ihr Gesicht so blass wie das weiße Leintuch auf dem Tisch. »*Wir* wissen es.«

»Sie war mein Baby«, flüsterte Jill gebrochen. »Ich fühle mich, als ob ein Stück aus mir herausgeschnitten wurde. Ich fühle mich verkrüppelt.«

Ben nahm sie in die Arme.

Sherry sah ihren Bruder mit neuem Respekt an. Seit Lisas Tod hatte sie ganz neue Seiten an ihm entdeckt. Gott sei Dank hatte endlich jemand den Bullen bei den Hörnern gepackt und die Wahrheit ausgesprochen! Und dieses eine Mal musste es nicht Sherry sein. Sie hätte sich längst ein Herz fassen und das Gleiche tun sollen. Schließlich war sie die Älteste. Sherry hörte beinahe Lisas verächtliches Schnauben ob dieser Logik.

Ihre Gedanken kehrten wieder zu Linda Brogan zurück, und es nagte an ihr. Bald würde sie irgendwo um die Ecke wohnen, nicht weit entfernt.

Es ging Sherry einfach nicht aus dem Kopf.

Sie *musste* mit Linda Brogan reden.

Sie musste einfach!

9

Schließlich kam der Tag für Lisa, an dem sie das Krankenhaus verlassen und mit Dan Brogan heimgehen musste. Trotz seiner regelmäßigen Abendbesuche wusste Linda nicht mehr über ihn, als sie am ersten Abend über ihn erfahren hatte, als er am Fuße ihres Betts saß, nachdem sie erwacht war. Hätte sie Dan beschreiben sollen, hätte sie ihre Schwierigkeiten damit gehabt.

Das Beste, womit sie dienen konnte, war:

* Verlässlich. Die paar Male, die er abends nicht gekommen war, hatte er angerufen und sich entschuldigt.
* Lieb. Bei mindestens zwei Gelegenheiten hatte Lisa ihn mit ihren Tränen durchweicht und ihn angerotzt.
* Geduldig. Er hatte ihre wechselhaften Launen und Verwirrung ohne Wimpernzucken ertragen und sich bemüht, sie Lisa zu nennen.
* Unerreichbar wie der Mond.

Wenn Lisa darüber nachdachte, war es das typische Verhalten eines Arztes gegenüber einer Patientin, und sie erkannte, dass Dan sie genau auf diese Weise behandelte – als Patientin. Das war verwunderlich, wenn man bedachte, dass sie seine Frau sein sollte und dass Linda Brogan eine außergewöhnlich attraktive Frau war. Selbst abgeschieden auf der Station mit wenig Kontakt zur Außenwelt war Lisa die Aufmerksamkeit aufgefallen, die Linda zuteilwurde, insbesondere von Männern. Wenn sie einem Mann begegnete, starrte er sie erst einmal an. War er jung und von sich selbst überzeugt, versuchte er, ein Gespräch anzufangen. Die schüchternen Männer wurden rot und zogen sich zurück, oder sie fingen an zu nuscheln, wenn Lisa mit ihnen redete.

Das alles hätte Lisa amüsant gefunden, wäre sie für einen Tag oder eine Woche in Linda Brogan geschlüpft. Es wäre gelogen, würde sie behaupten, dass es nicht etwas hatte, wenn ihr aus dem Spiegel dieses reizende Gesicht entgegenblickte. Selbst mit fettigem Haar, Mitessern und Rotzglocke hätte Linda Brogan fantastisch ausgesehen.

Die blöde Kuh.

Und solche Möpse zu besitzen, nachdem sie ein Leben lang flach gewesen war, erschien Lisa erst nur zu gerecht. Wenn sie schon im falschen Körper zur Erde zurückkehrte, warum nicht in einem, der all die Attribute besaß, die sie bei der ersten Runde entbehrt hatte? Doch nach ein paar Tagen hatte sie die Nase voll von der enervierenden Angewohnheit ihrer Brüste, ihr permanent im Weg umzugehen. Die Außenseiten von Linda Brogans Vorbau stießen ständig an die Innenseite ihrer Oberarme, und wenn Lisa die Arme verschränkte, rächten sich die Biester, indem sie wie zwei Bergsteiger beim Gipfelsturm versuchten, aus dem Ausschnitt ihres Nachthemds zu klettern. Und es war völlig ausgeschlossen, dass sie jemals wieder ohne BH unterwegs war – zumindest nicht, ohne dass sie den Verkehr zum Erliegen brachte oder einen Nippel in die Nase bekam, wenn sie sich zu schnell bewegte.

Das Einzige, was Lisa uneingeschränkt genießen konnte, war Lindas Körpergröße. Von eins sechsundfünfzig auf eins fünfundsiebzig zu wachsen, war großartig! Selbst über Krücken gebeugt kam Lisa jetzt an Sachen heran, die sie vor dem Unfall nie erreicht hätte, und es war wundervoll, Menschen nicht immer in die Nasenlöcher zu blicken, wenn man sich mit ihnen unterhielt. Jetzt sahen andere Leute in ihre.

Die Vorstellung, das Krankenhaus und die gewohnte Routine zu verlassen, machte sie nervös. Ihr bangte davor, sich von Nancy und Chris und den anderen Schwestern zu verabschieden, die ihr mittlerweile so vertraut waren. Sie hatte Angst davor, mit einem fremden, wortkargen Mann nach Hause zu gehen, der sie als seine Frau betrachtete, selbst wenn er es peinlich vermied, sie anzufassen. Dan hatte sie kein einziges Mal mit der beiläufigen Zärtlichkeit berührt, die den meisten Ehepaaren eigen war, obwohl sie ihn in letzter Zeit ein paarmal dabei ertappt hatte, wie er auf ihre Brüste starrte, mit einem deutlichen Ausdruck männlicher Anerkennung im Gesicht. Dennoch hatte er Lisa ausschließlich berührt, wenn sie in Tränen aufgelöst war oder Hilfe brauchte. Man musste kein Starpsychologe sein, um zu erkennen, dass in der Brogan-Ehe nicht alles zum Besten gestanden hatte. Und bei ihrem kurzen Auftritt nach dem Unfall im Wartezimmer hatte Linda sich auch nicht gerade als die liebenswürdigste Person gezeigt.

Lisa hatte fürs Erste aufgegeben, Leute davon zu überzeugen, dass sie nicht Linda Brogan war. Schließlich wollte sie das Krankenhaus verlassen, und selbst ein Spinner wie Craig Fergusson würde wahrscheinlich zögern, eine völlig durchgeknallte Patientin auf ihre Mitmenschen loszulassen. Ganz abgesehen von Dan Brogans ruhigem, reserviertem Gehabe, mit dem er Lisa keine Sekunde täuschen konnte.

Der Mann war schlau und beobachtete sie genau. Er war vielleicht kein Feuerwerk in seinem Auftreten, doch das hieß nicht, dass er kein Feuer besaß.

Am Donnerstagabend, dem Tag vor Lisas Entlassung, hatte Dan die letzten Schminkutensilien, Shampoos und Cremes seiner Frau eingesammelt. »Was soll ich dir für morgen noch dalassen?«, fragte er, als er zwischen den unzähligen Tüten stand, die er im Laufe der letzten Wochen angeschleppt hatte.

Nancy und Lisa hatten nicht fassen können, als der Strom einfach nicht abriss, aber Lisa vermutete, dass Dan den Geheimnissen der weiblichen Körperpflege genauso ratlos gegenüberstand wie die meisten Männer und einfach ihren kompletten Badezimmerschrank geleert hatte. Woher hätte er ahnen sollen, dass Lisa selbst kaum wusste, welches Wässerchen wofür geeignet war? Sherry war diejenige, die sich mit Schminke und Kosmetik auskannte.

Sie blickte hilflos auf das schicke Louis-Vuitton-Schminkköfferchen und die prall gefüllten Plastiktüten und zuckte mit den Schultern. »Keine Ahnung. Such dir etwas aus.«

Immer wenn sie so etwas sagte, blickte Dan sie auf diese durchdringende Art und Weise an, die Lisa schrecklich verunsicherte. Dann war es ihr, als ertönte der Tusch für eine falsche Antwort in einer Gameshow in ihrem Kopf. BA-BAH!

»Äh … nimm die da!« Sie deutete wahllos auf eine Tüte. »Und … die da!«

Dan blickte sie forschend an und steckte schließlich die Finger durch die Tragegriffe einiger Tüten. Ohne sie aus den Augen zu lassen, stupste er eine der von ihr ausgewählten mit dem Fuß an. »Die hier?«

Lisa nickte heiter. »Ja, genau.«

BA-BAH!

»Lisa, das ist dein Föhn«, bemerkte Dan.

Sie sah ihn verunsichert an. »Mein Föhn?«

Er nickte. »Mh-hm.«

Sie überlegte. »Ja, vielleicht hast du recht – damit kann man sich so gut in den Gips blasen, wenn es juckt.«

Er starrte sie an.

BA-BAH!

Lisa geriet ins Stocken. Wieder die falsche Antwort.

»Was ist mit denen?« Er nickte in Richtung der roten Rosen auf dem Nachttisch.

Ein zweiter Rosenstrauß war angekommen, wieder ohne Karte, und wieder hatte Dan sie mit steinerner Miene zur Kenntnis genommen.

»Vielleicht können die Schwestern etwas damit anfangen.«

»Meinst du sicher?«

Sie nickte.

»Dann komme ich morgen Abend so gegen sechs«, erklärte er und verschwand beladen mit Tüten und der Rosenvase.

Als Dan am nächsten Abend um sechs schließlich kam, um sie abzuholen, saß Lisa im Fernsehzimmer, ihre letzte gepackte Tasche zu ihren Füßen. Das Haar hatte sie zurückgekämmt und zu einem langen glänzenden Pferdeschwanz gebunden. Sie trug ein einfaches hellblaues Langarmhemd mit U-Ausschnitt zu einem passenden Musselin-Rock in der gleichen Farbe. Lisa war keine Expertin, was Kleidung betraf, aber selbst sie erriet, dass Lindas Garderobe ein kleines Vermögen wert war.

Am Vormittag war sie beim Orthopäden gewesen, der sich sehr zufrieden mit ihrem Fortschritt gab. Ihr klobiger Gips wurde durch einen leichten Acrylverband ersetzt. Sie konnte unter vielen Farben wählen, aber Gipstechniker Rob hatte so gut wie jeden in der Warteschlange zu Blau-Weiß überredet, um Unterstützung für das Rugby-Team von Auckland zu demonstrieren.

Lisa, deren gesamte Familie große Fans des Blues waren, fiel plötzlich auf, dass sie die Super-14-Spiele vollkommen vergessen hatte.

»Wie halten sie sich denn?«

»Großartig!«, rief Rob aus. »Dieses Jahr gewinnen sie sicher!«

»Ich war so lange hier drin, dass ich überhaupt nicht mehr daran gedacht habe.«

»Tja, dann dürfen Sie heute Abend auf keinen Fall das Spiel versäumen«, meinte Rob, während er kobaltblaue Bahnen um ihr Bein wickelte. »Sie spielen gegen Canterbury. Wird bestimmt ein gutes Spiel. Haben Sie Sky?«

»Ich weiß nicht.«

Rob sah sie verdutzt an, vergab ihr als Fan jedoch ihre Eigentümlichkeit. Dass sie so hübsch war, trug auch dazu bei.

Dan zog verwundert eine Braue hoch, als er den Verband sah. »Grün und Rot waren aus?«

»Gefällt er dir nicht? Ich dachte, er passt gut zu meinem Rock.« Lisa drehte ihr Bein von einer Seite auf die andere, um ihren neuen Verband zu bewundern. »Außerdem – wen kümmert's? Go the Blues!«

Dan blinzelte. Linda kümmerte ihr Aussehen nicht? »Go the Blues?«, echote er.

»Klar!«, rief sie. Sie schrieb seine Verwunderung der Tatsache zu, dass er nicht aus Neuseeland kam, und fing geduldig an, zu erklären: »Die Blues sind das Rugby-Team von Auckland, sie spielen im Super-14-Wettkampf.«

Dan sah sie weiter seltsam an. »Ich weiß, wer die Blues sind, Lisa.«

»Oh.« Sie warf einen prüfenden Blick auf die Uhr im Fernsehzimmer, während Dan sich auf die Suche nach einem Rollstuhl machte. Lisas Nerven waren wie Drahtseile gespannt und klangen wie ein Orchester, das seine Instrumente vor dem Konzert stimmt. Endlich kam sie aus dem Krankenhaus – und sie fürchtete sich zu Tode! Da war es angenehmer, sich auf etwas Altvertrautes wie Rugby zu konzentrieren.

Dan kehrte mit einem Rollstuhl zurück. »Ich bringe erst deine Sachen hinunter, dann hole ich dich.«

Lisa nickte und versuchte, den Knoten in ihrem Magen zu ignorieren. »Okay. Ähm … Dan?«

Er sah fragend zu ihr auf, während er ihre Taschen auf den Rollstuhl lud.

»Hast du Sky?«

»Ja.«

Lisa warf erneut einen Blick auf die Uhr. »Bis halb acht müssten wir es doch zu dir schaffen, oder?«

Dan hielt inne. Es verletzte ihn, dass sie ihr Zuhause »bei dir« nannte. »Warum ist es so wichtig, bis halb acht dort zu sein?«

»Äh, na ja, das Rugby-Match wird um neunzehn Uhr dreißig übertragen.«

Er seufzte und fragte sich nicht zum ersten Mal, wer diese Frau eigentlich war. Sie sah wie Linda aus, aber damit hatten sich die Ähnlichkeiten auch schon erschöpft. Linda hatte sich nie für Männersport interessiert und *ganz bestimmt* nicht für den Sport in einem Land, in dem sie sich gegen ihren Willen aufhielt.

Dan holte tief Luft, um ruhig zu bleiben, so wie Craig Fergusson es ihm empfohlen hatte, aber es fiel ihm zunehmend schwer. Linda machte nicht den Eindruck, als würde sie ihr Gedächtnis zurückgewinnen. Ganz im Gegenteil, sie wurde immer kurioser.

»Tut mir leid«, murmelte Lisa kleinlaut. Dans starre graue Augen und seine unheilvoll gerunzelte Stirn verunsicherten sie. »Wenn du es nicht sehen willst, ist es okay. Vergiss es!«

Er blickte in die verschreckten blauen Augen und verfluchte sich. Das Letzte, was er tun wollte, war, ihr Angst einzujagen. Für sie war alles sicher noch viel schwerer als für ihn. Sie ging mit einem wildfremden Menschen heim. Doch andererseits, erinnerte er sich, tat er das auch. »Ist schon in Ordnung«, brummte er. »Ich wollte es aufzeichnen und später anschauen. Wir können es zusammen ansehen, wenn du willst.«

Lisa hing an Nancy, als es schließlich Zeit für den Abschied war. Sie konnte nichts gegen die Tränen machen.

»Ihnen wird es gutgehen, es wird wieder gut«, murmelte Nancy und tätschelte Lisa tröstend den Rücken. Sie hatte die seltsame Amerikanerin in den letzten paar Wochen liebgewonnen. Sie war nett und lustig und Nancys Meinung nach unglaublich tapfer. Sie warf einen Blick auf Dan Brogan, der geduldig in diskretem Abstand wartete, und senkte ihre Stimme noch mehr: »Sie haben einen guten Mann, der auf Sie aufpasst, und Sie werden Ihr Gedächtnis zurückerlangen, ganz sicher!«

Lisa konnte nicht sprechen, weil ihr die Tränen die Kehle zuschnürten. Die Schwestern schwirrten im Schwesternzimmer umher und waren begeistert von dem Blumenstrauß und dem Fresskorb, den Dan als Dankeschön gebracht hatte.

»Danke«, sagte sie zu ihm, als sie sich schließlich von Nancy gelöst hatte und zu ihm gehinkt war. »Das war wirklich aufmerksam von dir.«

»Es war das Mindeste, was sie verdienen«, erwiderte er schlicht.

»Wir werden Sie vermissen, Linda!«, rief Stationsassistentin Mary, die Augen sehnsuchtsvoll auf Dan gerichtet. Vom gesamten Personal auf der Station war sie die Einzige, die Lisa immer noch manchmal mit Linda ansprach. Und die Einzige, die keinen Hehl aus ihrer Schwärmerei für Dan machte.

Sicher wirst du mich vermissen, dachte Lisa säuerlich und tauschte Blicke mit Nancy, die hinter Mary die Augen verdrehte und Lisa zulachte. Wie üblich schien Dan nichts von dem Interesse zu bemerken, das er bei den Frauen erweckte.

Lisa weigerte sich, im Rollstuhl zu fahren. »Nein. Ich möchte gehen.«

»Es ist ganz schön weit bis zum Auto«, warnte Dan sie.

»Keine Sorge!«, trällerte Mary. »Im Notfall können Sie sie doch tragen!«

Lisa wurde feuerrot, während Nancy und Chris Würgegesten hinter Marys Rücken machten.

Dan lachte.

Im Erdgeschoss setzte er sie auf einer Holzbank vor

dem Eingang ab und lehnte die Krücken neben sie. »Kann ich dich hier warten lassen und das Auto holen?«, erkundigte er sich.

Lisa hörte ihm nur mit halbem Ohr zu. Sie war zu sehr damit beschäftigt, sich umzusehen. Es war ein wunderschöner Abend, gerade senkte sich die Dunkelheit auf die Stadt. Lisa war einen ganzen Monat lang im Krankenhaus gewesen. Nach all den Wochen in geschlossenen Räumen zitterte sie und drehte das Gesicht in die sanfte abendliche Brise. Die Luft roch frisch und sauber, nicht nach Klimaanlage und verbraucht.

Dan zögerte. »Du fröstelst.«

»Ein bisschen«, gab sie zu und schloss die Augen, um das Gesicht noch einmal in den Wind zu drehen. »Aber das macht nichts.«

»Was machst du da?«, fragte er neugierig, nachdem er eine Weile ihr verzücktes Gesicht beobachtet hatte.

»Ich habe so lange keinen Wind im Gesicht gespürt.« Mit einem Seufzer öffnete sie die Augen und lächelte ihn an. Dan sah, dass Tränen in ihren Augen schimmerten. »Es ist so schön, am Leben zu sein«, flüsterte sie.

Er schluckte. Die einfachen Worte berührten ihn. »Ich hole das Auto«, sagte er und machte sich zum Parkplatz auf.

Lisa war beeindruckt, als ein schnieker silberner Mitsubishi Diamante vorfuhr. Sie stieß einen Pfiff aus, als Dan zu ihr kam, um ihr hineinzuhelfen. »Netter Schlitten, Herr Doktor!«

Er versteckte seine Überraschung gut. Linda hatte seine Autowahl immer als langweilig bezeichnet. Sie bevorzugte Autos wie Jack Millars blaues Kabriolett, das sie am

Abend des Unfalls gefahren hatte. Sie hatte nie verstanden, dass Dans Körpergröße sich nicht mit Sportwagen vertrug. Er wusste nicht, was ihn zu seinen Worten veranlasste – vielleicht war ihre Bemerkung einfach nur die eine Überraschung zu viel für diesen Abend gewesen. »Sonst hast du immer gesagt, ich würde mir langweilige Autos aussuchen«, entgegnete er scharf. »Der blaue Sportwagen war mehr nach deinem Geschmack.«

Bei der Erwähnung des blauen Sportwagens verpuffte Lisas gelöste Hochstimmung. Auf einmal spielte sich der gesamte Unfall aufs Neue in ihrem Kopf ab. Sie bekam Herzrasen, sobald sie auf dem Beifahrersitz Platz genommen hatte. Ungeschickt fummelte sie am Sicherheitsgurt herum und versuchte, sich anzuschnallen. Als sie schließlich aufgab und Dan hilfesuchend ansah, war ihr Gesicht so blass und erschrocken, dass Dan seine Worte bitter bereute.

»Ja«, flüsterte sie, »ich erinnere mich an den blauen Sportwagen.«

Prüfend sah er ihr im Halbdunkel des Wageninneren in die Augen. »Tatsächlich?«

»Ja.« Sie begann zu zittern, und ihr Atem ging flach und schnell.

Dan unterdrückte die Aufregung, die ihr Geständnis in ihm erregte, und nahm ihre Hand, die sie zur Faust geballt und an die Brust gedrückt hatte.

»Ganz ruhig«, sagte er leise, und seine Knöchel streiften ihre Brust, als er ihre Faust umschloss und sie sanft in ihren Schoß drückte. »Atme langsamer.«

Es dauerte eine Weile, bis Lisa sich gefasst hatte, und es hätte noch viel länger gedauert, hätte Dan sie nicht wie eine Patientin beruhigt. Es war ihr unendlich peinlich, als ihr bewusst wurde, dass seine großen warmen Hände noch immer ihre hielten und an ihrem Schambein ruhten, mit nur einem Fetzen Musselin und einer von Linda Brogans knappen Spitzenhöschen dazwischen.

Lisa blickte in das Gesicht, das ganz nah vor ihrem schwebte, und wurde von einer solchen Welle überwältigenden Verlangens durchströmt, dass sie die Knie zusammenpressen musste, um Dans Hände nicht zwischen ihre Schenkel zu führen. Sie drückte sich in den Sitz, um nicht mit den Lippen nach seinen zu suchen.

Dan ließ ihre Hände fallen, richtete sich ruckartig auf und versuchte, sein ebenfalls erhitztes Gemüt abzukühlen. Er durfte jetzt nicht daran denken, wie sie nackt und für ihn geöffnet aussah oder wie nahe er eben daran gewesen war, mit der Hand zwischen ihre wundervollen Schenkel zu gleiten und an ihnen herabzustreichen. Er fragte sich, ob es nur einer von Lindas Tricks war. Vielleicht wollte sie davon ablenken, dass sie sich an etwas erinnert hatte, was sie wahrscheinlich vergessen hatte und worüber sie ganz bestimmt nicht mit ihm sprechen wollte.

Er griff über sie hinweg nach dem Gurt und steckte ihn in die Schnalle. Er ignorierte, wie sie zurückwich, als er sie berührte. Außerdem ignorierte er, wie seine Eingeweide sich voll sexueller Erregung zusammenzogen, wenn er ihre weiche Haut berührte und ihren sauberen, blumigen Duft einsog, der so anders war als früher. Sie schien ihre Lieblingsparfüms nicht mehr zu mögen.

Doch nur ein Gedanke daran, wozu diese Frau fähig gewesen war, reichte, um seinen Erregung mit Eiswasser zu übergießen. Er drehte den Zündschlüssel und steuerte den Wagen auf die Straße und über die Grafton Bridge.

Linda saß in gebanntem Schweigen neben ihm. Ihre Verlegenheit wurde bald von der Verzweiflung abgelöst, dass sie nicht nach Hause zu ihren Eltern fuhr, sondern zu einem unbekannten Haus mit diesem reservierten, wachsamen, *misstrauischen* Mann, der so viel von sich zu verstecken schien. Nach allem, was sie wusste, konnte er genauso gut ein Verbrecher sein. Aber sie schämte sich dafür, dass sie vor ein paar Momenten aus vollem Herzen eingewilligt hätte, wenn er hier und auf der Stelle Sex mit ihr gewollt hätte.

Doch während sie die Straße entlangfuhren, stockte Lisa noch aus einem ganz anderen Grund der Atem, obwohl Dan so vernünftig, ja fast übervorsichtig fuhr.

»Ich glaube, ich kann das nicht«, brach es plötzlich aus ihr heraus, als sie an der Ampel an der Karangahape Road warten mussten. »Ich kenne dich nicht! Ich weiß nichts über dich!« Leise Hysterie schwang in ihrer Stimme mit.

Dan sah sie besorgt an. Glücklicherweise schaltete die Ampel auf Grün. Schnell fuhr er über die Kreuzung und hielt am Straßenrand.

»Linda …«, fing er mit seiner ruhigsten Arztstimme an.

»Ich heiße verdammt noch mal nicht Linda!«, schrie Lisa ihn an. »Ich bin nicht deine Frau! Ich heiße Lisa! *Lisa Jackson!*« Sie tastete nach dem Türgriff und krabbelte aus dem Auto, wobei sie fast mit dem Gesicht voraus auf den Bürgersteig geknallt wäre. Sie richtete sich auf, zog sich auf den Bürgersteig und humpelte die Straße entlang.

Fluchend stürzte Dan aus dem Auto in den rauschenden Verkehr und handelte sich wütendes Gehupe von den Fahrern ein. Er schlug die Autotür zu, schwang sich über die Motorhaube und rannte Lisa hinterher, die sich für eine

Frau mit gebrochenem Bein ohne Krücken erstaunlich schnell vorwärtsbewegte.

»Linda!«, rief er. »*Linda!* Um Himmels willen, komm zurück! Du tust dir noch weh!«

Mit seinen langen Beinen war es ein Kinderspiel für Dan, sie einzuholen.

Sie humpelte entschlossen weiter und rief über ihre Schulter: »Ich heiße Lisa, *nicht* Linda! *Zieh Leine!*«

Als er sie eingeholt hatte, dachte Dan noch daran, das Auto elektrisch zu verriegeln, dann lief er hinter ihr her, die Hände in den Taschen seiner Anzugjacke. Er ärgerte sich, dass er es nicht vorausgesehen hatte.

Es war so typisch für Linda, eine Szene zu machen, um von ihrem Verhalten vorher abzulenken. Dennoch kam Dan nicht umhin, die Verzweiflung in ihrer Stimme zu bemerken – und den feuchten Fleck, der sich zwischen ihren Schulterblättern auf dem blauen Musselin-Top bildete. Das Gehopse musste anstrengend sein, dennoch machte sie keine Anstalten, aufzugeben. In der Vergangenheit hatte Linda stets darauf geachtet, auch bei ihren Auftritten perfekt auszusehen.

Dan war hin- und hergerissen zwischen Verwirrung, Besorgnis und schließlich Belustigung.

»Zieh Leine?«, fragte er, während er hinter ihr herschlenderte und sich verkneifen musste, über seine ach so elegante Frau zu lachen, die eine der belebtesten Straßen in Auckland hinunterhoppelte und sich dabei fluchend an Ladenfronten festhielt. »Das ist neu. Früher hieß es immer ›Verpiss dich‹.«

Lisa hielt inne und funkelte ihn unter ihrem Pony hindurch an. Sie klammerte sich entschlossen an ein Schaufenster und schnauzte: »Das kannst du auch heute haben, wenn du es zu weit treibst, du Schlaumeier!«

Vorbeieilende Passanten fingen langsam an, sie neugierig zu betrachten.

»Ist bei Ihnen alles in Ordnung?«, erkundigte sich eine ältere Dame unsicher bei Lisa und musterte Dan misstrauisch.

»Nein!«, schrie Lisa und deutete auf Dan. »Er verfolgt mich!«

»Oje!«, entfuhr es der Frau, und sie trat unsicher von einem Fuß auf den anderen, eine schwere Einkaufstasche in jeder Hand. Hoffnungsvoll blickte sie um sich, als erwartete sie, dass sich ein Polizeibeamter materialisierte.

»Ich bin ihr Mann«, erklärte Dan.

»Ist er nicht!«, rief Lisa.

»Linda«, seufzte Dan und schüttelte den Kopf. Langsam fing die Sache an, ihm Spaß zu machen.

»Ich heiße nicht Linda!«, schrie Lisa.

Die Frau zuckte zusammen und blickte verunsichert von einem zum anderen. Schließlich setzte sie eine der Einkaufstaschen ab und kramte ihr Handy aus der Handtasche. »Ich rufe die Polizei«, kündigte sie an. Sie blickte auf das kleine Gerät und drehte es in diese und jene Richtung, um das Display lesen zu können. »Dieses verflixte Ding!«, murmelte sie.

»Wenn Sie die rote Taste drücken, leuchtet das Display«, half ihr Dan.

Lisa funkelte ihn an. Wie konnte er wagen, hier den Kavalier zu spielen? Mittlerweile hatte sich eine kleine Gruppe von Schaulustigen um sie versammelt.

»Dieses Ding taugt zu nichts«, klagte Lisas Möchtegern-

Retterin. »Meine Kinder mussten es mir unbedingt letzte Weihnacht schenken, aber ich komme einfach nicht damit zurecht.« Sie drückte wild auf alle Tasten. »Ich sehe noch nicht einmal den roten Knopf.«

Dan beugte sich zu ihr und zeigte ihn ihr.

»Oh!« Sie strahlte ihn an, als das kleine Display aufleuchtete, und runzelte dann die Stirn. »Was soll denn das?«

Dan blickte über ihre Schulter. »Sie haben zwei Nachrichten.«

»Tatsächlich?«

Lisa schüttelte ungläubig den Kopf. »Ich komme trotzdem nicht mit dir heim.«

»In Ordnung.« Er zuckte mit den Schultern und lehnte sich an ein Fenster. »Aber du wirst eine Weile auf die Polizei warten müssen. Freitags sind sie immer ziemlich beschäftigt.«

»Woher wissen Sie das?«, fragte die ältere Dame argwöhnisch.

Er nickte in Richtung Grafton Bridge und das Krankenhaus. »Ich bin Chirurg im Krankenhaus. Ich habe oft mit der Polizei zu tun.«

Sie hielt verunsichert inne, ihr Finger schwebte über den Tasten. »Sie sind Arzt?«

Dan nickte.

Lisa sah fasziniert zu, wie die Dame ihr Handy wieder einsteckte. Na und? Dann war er eben ein verdammter Arzt!

»Ich kenne Sie«, meldete sich jetzt ein Mann aus der wachsenden Zuschauerschar. »Sie haben meiner Enkelin letztes Jahr den Arm operiert, als sie vom Trampolin gefallen war. Sie sind Dr. Dan, stimmt's?«

»Meine Schwester wartet auf eine künstliche Hüfte«, erklärte die Frau mit dem Handy Dan. »Sie steht seit Ewigkeiten auf der Warteliste.«

Fassungslos schaute Lisa zu, wie Dan sich nun darüber unterhielt, wie die Enkelin des Mannes sich von der Operation erholt hatte und wie schrecklich lang die Wartezeiten für Operationen waren.

Sie war erschöpft von ihrem wilden Gehopse die K-Road herunter. Sie kam sich dumm und undankbar vor. Dan verdiente es nicht, so behandelt zu werden. Es war keine leichte Situation für ihn – aber für sie auch nicht. Und er musste die Sache auch nicht gar so lässig nehmen.

Sie zog sich am Schaufenster hoch, fand ihr Gleichgewicht und begann, zurück in Richtung Auto zu hüpfen.

Sofort blickte Dan auf. »Wo gehst du hin, Linda?«

»Zum Nordpol! Nach welcher ... *beschissenen* Richtung sieht es denn aus? Und hör auf, mich Linda zu nennen!«, rief sie.

»Oohh!« Die Dame, die eigentlich auf Lisas Seite gestanden hatte, blickte sie nun missbilligend an, als sie vorbeihüpfte. »Man muss nicht gleich solche *Ausdrücke* gebrauchen!«

Großpapa blickte Dan mitfühlend an. »Sieht aus, als hätten Sie alle Hände voll zu tun, junger Mann.«

Lisa war schon wieder zum Heulen zumute. Sie schluckte die Tränen hinunter und kämpfte sich wacker ein paar Meter weiter, bevor sie sich an eine Straßenlaterne lehnen musste. Völlig außer Atem nahm sie nur am Rande wahr, wie Dan dem Rest der spontanen Gesprächsrunde einen schönen Abend wünschte. Sie sah nicht auf, als er an ihrer Seite erschien. Stattdessen klammerte sie sich an das kalte

Metall der Straßenlaterne und blickte auf die vorbeirauschenden Autos voller Menschen auf ihrem Weg in den Freitagabend und das Wochenende.

»Linda?«

Lisa versteifte sich. Aus dem Augenwinkel sah sie, wie Dan kapitulierend die Hände hob.

»Okay, dann eben Lisa.«

Nun, das war ein Anfang.

»Was?«

»Es tut mir leid, dass ich dich geärgert habe.«

Sie drückte ihre Wange an den kalten Laternenpfahl und seufzte. »Es tut mir leid, dass du mir hinterherlaufen musstest.«

Dan registrierte besorgt ihre hängenden Schultern. »Geht es dir gut? Schaffst du es zurück zum Wagen?«

Lisa sah die Straße hinauf, wo der eilig geparkte Diamante stand. Er sah genauso aus wie ein Auto, das überstürzt verlassen worden war. »Oh!«, rief sie erschrocken und richtete sich auf. »Wir sollten zurück, bevor jemand zu schnell um die Kurve kommt und in dein Auto kracht.«

Dan war überrascht von ihrer Sorge um das Auto. »Du siehst völlig erledigt aus. Soll ich dich tragen?«, fragte er, obwohl er sich ihres Drangs nach Unabhängigkeit durchaus bewusst war. »Nur dieses eine Mal? Es ginge viel schneller.«

Sie nickte müde. »Okay.«

Er bückte sich leicht, hob sie mühelos auf und trug sie in Richtung Auto. Lisa seufzte tief und legte ihren Kopf an seinen Hals. Sie spürte seine Kinnstoppeln an ihrer Wange und das stetige Schlagen seines Herzens unter ihrer rechten Brust. Er versteifte sich, als sie sich an ihn schmiegte, aber sie ignorierte es. In diesem Moment brauchte sie das. Sie brauchte *ihn*. Die Wärme, die sein großer Körper ausstrahlte, und der leichte Duft nach seinem herben Aftershave beruhigten sie. In diesem Moment war sie sehr dankbar, dass dieser Mann auch gerne schwieg. Jeglicher Kampfesgeist hatte sie verlassen. Sie wusste, dass sie sich kindisch aufgeführt hatte. Dan Brogan mochte ein Fremder sein, aber im Moment war er alles, was sie hatte.

10

Lisa wusste nicht, ob sie glücklich oder traurig sein sollte, dass Dan nicht über Browns Bay zu seinem Haus fuhr. Hätte er diese Route gewählt, wären sie an der Unfallstelle und am Haus ihrer Eltern vorbeigekommen. Doch dann wäre Lisa in Tränen ausgebrochen.

Sie wusste genau, wie das Haus jetzt aussehen würde. Im Wohnzimmer würde Licht brennen, und in der Einfahrt stünde der Pick-up ihres Bruders. Bei Blues-Spielen versammelte sich immer die gesamte Familie bei den Eltern, um bei Bier und Kartoffelchips über die Entscheidungen des Schiedsrichters und darüber zu diskutieren, wer dem Team angehören sollte und wer nicht. Zu diesen Anlässen bereitete Jill immer tonnenweise Lasagne oder Paella zu, und Sherry und Lisa steuerten Salate und Beilagen bei. Ben und ihr Vater kümmerten sich um den Wein oder das Bier. Lisa fragte sich, ob sie wohl auch heute beisammensäßen oder ob sie dazu zu traurig waren.

Ich sollte nach Haus!, wollte sie heulen. *Ich sollte heim zu meiner Familie und ihnen sagen, dass ich nicht tot bin!*

Sie nahm kaum wahr, als Dan schließlich in eine Einfahrt bog und in einer Doppelgarage parkte. Als er den Motor abstellte, saßen sie eine Weile nebeneinander. Betretenes Schweigen herrschte, weil keiner wusste, was er sagen sollte.

»Hier sind wir«, machte Dan schließlich den Anfang. »Zu Hause.«

Lisa antwortete nicht.

Dan schaltete das Licht in der Garage an und stellte Lisas Krücken für sie bereit. Dann führte er sie durch eine Art Waschküche ins Wohnhaus und schaltete im Gehen die Lichter ein.

Schließlich kamen sie in ein Wohnzimmer. Dan blieb stehen und deutete auf ein großes himmelblaues Sofa.

»Setz dich doch, dann hole ich deine restlichen Sachen herein. Schaffst du es die Stufen hinunter?«

Lisa musterte die drei Holzstufen, die in den Raum führten, und nickte.

Dan verschwand wieder in Richtung Garage und kam mit ihren Sachen zurück, die er durch das Wohnzimmer hindurch in den hinteren Teil des Hauses trug.

Neugierig blickte Lisa sich um. Der Raum war geschmackvoll und kostspielig eingerichtet. Es gab ein zweites blaues Sofa und zwei große Sessel mit blauweißkarierten Bezügen in zwei Ecken des Raums. Weiche pfirsichfarbene Mohairdecken waren einladend über die Rückenlehnen drapiert. Ein hölzernes Fernsehmöbel stand in der Ecke neben einem Kamin aus Marmor. Zwei schlanke schmiedeeiserne Kerzenständer mit dicken weißen Kerzen flankierten den Kamin. Weitere Kerzen in unterschiedlichen Größen standen um sie verstreut, und ein wunderschöner Spiegel in einem gehämmerten Bronzerahmen hing an der Wand darüber.

Als Dan zurückkam, saß Lisa in der Mitte des Sofas und blickte durch die Glastüren, die die gesamte Wand zum Garten einnahmen. Der Vollmond hing tief im nächtlichen Himmel und goss einen breiten Lichtstreifen auf die funkelnde Dunkelheit der See darunter. Lisa erkannte, dass das Haus auf den Felsen mit Blick auf Browns Bay lag.

»Hübsche Aussicht«, bemerkte sie höflich.

»Ja.« Dan trat ans Fenster, die Hände in den Hosentaschen. »Dieser Blick gab für uns den Ausschlag für dieses Haus.«

Lisa beobachtete ihn schweigend. Es war das erste Mal, dass er von sich und Linda gesprochen hatte, ohne es klingen zu lassen, als meinte er sie. Vielleicht machte sie ja langsam Fortschritte.

»Hast du Hunger?«, fragte er schließlich.

Sie zuckte mit den Schultern. »Nicht sonderlich. In erster Linie bin ich k. o.«

Ihre Ausdrucksweise amüsierte ihn. »Möchtest du ins Bett?«

Erschrocken sah sie ihn an.

»Ich meine *allein*«, fügte er hastig hinzu.

»Ich weiß, was du gemeint hast«, murmelte Lisa nicht besonders überzeugend. Sie seufzte. »Schau, es tut mir leid, dass ich dir so eine Szene gemacht habe.«

Dan zog eine Braue hoch, als wäre dies die Untertreibung des Jahres gewesen. »Nicht der Rede wert«, meinte er trocken. »Ich jage gerne Frauen durch die Straßen von Auckland.«

Widerstrebend musste Lisa lächeln. Brachte diesen Mann denn wirklich gar nichts aus der Fassung?

Sie sah auf die verzierte goldene Uhr auf dem Kaminsims. »O verdammt!«

Dan zog erneut die Brauen hoch. »Was ist?«

»Das Spiel!« Lisa richtete sich mühsam auf und wäre dabei beinahe über den gläsernen Couchtisch vor ihr gestolpert. »Es geht in wenigen Minuten los!«

»Das Spiel? Du meinst Rugby?«

»Ja!«, rief Lisa ungeduldig. »Ist das der Fernseher?« Sie deutete auf den Kasten in der Ecke.

Und so verbrachte Lisa ihre ersten Stunden im Haus von Dan, ausgebreitet auf dem großen blauen Sofa, mit einer Mohairdecke über den Knien, während Dan sich in einem Ohrensessel am Kamin rekelte. Er hatte sich eine Schüssel Chips und eine Dose Bier besorgt. Lisa war überrascht, dass er ihr nichts anbot. Bislang war er immer die Höflichkeit in Person gewesen.

Dan sah, wie sie auf sein Bier schielte, und zögerte. »Wolltest du … willst du vielleicht auch eins?«

Beinahe hätte er die von seinen verschwitzten Händen glitschige Dose fallen gelassen, als sie nickte und »Ja, bitte« sagte.

»Okay«, murmelte er. »Okay.« Er tappte zurück in die Küche und verstand die Welt nicht mehr.

Lisa hatte das Gefühl, in ein Fettnäpfchen getreten zu sein. Sie hätte Dan nie für einen Sittenhüter gehalten, was Frauen und Alkohol betraf, aber diese Sache bewies nur, wie wenig sie diesen Mann kannte. Wie die meisten Frauen trank sie gerne einmal ein Gläschen Wein, doch wenn sie Rugby sahen, genehmigten sie und Sherry sich normalerweise Bier mit ihrem Vater und ihrem Bruder. Ihre Mutter trank ausschließlich Sherry, und die drei Geschwister vermuteten darin den Grund für Sherrys Namen. Sie waren überzeugt, dass Jill an ihrer Hochzeit knülle gewesen war und Sherry, die beinahe auf den Tag genau neun Monate nach der Hochzeitsnacht das Licht der Welt erblickte, nach der Ursache ihres Untergangs benannte. Jill wehrte sich vehement gegen diese Verdächtigung, doch Lisa, Sherry und Ben entging nicht, dass ihr Vater jedes Mal grinste und keinen Kommentar abgab.

Lisa war tief in Gedanken versunken und blickte finster vor sich hin, als Dan zurückkehrte. Er stand mit einem Glas Bier vor ihr und war zutiefst beunruhigt, weil sie offensichtlich sehr traurig war und er sich zudem Lindas Kehrtwende, was ihren Alkoholkonsum betraf, nicht erklären konnte.

Als Lisa merkte, dass er vor ihr stand, schreckte sie zusammen. »Ich darf doch eines trinken, oder?«, fragte sie verunsichert und versuchte, sein Gesicht zu deuten. »Ich meine, es schadet meinem Kopf nicht oder dergleichen, oder?«

Wortlos schüttelte er den Kopf und reichte ihr das Bier.

Lisa kam sich vor wie ein Kind, das etwas ausgefressen hatte. Was hatte sie nun schon wieder falsch gemacht? »Du hättest es nicht in ein Glas schenken müssen«, sagte sie. »Ich trinke gerne aus der Dose.«

»Natürlich tust du das«, schnauzte Dan und warf sich in den Sessel neben dem Kamin. Er verschränkte seine Finger, legte die Hände auf den Kopf und blickte verdrossen zum Fernseher.

Gerade liefen die Teams ein.

Lisa unterdrückte den Impuls, ihm die Zunge herauszustrecken.

Dan verbrachte das gesamte Blues-Match in fassungslosem Schweigen. Das Gefühl, in einem grotesken Traum gefangen zu sein, wurde immer stärker, und er fragte sich, wann er wohl daraus erwachen würde. Tatsächlich beobachtete er den größten Teil des Spiels diese Frau, die da auf seinem Sofa saß.

Linda – oder *Lisa*, wie sie genannt werden wollte – war völlig von dem Spiel gefangen, verputzte Kartoffelchips und trank zwei Bier, eines direkt aus der Dose. Sie zischte wie ein Profi. Dan war erleichtert, als sie ein drittes ablehnte, da sie, wie sie sagte, nie mehr als zwei trank.

»Ich vertrage nicht viel«, erklärte sie. »Zwei Gläser Wein, und ich schlafe ein.«

Er rieb sich das Kinn, die Bartstoppeln kratzten in seiner Hand, und schwor sich, sie sofort ins Auto zu laden und zurück zum Krankenhaus zu fahren, sollte sie jetzt noch rülpsen und die leere Dose hinters Sofa werfen.

Und dann das Rugby.

Wenn ein Spiel im Fernsehen lief, war Lindas einzige Aussage zum Thema Sport, wie muskulös doch die All Blacks waren. Dan wusste, dass sie ihn mit solchen Bemerkungen nur eifersüchtig machen wollte, aber er schenkte ihren jämmerlichen Seitenhieben schon seit langem keine Beachtung mehr, denn ehrlich gestanden war es ihm schnuppe, was sie von seinem Körper hielt.

Lisa kannte sich aus. Sie kannte die Regeln. Sie schimpfte und wetterte, wenn der Schiedsrichter Fehlentscheidungen traf. Sie zuckte zusammen, als ein Ball nach vorn geschossen wurde, und wäre fast vom Sofa gefallen, als ein hohes Tackling keinen Straftritt für Auckland zur Folge hatte.

»Hast du das gesehen?«, schrie sie Dan an, der aufgegeben hatte, vorzugeben, er würde noch das Spiel verfolgen. Er hatte das Kinn auf seine Faust gestützt und betrachtete stattdessen Lisa. »Das war hohes Tackeln! Da muss er Straftritt geben! Das war direkt vor den Malstangen! Drei Punkte verschenkt! Du *Arschgeige!*«, brüllte sie den Schiedsrichter an, als er ins Bild kam.

Dan beobachtete sie mit einer Mischung aus Faszination und Angst. Denn eins stand fest: Seine Frau war sie nicht.

Lisa deutete seinen Ausdruck als Tadel für ihr Geschrei und ihre Ausdrucksweise. »Entschuldigung«, murmelte sie. »Beim Rugbyschauen vergesse ich mich manchmal.«

»Natürlich«, entgegnete er.

Auckland verlor gegen Canterbury.

Lisa vergrub den Kopf in ihren Händen und seufzte. »Es muss am Heimvorteil gelegen haben.«

»Sie waren überlegen, Lin…«

Sie ließ die Hände fallen, hob den Kopf und blickte ihm tief in die Augen. »Wir fangen nicht wieder von vorn an, oder?«

Dans Kiefer schmerzte vor Anspannung.

»Es tut mir leid, Dan.« Sie griff nach der Fernbedienung auf dem Couchtisch und schaltete den Fernseher aus.

Er blinzelte überrascht. Wie zur Hölle war ihr das gelungen? Jeder wusste, dass stets der Mann die Fernbedienung hatte.

»Ich kann mich nicht als jemand anders ausgeben, und ich bin *nicht* deine Frau. Ich weiß rein gar nichts über sie.« Lisa verstummte und zog die Stirn in Falten. »Außer dass sie viele Shampoo-Fläschchen besitzt.«

Der letzte Kommentar gab Dan den Rest. »Das ist doch absurd!«, schnauzte er schließlich los. »*Du bist Linda!* Schau!« Er langte hinter sich, nahm ein goldgerahmtes Hochzeitsfoto von einem Beistelltischchen, kam zu ihr und hielt es ihr vor die Nase. »Das ist eines unserer Hochzeitsbilder. Das hier bist *du*, Himmel noch mal!«

Lisa streckte langsam die Hand aus und nahm das Bild. Es war ein Foto von ihm und Linda unter einem Rosenbogen. Dan trug einen Smoking, und Linda Brogan sah bezaubernd aus in einem elfenbeinfarbenen Kleid wie aus dem Märchen, mit einer kleinen Haube am Hinterkopf, von der ein langer Schleier herabfiel. Lisa war erschüttert, wie jung und attraktiv Dan ausgesehen hatte, verglichen damit, wie sorgengezeichnet und verschlossen sein Gesicht jetzt wirkte, als er über sie gebeugt stand.

Sie räusperte sich nervös und hoffte, dass ihre Menschenkenntnis sie nicht im Stich ließ. Dan war ein stattlicher, sehr kräftiger Mann. Wenn er sich vergaß und ihm die Hand ausrutschte, hatte Lisa keine Chance. »Ich weiß, dass ich wie Linda *aussehe*, Dan, aber glaube mir, ich bin nicht Linda!« Sie sah ihm fest in die Augen. »Du weißt es.«

Die Spannung war zum Zerreißen. Verzweifelt hob sie ihre Hände und zeigte ihm den fürchterlichen Zustand ihrer Acrylnägel. Sie wedelte mit den Fingern vor seiner Nase. »Mal ehrlich, hätte Linda ihre Nägel jemals *so* verkommen lassen?«, witzelte sie schwach.

Er sah sie verdutzt an, bevor auch er seine Hände hochriss, so dass Lisa zusammenzuckte und sich auf dem Sofa duckte. Erleichtert sah sie, wie er frustriert sein Haar durchpflügte und es ihn zutiefst kränkte, dass sie so zusammengezuckt war.

»Ich bin vielleicht wütend, *Lisa*. Aber ich schlage dich nicht!«

Sie schwiegen lange, während er das Foto zurück auf das Beistelltischchen stellte und sich dann auf die Kante des Glastisches vor dem Sofa setzte. Er stützte seine Ellbogen auf die gespreizten Knie und strich sich ermattet durchs Haar. Anzugjacke und Krawatte hatte er zu Beginn des Spiels abgelegt und die oberen zwei Knöpfe seines hellblauen Hemds gelöst, so dass seine kräftige gebräunte Halspartie zum Vorschein kam.

Lisa hatte Mühe, nicht darauf zu starren. »Es tut mir leid, Dan«, wiederholte sie leise, »für uns beide.«

Er verschränkte die Finger zwischen seinen Knien und schüttelte seufzend den Kopf. Ausdruckslos blickte er auf den Teppich und murmelte: »Das ist doch Unsinn. Du hast dir eine ernsthafte Kopfverletzung zugezogen. Du hast dein Gedächtnis verloren!«

»Aber das stimmt nicht!«, antwortete sie sanft. »Ich habe mein Gedächtnis nicht verloren. Ich erinnere mich an mein ganzes Leben. Es ist nur nicht das Leben deiner Frau.« Sie seufzte. »Ich wünschte, ich könnte es dir erklären …«

Er hob den Kopf und fasste sie mit einem kalten, grauen Blick ins Auge. *»Bitte«*, forderte er sie auf, *»tu es!«*

Lisas Herz geriet ins Stocken. »Ich habe Angst … es dir zu sagen.«

»Warum?«

»Weil … weil ich weiß, wie verrückt es klingt, und wenn du mich hinausschmeißt, weiß ich nicht, wohin ich gehen soll.«

Sein Ausdruck wurde etwas weicher. »Ich schmeiße dich nicht hinaus.«

»Nein, du rufst Craig Fergusson an, und er sperrt mich in die Klapsmühle!«

Er lächelte matt. »Es ist nicht so einfach, Leute wegzusperren, wie du vielleicht denkst, Lin… Lisa.«

Sie erwiderte sein Lächeln und erschauerte.

»Ist dir kalt?«, fragte Dan sofort.

»Ein bisschen. Wahrscheinlich bin ich müde.« Lisa fühlte sich plötzlich völlig ausgehöhlt und wusste, dass ihr das jetzt alles zu viel war. Das Bier machte sie schläfrig. Sie blickte Dan in die Augen und sagte: »Ich will deinen Fragen wirklich nicht ausweichen, aber im Moment verkrafte ich diese Unterhaltung einfach nicht. Macht es dir etwas aus, wenn wir sie auf morgen verschieben? Ich muss jetzt wirklich ins Bett.«

Er nickte widerstrebend. »Klar. Ich zeige dir dein Zimmer.«

Lisa sperrte den Mund auf, als er die Tür zu einem Zimmer öffnete, in dem das größte Bett stand, das sie je gesehen hatte. »Oh, wow! Das ist ja wie bei deinen Hosen! Haben sie in dem Laden zwei Betten zusammengebaut?«

Er lachte leise. »Wir haben es in den Staaten anfertigen lassen. Bei mir hängen immer die Füße aus den Betten.«

Lisa runzelte die Stirn. »Das ist *dein* Bett.«

»Ist schon in Ordnung«, entgegnete er hastig. »Ich schlafe schon seit … längerem im Gästezimmer.«

»Zeig es mir.«

»Was?«

»Zeig mir, wo du schläfst!«, forderte Lisa ihn auf und hoppelte den Gang zurück.

»Lisa!« Dan folgte ihr. »Es ist wirklich in Ordnung.«

»Nein, ist es nicht. Wie groß ist das Gästebett?« Sie stieß eine Tür zwei Zimmer weiter auf. »Das ist es, oder?«

Dan stand hinter ihr und blickte betreten auf das Chaos in seinem Zimmer. »Ja.«

Lisa lachte. »Wie unordentlich du bist!«

Überall lagen medizinische Fachzeitschriften herum. Taschenbücher stapelten sich auf dem Nachttisch und waren zu Boden gefallen. Ein geflochtener Wäschekorb stand in der Ecke, schmutzige Wäsche wuchs zu einem Turm daraus hervor, und obendrauf balancierte abenteuerlich der Deckel. Die offenen Schranktüren gewährten einen Blick auf schief auf Bügeln hängende Kleidung. Die Schuhe waren achtlos in dem Schuhregal gestapelt. Eine Sammlung von Tassen und Tellern stand auf einer wunderschönen Holzkommode. Mitten in diesem Chaos stand ein normal großes Bett mit dunkelblauer Bettwäsche. Lisa malte sich aus, wie klein es für Dan sein musste.

»Okay, dann ist es eben ein bisschen unaufgeräumt«, verteidigte er sich und versuchte, um Lisa herum zu langen, um die Tür zu schließen.

»O nein!«

Sie klammerte sich am Türrahmen fest und beugte sich weiter vor, wobei ihr Po sich in seine Weichteile bohrte. »Nein, lass mich, ich habe noch nicht alles gesehen!«

»Doch, das hast du!«, knurrte Dan und schloss kurz die Augen, als ihr hübscher Hintern sich gegen seinen Reißverschluss drückte. Für wen sie sich auch halten mochte, sie besaß noch immer den wundervollen Körper seiner Frau. Er legte einen Arm um ihre Hüfte, hob sie hoch und schwenkte sie von der Tür weg, als würde sie überhaupt nichts wiegen. Mit der anderen Hand schloss er die Tür.

Lisa quietschte überrascht auf. »He! Das gilt nicht!«

»Dann beschwer dich doch!« Er setzte sie wieder auf dem Teppich ab.

Sein verbissenes Gesicht ernüchterte sie. »Ich habe doch nur Spaß gemacht. Entschuldigung.«

Er geleitete sie zurück zum ersten Schlafzimmer und zeigte ihr das anschließende Bad. »Wir teilen es, aber du kannst die Tür zu meinem Zimmer abschließen, damit wir nicht ineinanderrennen.«

Lisa nickte stumm, alle Fröhlichkeit war aus ihrem Gesicht gewichen.

»Kommst du zurecht mit …?« Er deutete auf ihr Top und ihren Rock.

»Oh, ganz bestimmt.«

»Gut«, sagte er knapp, nur damit sie wusste, dass er nichts von ihr wollte. Zögernd stand er in der Tür. »Dann gute Nacht.«

Lisa wandte ihm den Rücken zu und hoppelte zur Frisierkommode auf der anderen Seite des Betts. »Ja. Nacht.«

Störrisches kleines Biest!, dachte Dan, als er zurück zu seinem Zimmer mit dem Puppenbettchen stapfte.

Idiot!, dachte Lisa. *Miesepetriger Idiot!*

Sie blickte auf das monstergroße Bett und stöhnte. Sie würde sich darin verlieren. Das blöde Ding war so groß wie ein Rugbyfeld. Ihr Schlafzimmer zu Hause war nicht so groß wie dieses verdammte Bett!

O Gott, dachte sie niedergeschlagen, *bitte, bitte, lass mich nicht schlafwandeln!*

11

Lisa schlafwandelte doch.

Das passierte ihr seit ihrer Kindheit. Immer wenn sie sich aufregte oder fürchtete, verließ sie nachts im Schlaf ihr Bett. In ihrer Familie waren alle darauf getrimmt, Lisa umzudrehen und zurück zum Bett zu führen, ohne sie dabei aufzuwecken. Normalerweise wanderte sie nur ein Mal. Hatte man sie zurück ins Bett gepackt, konnte man mit einiger Sicherheit davon ausgehen, dass sie bis zum Morgen dort blieb.

Lisa war erleichtert gewesen, dass sie im Krankenhaus nicht geschlafwandelt war. Sie war zu dem Schluss gekommen, dass die fremde Umgebung der Station mit dem gedämpften Licht und den verhaltenen Stimmen sie davon abgehalten hatte, tief genug zu schlafen. Sie hatte keine Nacht ganz durchgeschlafen, obwohl sie in dem Zimmer für sich gewesen war.

Als Lisa am nächsten Morgen erwachte, lag sie sicher eingemummelt in ihrem Riesenbett und war am Verhungern. Ihr Hauptanliegen war frühstücken. Sie ahnte nicht, dass Dan gegen zwei Uhr morgens von einem leisen *Tapp, Tapp* geweckt worden war, als jemand auf dem Gang vor seinem Zimmer in Richtung Wohnzimmer unterwegs war.

Er blickte auf die Uhr, verharrte still und horchte.

Tapp! Pause. *Tapp!* Pause.

Als ob jemand über den Teppich hopste.

Warum zur Hölle sollte Lisa mitten in der Nacht herumlaufen?

Vielleicht hatte sie vergessen, wo das Bad war, oder wollte einen Schluck Wasser trinken. Dan kletterte aus seinem engen Bett und blickte in den Gang. Leer. Er beschleunigte seine Schritte und ging den Gang entlang. Als er eine schemenhafte Gestalt direkt am Absatz der Stufen zum Wohnzimmer erblickte, blieb ihm fast das Herz stehen.

»Lisa!«, rief er aus, eilte zu ihr, wobei seine nackten Füße auf die Holzbohlen klatschten. »Lisa! Warum machst du dir kein Licht an? Du wirst noch fall…«

Er erreichte sie in dem Moment, als sie gerade ihr gebrochenes Bein ausstreckte, um einen Schritt ins Nichts zu setzen. Er schlang seine Arme um sie und zog sie an seine Brust. Sein Herz raste. »Lisa!«

Ihr Kopf fiel an seine Schulter, und sie schnarchte leise.

Dan blinzelte ungläubig. *Sie schlafwandelt!*

Als sie sich an ihn schmiegte, selig und friedvoll, konnte Dan sich ein stummes Lachen nicht verbeißen. Was würde dieser Frau als Nächstes einfallen?

Er trug sie zurück zu ihrem Bett, indem er ihr unter die Arme griff und ihren Rücken an die Brust zog. Erschrocken wurde ihm bewusst, dass er splitterfasernackt aus dem Bett gesprungen war, und das zarte Schwingen ihrer Pobacken, die nur eins seiner dünnen T-Shirts von seinen Lenden trennte, bescherte ihm eine Erektion, die sich sehen lassen konnte.

Er hielt Lisa so weit von seinem Becken entfernt, wie es ihm möglich war, und verfrachtete sie zurück in ihr Bett. Jetzt war er froh, dass er kein Licht angeschaltet hatte, denn *würde* sie aufwachen, hätte sie der Schlag getroffen. Es belustigte ihn, dass sie selbst im Schlaf versuchte, auf dem gesunden Bein zu hüpfen. Sobald er sie zurück ins Bett gelegt hatte, seufzte sie und rollte sich ein wie ein kleines Kind. Sie sah verloren in dem großen Bett aus.

Dan blickte voll Bedauern auf sie und das große Bett.

Lisa stieß einen Laut aus und rollte auf seine Seite herüber. Eilig zog Dan sich aus dem Zimmer zurück, bevor sie die Augen aufschlagen konnte und ihn nackt neben dem Bett stehen sah, mit einem Ständer, der auf zwölf Uhr zeigte. Doch als Vorsichtsmaßnahme ließ er für den Rest der Nacht beide Schlafzimmertüren offen.

Als Lisa am nächsten Morgen auf ihren Krücken in die Küche gehopst kam und Dan sich erkundigte, ob sie gut geschlafen hätte, war er also nicht überrascht, als sie nickte.

»Ja, gut. Warum? Hast du in deinem Kinderbett nicht gut geschlafen?«

»Das könnte man sagen«, meinte er geheimnisvoll und löffelte sich Frühstücksflocken in den Mund.

Lisa war etwas unwohl bei dem Anblick des frisch aus dem Bett geschlüpften Dan. Bisher hatte sie ihn immer am Ende des Tages gesehen, lässig gekleidet und ein-, zweimal im Anzug. Sie war verblüfft, wie attraktiv er früh am Morgen aussah, in einem hellblauen Frotteebademantel und, von den nackten Füßen und Beinen zu schließen, nicht viel mehr darunter. Auf seinem Kinn lag ein Schatten von Bartstoppeln, sein Haar war zerzaust und stand auf einer Seite vom Kopf ab, und seine Augen sahen verschlafen aus.

Lisa fürchtete, zu einer zweiten Mary zu mutieren.

Er saß an der Frühstückstheke in der großen sonnigen Küche, die aufgeschlagene Zeitung vor sich ausgebreitet und eine dampfende Tasse Kaffee daneben.

Lisa schnüffelte hoffnungsvoll in Richtung Kaffee.

Dan erkannte den Wink und holte eine Tasse aus der großen Sammlung, die in einer Nische über einem Backsteinkamin mitten im Raum hing. Er teilte die Küche von einem großen luftigen Esszimmer mit einem langen Esstisch ab, um den Stühle mit Bezügen in kräftigem Himbeerrot standen.

Dan hielt inne, als er ihr den Kaffee einschenkte. »Wie möchtest du ihn?«

Sie wusste diese Frage zu würdigen. »Nur Milch, bitte.« Es gelang ihr, auf einen der hohen hölzernen Hocker an der Frühstückstheke zu klettern. »Ich bin am Verhungern.«

Dan schenkte ihr ein angedeutetes Lächeln, bei dem sich ein Mundwinkel kräuselte. »Cornflakes?«

»Gerne.«

Lisa knusperte ihre Cornflakes, nachdem sie sich den Sportteil der Zeitung von Dan geschnappt hatte.

»Den wollte *ich* gerade lesen!«, protestierte er.

»Niemand hält dich davon ab.« Sie nickte zu dem Zeitungsteil, der ausgebreitet vor ihm lag. »Vielleicht wollte ich ja *den* gerade lesen, aber beschwere ich mich etwa?«

»Du willst den Wirtschaftsteil?«

»Nein.«

Er schnaubte verächtlich.

Es gelang ihnen, so zu tun, als würden sie den anderen nicht bemerken, bis der Toaster den Toast ausspuckte und Dan ihn an die Frühstückstheke brachte.

Lisa war mit ihren Cornflakes fertig und machte sich daran, einen Toast zu buttern, Dan aß seinen mit Butter und Fruchtgelee.

»Hast du keine Marmelade?«

Er schluckte. »Marmelade?«

Sie nickte und deutete auf das Glas auf der Anrichte. »Das ist keine Marmelade, das ist Gelee.«

»Nein, das ist Marmelade. Gelee ist ohne Fruchtstücke.«

»Nein, das ist Konfitüre.«

Sie sahen sich mit funkelnden Augen an. Dan ärgerte sich, dass diese Frau sich partout nicht verhalten wollte, wie sie sollte.

»Hast du vielleicht Vegemite?«, fragte Lisa beharrlich und ließ sich nicht einschüchtern.

»Was soll denn das schon wieder für ein Mist sein?«, blaffte er.

Lisa blickte ihn gekränkt an.

»Ist Vegemite dieses schwarze klebrige Zeug, das sich Kiwis auf die Sandwiches schmieren?«, fragte Dan.

»Vegemite ist kein klebriges Zeug!«, widersprach Lisa bockig.

Er zuckte mit den Schultern und wendete sich wieder seiner Zeitung zu. »Solange du nicht von mir erwartest, dass ich es esse.«

»Du hast welches?«

»Nein. Wir gehen heute zum Supermarkt und kaufen ein paar Sachen ein.«

Erst als sie fertig gegessen hatten und Lisa ihm geholfen hatte, die Spülmaschine einzuräumen, erzählte er ihr, dass sie geschlafwandelt war.

»O nein!«, stöhnte sie. »Das habe ich befürchtet.«

Er runzelte die Stirn. »Niemand erzählte mir, dass du angefangen hast, schlafzuwandeln.«

Sie schüttelte geistesabwesend den Kopf. »Habe ich im Krankenhaus auch nicht. Es passiert nur im Tiefschlaf, und der war dort nicht möglich.« Sie schlug die Hände vors Gesicht und stöhnte. »Das mache ich schon seit meiner Kindheit. Wenn ich vor etwas Angst habe oder mich zu sehr aufrege, passiert es, aber immer nur ein Mal pro Nacht. Sobald ich wieder im Bett bin, bleibe ich dort.«

Dan umklammerte die Arbeitsfläche und musste seinen Ärger unterdrücken. Linda war nie geschlafwandelt – nicht ein einziges Mal!

»Du wolltest gerade die Stufen ins Wohnzimmer hinuntergehen, als ich dich letzte Nacht entdeckte«, erzählte er. »So etwas kannst du mit deinem Bein nicht riskieren.«

»Ich weiß«, stimmte Lisa zu und kaute auf ihrer Unterlippe herum.

Dan beobachtete sie mit zusammengepressten Lippen. Lisa spürte, dass er wütend war und ihr nicht glaubte. Er dachte, sie würde lügen. »Dein Zimmer kann man absperren«, sagte er schließlich.

Sie schüttelte den Kopf. »Nein. Ich kann Türen im Schlaf aufsperren. Einmal bin ich sogar auf die Straße gelaufen.«

Wann?, wollte er sie anfahren, denn sicher war es nicht in den letzten acht Jahren gewesen. »Himmel, das wird ja immer besser!«

Lisas Augen blitzten wütend. »Ich tue das nicht mit Absicht! Es passiert nur, wenn ich mich *aufrege* oder *fürchte*.«

»Dann werde ich dir vielleicht bald Gesellschaft leisten«, erwiderte er knapp. »Ich *fürchte*, dass du nachts von den Klippen stürzt. Der Gedanke daran *regt* mich *auf*.«

Sie wandte sich abrupt ab und hoppelte in Richtung Küchentür, um ihm und seiner Wut zu entgehen.

Dan seufzte. »Oh … Lisa! Schau … es tut mir leid.« Es versetzte ihm jedes Mal einen Stich, wenn sie so unbeholfen auf ihrem gebrochenen Bein vor ihm floh.

Sie blieb stehen, die Hand am Türrahmen. Ohne sich

nach ihm umzudrehen, fragte sie leise: »Was soll ich denn tun, Dan?«

»Ich weiß es nicht. Uns wird etwas einfallen.«

Lisa nickte und blickte ihn widerstrebend über die Schulter an. »Willst du zuerst unter die Dusche?« Sie war zutiefst verlegen, welche Intimitäten sie zu bewältigen hatten.

»Nein.« Er nickte in Richtung Bad. »Geh du zuerst.«

»Bist du sicher? Ich bin es nicht gewohnt, allein zu duschen.« Lisa spürte, wie ihr das Blut in die Wangen schoss. Hoffentlich dachte Dan jetzt nicht, dass sie seine Hilfe wollte. »Ich meine«, verbesserte sie sich hastig, »ich hatte immer eine von den Schwestern dabei.«

O nein! Das klang noch schlimmer!

»Ich meine ...«, fing sie hilflos an und sah unglücklich aus.

Dan hob abwehrend die Hand. »Ist okay. Ich verstehe schon. Ich gehe zuerst.«

Sie drückte sich an die Wand, damit er an ihr vorbei durch die Küchentür schlüpfen konnte, ohne sie zu berühren. Mit hängenden Schultern machte sie sich daran, sich etwas zum Anziehen unter den Kleidern seiner Frau zu suchen.

Linda Brogans Kleider füllten den gesamten begehbaren Schrank des ehelichen Schlafzimmers. Lisa traute ihren Augen nicht, als sie hineinhopste, um ihn sich genauer anzusehen. »Wow!«, entschlüpfte es ihr.

Der Schrank war ein Musterbeispiel an Organisation – das genaue Gegenteil von Dans Schrank zwei Zimmer weiter.

Lisa ließ die Finger an den Regalen entlanggleiten, zog

Schubladen heraus und strich über die edlen Materialien. Die Kleidungsstücke waren nach Jacketts, Pullovern, Blusen, Hosen, Kleidern, Röcken, Westen und Mänteln geordnet. Innerhalb dieser Kategorien waren die Stücke nach Farbe und Ärmel- oder Saumlänge organisiert. Ein Regalbrett für Kopfbedeckungen und drei für Schuhe zogen sich über die gesamte Länge einer Wand. Darauf standen die bezauberndsten und schönsten Schuhe, die Lisa je gesehen hatte. Stiefel, Sandaletten, Stilettos, Sportschuhe – Linda Brogan besaß alles, was man sich nur wünschen konnte, meist in mehreren Farben und Ausführungen.

Lisa starrte versonnen auf die farbenfrohe Pracht und dachte unwillkürlich, was ihre Schwester wohl für einen solchen Schrank geben würde.

Von Dans Kleidung keine Spur, aber es wäre ohnehin kein Platz dafür gewesen.

»Lin… Lisa!«, rief er aus dem Schlafzimmer. »Das Bad ist frei.«

Lisa humpelte an die Tür des begehbaren Schranks und blieb stehen. Anerkennend sah sie Dan an. Er stand in der Tür zwischen Gang und Schlafzimmer und trug nur Jeans und ein weißes T-Shirt.

Gütiger Himmel, was für ein Prachtkerl!

»Was ist?«, fragte er verunsichert, als sie ihn weiter anstarrte.

»Wie bitte? Ach so! Diese Kleider!« Sie nickte mit dem Kopf in Richtung Wandschrank. »Sind das *alles* ihre?«

Dan presste die Lippen zusammen. »Nein, das sind alles *deine*, Linda oder Lisa oder wie immer du dich nennen willst«, gab er patzig zurück und fügte dann missbilligend hinzu: »Und *wo* sind deine Krücken? Du solltest sie benutzen, anstatt dich an Möbeln und Wänden entlangzuhangeln.« Er marschierte davon.

Dieses Mal streckte Linda seinem Rücken wirklich die Zunge heraus, bevor sie das Wort »*Blödmann*« mit den Lippen formte.

Sie duschte eilig und ignorierte danach die meisten der Tiegel und Flakons mit Parfüms und Cremes, die sich auf dem Glasregal im Badezimmer stapelten. Linda Brogan schien auf sie geschworen zu haben. Auch Lisa kannte sich mit Reinigung, Pflege und Feuchtigkeitscremes aus, so wie jede Frau, deren Haut der unbarmherzigen Sonne in Neuseeland ausgesetzt war. Aber sie fragte sich, wie diese Frau es je hatte zur Tür heraus schaffen können, wenn sie all die Produkte täglich benutzte, die da im Regal standen. Viele der Aufschriften sagten ihr gar nichts. Was zum Henker war zum Beispiel »Scalding Solution« oder »Post Extraction Fluid«? Beides klang für sie nach Substanzen, die man eher bei einem Präparator erwartete.

Was ihr besser gefiel, war die hübsche Spitzenunterwäsche, die sie in Lindas Schubladen entdeckte. Sie war so feminin und bezaubernd, dass Lisa sich keine Frau vorstellen konnte, die nicht davon verzaubert wäre. Im Krankenhaus hatte sie sich davor geekelt, die Unterwäsche einer anderen Frau zu tragen, bis sie sich ins Gedächtnis rief, dass ihr Körper diese Wäsche schon die ganze Zeit getragen hatte. Bedauerlicherweise hatte sie akute Probleme damit, Stringtangas zu tragen, und Linda Brogan schien nichts anderes benutzt zu haben. Sherry zog Lisa immer mit ihren altmodischen Slips auf, indem sie schrill »O mein Gott!« schrie, vorzugsweise im Supermarkt oder mitten in einer Shopping-Mall. »Deine Unterhose zeichnet sich ab!«

»Sei still!«, zischte Lisa dann immer und musste sich zurückhalten, um ihre selbstgefällige Schwester nicht zu ohrfeigen. »Lieber zeichnet sich bei mir die Unterhose ab, als dass ich mir die Ritze von einem dummen Stringtanga putzen lasse.«

Bei den wenigen Gelegenheiten, bei denen Lisa Stringtangas trug, hatte sie immer und ewig an ihrem Hintern herumgezupft, um das verdammte Ding in die richtige Stellung zu bringen. Unausweichlich stand dann jedes Mal gerade ein Mann hinter ihr und wurde Zeuge der ganzen Show. Der Gedanke, versehentlich Dan Brogan eine ihrer heimlichen Darbietungen zu bescheren, war ihr ein Graus. Von der missbilligenden Art zu schließen, mit der er sie seit ihrem Wunsch nach einem Bier behandelte, hätte er das wohl kaum lustig gefunden.

Als sie schließlich zu ihm ins Wohnzimmer hoppelte, trug sie weiße Jeans mit weiten Beinen, die ihren Verband versteckten und tief auf der Hüfte saßen, ein weiches blaues Tanktop mit einem weißen Hemd mit weiten Ärmeln darüber. Sie hatte sich die lange schwarze Mähne zu einem Pferdeschwanz zurückgebunden und außer etwas Lipgloss keine Schminke aufgelegt.

Dan nickte nur leicht, als er sie sah. Er legte sein Buch zur Seite und stand mit abwesendem Gesicht auf. »Fertig?«

Lisa nickte zurück. Sie war enttäuscht. Zum ersten Mal seit ihrem Krankenhausaufenthalt verließ sie das Haus, und eine kindliche Aufregung hatte sie ergriffen. Es wäre nett gewesen, wenn Dan etwas Anerkennendes über ihr Aussehen geäußert hätte.

Die Sonne schien warm. Der Herbst war in Auckland

oftmals die beste Jahreszeit. Die schwüle Sommerhitze war überstanden, und obwohl die Abende schon kühler wurden, waren die Tage für gewöhnlich schön und sonnig.

Wieder bemerkte Lisa, dass Dan einen großen Bogen um die Unfallstelle machte. Im Supermarkt schob er den Einkaufswagen, während sie neben ihm herhumpelte und bemerkte, wie er die Blicke der Frauen auf sich zog, an denen er vorbeilief. Wie immer schien er sich seiner Wirkung nicht bewusst. Als sie zu dem Gang mit den Marmeladen kamen, nahm er ein schwarzes Plastiktöpfchen mit rotem Deckel aus dem Regal und hielt es Lisa hin. »Dieses Zeug?«

Sie schüttelte den Kopf. »Das ist Marmite. Ich möchte *Vegemite.*« Sie humpelte ein Stück weiter und holte ein anderes schwarzes Plastiktöpfchen mit einem anderen Deckel aus dem Regal und hielt es hoch. »Siehst du?«

Dan sah die beiden Töpfchen an. »Für mich sieht beides schwarz und klebrig aus.«

»Für mich nicht.«

»Entschuldigen Sie«, wandte sich eine kleine Frau mit zwei Kleinkindern im Kindersitz des Einkaufswagens an Dan. »Könnten Sie mir den Honig herunterreichen? Ich komme nicht so hoch.«

Dan und Lisa blickten beide zu dem obersten Regalfach, auf das sie zeigte. Lisa hatte das Glas zuerst ergriffen und freute sich wie ein Schneekönig. »Bitte schön!« Strahlend reichte sie der Frau den Honig.

»Danke schön.«

Lisa lächelte noch immer wie ein Idiot, als die Frau längst weg war.

»Möchtest du vielleicht auch etwas Honig?«, fragte Dan

trocken. »Du siehst aus, als würdest du gleich vor Freude singen oder jubilieren.«

Sie schenkte ihm ein zufriedenes Lächeln. »Findest du es nicht auch toll, so groß zu sein?«

Und wieder war es ihr gelungen, ihn zu verwirren. Wo sollte die Unterhaltung nun schon wieder hinführen? »Wahrscheinlich ja«, stimmte er schließlich zu. »Ich kenne es nicht anders.«

»Ich schon.« Summend humpelte sie den Gang hinunter.

Ungefähr zu dieser Zeit beschloss Dan, dass *er* einen Termin bei Craig Fergusson nötig hatte.

Nachdem sie ihre Einkäufe erledigt hatten, hoppelte Lisa nur zögerlich auf ihren Krücken zum Auto zurück. Dan sah, wie gut ihr die Sonne und die frische Luft taten. Einem Impuls folgend, fragte er, ob sie noch etwas unternehmen wollte.

Ihre Wangen färbten sich tiefrot vor Freude. »Könnten wir uns ein paar Bücher anschauen und dann zum Zoogeschäft gehen und dann vielleicht einen Kaffee trinken?«

Dan glaubte nicht, dass er noch mehr Schocks verkraften konnte.

Linda wollte nie, aber auch niemals in einen Buchladen, aus Gründen, die auf der Hand lagen. Dan, der für sein Leben gerne las, hatte es sich zur Regel gemacht, Bücher immer allein zu kaufen. Linda mochte Tiere, aber er konnte sich nicht erinnern, dass sie je ein Zoogeschäft einer Modeboutique oder einem Laden für Accessoires oder Kosmetik vorgezogen hatte.

»Verflucht!«, murmelte er und schüttelte langsam den Kopf.

Lisas Strahlen erlosch. »Entschuldige.«

»Nein, Lisa, ich habe nichts gegen all diese Dinge, aber es ist eine ziemlich lange Liste«, log er. »Ich will nicht, dass du gleich an deinem ersten Tag übertreibst.«

Sie setzte ein flehentliches Gesicht auf. »Bitte, bitte, lass es mich übertreiben, Onkel Dan!«, bettelte sie. »Es ist so schön hier draußen, und ich verspreche, dass ich mich ein Stündchen hinlege, wenn wir zurück bei dir zu Hause sind.«

Ihr *zurück bei dir* war ihm nicht entgangen, aber er verzichtete wohlweislich auf einen Kommentar. Sie gingen in zwei Zoogeschäfte und bestaunten Welpen und Kätzchen mit vielen Aahs und Oohs. Dan wurde vom weißen Nymphensittich Snowy gezwickt, als er unvorsichtigerweise den Finger durch das Gitter steckte. »Aua!«

»Du Dummkopf!«, grölte Lisa und lachte sich halb tot.

»Er wollte gestreichelt werden!«, klagte Dan und schüttelte seine Finger.

»Siehst du das Schild?« Sie zeigte auf das weiße Pappschild seitlich am Käfig, das vor dem bissigen Vogel warnte.

Dans Magen zog sich zusammen. Wie hatte sie das handgeschriebene Schild lesen können?

»Warst du schon einmal hier?«, fragte er gezwungen beiläufig.

»Ich schaue immer in die Zoogeschäfte, wenn ich in Browns Bay bin.«

Dan nickte langsam. »Willst du jetzt in den Buchladen?«

»Ja, bitte.«

Im Buchladen gegenüber ging sie schnurstracks zu dem Tisch mit den Angeboten. »Schau mal! Fünf für zwanzig Dollar!«

Dan war einmal mehr erstaunt, wie sie das Schild entziffert hatte. Er sah zu, wie sie die Bücher durchsah und ein paar auswählte, sie umdrehte und mit gerunzelter Stirn die Klappentexte studierte.

Schließlich blickte sie auf und lächelte reumütig. »Ich glaube, dafür muss ich noch ein bisschen arbeiten. Willst du nicht für dich schauen?«

Linda hatte sich nie um Sonderangebote gekümmert. Wenn etwas billig oder zum halben Preis zu haben war, war es in ihren Augen automatisch nichts mehr wert. Nachdem sie ihre Kleidung jahrelang im Schlussverkauf hatte kaufen und haushalten müssen, sagte sie, dass sie nie mehr etwas zum halben Preis kaufen wollte.

Linda war immer eine anspruchsvolle Frau gewesen, von dem Moment an, als Dan ihr das Hochzeitskleid gekauft hatte. Er betrachtete sich nicht als arm, aber er war ganz bestimmt auch nicht reich, obwohl er weitaus mehr als sein Vater als Bauarbeiter verdiente. Dan hätte seiner Frau das Geld für Kleidung und Kosmetikartikel gerne gegönnt, wenn sie Linda glücklich gemacht hätten, aber das taten sie immer nur für kurze Zeit. Seine eigenen Bedürfnisse waren relativ bescheiden. Er hatte nicht allzu viel für Mode übrig. Er spielte nicht und trank nicht exzessiv. Solange er seiner Arbeit und seinen sportlichen Betätigungen nachgehen konnte, war er zufrieden. Nachdem er außer Linda niemanden zu versorgen hatte, sah er keinen Grund, warum sie sein Geld nicht ausgeben sollte, solange sie etwas für die Zukunft zurücklegten.

Die Frau, mit der er heute unterwegs war, war ganz anders. Dan beobachtete, wie sie die Bücher in ihrer Hand ansah. Er bemerkte genau, wie ihr plötzlich dämmerte, dass sie kein eigenes Geld hatte, um sie zu bezahlen. Errötend legte sie die Bücher auf den Tisch zurück.

»Du kannst sie kaufen, wenn du willst«, versicherte er und spürte wieder diese seltsame Zärtlichkeit, die sie in ihm hervorrief.

»Nein.« Sie schüttelte den Kopf und lächelte unbeschwert. »Aber warum schaust du dich nicht selbst um? Ich habe in dem Chaos in deinem Zimmer gesehen, dass du gerne liest. Es macht mir nichts aus, zu warten.«

Sie ging zum Grußkartenständer.

Dan sah ihr nach, und seine Brust zog sich zusammen. Er sammelte die Bücher ein, die sie sich angesehen hatte, suchte ein paar für sich aus und begab sich dann auf die Suche nach ihr. Ein Teil von ihm konnte nicht fassen, dass er Bücher für Linda kaufte.

Er fand sie bei den Ratgebern, wo sie mit angestrengtem Gesicht den Klappentext eines Buches entzifferte, wobei ihre Lippen die Worte formten. Sie schrak zusammen, als Dan sich duckte, um das Cover zu erkennen, und steckte es zurück zu den anderen Büchern in dem Regal.

Dan traute seinen Augen nicht.

Es war eins der Bücher über Legasthenie, das er auch einmal gelesen hatte. *Die unerkannten Lerngenies*. Auf seiner Stirn bildeten sich Schweißperlen. Wer war diese Frau?

12

Lisa spürte eine Veränderung bei Dan, als sie aus dem Buchladen kamen. Er blickte sie an, als sähe er sie zum ersten Mal.

»Was hältst du jetzt von einem Kaffee?«, fragte er schließlich. »Hast du Hunger?«

»Ja«, sie blickte ihn verunsichert an, »einen Bärenhunger sogar.«

Sie trödelten beim Kaffeetrinken.

Dan aß zwei Schokomuffins, während Lisa zwei Hühner-Risotto-Küchlein mit Salat verdrückte.

»Wie machst du es, dass du kein Fett ansetzt?«, fragte sie erstaunt.

Er zuckte mit den Schultern. »Glück gehabt, vermute ich. Bei meinem Bruder ist es genauso.«

»Du hast einen Bruder?«

»Ja. Er ist zwei Jahre jünger als ich. Er heißt Glenn.«

»Oh.« Sie verschränkte ihre Arme auf dem Tisch und betrachtete ihn neugierig. »Und ist Glenn etwa genauso groß wie du?«

Er schluckte einen Bissen Muffin hinunter. »Größer.«

»Du machst Witze!«

»Nein. Früher spielte er Basketball.«

»Was ist passiert?«

»Er hat sich das Knie verletzt – Kreuzbandriss und Teilruptur des Innenbandes.”

Lisa verdrehte die Augen. »In meiner Sprache, bitte!«

Dan lächelte und wischte sich den Mund mit einer Serviette ab. »Er hat sich das Knie verletzt«, wiederholte er. »Jetzt arbeitet er als Trainer.«

Sie neigte den Kopf zur Seite. »Hast du je gespielt?«

»Zu Schul- und Unizeiten, aber ich war nie so gut wie Glenn.«

»War das schlimm für dich?«

Er schien von ihrer Direktheit amüsiert. »Vielleicht als ich jünger war, aber ich wollte schon immer Arzt werden. Sport war – nein, *ist* Glenns Leidenschaft. Wir sind das genaue Gegenteil voneinander. Er ist ein sehr kontaktfreudiger Mensch.« Er ließ seine zusammengeknüllte Serviette auf den Teller fallen und ahmte ihre verschränkten Arme nach. »Ich glaube, wir sind gegenseitig auf unsere Leistungen stolz. Auf jeden Fall ist er mein kleiner Bruder, und ich liebe ihn.«

Lisa lächelte so verständnisvoll, dass er ganz gerührt war. »Ja«, entgegnete sie, »ich weiß, was du meinst.«

Sie schwiegen eine Weile.

»Wie alt bist du, Dan?«, wollte sie plötzlich wissen.

»Sechsunddreißig. Warum?«

Sie zuckte mit den Schultern und schüttelte den Kopf. »Nur so.« Sie schwieg kurz und fragte dann vorsichtig: »Ich bin siebenundzwanzig, oder?«

Er schüttelte den Kopf. Ein unangenehmes Gefühl beschlich ihn, als er sich erinnerte, dass die Frau in dem anderen Wagen siebenundzwanzig gewesen war.

»Rate noch einmal.«

»Sechsundzwanzig?«

»Andere Richtung.«

»Achtundzwanzig?«

Er schüttelte den Kopf.

»Was?«, rief sie erschrocken aus. »Neunundzwanzig?«

Dan nickte, und um seine Augen bildeten sich Lachfältchen. »Aber nicht mehr lange.«

»O nein!« Lisa war entsetzt. »Wann werde ich dreißig?«

»Am sechsten Juni.«

»O nein! Oh! Verdammt!« Sie warf sich auf ihrem Stuhl zurück und machte ein säuerliches Gesicht. Ihr eigener Geburtstag wäre erst nächstes Jahr im Februar gewesen, und sie wäre achtundzwanzig geworden. Sie hatte zwei Jahre und ihren richtigen Geburtstag verloren. »Das ist nicht gerecht! Dieser Mistkerl von George!«

»Wer ist George?«, fragte Dan, dem das Lachen sofort vergangen war.

»Das willst du nicht wissen«, murmelte sie.

Da könnte sie recht haben, dachte Dan. Wenn sie ihm noch etwas erzählte, das nicht ins Bild passte, würde sein Kopf womöglich explodieren. Und wenn er sich an die Logik hielt und davon ausging, dass er es mit Linda zu tun hatte, waren die Aussichten auch nicht besser. Bei Lindas jüngstem Sündenregister wollte er erst recht nicht wissen, wer dieser George war. Abrupt stand er auf. »Komm! Wir sollten gehen.«

Lisa war verdutzt. »Was ist? Habe ich etwas Falsches gesagt?«

»Nein«, log er, »ich möchte nur langsam heim. Ich muss noch ein paar Dinge erledigen.«

»Oh«, murmelte sie, »Entschuldigung.«

Dan fühlte sich mies, als er ihr zusah, wie sie mühsam aufstand. Ihr unbeschwertes Lächeln war wie weggewischt.

Auf dem langsamen Weg über den Supermarktparkplatz

machte sie es noch schlimmer, indem sie sich für den Kaffee und den Vormittagsausflug bedankte. »Nicht der Rede wert«, erwiderte er barsch. »Ich musste sowieso her.«

Sie nickte und hielt den Blick abgewandt, als würden die Krücken ihre volle Aufmerksamkeit beanspruchen.

Eine auffallend attraktive Frau in knallroten Hüfthosen und einem nabelfreien weißen Top trat vor dem Supermarkt vom Gehweg. Dan schätzte sie auf mindestens eins achtzig. Sie hielt sich wie eine Königin, die Schultern gestrafft, den Kopf hochgestreckt auf einem langen Hals. Ihr langes dunkles Haar fiel wogend um ihre Schultern, und feuerrote Fußnägel spitzten aus schlanken roten Sandalen hervor. Die tiefsitzende Hose und das kurze ärmellose Top gewährten einen Blick auf ihren straffen, flachen Bauch und die muskulösen Arme. Mühelos trug sie eine Einkaufstüte in jeder Hand. Diese Frau trainierte ihren Körper, dachte Dan.

Auf einmal bemerkte sie ihn auf der anderen Straßenseite und runzelte die Stirn, als überlegte sie, wo sie ihn schon einmal gesehen hatte. Das passierte Dan immer wieder, so wie am Abend zuvor. Oftmals erinnerten Verwandte von Kindern sich an ihn, die er operiert hatte, selbst wenn er sich nicht immer an sie erinnerte – obwohl er niemals ein Kind vergaß.

Doch bei dieser Frau war es anders. Der fragende Gesichtsausdruck hielt nur einen Sekundenbruchteil an, bevor sie den Blick auf Lisa richtete und ihr Gesicht von einem derartigen Hass erfüllt wurde, dass Dan reflexartig einen schützenden Arm vor Lisa hielt.

Neben ihm stöhnte Lisa auf und blieb stehen. Als Dan sie anblickte, merkte er beunruhigt, dass sie die Frau auf der anderen Straßenseite anstarrte. »Sherry!«, rief sie aus.

Dan blickte von der strahlenden Lisa zu der Frau in der roten Hose, die einen weiteren Schritt auf die Straße gesetzt hatte. »Lisa?«, fing er an. »Wer …«

»Woher kennen Sie meinen Namen?«, fragte die andere Frau wütend. »Sie waren das, oder? Sie haben meine Eltern angerufen!«

Lisa war wie vom Donner gerührt. »Sherry, *ich* bin's! *Lisa!*«, rief sie.

Dan war bestürzt, wie blass sie geworden war, und konnte sie gerade noch davon abhalten, sich kopfüber auf die Straße zu stürzen, wo eine Schlange von Autos auf den Supermarktparkplatz bog. Er kannte sich überhaupt nicht mehr aus. Was zur Hölle ging hier vor?

Lisa versuchte, sich loszureißen. »*Lass mich los!*«

Sie hielten den Verkehr auf. Die Autofahrer fingen an, zu hupen und zu schimpfen.

Dan packte sie bei den Schultern und schüttelte sie einmal kräftig, als sie sich losreißen wollte. »Lisa!«, rief er. »Wir können hier nicht stehen bleiben!«

»Nein!« Sie entwand sich ihm und verrenkte sich den Hals nach der anderen Frau, die wie eine Statue mit funkelnden Augen dastand. Sie schien das rote Auto überhaupt nicht zu registrieren, dem sie die Durchfahrt versperrte. Der Fahrer des Wagens, ein Mann in mittleren Jahren, kletterte wütend aus dem Auto.

»Sherry, *bitte* glaube mir!«, flehte Lisa. »Ich *weiß*, dass es verrückt klingt, aber ich bin es!«

Die Einkaufstaschen entglitten der Frau, Einweckgläser und Brötchen rollten auf die Straße. Der Fahrer des roten Autos blieb verdutzt stehen und blickte auf die verstreuten Einkäufe.

»Bleiben Sie mir und meiner Familie vom Leib!«, krächzte die dunkelhaarige Frau heiser. »Bleiben Sie bloß weg!« Damit drehte sie sich um und floh in die entgegengesetzte Richtung.

Dan umfasste Lisas Taille und zog sie an sich, als sie der Frau hinterherlaufen wollte. Nur mit größter Mühe konnte er sich noch beherrschen. »Lisa!«

Sie wand sich in seinem Griff und kreischte verzweifelt: »Sherry! Ich kenne dich! Ich weiß, dass du dich vor Spinnen fürchtest!«

Die Frau stolperte.

»*Lisa!*« Jetzt war Dan außer sich vor Wut und riss sie gewaltsam zurück. »*Schluss damit!*«

Sie schlug um sich und trat ihm mit dem Gips ans Schienbein. »Hey, Sherry! Was sind die einzigen Frauen, die Schals tragen?«, schrie sie.

Sherry hielt an. Langsam drehte sie den Kopf und blickte Lisa mit gehetztem Blick an.

Dan beobachtete sie finster. Linda oder Lisa oder wie sie sich auch nennen mochte, hatte schließlich den Verstand verloren. »Das reicht!«, knurrte er.

Lisa achtete nicht auf ihn. »Bankangestellte, Supermarktkassiererinnen, Stewardessen und Pornodarstellerinnen«, flüsterte sie mit brüchiger Stimme über den schwarzen Streifen von Asphalt hinweg.

Sherrys Mund öffnete sich leicht voll Schrecken. Sie konnte Lisa nicht gehört haben, aber sie schien ihre Worte verstanden zu haben, denn ihr Gesicht verlor das bisschen Farbe, das es noch besessen hatte. Dan sah, dass sie drauf und dran war, in Ohnmacht zu fallen. Er griff sich Lisa und stolperte auf die große Frau zu. Nur am Rande registrierte er, dass die Krücken herabfielen und ein paar Autofahrer hupten und schimpften.

Sherry presste die Fingerspitzen gegen die Nasenwurzel, ihre Augen waren angstgeweitet. Dan musste diese Frau namens Sherry erreichen, bevor sie in Ohnmacht sank. Plötzlich streckte sie die Hand aus und gebot ihm, stehen zu bleiben. Mit brüchiger Stimme rief sie: »Verschwinden Sie!« Ihre Augen waren auf Lisa geheftet, die wie eine Klette an Dan hing. Mit zitterndem Finger deutete Sherry auf sie: »Sie lassen mich und meine Familie in Ruhe!« Dann floh sie über den Parkplatz, und ihre langen Beine flogen über den Asphalt, als sie die Hauptstraße von Browns Bay hinauf verschwand.

»Sherry!«, schrie Lisa. »Tia Maria!«

Sherry stolperte und wäre fast gefallen, lief aber weiter.

Lisa rüttelte an Dan. »Lass sie nicht entkommen!«

Er schüttelte sie und schrie: »*Genug!* Was willst du denn machen? Etwa ihr nachlaufen?«

Sie trat ihn halbherzig mit ihrem gesunden Bein, bevor sie schluchzend an seine Brust sank. Überrascht bemerkte Dan, dass seine Unterarme von ihren Tränen durchnässt waren.

Ein großer Maori kam auf ihn zu, Lisas Krücken in der Hand. »Alles okay, Mann?«

Dan nickte. »Ja.« Er hob eine widerstandslose Lisa in seine Arme und fühlte sich zu einer Erklärung verpflichtet. »Sie wurde erst gestern aus dem Krankenhaus entlassen. Sie hatte einen schlimmen Autounfall.«

Der Mann blickte auf Lisas hellblauen Verband, der unter dem Saum ihrer Hose hervorblitzte, und nickte. »Wo steht Ihr Wagen? Ich trage die Krücken für Sie.«

Auf der Autofahrt schwieg Lisa. Sie schien geschrumpft zu sein, gebeugt durch ihren Kummer. Ihre Zähne klapperten.

Trotz der strahlenden Sonne schaltete Dan die Heizung an. Er war komplett ausgelaugt. Er war so darauf bedacht, sie möglichst schnell nach Hause zu bringen, dass er ohne nachzudenken den kürzesten Weg nahm und an der Unfallstelle vorbeikam.

Lisa saß kerzengerade auf dem Beifahrersitz, als sie auf den Kreisverkehr zufuhren, und war plötzlich gespannt wie ein Bogen. Dan wollte sich gerade entschuldigen, als er bemerkte, dass ihre Aufmerksamkeit einem braunen Holzhaus mit wunderschönem Garten gegenüber der Videothek galt. Wie viele Menschen hatte Dan diesen Garten im Vorbeifahren schon oft bewundert.

Lisas Mund öffnete sich, und ihrer Kehle entwand sich der gleiche Schmerzensschrei, den diese Sherry bei ihrer Flucht ausgestoßen hatte. Sie schlug mit ihren Händen gegen das Seitenfenster und weinte brüchig: »Ich will nach Hause! Ich will nach Hause!« Sie hätte die Tür geöffnet, hätte Dan nicht blitzschnell die Verriegelung auf seiner Seite betätigt. Wie eine Furie fuhr Lisa herum. »Lass mich raus!«, kreischte sie. »Ich will raus!«

Auf einmal sah sie wieder wie die alte Linda aus. Irgendwie gelang es Dan, den Wagen durch den Kreisverkehr zu manövrieren und Lisa in ihren Sitz zu drücken. »*Hör auf!*«, brüllte er. »*Es reicht!*«

Lisa erstarrte. Ihre Augen weiteten sich vor Schreck beim Klang seiner dröhnenden Stimme und der Wut in seinen verengten Augen. Sie schlug ihre Hände vors Gesicht und begann, jämmerlich zu schluchzen.

Zu Hause brachte Dan sie ins Bett und verbrachte den Rest des Nachmittags vor dem Fernseher im Wohnzimmer, damit er sie hörte, sollte sie rufen oder, schlimmer noch, schlafwandeln. Er machte sich schreckliche Sorgen. Lisa musste unbedingt mit Craig Fergusson sprechen. Das hier war etwas Schlimmeres als eine Amnesie, obwohl Dan sich einfach nicht erklären konnte, was. Seine Vernunft weigerte sich gegen die Erklärung, die Lisa ihm gab. Es war einfach zu fantastisch.

Und wer zur Hölle war Sherry? Die Frau schien verstört von den Dingen, die Lisa ihr zugerufen hatte, so als hätten die seltsamen Kommentare für sie einen Sinn ergeben.

Die Bemerkung mit dem Schal war Dan ein Rätsel, bis er sich daran erinnerte, dass in einigen der Pornofilme, die er in der Zeit seines Medizinstudiums gesehen hatte, manche der Frauen nichts außer einem Schal um den Hals geknotet hatten. Unter anderen Umständen hätte er darüber gelacht.

Lisa war noch immer nicht aus ihrem Zimmer gekommen, als es dunkel wurde, deshalb klopfte Dan sachte an ihre Tür. Er wollte fragen, ob sie Hunger hatte, und sich vergewissern, ob alles in Ordnung war.

»Danke, Dan, aber ich bin nicht hungrig«, lehnte sie höflich ab und klammerte sich an der Schlafzimmertür fest, die Augen gesenkt. Das Zimmer hinter ihr war nur von der Nachttischlampe erleuchtet, und das Bettzeug war zerwühlt, so als hätte sie unruhig geschlafen.

»Du hast seit heute Mittag nichts gegessen«, tadelte er sie sanft und stützte sich mit dem Unterarm an den Türrahmen über ihm.

Sie schüttelte den Kopf und mied seinen Blick noch immer. »Ehrlich, mir geht es gut. Mir war nur nicht bewusst, wie müde ich war.«

Dan betrachtete sie hilflos. War diese sanfte, humorvolle Frau kränker, als er angenommen hatte? Er war noch immer erschüttert von dem Aufblitzen der alten Linda im Auto, als sie hinauswollte. »Ich habe dir die Bücher gekauft, die du ausgesucht hast«, sagte er schließlich und hielt die Plastiktüte mit dem Buchladen-Logo in die Höhe.

Lisa blickte überrascht auf. Dan sah, wie erwartet, dass sie geweint hatte.

»Oh, Lisa …«, seufzte er.

Sie ignorierte ihn und sagte stattdessen mit belegter Stimme: »Danke, das war wirklich lieb von dir.« Sie griff nach der Plastiktüte und stützte sich dabei an der Tür ab.

Widerstrebend gab Dan ihr die Tüte. »Willst du darüber reden?«

Ihr Mund zuckte, und sie schüttelte den Kopf. »Du würdest mir nicht glauben.«

Dan lehnte seine Stirn an den Unterarm und betrachtete sie ernst. »Probier es!«

Sie schwieg so lange, dass Dan schon dachte, sie würde nicht antworten. Schließlich blickte sie zu ihm auf und sagte schlicht: »Sherry ist meine Schwester.«

Dan musste kurz die Augen schließen und sich am Türrahmen festkrallen, um nicht vor Frustration zu explodieren. Nur mit äußerster Beherrschung gelang es ihm, ruhig zu antworten: »Du hast keine Geschwister, Linda.«

Mitleidvoll sah sie ihn an. »*Linda* hatte vielleicht keine, Dan. Aber *ich* habe eine Schwester *und* einen Bruder: Sherry und Ben.« Ihre Stimme klang rauh, als sie ihre Namen nannte.

Sie sahen einander hilflos an. Dan wandte als Erster den Blick ab. Er schüttelte den Kopf. »So kann das nicht weitergehen.«

»Nein. Ich weiß«, stimmte Lisa kleinlaut zu. »Es ist zu schmerzhaft – für alle.« Sie bückte sich zur Seite und hob umständlich die Plastiktüte mit den Büchern auf, die sie fallen gelassen hatte. »Ich glaube, ich gehe jetzt ins Bett und lese – oder *versuche*, zu lesen.« Sie drehte sich um und hoppelte zum Bett.

Dan lehnte weiter in der Tür und machte ein finsteres Gesicht. »Tust du mir einen Gefallen?«, fragte er schließlich, innerlich darauf vorbereitet, dass sie ihn zum Teufel schickte.

Sie sah ihn fragend an.

»Mach die Tür auf, bevor du dich schlafen legst, damit ich nachts wenigstens nachsehen kann, ob du noch im Bett liegst.«

Sie errötete und nickte. »In Ordnung.«

»Nacht«, sagte Dan leise und beobachtete sie weiter in dem gedämpften Licht.

»Nacht«, flüsterte sie und wandte sich wieder ihren Büchern zu.

13

Am Montagmorgen machte Dan sich solche Sorgen, Lisa allein zu lassen, dass sie sich von ihrem Kummer befreien und sich fröhlich geben musste, nur um ihn aus dem Haus zu bekommen.

»Und du kommst auch sicher zurecht?«, fragte er zum ungefähr zwanzigsten Mal, während er sich in der Küche herumdrückte und seine Abfahrt hinauszögerte. Er trug einen dunkelblauen Anzug, ein steifes weißes Hemd mit feinen blauen Streifen und eine Shrek-Krawatte. In einer Hand hielt er eine abgewetzte schwarze Aktentasche. Die andere hatte er in der Hosentasche vergraben, so dass sich der Stoff über den Oberschenkel spannte.

»Ja, Papa«, scherzte Lisa nervös, während sie zum tausendsten Mal dachte, was Dan Brogan für ein scharfer Kerl war.

Er lächelte widerwillig über ihre schnippische Antwort. »Hast du das Handy, das ich dir gegeben habe?«

»Ja«, antwortete sie pflichtbewusst, fügte aber nicht hinzu, dass sie trotz seiner Erklärungen des kleinen silbernen Geräts nicht glaubte, dass sie es benutzen konnte. Sie kam mit technischen Geräten nicht zurecht, weshalb sie nie ein Handy besessen hatte.

»Meine Handynummer findest du im Menü unter ›Adressbuch‹«, erklärte Dan geduldig.

»Das hast du bereits gesagt.«

»Wenn du irgendwo hinwillst, ruf dir ein Taxi.«

Sie nickte gehorsam. »Ja, Pa… Dan.«

Er bestand darauf, ihr hundert Dollar in bar dazulassen, als sich herausstellte, dass Lisa Lindas Bankautomaten- und Kreditkarten nicht verwenden konnte, weil sie die Geheimnummern nicht kannte.

»Außerdem kann ich ihre Unterschrift nicht«, hatte sie Dan erklärt und gesehen, wie er das Gesicht verzog. »Ich habe versucht, sie zu fälschen, aber ich fürchte, meine kriminellen Tendenzen reichen immer nur aus, einen Fluchtwagen zu lenken.«

»Das ist nicht witzig«, meinte er.

»Was du nicht sagst!«, antwortete Lisa finster. Sie hatte es aufgegeben, ihn zu schonen, wenn es um seine Beharrlichkeit ging, sie als Linda zu betrachten. Nach dem Fiasko auf dem Parkplatz wusste Lisa nicht mehr, wozu es gut sein sollte. »Linda war Rechtshänderin, stimmt's?«, fragte sie.

Dan überhörte das und suchte nach seinem Autoschlüssel. Heute schien er ihn wirklich ständig zu verlieren.

»Stimmt's?«, bohrte Lisa nach.

»Ja!«, knurrte er und durchforstete die Obstschale.

Lisa hielt sich an der Kante der Arbeitsfläche fest und hüpfte auf ihn zu, die Schlüssel in der Hand. »Ich wusste es, weil ihre Unterschrift sich nach *rechts* neigt. Ich bin Linkshänderin, meine neigt sich nach *links*.« Eine Orange kullerte von der Arbeitsfläche. Lisa hielt ihm die Schlüssel vor die Nase und schüttelte sie. »Kuckuck! Hallo?«

Dan löste sich von den Bananen. Er stierte die Schlüssel in ihrer Hand an und murmelte etwas, das nicht für die Ohren von Kindern geeignet war.

Dan drückte sich weiter herum, mit sorgenvoll gerunzelter Stirn.

»Lisa?«

»Ja?«

»Versprich mir, dass du dich nicht schlafen legst!«

Sie seufzte. »Dan, ich schlafwandle nur in der Nacht. Tagsüber tue ich das *nie!*«

Vergangene Nacht hatte Dan ein Scheppern gehört und Lisa ausgestreckt auf dem Boden in der Waschküche gefunden, wo sie über das Bügelbrett gefallen war. Desorientiert und unter Schmerzen war sie aufgewacht. Sie war verstört gewesen und Dan beinahe zu Tode erschrocken. Irgendwie war sie an seiner offnen Schlafzimmertür vorbeigekommen, ohne dass er es gemerkt hatte. Er wurde immer noch von Visionen verfolgt, wie sie in den Garten ging, über den Zaun kletterte und über die Klippen stürzte.

»Was soll ich nur mit dir machen?«, hatte er verschlafen gemurmelt, als er ihr zurück ins Bett half.

»Ich weiß auch nicht.« Sie hatte unsicher gelacht. »Mir Glöckchen an die Hausschuhe nähen?«

»Ich werde nicht schlafen«, versprach Lisa ihm jetzt, als er weiter ein besorgtes Gesicht machte. Sie war sich nicht sicher, ob sie sich den ganzen Tag über würde wach halten können. Dan hatte angekündigt, gegen sieben oder acht zurückzukommen, und das Herumgehüpfe auf den Krücken ermüdete sie sehr.

»Ich komme heim, sobald ich kann«, versicherte er ihr, und seine grauen Augen blickten sie forschend an.

»Ich komme schon zurecht, Dan.« Lisa schielte auf die Uhr. »Solltest du nicht langsam los? Du musst über die Harbour Bridge.«

Mit einem zögerlichen Nicken nahm er seine Aktentasche.

»Was machst du heute Vormittag?«, fragte sie neugierig. Sie hatte noch nie mit einem Chirurgen zusammengelebt.

»Ich bin im OP.«

»Wirklich? Was machst du da?«

»Kuchen backen.«

Sie zog eine Grimasse. »Haha!«

»Ich operiere heute drei Kinder.«

»Oh.« Lisa kam sich im Vergleich dazu ganz nutzlos vor. »Ich hoffe, es geht alles gut.«

Er nickte und ging an ihr vorbei auf die Waschküche zu in Richtung Garage. Als er an ihr vorbeikam, berührte Lisa ihn am Ärmel. Auf einmal fühlte sie sich hilflos bei dem Gedanken, dass er ging. Sofort blieb er stehen und blickte auf ihr glänzendes dunkles Haupt herab. »Kommst du zurecht?«

Sie nickte und brachte ein Lächeln zustande.

Sie sah hinreißend aus, dachte Dan, in ihrem rosa Seidenmorgenmantel mit den pinkfarbenen Blumenranken und den zwei schwarzen Zöpfen. Sie verwirrte ihn, indem sie plötzlich den Knoten an seiner Krawatte zurechtzog.

»*Shrek*«, bemerkte sie. »Gibt es eigentlich eine Cartoon-Figur, von der du keine Krawatte hast?«

Dans Atem geriet etwas ins Stocken. »Ja«, antwortete er heiser und blickte auf ihre vollen roten Lippen. »Der Esel von *Shrek* fehlt in meiner Sammlung.«

Lisas Hand lag noch immer an seinem Hemd. Unter ihrem Handballen fühlte sie die beruhigende Wärme seiner Brust. Er roch nach Duschgel und dem unaufdringlichen herben Aftershave, das er verwendete. Sie hätte sich zu gerne getraut, sich auf die Zehenspitzen zu stellen und ihn zu küssen, aber er war so groß, dass sie seinen Mund nie erreicht hätte, wenn er ihr nicht entgegenkam.

Etwas stand zitternd zwischen ihnen – etwas, vor dem sie beide zurückschreckten.

»Ich muss gehen«, murmelte Dan verlegen.

Lisa ließ ihre Hand fallen und zog sich ungeschickt zurück. »Schönen Tag.«

Er starrte sie eine Weile mit einem angespannten, unergründlichen Blick an, dann wandte er sich ab und ging zur Waschküchentür. »Danke, dir auch.«

Lisa verbrachte den Vormittag damit, die Schlafzimmer umzuräumen und den Rest des Hauses zu erforschen. Es gab noch zwei weitere Zimmer. Eins davon hatte Dan sich als Arbeitszimmer eingerichtet. Dort standen sein Computer und noch mehr Bücher, und um eine Hantelbank lagen ein paar Hanteln verteilt. Auf seinem Schreibtisch herrschte Unordnung, aber Lisa wäre nie auf die Idee gekommen, ihn aufzuräumen. Sie lächelte beim Anblick der Wachsmalkreide- und Filzstiftbilder, die an einer großen Pinnwand über dem Schreibtisch hingen. Viele stellten Briefe der Kinder für Dr. Dan dar. Auf einem stand in kindlichem Gekrakel: *Ich hap mir das bain geprochen. Dockto Dan hat mir ein neues gemach.* Die Bilder erinnerten Lisa an ihre eigenen Bilder, die sie für Mr. Wrigley gemalt hatte, den Orthopäden, der ihren Klumpfuß operiert hatte.

In einer Ecke lehnte eine Gitarre, doch Lisa musste enttäuscht feststellen, dass sie für Rechtshänder ausgelegt war. Sie selbst hatte auch eine Gitarre in ihrem alten Zuhause. Sie hatte Ben gehört, aber er hatte sie ihr geschenkt, als sie Teenager waren. In ihrer Janis-Joplin-Phase hatte Lisa versucht, eine Rose in die Rückseite zu ritzen, aber der Rest der Familie bestand darauf, dass sie eher wie eine Schildkröte aussah. Alle Jackson-Kinder spielten Instrumente. Bevor Ben Brenda kennengelernt hatte, war er in einer Band gewesen und hatte eigene Lieder komponiert, aber Brenda hatte dem ein Ende gesetzt. Auch Brian und Jill waren musikalisch und ihre Kinder waren mit viel Musik und Gesang aufgewachsen. Lisa spielte Gitarre und Klavier.

Sie fragte sich, wem die Gitarre wohl gehörte. Außerdem überlegte sie, was Dan und Linda eigentlich verbunden hatte. Nirgends fand sie Hinweise auf irgendwelche Hobbys von Linda Brogan. Ihr Aussehen und ihre Shoppinggänge schienen ihre Hauptinteressen gewesen zu sein. Damit war sie das exakte Gegenteil von Dan Brogan. Er war der bescheidenste und genügsamste Mann, dem Lisa je begegnet war. Man erkannte ziemlich deutlich, dass es für ihn Wichtigeres als Kleidung gab. Lisa fand seine abenteuerlichen Kombinationen sympathisch.

Weniger sympathisch hingegen war seine sture Weigerung, die Schlafzimmer zu tauschen. Es war Unsinn. Warum sollte Dan sich in das kleinste Bett zwängen, während Lisa sich im ehelichen Schlafzimmer verloren fühlte. Sie wusste, dass es ihn ärgern würde, wenn sie Dinge veränderte, aber sie würde erklären, dass sie sich in dem kleinen Bett wohler fühlte und hoffentlich nicht mehr so viel schlafwandelte.

Er war so gut zu ihr gewesen, so unglaublich geduldig. Ohne Dan wäre Lisa völlig allein gewesen. Er bemühte sich nach Kräften, das Beste aus einer extrem schwierigen Situation zu machen. Lisa wusste nicht genau, in welchem Zustand seine Ehe mit Linda gewesen war, aber immer wenn sie daran dachte, dass Dan noch nichts von seinem Witwerstatus wusste, meldete sich ihr Gewissen. Sie fragte sich, wie er reagieren würde, sollte es ihr je gelingen, ihn vom Tod seiner Frau zu überzeugen. Was sie selbst betraf, so war sie nach ihrer Begegnung mit Sherry am Boden zerstört gewesen. Aber weil sie eben Lisa war, hatte sie in dem Treffen auch etwas Positives entdeckt. Immerhin hatte sie ihre Schwester *gesehen*. Ihre Eltern wohnten nur ein paar Kilometer weiter unten am Berg. Irgendwie würde Lisa sie sehen. Irgendwie würde sie sie überzeugen können, dass sie noch lebte.

Lisa stopfte die Wäscheberge aus Dans Zimmer in die Waschmaschine und schaffte sie nach draußen zur Wäscheleine, indem sie den Wäschekorb mit einer Krücke den kleinen Gartenpfad hinter dem Haus vor sich herstupste. Den Mund voller Wäscheklammern balancierte sie mit einer Krücke und versuchte, feuchte Wäsche über die Leine zu werfen, als sie plötzlich spürte, dass jemand sie beobachtete. Sie sah sich um. Es war niemand zu sehen, und doch blieb das Gefühl bestehen. Sie hätte fast die Wäscheklammern verschluckt, als eine Stimme vorsichtig rief: »Brauchen Sie Hilfe, Mrs. Brogan?«

Lisa zuckte zusammen und riss sich die Klammern aus dem Mund. Sie schlug sich die Hand auf ihr rasendes Herz und blickte suchend durch den Zaun in den Nachbargarten. Ein blonder Junge von ungefähr siebzehn Jahren sah zu ihr herüber, fast verdeckt von einem großen roten Kamelienstrauch. »Was soll das?«, keifte sie.

»Tut mir leid«, murmelte der Junge und zog sich langsam zurück.

»Nein!«, rief Lisa eilig. »Geh nicht! Ich wollte dich nicht anschreien, aber du hast mich gerade halb zu Tode erschreckt.«

Sein schmales besorgtes Gesicht erschien wieder zwischen den dunkelgrün glänzenden Blättern. Eulenhaft blinzelte er sie durch eine silbergefasste Brille an. »Entschuldigung«, sagte er noch einmal.

»Ist schon in Ordnung.« Lisa lächelte, erfreut, jemanden zu treffen, mit dem sie plaudern konnte.

»Wer bist du?«

»Ähm, ich bin Slade. Slade Cruickshank«, stellte er sich vor und kam durch eine Zaunlücke in Dans Garten. »Ich bin Ihr Nachbar.« Er zuckte zusammen und errötete, als ihm bewusst wurde, dass er gerade etwas sehr Offensichtliches gesagt hatte.

Lisa musste sich anstrengen, ihn nicht anzustarren. Der Junge hatte eine schwarz glänzende Lederhose und spitz zulaufende Stiefel mit Silberbeschlägen an. Dazu trug er ein bis oben zugeknöpftes blassrosa Hemd mit Paisleymuster, das über seine Hose hing. Er hatte prächtiges silberblondes Haar, und seine haselnussbraunen Augen liefen schräg nach oben zu. Seine Beine waren so dürr, dass sie in der Lederhose wie Lakritzstangen wirkten. Er erinnerte Lisa an einen Elf.

»Ich habe mich schon einmal kurz vorgestellt, aber wahrscheinlich erinnern Sie sich nicht«, murmelte Slade.

»Nein, das tue ich nicht«, stimmte Lisa zu. »Ich habe mein Gedächtnis verloren – zumindest einen Teil davon.«

Der Elf machte große Augen. »Echt? Cooool!«

Sie verzog das Gesicht. »Findest du?«

Slade kam noch einen Schritt in den Garten. »Mr. Brogan erzählte, dass Sie einen schweren Unfall hatten«, fuhr er fort, und seine Augen wanderten zu Lisas Gips. »Aber von Gedächtnisverlust hat er nichts gesagt.«

»Nein? Vielleicht ist das auch nicht die Sorte Gespräch, die man über den Gartenzaun hinweg führt, nicht wahr?«

Er öffnete den Mund, schloss ihn wieder und entschied sich schließlich, eine Schulter hochzuziehen.

Lisa musste kichern.

Slade lachte verlegen.

»Sie haben Ihren amerikanischen Akzent verloren«, bemerkte er, als sie sich wieder beruhigt hatten.

Lisa zuckte mit den Schultern. »Gedächtnis futsch, Akzent verloren, man könnte sagen, ich hab sie nicht mehr alle!«

Er nickte. »Meine Frage war ehrlich gemeint. Wollen Sie, dass ich Ihnen mit der Wäsche helfe?«

»Das ist nett von dir, aber ich muss lernen, selbst zurechtzukommen. Du könntest mir den Korb hineintragen, wenn ich fertig bin, wenn es dir nichts ausmacht.«

»Okay.«

Lisa hängte die letzten Hemden von Dan auf und fühlte sich sehr hausfraulich dabei. Seine Hemden waren eine echte Herausforderung, denn sie hatten die Größe von kleinen Segeln.

Slade trug ihr den Korb zurück ins Haus und ließ sich zu einem Tee einladen.

Lisa erfuhr, dass er in Wirklichkeit neunzehn war und unter starkem Asthma litt. Er studierte an der Universität von Auckland und wohnte nebenan bei seinen Großeltern. Lisa hatte den Eindruck, dass er ein Einzelgänger war. Seine Leidenschaft galt Motorrädern, und er besaß eine kleine Honda. Nach Lisas Erfahrung gab es in jeder Klasse einen Slade – den gescheiten, seltsamen Jungen, der nie ganz dazugehörte und der immer am Rand stand. Je länger sie ihm zuhörte, desto sympathischer wurde er ihr, und als sie bemerkten, dass sie beide Linkshänder waren, lästerten sie gemeinsam über all die Hürden, die man in einer Welt der Rechtshänder zu bewältigen hatte, bevor Slade auf das Thema Motorräder zurückkam.

»Am liebsten hätte ich eine Ducati, aber die sind sehr teuer«, erklärte er. »An den Wochenenden arbeite ich manchmal im Gartencenter in Browns Bay. Ich spare mir das Geld für eine zusammen.«

Mit einem Schlag war Lisa hellwach. Ihr Vater war Filialleiter im Gartencenter in Browns Bay. »Dann kennst du Brian Jackson?«, fragte sie langsam.

»Mr. Jackson?« Slade nickte. »Ja, er ist ein netter alter Herr. Kennen Sie ihn auch?«

Lisa nickte und musste sich ein Lächeln bei dem Gedanken verkneifen, wie ihr Vater wohl auf die Bezeichnung »alter Herr« reagiert hätte. Er war gerade fünfundfünfzig.

»Er ist wirklich ein nachsichtiger Chef. Er lässt mich immer mit den Sukkulenten und Bäumen arbeiten, damit ich keine Probleme mit Pollen bekomme.« Er blickte versonnen vor sich hin. »Nicht alle sind so rücksichtsvoll.«

Lisa presste die Lippen zusammen. »Du meinst Ray Tanner?«

»Ja.« Slade war überrascht. »Sie kennen ihn?«

Lisa nickte wieder und wechselte das Thema.

Offiziell war Ray Tanner der Assistent ihres Vaters, aber in Wirklichkeit war er ein fauler, eingebildeter Kotzbrocken, der ihrem friedfertigen, sanftmütigen Vater schon oft Kopfschmerzen verursacht hatte. Er hatte die Dreistigkeit besessen, Sherry noch am gleichen Tag anzugraben, als ihr Vater wegen Tanners Behandlung der jüngeren Mitarbeiter beinahe handgreiflich geworden wäre. Sherry hatte auf die Anmache reagiert, indem sie erklärte, lieber würde sie Lesbe werden.

Lisa war in Bedrängnis geraten, als Ray danach seine Aufmerksamkeit ihr zuwandte. Sie hätte ihn niemals so eiskalt abservieren können wie Sherry, deshalb machte sie es sich zur Gewohnheit, den Laden nur noch außerhalb seiner Arbeitszeiten aufzusuchen. In der Zwischenzeit kämpfte sich Brian mit dem mühseligen Prozess der mündlichen und schriftlichen Verwarnungen ab, in der Hoffnung, Ray irgendwann feuern zu können, ohne dafür verklagt zu werden. Ray war nicht dumm, er wusste genau, wie weit er gehen konnte, ohne dass Lisas Vater ihn rausschmeißen konnte.

Widerwillig erhob Slade sich. Er war an der Frühstückstheke in der Küche gesessen und hatte Kräutertee getrunken. »Ich muss nach Browns Bay und ein paar Besorgungen für Großmama machen.«

Lisa hatte ihren Ohren nicht getraut, als sie ihm etwas zu trinken anbot und er um Kamillentee bat. Sie fragte sich, was seine Altersgenossen wohl von ihm hielten. Er musste entweder extrem dickhäutig oder sehr tapfer sein.

»Ich rufe mir ein Taxi und fahre auch hin. Ich wollte eine Runde am Strand spazieren gehen«, erklärte Lisa, »oder besser gesagt, eine Runde hüpfen gehen.«

Er nickte und blickte aus dem Fenster in den strahlend blauen Himmel. »Wir haben Ebbe, es müsste gehen. Wenn Sie keinen Gipsfuß hätten, würde ich Ihnen anbieten, mit mir zu kommen. Ich fahre sehr vorsichtig.«

Nach dem Kamillentee zweifelte Lisa nicht daran.

Aber nein, das kam wirklich nicht in Frage.

Dan würde aus der Haut fahren, und das zu Recht.

Aber sie war einsam, und er kam erst in Stunden zurück. Der Gedanke, sich in ein Auto zu setzen, das nicht von Dan gelenkt wurde, verursachte ihr Herzrasen. »Hast du Lust, mit mir im Taxi zu fahren?«, erkundigte sie sich hoffnungsvoll.

Slade schüttelte den Kopf. »Danke, das ist nett von Ihnen, aber bei solchem Wetter bin ich gerne an der frischen Luft.«

Lisa blickte hinaus in den Sonnenschein und verstand ihn nur zu gut. Außerdem fragte sie sich insgeheim, ob Slade nicht neunzig statt neunzehn war.

Sie seufzte. »Was soll's? Ich hätte sowieso keinen Platz für meine Krücken.«

»Oh, die wären kein Problem«, meinte Slade. »Die lassen sich ganz klein machen. Sie würden vielleicht sogar in meine Satteltasche passen.«

Lisas Gesicht hellte sich auf. »Ehrlich?«

Er nickte.

Kurz bevor sie abfuhren, sah Lisa Linda Brogans kleines Handy über die geflieste Arbeitsfläche vibrieren, als würde es von einer unsichtbaren Hand geleitet.

»Slade?«

Er war gerade mit einem zweiten Helm für sie zurückgekehrt, den sie anprobieren sollte.

»Ja?«

Sie zeigte auf das Handy, das vorübergehend zu vibrieren aufgehört hatte und dann wieder anfing. »Kennst du dich mit diesen Dingern aus?«

Er sah sie etwas seltsam von der Seite an und hob das zierliche Handy auf. »Sie haben mehrere Anrufe verpasst und eine SMS bekommen.« Er blickte sie an, den Daumen im Anschlag über den Tasten. »Soll ich schauen, von wem sie sind?«

Lisa verzog das Gesicht. »Ach, verflixt! Das war sicher Dan, der hören wollte, ob ich zurechtkomme. Warum hat das blöde Ding nicht geläutet?«

»Weil es auf Vibrieren gestellt ist«, erwiderte er ruhig, und sein flinker Daumen huschte über die Tasten.

»Das soll ein verdammtes Handy sein und kein Vibrator!«, wetterte Lisa. Sie verstummte, als sie sah, wie Slade feuerrot anlief. Er war eben doch erst neunzehn, und sie vermutete, dass er momentan wohl hauptsächlich mit seinem Motorrad liiert war.

»Sie haben eine Nachricht von Mr. Brogan: *Alles OK? Ruf an. ASAP«*, las er vor.

Dan machte sich wohl ernsthaft Sorgen, wenn er jetzt schon Nachrichten schickte, obwohl sie eigentlich nicht lesen konnte. Sie schielte über Slades Schulter und versuchte, den Text auf dem winzigen Display zu entziffern. Sie bezweifelte, dass es an Linda Brogans Legasthenie lag, dass sie nichts davon verstand. »Was zum Henker soll das heißen? Spricht das Ding kein Englisch?«

Slade wirkte eingeschüchtert. »Er klingt etwas verärgert.«

Er zeigte Lisa, wo man Dans Nummer fand und wie man ihm eine SMS schicken konnte.

»Was wollen Sie schreiben?«

»Dass alles in Ordnung ist und ich mit dir nach Browns Bay fahre und nicht müde bin.«

»Okay.« Slade fing an, zu tippen.

»Wobei – schreib einfach nur, dass alles in Ordnung ist.

Er muss nicht wissen, dass ich mit dir Motorrad fahre«, verbesserte sie sich beiläufig.

Slade musterte sie verunsichert. »Ich will nichts tun, was Mr. Brogan verärgert. Er war immer sehr höflich und nett zu mir. Vielleicht ist es doch keine so gute Idee …«

Lisa reagierte wie ein kleines Kind, dem man das Spielzeug wegnehmen möchte. »Nein! Bitte! Du musst mich mitnehmen!« Es fehlte nicht viel, und sie hätte gekreischt.

Slade sah sie verwundert an. »Wow! Sie haben sich ganz schön verändert!«, meinte er schließlich.

Lisa lächelte verhalten. Wenn er wüsste! »Wie war ich denn vorher?«, erkundigte sie sich.

Slade zögerte.

»Du kannst ehrlich sein«, beteuerte sie nüchtern.

»Na ja … manchmal haben Sie mit mir geredet, und manchmal haben Sie mich ignoriert oder durch mich hindurch gesehen, als wäre ich nicht da.«

Lisa war zutiefst beschämt. »Das tut mir wirklich leid, Slade«, versicherte sie. Wie konnte Linda Brogan sich so benehmen? Ihre kurze Begegnung mit der Frau im Wartezimmer hatte keinen besonders vorteilhaften Eindruck hinterlassen, und natürlich hatte der Umstand, dass Linda ihr ins Auto gefahren war, Lisa auch nicht gerade für sie eingenommen.

»Einmal haben Omi und ich gehört, wie Sie im Garten zu Mr. Brogan sagten, dass wir nicht die Sorte Leute seien, die Sie als Freunde haben wollten.«

Lisa war entsetzt. »Was hat Dan gesagt?«

Slade zuckte mit den Schultern. »Das konnte ich nicht richtig hören, aber er klang verärgert, und Sie beide gingen hinein.«

»Das tut mir so leid, Slade!«, murmelte Lisa und wäre am liebsten im Erdboden versunken – so tief, dass sie auf der anderen Halbkugel wieder herauskäme. Sie fragte sich, ob sie nun für den Rest ihres Lebens Leuten begegnen würde, die Linda Brogan vor den Kopf gestoßen hatte. Bei dem Glück, das sie hatte, schlich irgendwo ein Killer mit dem Auftrag durch Auckland, sie zu beseitigen. Immer mehr fragte Lisa sich, was Dan und Linda aneinander gefunden hatten.

»Aber warum hast du mir dann angeboten, mir mit der Wäsche zu helfen? An deiner Stelle hätte ich mich keines Blickes mehr gewürdigt.«

Slade zog eine rosafarbene Paisleyschulter hoch. »Ich mag Mr. Brogan. Er ist nett und … er ist nicht hier.«

Dann hatte er ihr also aus Treue gegenüber Dan geholfen. Das konnte Lisa verstehen.

»Sie wirken wirklich verändert, Mrs. Brogan«, wiederholte Slade.

Lisa seufzte. »Du hast ja keine Ahnung!« Sie verstummte kurz und sagte dann: »Ich frage nur ungern, aber könntest du mir einen Gefallen tun?«

»Was denn?« Er klang zurückhaltend.

Lisa konnte es ihm nicht verübeln. »Könntest du bitte nicht mehr Mrs. Brogan zu mir sagen?«

»Oh … okay. Wie möchten Sie denn genannt werden? Linda?«

»Nein!«, rief Lisa. Slades haselnussbraune Augen weiteten sich angstvoll, und sie beeilte sich, ihren Ausbruch abzuschwächen. »Äh, nein, nicht Linda. Ich würde es vorziehen, wenn du mich Lisa nennst.«

Slade zuckte mit den Schultern, als wollte er »meinetwegen« sagen. Lisa vermutete, dass er sie für leicht meschugge hielt, aber daran konnte sie im Moment nicht viel ändern, außer sich von jetzt an von ihrer besten und normalsten Seite zu zeigen. Er schickte die SMS los und wartete geduldig, bis Lisa die Haustür abgesperrt hatte.

Eine goldfarbene Honda stand in der Einfahrt des Nachbarhauses. Lisa musterte sie nervös. »Du fährst vorsichtig, oder? Ich will nicht noch einen Unfall haben.«

14

Das Motorrad war fantastisch.

Lisa konnte es sich nicht erklären, warum ihr bei dem Gedanken an eine Fahrt auf dem Motorrad nicht so unwohl war wie bei der Vorstellung, in ein Auto zu steigen. Autos erinnerten sie an den Unfall. Solange Dan am Steuer saß, ging es einigermaßen, aber sie bezweifelte, dass sie in ein Auto steigen konnte, das ein Fremder lenkte.

Wie versprochen fuhr Slade sehr vorsichtig. Das Problem mit den Krücken hatten sie gelöst, indem sie sie auf den Vinylsitz legten und sich draufsetzten.

Mit dem knallroten Sturzhelm und Linda Brogans schicker schwarzer Ray Ban sauste Lisa mit Slade den Berg hinab, ein breites Lächeln im Gesicht.

Slade fand einen Parkplatz in der Mainstreet. Lisa war gerührt, wie vorsichtig er ihr vom Motorrad half und ihr dann die Krücken auf genau die richtige Höhe ausfuhr. Sie lächelte, als er gestand, sich die Länge vor dem Start gemerkt zu haben.

»Ich muss für meine Oma zur Reinigung und zur Bank«, erklärte er. Lisa nickte gutgelaunt und verkündete: »Ich brauche ein paar Schlüpfer.«

Slade errötete. Ganz eindeutig war sie ihm zu nahe getreten. Auf keinen Fall würde er daneben stehen, während Lisa Unterwäsche aussuchte. »Dann sehen wir uns in ungefähr einer halben Stunde hier«, meinte er und machte sich eilig auf den Weg.

Lisa verbrachte zwanzig Minuten bei Farmers und suchte sich ein paar neue Unterhöschen aus, dann kaufte sie beim Metzger eine Lammkeule fürs Abendessen. Sie war ein gutes Stück vor der vereinbarten Zeit am Motorrad zurück.

Sie setzte sich vor einem Laden auf eine Metallbank und sah dem Verkehr und den Passanten zu, als sie plötzlich Bens Freundin Brenda sah, die mit ihrer jüngeren Schwester Christine im Schlepptau im Two-Dollar-Shop verschwand.

Beim Anblick einer weiteren Person aus ihrem alten Leben geriet Lisas Atem ins Stocken. Mit aufgerissenen Augen starrte sie auf den Laden, und ihr Herz schlug wild in ihrer Brust.

Auf einmal runzelte sie die Stirn.

Der Two-Dollar-Shop.

Slade erschien mit einem Kilt in leuchtendem Rot, Schwarz und Weiß, eingehüllt in Plastik.

»Entschuldigung, dass es bei mir so lange ged…«, fing er an.

»Slade, den wievielten haben wir heute?«, unterbrach Lisa ihn, den Blick auf den Laden gegenüber geheftet.

Er runzelte verwundert die Stirn. »Äh … den 29. April.«

Lisas Gesicht verdunkelte sich. »Dieses Miststück!« Sie packte ihre Krücken und rappelte sich auf.

Slade blickte verwundert über die Straße und dann wieder zu Lisa. »Wer?«, fragte er verwirrt.

»Die Freundin meines Bruders!«, keifte sie. »Ich bringe sie um!«

Bens Geburtstag war am ersten Mai, und Brenda war auf der Suche nach einem Geschenk. Ihre kleine Schwester Christine hatte sich entschieden, sie zu begleiten. Sie schlich hinter Brenda her und gab zu allem, was Brenda in die Hand nahm, schlaue Kommentare ab. Die beiden Schwestern waren nicht gerade ein Herz und eine Seele. In Christines Augen war Brenda ein verknöcherter Geizhals, und Brenda hielt Christine für ein Flittchen.

»Du kaufst hier aber nicht das Geschenk für Bens Geburtstag, oder?«, fragte Christine misstrauisch.

Brenda ignorierte sie.

Sie plagte eine unangenehme Erinnerung an letztes Jahr um diese Zeit, als Bens Schwester Lisa sie in ebenjenem Laden dabei ertappt hatte, wie sie Geschenke für ihn kaufte. Sie erschauerte noch heute bei dem Gedanken daran, wie Lisa sie vor den Laden führte und ihr drohte, es Ben zu verraten, wenn sie auch nur einen *Schlüsselring* in diesem Laden kaufte.

Brenda war es mehr als peinlich, ertappt zu werden, und sie stritt ab, etwas für Ben zu suchen. Sie probierte es mit der alten Leier, dass im Grunde der Gedanke zähle, doch sie stieß auf taube Ohren. Jeder wusste, dass Brenda ein Pfennigfuchser war. Brenda hörte Sherry Jackson einmal tuscheln, Bens Freundin sei so knickrig, dass sie eine Fliege schütteln würde, bevor sie sie totschlug, wenn sie in der Zuckerschale gelandet war.

Sherry und Lisa hatten leicht reden. Sie waren alleinstehend und hatten keine Verpflichtungen. Aber sie und Ben hingegen sparten Eigenkapital für ein Haus an und brauchten Geld für ihre Hochzeit, daher mussten sie vorsichtig mit ihrem Geld umgehen. Dabei sah Brenda geflissentlich darüber hinweg, dass Sherry ihr Haus allein abbezahlte und Lisas Einkommen aufgrund ihrer Krankheit unsicher war. Aber wie dem auch war, Ben machte sich ohnehin nichts aus teuren Geschenken, verteidigte sie sich vor sich selbst. Er wäre schon mit einer Karte zufrieden.

»Suchst du nun etwas für Ben?«, bohrte Christine.

Brenda ignorierte sie weiter. Sie hatte gerade einen Schlüsselanhänger ausgesucht, zusätzlich zu dem CD-Halter aus Plastik und dem Haftkugelschreiber fürs Auto, als jemand ihr auf die Schulter tippte. Sie wandte sich um und blickte in zwei wütende blaue Augen einer attraktiven Frau mit schwarzen Haaren und Krücken. Hinter ihr stand ein schmächtiger blonder Jüngling in hautengen Lederhosen mit einem ängstlichen Ausdruck im schmalen Gesicht. »Ja, bitte?«, fragte Brenda verunsichert, weil die Frau sie so durchdringend anstarrte.

»Brenda, ich hoffe nur, das ist nicht das Geburtstagsgeschenk für Ben!«, zischte die Frau wütend.

»W… wie bitte?«, quietschte Brenda, während Christine die Fremde über die Schulter ihrer Schwester hinweg anglotzte.

»Du hast mich verstanden!«, keifte die große Frau. »Was habe ich dir letztes Jahr gesagt?«

»Was … wer sind Sie?«, stammelte Brenda und wich vor der großen Frau zurück. Dabei rempelte sie in Christine, die »Aua!« rief und sie zurückschubste.

»Kümmre dich nicht darum, wer ich bin! Hör endlich auf, so herumzuknausern, und leg diesen Schrott zurück!« Das Supermodel funkelte Brenda an. »Ich habe dir schon letztes Jahr gesagt, dass das nicht geht. Oder stimmt das etwa nicht, Brenda?«

Der schmächtige Junge lenkte zaghaft ein: »Ähm, Lisa?«

Brenda wären fast die Augen aus dem Kopf gefallen. Die Haare standen ihr zu Berge. »Lisa?«, flüsterte sie heiser. »Lisa?«

Ihr Herzschlag geriet ins Stocken. Noch nie in ihrem Leben hatte Brenda solche Angst empfunden. Das Einkaufskörbchen glitt ihr aus der Hand. Rennend ergriff sie die Flucht aus dem Laden und hätte dabei fast noch einen Ständer umgerissen.

Christine Buckner folgte ihrer Schwester nicht sogleich. Sie war fasziniert von der schönen Irren, die Brenda so erschreckt hatte. Dieser Freak von Slade Cruickshank, der früher an ihrer Schule war, hatte »Lisa« zu der Frau gesagt. Das war krass! »Heißen Sie wirklich Lisa?«, fragte sie.

»Hau ab, Christine!«, knurrte die Unbekannte, als würde sie Christine kennen.

Christine wurde von Kopf bis Fuß von einer Gänsehaut überzogen. Die Art, wie die Fremde sprach und dabei die Nase kräuselte, erinnerte sie auf gespenstische Weise an Lisa Jackson. Aber Lisa war tot. Christine war bei ihrer Beerdigung gewesen und hatte gesehen, wie sie den Sarg in die Erde senkten.

Sie flüchtete in die gleiche Richtung wie ihre Schwester.

Lisa war plötzlich bewusst, dass der gesamte Laden sie anstarrte, inklusive dem Besitzer, der finster über den Ladentisch blickte. »Ich … glaube, wir gehen lieber.«

Draußen auf der Mainstreet von Browns Bay gab es keine Spur von Brenda und ihrer Schwester. Slade half Lisa auf die Metallbank neben dem Parkplatz, wo sein Motorrad stand. Dann schob er ihre Krücken wieder zusammen und reichte ihr wortlos den roten Helm.

Lisa nahm ihn an, machte aber keine Anstalten, ihn aufzusetzen. »Willst du gar nicht wissen, wer das war?«, fragte sie schließlich gepresst.

Slade schüttelte den schwarzbehelmten Kopf. »Nein.«

Lisa starrte ihn an. »Nein?«

»Nein.« Er zuckte mit den Schultern. »Außerdem kannte ich die Jüngere. Sie heißt Christine Buckner. Sie war an meiner Highschool.«

»Oh.«

Das nahm ihr den Wind aus den Segeln. Aber wahrscheinlich dachte er ohnehin, sie hätte nicht alle Tassen im Schrank. Lisa schielte neugierig zu Slade hinauf, der geduldig neben der goldenen Honda wartete. »Bist du denn überhaupt nicht neugierig? Ich meine, ich wäre es, wenn jemand, den ich gerade kennengelernt habe, jemanden in einem Laden anmacht.«

Slade blickte sie vorsichtig aus seinen Elfenaugen an und zuckte erneut mit den Schultern. »In den meisten Familien gibt es seltsame Leute.« Er setzte seine Sonnenbrille auf und murmelte: »Das weiß ich am besten.«

Lisa war beeindruckt. Für so einen freakig aussehenden Jungen legte er eine bemerkenswert reife Lebenseinstellung zu Tage. Sie biss sich auf die Lippe, um ein Lächeln zu verbergen. Mit dem schwarz glänzenden Helm, der Sonnenbrille und der schwarzen Lederhose sah er aus wie eine Stabheuschrecke.

»Könnten wir jetzt langsam fahren?«, fragte er höflich und kletterte auf sein Motorrad. »Ich muss meinem Großpapa den Kilt zurückbringen – er hat heute Abend seinen Schottentanz-Kurs.«

»Oh! Natürlich!« Lisa schwang ein Bein über den Sitz

hinter ihm, während Slade ihr die Hand gab und sie stützte. In der anderen Hand hielt Lisa ihre Farmers-Einkaufstasche und die Tüte mit der Lammkeule.

Zu Hause angekommen, schaute Lisa noch bei seinen Großeltern Edie und Norm rein. Aus Edies lauwarmem Empfang schloss Lisa, dass Linda Brogan nicht gerade ihre Lieblingsnachbarin war, aber als sie Dan erwähnte, hellten sich ihre Mienen auf.

Norm war ein großer schlaksiger Mann jenseits der siebzig, dessen Gebiss beim Sprechen klackte. In seiner Freizeit züchtete er Wellensittiche. Edie war genauso groß und kräftig mit grau durchsetztem Haar. Sie verbrachte ihre Freizeit mit Gartenarbeit, für die sie absolut kein Talent besaß. Beide waren begeisterte Anhänger des Schottentanzes, Norm ganz besonders, seit er Anfang des Jahres ein künstliches Kniegelenk bekommen hatte.

»Bei der Operation im Krankenhaus hätten sie mich beinahe verloren, wissen Sie«, vertraute er Lisa an, als Slade sie in das unaufgeräumte Esszimmer im hinteren Teil des Hauses führte.

Lisa bildete sich ein, sie hätte Slade stöhnen gehört, doch er verzog keine Miene, als er seinem Großvater den Tartan-Kilt aus der Reinigung reichte.

»Tja, Krankenhäuser sind eben groß«, antwortete Edie vom Esszimmertisch aus, wo sie die Tageszeitung studierte. Sie befeuchtete einen Zeigefinger und blätterte um.

»So habe ich das nicht gemeint, Edie, das weißt du genau!«, rief Norm empört.

Edie ignorierte ihn und machte sich an das Kreuzworträtsel.

Ein Wellensittich flog vorbei und landete auf der Plastikhülle um Norms Kilt, der hinten an einer Stuhllehne hing. »Runter da, du kleiner Frechdachs!«, rief er und wedelte mit seiner Hand. Als er den Wellensittich in den Wintergarten scheuchte, erblickte Lisa Reihe um Reihe kränklicher Topfpflanzen.

»Das ist Omas Garten«, erklärte Slade mit mitleidigem Blick auf die hängenden Blätter.

»Sie brauchen nur ein bisschen Wasser.«

Lisa blickte auf die Fußbäder in den Untertöpfen und erkannte ihre Gelegenheit. Spontan bot sie an, die traurigsten Kandidaten mit nach Hause zu nehmen und sie zu retten. Sie hätte ohnehin zu viel Zeit und wüsste nicht, was sie damit anfangen sollte, erklärte sie.

»Wenn Sie meinen«, sagte Edie und blickte über ihre gebogene Nase hinab. »Ich könnte mich natürlich selbst um sie kümmern, aber wenn Sie gerade einen Zeitvertreib brauchen.«

Slade trug die Pflanzen in Dans Garage. »Was Sie auch tun, bringen Sie sie nicht zu Oma zurück.« Er stupste einen Topf mit dem Fuß an. »Das sind die Glücklichen, die noch einmal davongekommen sind.«

Lisa strahlte die hässlichen gelblichen Pflanzen an, die matt über die grünen und braunen Plastiktöpfe hingen. Sie waren ihre Eintrittskarte zu ihrem Vater.

Dan wurde den ganzen Tag von Schuldgefühlen geplagt, weil er Lisa allein gelassen hatte. Als sie nicht ans Handy ging, machte er sich noch mehr Sorgen, aber als sie ihm schließlich mitteilte, nach Browns Bay zu fahren, hätte er beinahe einen Herzinfarkt bekommen. In den wenigen Tagen, seit

Lisa aus dem Krankenhaus zurückgekommen war, war Dan aufgefallen, dass Dinge um sie herum *passierten*. Groteske Dinge, die sich nicht erklären oder vorhersehen ließen. Der Gedanke daran, dass sie allein mit ihren Krücken unterwegs war, behagte ihm überhaupt nicht. Aber als seine Nachbarin Edie Cruickshank anrief und ihm mitteilte, dass Linda soeben mit ihrem Enkel auf dem Motorrad davongebraust war, schlug seine Nervosität in echte Wut um.

»Ich rufe Sie ungern im Krankenhaus an, Dan, aber halten Sie es für schlau, mit gebrochenem Bein auf einem Motorrad mitzufahren?«, hatte Edie gefragt.

Dan konnte seinen Ärger lange genug verbergen, um ihr zu danken und zuzustimmen, dass es natürlich alles andere als klug war. Tatsächlich war es kompletter Wahnsinn, und wenn sie sich auf der Fahrt nichts zuleide tat, würde er das später erledigen. Nachdem ihm bekannt war, wie Edie zu Linda stand, wusste er diesen Anruf zu würdigen. »Zumindest besitzt noch irgendjemand einen Funken Verstand!«, knurrte er vor sich hin, während er sich durch den Stau auf der Harbour Bridge quälte.

Gut, dann wollte Lisa also hinaus, sagte er sich. Sie war eine erwachsene Frau, und er konnte kaum von ihr erwarten, dass sie den ganzen Tag Däumchen drehend zu Hause saß und wartete, bis er von der Arbeit heimkam. Aber er hatte ihr mehr als genug Geld für ein Taxi nach Browns Bay und zurück dagelassen, also warum zum Teufel hatte sie es nicht genommen? Er erinnerte sich vage an ihr ängstliches Gesicht, als sie zu ihm ins Auto gestiegen war, als er sie vom Krankenhaus abgeholt hatte. Wie war es also einem neunzehnjährigen Jungen mit Motorrad gelungen, ihr Vertrauen zu gewinnen?

Zugegebenermaßen war Simon Cruickshank der reizendste, uncoolste Teenager, dem man begegnen konnte. Seine größte Rebellion bestand darin, sich Slade zu nennen. Obwohl Dan wusste, dass Simon selten über fünfzig fuhr, wurde ihm ganz schlecht bei dem Gedanken, wie Lisa mit ihrem gebrochenen Bein und dem immer noch heilenden Gehirn, das nicht erschüttert werden durfte, hinten auf dem Motorrad hockte.

Dachte sie denn gar nicht an sich? Und dachte sie denn gar nicht an *ihn?*

Dan sagte sich, dass er sich lächerlich machte. Lisa erinnerte sich nicht einmal an ihn. Aber er spürte, dass sich etwas zwischen ihnen aufbaute, etwas Zartes, Ehrliches. Dan hasste es, wenn ihm der Kragen platzte. Die wenigen Gelegenheiten, bei denen es so weit gekommen war, hatte er jedes, aber auch wirklich jedes Mal bereut.

Als er an diesem Abend nach Hause kam und in der Garage parkte, dachte er erst, er hätte sich in der Einfahrt geirrt. Eine Reihe welker Pflanzen stand an der Garagenwand, und der köstliche Duft von Lammbraten wehte ihm durch die Verbindungstür zum Haus entgegen. Als Vegetarierin hatte Linda nur ungern Fleisch zubereitet. Nachdem sie eingesehen hatte, dass Dan nicht zu bekehren war, kochte sie ihm gelegentlich Fleischgerichte, aber mit nur einem Fleischesser im Haus bestand kein Bedarf an größeren Mengen. Als Dan in die Küche kam, sah es aus, als hätte Lisa ein ganzes Schaf gebraten.

»Hallo!«, begrüßte sie ihn mit einem strahlenden Lächeln, als sie ihn in der Tür stehen sah. Sie lehnte an der Arbeitsfläche, balancierte auf ihrem gesunden Bein und zerlegte gut gelaunt eine riesige Lammkeule in großzügige

Stücke. Dan sah zu, wie sie unbekümmert wenige Zentimeter von ihrem Bauch entfernt mit dem großen Messer hantierte und in das duftende Fleisch auf dem Brett vor ihr schnitt, während Dampf sanft ihren Kopf umwehte.

Dans Magen zog sich zusammen. Jeden Moment erwartete er, dass sich die tödliche Klinge in ihren weichen Bauch senkte. »Lass mich das machen!«, rief er hastig, ließ die Aktentasche fallen und kam durch die Küche, um ihr das Messer abzunehmen.

Lisa zuckte unbekümmert mit den Schultern. »Wie du willst.« Sie hangelte sich an den Lehnen der Barstühle und der Ablage entlang zum Herd. »Ich hoffe, du hast Hunger. Es gibt bergeweise Essen.«

Er öffnete den Mund, um zu bestätigen, dass er am Verhungern war, doch dann sah er, wie sie ein Backblech voll goldener Kartoffeln mit einer behandschuhten Hand aus dem Herd zog, während sie sich mit der anderen an der Herdklappe festhielt. Er biss die Zähne zusammen. Das war schlimmer, als ein Kleinkind zu beaufsichtigen.

»Gib mir das!« Er lief zu ihr, schnappte sich ein Geschirrtuch und nahm ihr das spritzende Blech ab.

»Okay!« Sie verdrehte die Augen. »Hattest du irgendwie einen blöden Tag, oder was ist?«

Er knallte das heiße Blech auf die Arbeitsfläche und herrschte sie an: »Ich hatte einen super Tag – bis ich den Anruf bekam, dass du hinten auf einem Motorrad nach Browns Bay gefahren bist!«

»Was?« Lisa war sprachlos. »Wer hat dir das gesagt?«

»Das spielt keine Rolle«, knurrte Dan, knüllte das Geschirrtuch zusammen und warf es in die Spüle. Er lehnte sich an die Arbeitsfläche und umklammerte die Kante, um sich davon abzuhalten, sie zu erdrosseln. »Nur gut, dass jemand es getan hat. Oder wolltest du es mir vielleicht selbst erzählen?«, fragte er herausfordernd.

Sie öffnete und schloss den Mund. Dann versuchte sie, trotzig zu schauen, was ihr gründlich misslang.

»Hast du neben deinem Gedächtnis auch noch den *Verstand* verloren, Lisa?«

Sie sog die Luft ein. »Das ist nicht fair.«

»Nichts von alldem hier ist fair, Lisa!«, fauchte er zurück. »Hältst du es für klug, mit einem Gipsbein auf einem Motorrad herumzukurven, während du dich von einer subduralen Blutung erholst?«

»Ich hatte einen Helm auf!«, entgegnete sie. Sein wutverzerrtes Gesicht machte ihr Angst. Das war das zweite Mal in zwei Tagen, dass er die Geduld verlor, und Lisa vermutete, dass ihm das nicht oft passierte. Auch im Krankenhaus hatte er sich manchmal über sie geärgert, aber ausgerastet war er nie.

Dan kämpfte um seine Beherrschung und atmete eine Weile schwerfällig durch die Nasenflügel, bevor er schließlich zwischen zusammengebissenen Zähnen hervorstieß: »Es braucht nur einen einzigen Stoß …« Er schlug sich mit dem Handballen vor den Schädel, so dass Lisa erschrocken zusammenzuckte »… und du bist wieder dort, wo du vor ein paar Wochen warst!« Seine Augen schossen Blitze. »Dein Gehirn hat *geblutet*, Lisa, es ist noch immer nicht ganz geheilt. War dir das denn nicht klar?«

Ihr Blick huschte von seiner Hand zu seinem Gesicht. Sie schüttelte den Kopf und flüsterte: »Nein … das … das habe ich nicht gewusst.«

»Falsch«, brummte Dan. »Du meinst, du hast nicht

daran *gedacht.*« Er raufte sich das dunkle Haar und wandte sich zur Spüle. Dort stand er mit eingezogenen Schultern, umklammerte den Rand der Arbeitsfläche und starrte aus dem Fenster darüber.

Ein langes Schweigen breitete sich aus.

Auf einmal spürte Dan eine Hand zwischen seinen Schulterblättern, die schüchtern seine verspannten Muskeln streichelte. »Es tut mir leid«, flüsterte Lisa zaghaft.

Er schloss die Augen und genoss die Wärme ihrer Berührung. Linda hatte sich nie für etwas entschuldigen können, denn dafür hätte sie sich einen Fehler eingestehen müssen. Dan wandte sich um. Sie ließ ihre Hand fallen und wich zurück.

Er steckte seine Finger unter die Achseln, schlug die Beine übereinander und blickte in ihr Gesicht herab. Verflixt, sie sah so *gut* aus! Mit diesen albernen Zöpfen, die sie seit neuestem immer trug, und dem völlig ungeschminkten Gesicht war sie einfach hinreißend. *Und* verdammt sexy. Dan staunte, dass er sich noch körperlich zu ihr hingezogen fühlte. Er erinnerte sich an das Gefühl, als er Linda halb entblößt in Jack Millars Armen überrascht hatte. Der Schock und die Abscheu hatten ihm deutlich vor Augen geführt, dass die sexuelle Anziehung, die einen so großen Teil ihrer Beziehung ausgemacht hatte, für ihn nicht mehr bestand.

Dass sie ihn körperlich nicht mehr an sich fesseln konnte, hatte Lisa in den letzten Tagen vor dem Unfall zu immer größerer Dreistigkeit gereizt. Sie hatte einen letzten Verführungsversuch unternommen, indem sie seine Lieblingsunterwäsche anzog und ihn auf dem Bett erwartete, in dem er mittlerweile allein geschlafen hatte. Dan erinnerte sich, wie er aus dem Bad gekommen war, nur ein Handtuch um die Hüfte geschlungen. Linda war lächelnd aus dem Bett gestiegen und hatte versucht, ihn durch das Handtuch zu umfassen. Er war so angewidert gewesen, dass er sie unsanft auf das Bett gestoßen hatte.

Der anschließende Streit war sehr unschön gewesen. Linda hatte versprochen, sich zu ändern, wenn er sie nur nach Hause in die Staaten brächte.

Dan wusste, dass es kein Zurück gab. Er sagte ihr, dass er sie nicht mehr liebte.

Ihr Gesicht hatte jede Farbe verloren. »Nein! Das ist nicht wahr! Das glaube ich dir nicht!«

Als Dan später von Lindas Schwangerschaft erfuhr, fragte er sich, ob sie ihm mit ihrem Verführungsversuch die Vaterschaft unterjubeln wollte.

»Es ist hinüber«, meldete Lisa sich leise.

Dan blinzelte und sah sie an. Ihr Blick war auf Lammkeule und Kartoffeln gerichtet, die neben ihm erkalteten. Er sah Lindas hübsches, ebenmäßiges Gesicht. Aber die Ernsthaftigkeit, die aus ihren Augen sprach, und der verlorene Ausdruck gehörten nicht zu Linda. Sie gehörten zu der Linda, die im Krankenhaus erwacht war. Sie gehörten Lisa.

Dan streckte eine Hand aus, um ihr mit dem Rücken seines Zeigefingers über die Wange zu streichen.

Lisa versteifte sich, und ihre Augen weiteten sich, als sie fragend zu ihm aufblickte.

Sein Atem stockte, als sie ihre Wange wie eine Katze gegen seinen Zeigefinger rieb. Ihre schwarzen Wimpern senkten sich sinnlich.

Dan erstarrte. Sein Mund war trocken. Er bekam eine

stahlharte Erektion. Er riss seine Hand weg, trat abrupt um sie herum und entfloh ins Schlafzimmer wie ein unberührter Jüngling. Nur, dass sein Schlafzimmer nicht mehr wie sein Schlafzimmer aussah. Es war aufgeräumt und das Bett frisch bezogen, mit weißen Spitzenbezügen und Rüschen am Kissen. Auch seine Bücher waren verschwunden. Als er in Lisas Zimmer nachsah, war das große Bett mit dem schwarz-weißen Bezug mit den japanischen Schriftzeichen bezogen, und seine Bücher waren ordentlich auf den Nachtkästchen gestapelt.

Vorsichtig legte Dan Anzugsjacke und Krawatte ab. Als er seinem besten Stück wieder weit genug trauen konnte, nicht Männchen zu machen und zu betteln, ging er zurück in die Küche.

Lisa stellte gerade einen Teller in die Mikrowelle. »Es ist kalt geworden«, sagte sie und wich seinem Blick aus. »Ich wärme es nur schnell auf.«

Dan spürte, dass er sie verletzt und verunsichert hatte, aber es war besser so. Das Letzte, was er *oder* sie brauchte, war, dass sie sich dem sexuellen Verlangen hingaben, das sie bei jeder Berührung fortzuspülen drohte. In gewisser Weise erinnerte es ihn an ihre Anfangszeit. Und doch war es ganz anders. Süßer. Stärker. Lisa war kein unreifes Ding mehr. Und Dan war viel mehr auf der Hut und kampferprobt.

»Warum hast du die Schlafzimmer vertauscht, Lisa?«

»Ich hoffe, du fühlst dich nicht übergangen.« Sie konzentrierte sich ganz auf die Knöpfe an der Mikrowelle. »Aber es erschien so unsinnig, dass du im kleinen Bett schlafen solltest und ich im großen.«

Ihre umständliche Ausdrucksweise amüsierte ihn, aber er versuchte, böse zu schauen. »Ich habe mich wohl gefühlt.«

»Fein«, gab sie zurück und starrte auf den sich drehenden Teller in der Mikrowelle, als enthielte er das Geheimnis des Universums. »Aber ich mich nicht. In dem großen Bett fühlte ich mich verloren. Es war, als schliefe ich im Bermudadreieck. Es ist zu groß für mich.«

Die Mikrowelle piepte. Lisa öffnete die Tür, holte den Teller heraus und hielt ihn Dan hin, ohne ihm ins Gesicht zu blicken. »Das ist deiner.«

Dan nahm ihr den Teller zögerlich ab und lächelte reumütig. Er stellte ihn auf die Ablage und zog eine Flasche Rotwein aus dem Regal. »Möchtest du ein Glas?«

Sie funkelte ihn an. »Darf ich denn eins haben, nachdem ich mich so schlecht benommen habe?«

»Nachdem es das erste Mal war, werde ich noch einmal darüber hinwegsehen«, antwortete er, ohne eine Miene zu verziehen.

Sie bedachte ihn mit einem giftigen Blick.

»Ach ja, übrigens«, meinte Dan, »warum stehen eigentlich plötzlich lauter welke Pflanzen in der Garage?«

»Ach die.« Lisa blickte starr auf den Teller in ihrer Hand. »Die sind von Edie Cruickshank. Ich habe ihr angeboten, sie aufzupäppeln.« Sie erwähnte nicht, dass ihr beim Anblick der darbenden Pflanzen eine Idee gekommen war, wie sie mit ihrem Vater in Kontakt treten konnte. Von nun an würde sie nach jeder welken, verdorrten oder angegriffenen Pflanze Ausschau halten, die sie in die Finger bekam, damit sie ihren Vater im Gartencenter um Rat fragen konnte.

»Verstehe«, log Dan.

Sie saßen an der Frühstückstheke und aßen eine lange Weile schweigend.

Dan schlang sein Essen in sich hinein. Er war am Verhungern, und es schmeckte vorzüglich. Aus dem Augenwinkel beobachtete er erleichtert, dass auch Lisa aß und nicht schmollte. Er nahm einen Schluck Wein und sagte: »Versprich mir nur, nicht wieder so etwas Dummes zu tun, wie auf Slades Motorrad zu fahren!«

Lisa erwog seine Bitte. »Warum? Bekomme ich sonst Hausarrest?«

»Nein«, antwortete er ruhig. »Sonst nehme ich dir die Krücken weg.«

»Das kannst du nicht tun!«, rief Lisa.

Dan hob nur leicht die Brauen und beobachtete sie über den Rand seines Weinglases hinweg.

Sie schob ihren Teller von sich. »Werden mir die Nachbarn immer hinterherspionieren, sobald ich einen Fuß vor die Tür setze?«

»Sie spionieren dir nicht hinterher, Lisa. Edie war ehrlich um dich besorgt.«

»Edie?« Lisas Gesicht hellte sich auf. »Slade hat mich seinen Großeltern vorgestellt, als wir heimkamen. Sein Großvater … Norm?«

Dan nickte.

»Sein Großvater zeigte mir die Narben von seiner Knieoperation und erzählte mir bis ins letzte Detail von dem Eingriff, vom ersten Suppositorium bis zum Fädenziehen.«

Dan schlürfte seinen Wein und lächelte trocken. »Ja, ich hatte auch schon das Vergnügen.«

»Und Edie …« Lisa lachte, unterbrach sich, um einen Zopf über die Schulter zu werfen, und strich dann versonnen mit einer Fingerspitze am Stil ihres Weinglases auf und ab. »Das ist vielleicht eine Spottdrossel!«

Dan rutschte unbehaglich auf seinem Barhocker hin und her, angesichts der Art, wie sie beiläufig neuseeländischen Slang in ihre Rede einwob und an ihrem Weinglas herumspielte.

»Norm erzählte, dass sie ihn im Krankenhaus fast verloren hätten«, fuhr sie fort. »Ich nahm an, dass es bei der Operation Komplikationen gab, aber da meldete Edie sich plötzlich vom Esstisch und sagte: ›Tja, Krankenhäuser sind eben groß.‹ Ich hatte Mühe, ernst zu bleiben.«

Dan lachte.

Lisa schlürfte ihren Wein und lächelte. Sie beobachtete ihn über den Rand ihres Glases hinweg, erleichtert, dass er sich langsam entspannte. Seine grauen Augen glänzten, und die Fältchen um seinen Mund waren weniger betont. Ihr Blick verharrte an seinen Lippen. Sie fragte sich, wie er wohl reagieren würde, wenn sie sich zu ihm beugte und ihn küsste. Wahrscheinlich würde er sie vom Stuhl schubsen. Aber sie hätte gern den Mut besessen, es zu probieren. Dan riss sie aus ihren Träumereien: »Warum bist du zu Simon aufs Motorrad gestiegen? Ich habe dir doch Geld fürs Taxi dagelassen.«

»Simon?« Lisa trank einen Schluck Wein und runzelte die Stirn. »Wer ist Simon?«

»Slade«, erklärte Dan. »Sein richtiger Name ist Simon.«

»Ach so.« Sie nahm noch einen Schluck. *»Ach so!«*

Dan goss ihr nach. »Ein paar Nachbarn führen sich auf, als sei er vollwertiges Mitglied einer Biker-Gang.«

Lisa hätte ihren Wein fast wieder ausgespuckt. »Slade?«, fragte sie fassungslos. »So ein Humbug! Er kommt mit seinem Motorrad kaum aus dem dritten Gang heraus.«

»Also, warum hast du kein Taxi genommen?«, bohrte er nach.

Lisa spielte wieder mit dem Stil ihres Weinglases.

Dan biss die Zähne zusammen und kämpfte gegen das Verlangen an, das ihre geschäftigen kleinen Finger bei ihm auslösten. Dennoch sah er sie unerbittlich an und machte ihr deutlich, dass er nicht lockerlassen würde, bis er seine Antwort bekam.

Lisa seufzte. »Hat man dir schon jemals gesagt, dass du eine Nervensäge bist?«

»Nein«, meinte er, »nie.«

Sie lächelte.

Dan wartete, nippte an seinem Wein und ließ sie keine Sekunde aus den Augen.

»Ich fürchte mich in Autos«, erklärte sie schließlich. »Sie erinnern mich an den Unfall.«

Sein Herz stockte. »Ich weiß, dass es dir schwerfiel, nach dem Krankenhaus ins Auto zu steigen, aber am Wochenende schien es dir nichts auszumachen.«

Sie lächelte trocken. »Dann bin ich eben eine gute Schauspielerin.«

Dans Miene verhärtete sich. Was die Schauspielerei betraf, hätte Linda längst einen Oscar verdient. »Hättest du mir das gesagt, hätte ich dir vielleicht helfen können«, meinte er.

Lisa schien es nicht zu bemerken. Müde schüttelte sie den Kopf. »Niemand kann mir helfen, Dan. Glaube mir, meine Situation ist einzigartig.«

Dan wurde sauer. »Das sagst du immer. Du wirst es zwar vielleicht nicht glauben, aber das Gleiche *ist* schon anderen Menschen zugestoßen, und sie *haben* ihr Gedächtnis wiedergewonnen, Lisa!«

Lisa starrte auf ihr Weinglas. »Ich sage es dir die ganze

Zeit, Dan: Ich habe mein Gedächtnis nicht verloren.« Sie spürte, wie er sich distanzierte, fühlte die vertraute Welle von Hoffnungslosigkeit über sich hinwegspülen. »Lass alles stehen«, forderte sie ihn abrupt auf und zeigte auf das dreckige Geschirr. Sie hielt sich an der Frühstückstheke fest, wandte sich ihm zu und ließ sich langsam vom Hocker gleiten. »Ich kümmere mich morgen darum.«

Reflexartig streckte Dan die Hand aus, um ihr zu helfen. Ihre Knie stießen zusammen. Lisa rutschte aus und musste sich an seiner Schulter festhalten. Dan fing sie auf, die Hände unter ihren Achseln, so dass seine Daumen die Schwellung ihrer Brüste umrahmten, und ein Knie zwängte sich zwischen ihre Beine.

Sie erstarrten und sahen einander an, die Gesichter nur Zentimeter voneinander entfernt.

Lisa war rittlings auf seinem Oberschenkel gelandet. In ihrem Unterleib explodierte ein Feuerball, als sein harter Muskel sich an ihre intimste Stelle presste. Seit drei Jahren hatte kein Mann sie dort berührt, und instinktiv verstärkte sie den Kontakt. Dann sog sie heftig die Luft ein, so dass ihre Brüste sich hoben. Dans Blick fiel auf ihr Dekolleté, seine Daumen strichen langsam nach oben auf ihre plötzlich harten Nippel zu. Die Daumenspitzen machten direkt unter ihrem Ziel Halt, so dass Lisa vor Frust beinahe laut geblökt hätte. Sie verharrte reglos, mit stockendem Atem, und wartete darauf, dass die Daumen höher wanderten – oder schlimmer: sie wegstießen.

Dan sagte sich, dass er sie auf die Füße stellen sollte, dass er nicht auf die verlockenden Rundungen unter seinen Händen achten sollte. Er versuchte, sich in Erinnerung zu rufen, dass er es mit Linda zu tun hatte und sie nicht gut für ihn war. Aber sie *roch* nicht nach Linda. Sie *roch* nach Lisa. Sie *klang* nach Lisa.

Er neigte seinen Kopf zu ihrem Hals und kostete ihre weiche Haut mit der Zunge. Gleichzeitig stellte er seinen Fuß auf die Fußstütze des Hockers, auf dem sie gesessen hatte, und drückte sein Bein fester zwischen ihre Schenkel. Ihre Hitze versengte ihn durch seine Hose.

Ihr Arm glitt hoch und umfasste seinen Hals, ihre Hand presste sich zwischen seine Schultern, die Finger weit gefächert. Sie neigte ihren Kopf zur Seite, um ihn besser an ihren Hals zu lassen, und nachdem sie jetzt einen besseren Halt hatte, konnte sie die Frühstückstheke loslassen und mit der anderen Hand in sein weiches dunkles Nackenhaar fahren.

Dan stieß einen kehligen Laut aus, und seine Nachmittagsstoppeln kratzten über ihre zarte Kinnpartie, als er mit offenem Mund nach ihren Lippen suchte. Es war ein heißer Kuss, der sich nicht mit Lippengeknabber oder Neckerei aufhielt, sondern sofort zur Sache ging.

In Sekundenschnelle kamen sie von null auf hundert.

Sie schmeckte nach Lamm und Wein und nach *ihr*.

Er schmeckte nach Lamm und Wein und nach *Mann*.

Am Rande bekam er mit, dass sie ihm das Hemd aus der Hose zupfte, und mit einem Knurren stimmte er zu, als ihre Finger seine Brust hinauf zu seinen Brustwarzen strichen. Vielen Frauen war nicht bewusst, wie empfindsam dieser Punkt bei Männern war. Dan war überrascht, wie ungeschickt und ungeschult sie ihn streichelte. Er murmelte heiser ihren Namen und machte sich an den Knöpfen zwischen ihren Brüsten zu schaffen. Als er ihren muschelrosa Spitzen-BH freigelegt hatte, senkte er den Kopf, umschloss einen aufgestellten Nippel mit seinen Lippen und sog ihn tief in den Mund.

Lisa keuchte und schloss die Finger in seinem Haar zur Faust. Dan entließ ihre geschwollene Brust einen Moment, um rauchig »Sachte, Liebling!« zu murmeln.

»Entschuldigung!«, krächzte sie, ließ ihn los und presste ihre Hände über ihre spitzenbesetzten Brüste, so dass sie nur noch von seinem Schenkel gehalten wurde.

Dan sah von ihren Brüsten zu den großen, gebannten Augen auf und lächelte sie auf eine Weise an, bei der ihre Hormone gänzlich aus dem Häuschen gerieten. Sanft küsste er ihre roten Lippen, dann etwas fordernder, und seine Zunge spielte mit ihrer vollen Unterlippe, bevor sie in ihren Mund fuhr. Lisa streichelte seinen Nacken und hob ihre Brüste in unverhohlener Einladung. Dabei rieb sie das heiße, sich verzehrende Fleisch zwischen ihren Beinen gegen seinen Schenkel. Dan schob ihren Rock hoch und fuhr mit seinen Fingern in ihren Schlüpfer. Als er das heißfeuchte, zitternde Fleisch berührte, das sich dort verbarg, wäre er beinahe in seiner Unterhose gekommen. »Oh, wow!«, murmelte er und war fast wahnsinnig vor Verlangen nach einem Platz, wo er sie hinlegen und in sie dringen konnte.

Sie keuchte und presste sich drängend gegen seine Hand. Während seine Finger vor und zurück glitten, hielt Dan Lisas rechte Brust mit der freien Hand und schlemmte daran, als wäre sie ein Festmahl eigens für ihn. Als er ihren Höhepunkt nahen fühlte, hob er seinen Kopf und sah sie an. Er war überwältigt, wie weiblich potent und schön sie aussah, den Kopf nach hinten geworfen, die Wangen gerötet, die Augen geschlossen und die Lippen geöffnet, während sie sich auf seinen Fingern wiegte.

»Dan!«, stöhnte sie und klammerte sich an seine Schultern, so dass ihre Finger sich in seine Haut gruben.

»Oh, wow!«, flüsterte er noch einmal heiser und war selbst kurz davor, jegliche Kontrolle zu verlieren. »Lass es zu, Linda!«

Sie versteifte sich und begann, zu zucken.

Einmal.

Zweimal. Und noch einmal.

Sie sank an seine Brust, das Gesicht an seiner Schulter vergraben, die Arme im Scherengriff um seinen Hals. Dan griff hinter seinen Hals, um ihre Arme sanft zu lösen. Ihr Schwitzkasten hätte einem Profiringer alle Ehre gemacht. Er hielt sie fest, während sie beide wieder zu Atem kamen, und erzitterte, als sie über seine Brust strich und ihre Hand an seinem pochenden Herzen verharrte.

»Alles in Ordnung?«, brachte er schließlich heraus.

Sie nickte an seiner Schulter. »Aber du bist nicht …« Ihre Hand fuhr über seine gespannten Bauchmuskeln zu der harten Wölbung in seiner Hose.

Dan hielt ihre Hand fest, bevor sie ihr Ziel erreichte. »Stopp!«, presste er zwischen den Zähnen hervor, und die vollen Brüste, die sich an seine Brust drückten, waren ihm nur allzu bewusst. »Wenn du mich berührst, gibt's wahrscheinlich eine Sauerei.«

Seine gepresste Stimme weckte sogleich neue Begierde bei Lisa, und sie hob den Kopf und sah ihn an. »Aber … das ist nicht fair.«

Dan lächelte über die verräterischen roten Flecken auf ihren Wangen. »Es war schön, dir zuzusehen.«

Sie gab einen erstickten Laut von sich und vergrub ihr Gesicht erneut an seiner Schulter.

Er lachte. Doch dann runzelte er die Stirn. Er hatte sie Linda genannt, als sie gekommen war. Sie war Linda. Wie zur Hölle hatte er das vergessen können?

Lisa sah ihn benommen an, als sie spürte, wie er sich von ihr zurückzog. Auf einmal hatte er wieder dieses undurchdringliche Gesicht. »Dan?«, murmelte sie verwirrt. Was hatte sie falsch gemacht?

Er hob sie von seinem Bein und wandte den Blick von den Brüsten im feinen Spinnennetz aus rosa Spitze ab. »Wo sind deine Krücken?«, fragte er ruppig.

Lisa blinzelte und deutete fahrig ans andere Ende der Frühstückstheke.

Dan hob sie mit seinem langen Arm über die Theke und reichte sie ihr, ohne sie dabei anzusehen. »Es ist spät«, brummte er. »Du solltest schlafen gehen. Ich übernehme die Küche.«

Völlig perplex verharrte Lisa reglos und versuchte sich zu erklären, warum Dan plötzlich so abweisend war, als hätte es die Intimität der letzten Minuten überhaupt nicht gegeben. Dann fiel ihr auf, dass er sie Linda genannt hatte. Er hatte seine Frau geliebt, nicht *sie*.

Entschlossen, nicht zu weinen, bedeckte sie sich mit ihrer Bluse und versuchte, die Knöpfe durch die Knopflöcher zu pfriemeln.

Voller Abscheu vor sich selbst sah Dan dabei zu, wie sie sich ungeschickt anzog, mit hängendem Kopf wie eine Blüte auf gebrochenem Stengel.

Es kostete Lisa mehrere Anläufe, bis sie sich anständig angezogen und die Arme in die Plastikmulden der Krücken gelegt hatte. Wie hatte sie nur so *dumm* sein können? Es hatte nur einen Kuss gebraucht, um das Knistern zwischen ihnen in ein flammendes Inferno zu verwandeln, aber Dan wollte ganz offensichtlich nicht, dass es seinen natürlichen Gang nahm. Sie floh aus der Küche wie vor dem Leibhaftigen.

An diesem Abend lag Lisa in Dans altem Bett und sehnte sich nach der Berührung seiner Hände und dem Drängen seiner Zunge. Und obwohl er nur zwei Zimmer weiter schlief, hätte er genauso gut auf dem Mond sein können. Wie sollte sie ihm morgen früh wieder unter die Augen treten?

Während sie so in die Dunkelheit starrte, musste Lisa sich eingestehen, dass sie es in Wahrheit nicht ertragen würde, es nicht zu tun.

15

Sherry erfuhr von Brendas Zusammenstoß mit Linda Brogan über Brendas jüngere Schwester Christine.

An der Highschool, die Christine sporadisch besuchte, gab es ein Förderprogramm für verhaltensauffällige Kinder, das von der Polizei unterstützt wurde. Christine Buckner fiel definitiv in die Kategorie »Problemkind«.

Für Sherry war Christine eine Nervensäge. Der einzige Punkt, in dem sie sich einig waren, war, dass Brenda ebenfalls eine war.

»Hast du gehört, dass Brenda am Montag im Two-Dollar-Shop von einer Frau angemacht wurde?«, bestürmte Christine Sherry, sobald sie Sherry auf dem Parkplatz der Schule erspähte.

»Nein«, erwiderte Sherry knapp, während sie den Streifenwagen absperrte. Sie war in übler Laune, weil sie diese städtischen Projekte hasste und heute nur ranmusste, weil Dillon Taylor vor Gericht aussagte. Sherry hatte nichts für Kinder übrig. Ginge es nach ihr, würde man sie von der Öffentlichkeit fernhalten, bis sie mindestens achtzehn waren.

Natürlich hatte sie diese Auffassung gegenüber dem Gremium für sich behalten, als sie sich bei der Polizei bewarb, und auch ihrem Tutor in der Polizeischule und ihren Vorgesetzten gegenüber, als sie die Schule bestanden hatte. Dennoch hatte sich herumgesprochen, dass Sherry Jackson nicht die beste Adresse war, wenn es um kommunale Polizeiprojekte ging.

Sie bevorzugte die Drecksarbeit.

Sherry ging auf den Verwaltungsbau zu und nickte zwei Jugendlichen zu, die sie kannte. Sie zuckten zusammen. Beide hatte Sherry in der Vergangenheit festgenommen.

Christine versuchte, lässig neben ihr herzuschlendern, aber mit Sherrys meilenlangen Beinen konnte sie nicht Schritt halten. Also war sie gezwungen, zu joggen, was sie ärgerte, weil man dabei so dumm aussah. Sie fand Sherry Jackson cool für eine Polizistin.

»Sie wollte es abstreiten, aber ich glaube, sie hat nach einem Geburtstagsgeschenk für Ben gesucht«, keuchte Christine und war erleichtert, als Sherry stehen blieb.

»Wie bitte?«

»Ich glaube, Brenda hat im Two-Dollar-Shop nach einem Geschenk für Ben gesucht.«

Sherrys Augen verengten sich zu gefährlichen Schlitzen. »Diese Schlampe!«

Christine nickte eifrig. »Ja. Jedenfalls hat diese Frau Brenda mitten im Laden angequatscht und heruntergeputzt, als wüsste sie haargenau, was Brenda vorhatte. Das war so cool!«

Sherrys düsteres Gesicht wurde blass. Eine Weile starrte sie Christine schweigend an. »Wie sah sie aus?«

»Wer?«, fragte Christine, verwirrt von Sherrys seltsamem Gesichtsausdruck.

»Die Frau, die Brenda angefeindet hat, du hirnrissiges Ding!«

Ein paar vorbeikommende Jungen machten einen großen Bogen um sie.

Christine verzog das Gesicht. »Keine Ahnung. Alt.« Sie sah Sherry feindselig an. »Ungefähr so alt wie du.«

Sherry nahm kaum Notiz von der Beleidigung. »Welche Haarfarbe? Augenfarbe? Beschreib sie mir!«

»Ich weiß nicht!«, blaffte Christine und bereute langsam, dass sie davon angefangen hatte. Als Sherry schon wieder die Augen verengte, fügte sie hastig hinzu: »Ein bisschen wie du. Schwarzes Haar, blaue Augen – große blaue Augen. Oh, und sie hatte einen Gips.«

Sherry schluckte vernehmbar. Trotz der warmen Sonnenstrahlen auf ihrer hellblauen Bluse fröstelte sie plötzlich. »Was … was hat sie sonst noch gesagt?«

Christine verzog das Gesicht. »Irgendetwas davon, dass sie Brenda schon letztes Jahr erklärt hätte, dass sie ihre Geschenke für Ben nicht im Two-Dollar-Shop kaufen könne.« Sie sah verwirrt aus. »Aber Brenda kannte diese Frau anscheinend gar nicht. Es war echt komisch.«

Sherry wurde ganz schlecht. Lisa hatte Brenda vor einem Jahr in dem Laden erwischt und ihr die Meinung gesagt. »Scheiße!«, flüsterte sie.

»Ist dir nicht gut?«, fragte Christine verunsichert. Sherry war blass. »Du fällst nicht in Ohnmacht, oder?«

Sherry schreckte aus ihrer Trance auf und funkelte sie an: »Das hättest du wohl gerne!«

Christine war verletzt. Sie hätte es nicht gerne gehabt. Sherry war ihre Heldin, ihr Rollenbild. Schade nur, dass sie Polizistin war, denn Christine tendierte eher zur dunklen Seite der Macht.

Sherry überstand den Vormittag, aber nur gerade so. Fast brachte sie einen Jungen zum Weinen, als das kleine Scheusal sie permanent mit schlauen Kommentaren aus der hintersten Reihe nervte. Irgendwann riss ihr der Geduldsfaden, und sie keifte zurück.

»Wann kommt Dillon wieder?«, wollte die Lehrerin wissen, die das Projekt betreute.

»Bald«, antwortete Sherry gepresst, »sehr bald.«

Den Rest des Tages kreisten ihre Gedanken um das, was Christine ihr erzählt hatte. Sie musste immer wieder an die Worte dieser Linda Brogan auf dem Supermarktparkplatz denken. Diese Begegnung hatte Sherry so erschüttert, dass sie auf direktem Weg nach Hause gegangen war und erst zum dritten Mal seit Lisas Tod geweint hatte.

Linda Brogan hatte ihr Angst eingejagt. Sie sah überhaupt nicht aus wie Lisa. Sie war groß und dunkelhaarig und auffallend hübsch, während Lisa klein, blond und niedlich gewesen war.

Und Lisa war *tot*.

Woher wusste Linda Brogan also Dinge, die eigentlich nur Lisa wissen konnte? Woher wusste sie von Sherrys Spinnenphobie, und woher kannte sie den Witz über die Schals?

Seither hatte Sherry nachts schlecht geschlafen. Wiederholt war ihr Linda Brogans verzweifeltes Gesicht im Traum erschienen, als sie gegen den großen Amerikaner kämpfte, den Sherry nach dem Unfall in der Notaufnahme gesehen hatte. Immer wieder hörte sie Linda Brogan mit Lisas Stimme reden – vielleicht nicht ganz mit ihrer Stimme, aber mit einer Sprachmelodie und Betonung, die nach Lisa *klangen*. Immer wieder hörte sie den verzweifelten Schrei: »Sherry, ich bin's! *Lisa!*«

Sherry wusste, dass Dillon Linda Brogan diese Woche besuchen würde, um ihre Aussage zu dem Unfall aufzunehmen. Weil es ein Todesopfer gegeben hatte, ging die Sache vor Gericht. Linda Brogan musste wahrscheinlich Sozialstunden ableisten und eine saftige Strafe zahlen.

Sherry ertrug diese Ungerechtigkeit einfach nicht: Lisas Leben wurde durch ein paar mickrige Stunden bei irgendeinem städtischen Projekt und einem winzigen Einschnitt im Kontostand der Brogans vergolten.

Sie hatte niemandem von ihrem Erlebnis auf dem Parkplatz vor dem Supermarkt erzählt, nicht einmal Ben.

Insbesondere nicht Ben. Er hatte sie schon mehrfach gewarnt, sich von Linda Brogan fernzuhalten. »Mum und Dad haben schon genug Kummer. Du musst ihnen nicht noch zusätzliche Sorgen bereiten.«

Zu Sherrys Leidwesen hatte Ben plötzlich ein Datum für die Hochzeit mit Brenda bekanntgegeben, und bis dahin waren es nur noch zwei Monate. Sherry und Lisa hatten seit langem aufgehört, sich Sorgen zu machen, dass Brenda Ben jemals vor den Altar schleifen würde. Sie waren seit drei Jahren verlobt, und Brenda schien diesen Zustand zu akzeptieren und sich voll darauf zu konzentrieren, das Eigenkapital für den Hausbau anzusparen. Doch ab und an hatte sie sich aufgelehnt und getönt, dass sie früher heiraten wolle.

»Ich bete jede Nacht, dass die Grundstückspreise am North Shore weiter steigen«, hatte Lisa Sherry wiederholt anvertraut.

»Ja«, hatte Sherry dann zugestimmt, »und dass Brenda nicht genug von diesem avocadofarbenen Satinstoff für die Kleider der Brautjungfern auftreiben kann.« Sherry, Lisa und Christine kam die zweifelhafte Ehre zuteil, Brenda an den Altar zu folgen.

»Was sind wir für gemeine Zicken!«, seufzte Lisa dann meist. Sie war schon immer die Sanftmütigere von beiden gewesen.

»Ein Hoch auf die Zicken, sage ich!«, hatte Sherry zurückgegeben. Sie *wusste*, dass sie eine Zicke war. »Und nieder mit den Herbos!« Sherry war überzeugt, dass Ben die Hochzeit vorgezogen hatte, um ihre Eltern auf andere Gedanken zu bringen. Doch als sie ihn darauf ansprach, stritt er es ab.

»Brenda und ich planen schon seit Ewigkeiten, zu heiraten, Sherry«, behauptete er.

»Das stimmt«, nickte Sherry. »Und warum plant ihr es nicht einfach weiter?«

Ben verzog das Gesicht. »Ich weiß, dass du Brenda nicht besonders magst ...«

»*Niemand* mag sie besonders, Ben!«, unterbrach Sherry und funkelte ihn wütend an. »Und wenn du nur einmal ehrlich zu dir wärst, müsstest du zugeben, dass nicht einmal du sie magst.«

Er wurde rot. »Jetzt reicht's, Sherry! Du vergreifst dich im Ton!«

»Immer noch besser, als sich in der *Ehefrau* zu vergreifen!«, keifte sie zurück.

Sie hatten seit über einer Woche nicht mehr miteinander gesprochen.

Und jetzt hatte es den Anschein, als wäre Brenda in alte Gewohnheiten verfallen und würde Bens Geburtstagsgeschenk im Restpostenladen suchen. Sherry war so erschüttert von der Unterhaltung mit Christine, dass sie nach ihrer Schicht bei ihrem Vater im Gartencenter vorbeischaute.

Als sie ankam, entlud Brian gerade eine Lieferung Zitronenbäumchen in der hinteren Ecke der Außenverkaufsfläche. Bei Sherrys Anblick lächelte er und machte eine Pause, um sich seine Stirn mit dem Ärmel abzuwischen. »Hallo, Sherry! Kommst du gerade von der Arbeit?«

Sherry küsste ihn auf die Wange und bemerkte betrübt die neuen Falten, die sich in seinem hageren wettergegerbten Gesicht abzeichneten. Seine Trauer umgab ihn wie ein Mantel.

»Wo ist Rambo-Ray?«, erkundigte sie sich. »Warum hilft er dir nicht?«

Brian verzog das Gesicht und schüttelte den Kopf. »Lass gut sein, Sherry!«

Sherry half ihm mit den Bäumchen.

»Lass gut sein!«, wiederholte Brian. »Das musst du nicht tun.«

Sie lächelte. Ihr Vater war so ziemlich der Einzige, der sie behandelte, als wäre sie aus Zucker.

Obwohl Sherry großgewachsen und nicht gerade mit der zartesten Natur gesegnet war, war sie doch feingliedrig und äußerst attraktiv. Sie zählte nicht mehr, wie viele Male sie gefragt wurde, warum sie sich nicht als Model versuchte. Die Vorstellung von vielen Augenpaaren, die auf ihren Körper gerichtet waren, verursachte ihr eine Gänsehaut. Die Leute erschraken immer, wenn sie sagte, dass sie Polizistin war. Im Dienst trug sie nie Make-up, und bei ihren Gesichtszügen und der gesunden Hautfarbe hatte sie es ohnehin nicht nötig. Aber außer Dienst gab Sherry sich ihrer Vorliebe für schöne feminine Kleidung und viel Make-up hin. Sie hatte zwei verschiedene Persönlichkeiten – die der Polizistin und ihre private. Ihre Polizeikollegen waren immer völlig baff, wie sie ohne Uniform aussah.

Als sie das letzte Bäumchen aufstellte, sah sie plötzlich Linda Brogan. Sie stand am anderen Ende der gepflasterten Außenverkaufsfläche und blickte angestrengt zu ihr und Brian herüber, den Gipsfuß nach vorn geschoben und eine

Plastiktüte mit etwas Pflanzenartigem in der Hand. Sherry erkannte ihren schwarzen gerafften Rock sofort als *Lisa-Ho*-Design. Ein schickes weißes T-Shirt mit U-Ausschnitt und eine blaue Jeansjacke vervollständigten das Erscheinungsbild. Lindas schwarzes Haar war unordentlich nach oben gebunden.

Sherry bedachte sie mit einem kalten Blick. Ihre Hände ballten sich zu Fäusten, und sie bedauerte, dass sie gerade ihre Polizeiuniform trug. Vielleicht hatte sie Glück, und Linda Brogan stahl ein Stiefmütterchen oder so. Aus dem Augenwinkel sah sie Ray Tanner hereinschlendern, den Blick auf Linda Brogan geheftet. Sherrys Oberlippe kräuselte sich. Ray schien ein eingebautes Radarsystem zu besitzen, mit dem er attraktive Frauen sogar durch Hauswände hindurch orten konnte. Sherry wurde an einen Hai erinnert, der seine Beute vor dem Angriff umkreist. Aber statt wie ein großer weißer sah Ray mehr nach Hammerhai aus. Hässlich genug war er. »He, Dad«, raunte sie ihrem Vater zu.

Brian hob den Kopf. »Was?«

Sherry nickte in Richtung Linda Brogan und begann, das Thema vom weißen Hai zu summen. *»Da-dap! Da-dap!«*

Ray bog um einen Ständer mit Tulpenzwiebeln und schlenderte auf Linda Brogan zu, die ihn noch nicht bemerkt hatte und immer noch zu ihnen herüberblickte.

»Da-dap! Da-dap! Da-dap! Da-dap!«

Brian musste lächeln.

»Düü-düü! Düü-düü! Düü-düü! Düü-düü!«

Auf einmal schien Linda Brogan die Gefahr zu wittern. Sie hob den Kopf und erspähte Ray. Erschrocken zuckte sie zusammen, und ein Ausdruck des Entsetzens breitete sich auf ihrem Gesicht aus. Sie vollführte eine Drehung auf den Krücken, blickte Sherry an und machte ein Gesicht, das eindeutig »*Pfui Teufel!*« sagte. Ein Gesicht, das Sherry im Laufe der Jahre unzählige Mal bei Lisa gesehen hatte. Gebannt sah Sherry zu, wie Ray sein schmieriges Lächeln aufsetzte und versuchte, ein Gespräch anzufangen. Linda sah aus, als wollte sie ihm gleich eins mit den Krücken überbraten.

Brian hatte das Interesse verloren und wandte sich wieder seinen Bäumchen zu.

Linda Brogan sah flehentlich zu Sherry herüber, bevor sie sich widerwillig an Ray wandte. »Ich bin verheiratet!«, rief sie laut.

Brian blickte verwundert auf.

»*Und ich bin lesbisch!*«, rief Linda triumphierend, womit sie die Aufmerksamkeit der Handvoll Kunden auf sich zog, die auf der äußeren Verkaufsfläche umherspazierte.

Ray war verdutzt. Sein Lächeln erstarb, und er blickte ängstlich um sich. Säuerlich nahm er zur Kenntnis, dass alle zugesehen hatten, wie er sich zum Idioten machte, und, zu allem Übel, dass auch noch die Schlaumeiertochter von seinem Boss zu Besuch war.

Sherry musste sich ein Lachen verbeißen.

Mürrisch zog Ray sich von Linda Brogan zurück. Seine Miene verdüsterte sich noch weiter, als er Sherry auf sich zukommen sah.

»Wow, Ray! Auf welcher Schule hast du dich zum Charmeur ausbilden lassen?«, fragte sie bewundernd. »Ich kenne da nämlich einen, den ich auch gern dorthin schicken würde. Er ist genauso ein Schleimer wie du.«

»Verpiss dich!«, schnauzte Ray.

»*Oooh, Ray!*«, seufzten Sherry und Linda Brogan beinahe unisono. »*Mach mir den Rambo!*«

Sherry verstummte.

Sie starrte in Linda Brogans blaue Augen.

»Rambo – ho! … Rambo – ho!«, sagte Linda leise und erwiderte den Blick. Ihre Augen füllten sich mit Tränen.

Brian tauchte hinter Sherry auf. Er hatte gehört, was Ray zu Sherry gesagt hatte. Er bebte vor Wut. Rays Schicksal war besiegelt, als Linda Brogan Brian ansah und ihr Tränen über die Wange kullerten.

»Das tut mir so leid!«, rief Brian aus, sichtlich erschüttert. Er wandte sich an Sherry. »Sherry? Könntest du …«

Sherry nickte geistesabwesend, ohne den Blick von Linda Brogan zu wenden.

»Moment mal!«, protestierte Ray. »Ich habe zu keiner Zeit …«

»Ray«, presste Brian zwischen den Zähnen hervor, »Sie kommen mit mir! Sofort!«

»Aber …«

»Sofort, Ray!«

Deutlich erschüttert, seinen sonst so lockeren Boss derart wütend zu erleben, folgte Ray Brian zögerlich in den Laden.

Sherry starrte Linda Brogan mit ihrem furchteinflößendsten Blick nieder. »Was haben Sie hier zu suchen?«

Linda Brogan ließ sich nicht einschüchtern und starrte zurück. »Ich wollte zu Dad.«

Sherry zuckte zurück. »*Er ist nicht Ihr Vater!*«

»Doch, das ist er«, erwiderte Linda aufsässig. »Ich wollte, dass er einen Blick auf diese Pflanze wirft. Sie ist krank.«

»Die Pflanze ist nicht das Einzige, das krank ist«, schnauzte Sherry und hätte sie so gern geschlagen.

Linda zuckte zusammen, ging aber darüber hinweg. »Und du bist meine große Schwester Sherry.«

Sherry baute sich vor ihr auf und versuchte, ihr Gegenüber durch ihre Körpergröße einzuschüchtern.

Aber diese Linda wollte einfach nicht klein beigeben. »Versuche bloß nicht, mich mit deiner Größe zu beeindrucken, Sherry Jackson! Jetzt bin ich fast so groß wie du, und außerdem lebe ich mit einem Mann von eins fünfundneunzig zusammen. Daneben bist du klein.«

»Halten Sie den Mund!«, flüsterte Sherry. »Halten Sie den Mund! Ich bin nicht Ihre Schwester. *Meine* Schwester ist tot. *Sie* haben sie umgebracht!«

Linda schwankte, und ihr Gesicht war kreideweiß, aber sie gab nicht nach. »Ich habe dich gesehen, Sherry. Ich habe dich im Krankenhaus gesehen, als sie mich zurückgeschickt haben. Du warst im Korridor vor einem Zimmer, zusammen mit Dillon Taylor. Er hielt dich zurück, als du in das Zimmer wolltest. Als ich an dir vorbeikam, habe ich deinen Namen gesagt und dich berührt, und einen Moment lang hast du mich direkt angesehen.«

Sherrys Augen weiteten sich. Es fühlte sich an, als ob ihr jemand Eiswasser ins Knochenmark tröpfelte, so tief saß der Schock. Sie erinnerte sich an das schaurige Gefühl vor dem Rea-Raum, als sie hätte schwören können, eine flüchtige Berührung am Arm gespürt und Lisas Stimme gehört zu haben, die ihren Namen rief.

Aber woher? Woher sollte diese Frau das wissen?

Ihr Kopf begann zu wummern. Sie hielt sich an einem grünen Verkaufstisch fest. Wie aus der Ferne hörte sie Linda Brogan rufen: »Sherry!« Sie stürzte. Krachend gingen sie beide zu Boden, und die lange schlanke Sherry landete weich auf der etwas kleineren Linda Brogan.

»Himmel noch mal, Sherry! Fall mir hier nicht in Ohnmacht! *Ich* bin diejenige, die in Ohnmacht fällt, nicht du! Ich kann dich doch nicht aufheben, du Dummerchen!«, heulte Linda ihr tränenerstickt ins Ohr.

Sherry hob das Kinn von der Brust, um benommen die Frau anzusehen, die neben ihr auf dem Boden saß. »Wer zur Hölle *bist* du?«

16

Sie gingen in das nächste Café.

Sherry hatte einen weißen Esprit-Kapuzenpulli aus dem Kofferraum ihres Autos geholt und verdeckte damit ihre verräterische Uniformbluse. Im Café setzte sie sich an einen Tisch und blickte Lisa ausdruckslos an, ohne Anstalten zu machen, ihr mit dem Stuhl oder den Krücken zu helfen.

Lisa schluckte ihre Enttäuschung herunter. Sie wusste, dass ihre Schwester nicht leicht zu überzeugen sein würde, insbesondere nachdem sie auf dem Weg zum Café Zeit gehabt hatte, sich wieder zu sammeln. Lisa überprüfte, wie viel Geld sie in ihrem Portemonnaie hatte. Es widerstrebte ihr, Dan um Geld zu bitten. Sie hatte bereits ein schlechtes Gewissen, weil sie in seinem Haus wohnte und bei ihm aß, obwohl sie keinerlei Recht dazu hatte.

Seit der unvergesslichen Szene in der Küche waren sie sich so weit wie möglich aus dem Weg gegangen. Lisa war noch nie ein Nachtmensch gewesen, aber jetzt verschwand sie unmittelbar nach dem Abendessen, das sie ihm allabendlich kochte, ins Schlafzimmer und versuchte, ihre Lese- und Schreibfertigkeiten zu verbessern. Sie hatte sich mit SPELD in Verbindung gesetzt, dem Zentrum für Lernbehinderungen der Stadt, und wollte einen Kurs belegen, sobald sie einen Weg gefunden hatte, wie sie ihn finanzieren konnte. Lisa wusste, dass Dan ihr den Kurs sofort bezahlt hätte, aber sie wollte nicht mehr von ihm nehmen, als unbedingt nötig war. Daher behielt sie ihre Pläne für sich.

Slade half ihr in seiner Freizeit beim Lernen des Satzbaus, mit den Flash Cards, die sie anhand der Legastheniebücher aus der Bibliothek erstellt hatten. Lisa wusste nicht, was sie ohne Slade getan hätte. Er war so hilfsbereit und nett und unglaublich reif für sein Alter.

Dan hatte aufgegeben, sie zu fragen, ob sie etwas brauchte, weil sie immer verneinte. Stattdessen ließ er morgens immer einen großzügigen Betrag auf der Küchenzeile liegen. Bisher hatte Lisa erst zwei Mal etwas davon genommen. Indem sie den Bus statt das Taxi nach Browns Bay nahm und bei Takapuna einkaufte, kam sie lange mit dem Geld aus.

Slade hatte ihr angeboten, sie auf dem Motorrad mitzunehmen, aber aus Achtung vor Dans Gefühlen hatte Lisa abgelehnt. Manchmal überraschte Slade sie damit, dass er sie auf ihren einsamen Busfahrten über den North Shore begleitete und ihr bei den kniffligeren Aufgaben im Haushalt half, indem er zum Beispiel diverse Einkäufe im Supermarkt für sie übernahm. Den Rest erledigte Dan am Wochenende anhand der Liste, die Lisa für ihn erstellte. Sie fand immer eine Ausrede, warum sie ihn nicht begleiten konnte. Sie ertrug seine Nähe nicht, wenn sie sich daran erinnerte, wie er sie von sich gestoßen hatte. Sie fühlte sich erniedrigt und zurückgewiesen, und der Schmerz saß zu tief, um ihn zu analysieren. Lisa kam sich vor wie eine Aussätzige. Abgewiesen und ungeliebt brauchte sie ihre Familie mehr denn je.

Dan stand meistens bei Morgendämmerung auf, um entweder zu joggen oder Rad zu fahren. An den Wochenenden ging er oft mit seinem Surfbrett zum Strand und surfte stundenlang kreuz und quer durch die Bucht, ohne zu ahnen, dass Lisa oben auf den Klippen mit einer Tasse Tee oder Kaffee im Garten saß und ihm dabei zusah. Am ersten Wochenende, als Dan nach Hause kam, um Surfbrett und Neoprenanzug zu waschen, wäre ihr beim Ausräumen der Spülmaschine fast das Besteckkörbchen auf die Füße gefallen. Er kam durch die Garage in die Küche spaziert, den kurzbeinigen schwarzen Neoprenanzug über die Schulter geworfen, und trug nur nasse schwarze Speedo-Shorts, die tief auf seiner Hüfte saßen.

Lisa hätte fast ihre Zunge verschluckt und den Küchenboden vollgesabbert. Nach Nächten voll erotischer Träume und einem Zustand ständiger Halberregung hätte sie beim Anblick eines halbnackten Dans, der auch noch hundert Mal besser ohne Kleidung aussah, als sie es sich vorgestellt hatte, beinahe gewinselt. Er war fantastisch gebaut, mit breiten Schultern, einer starken Brust, Waschbrettbauch und dem knackigsten Hintern, den Lisa seit langem bei einem Mann gesehen hatte. Sie war überrascht, was für ein dunkler Hauttyp er war. Bei einem Kiwi hätte sie auf Maori-Blut getippt. Ein kurzer Blick auf die Wölbung in seiner Badehose verhieß, dass alles in Proportion zum Rest stand. Ihr wurde bewusst, dass Dan keinerlei Problem hatte, in diesem Aufzug vor ihr herumzutanzen, weil er sie noch immer für Linda hielt.

Lisa sah Sherrys steinerne Miene, und es fühlte sich an, als ob man ihr einen Eiszapfen in die Brust trieb. Es verstärkte ihr Gefühl, nirgendwohin und zu niemandem zu gehören. Aber sie würde nicht aufgeben.

»Ich besorge uns etwas zu trinken«, sagte sie.

Sherry zuckte ungerührt mit den Schultern. »Ich nehme einen …«

»Earl Grey«, fiel Lisa ihr ins Wort. »Ich weiß.«

Mit Genugtuung registrierte sie Sherrys Verstörung, die sich noch steigerte, als sie für sich selbst einen Diät-Moccachino *ohne* Marshmallows bestellte. Lisa hasste Marshmallows. Sie hoppelte zurück an den Tisch und setzte sich. Zu gerne hätte sie dem Impuls nachgegeben, Sherry in die Arme zu schließen und an sich zu drücken und dann über die Straße zu gehen und das Gleiche bei ihrem Vater zu machen. Stattdessen sagte sie: »Dad sieht nicht sehr gut aus.«

Sherry lehnte sich zurück und verschränkte ihre Arme vor der Brust. Sie starrte Lisa durchdringend an und entgegnete: »Er hat gerade seine Tochter begraben.«

Lisa war entsetzt. »Ihr habt mich *begraben?*«

Der Mann und die Frau am Nebentisch blickten irritiert zu ihnen herüber.

Sherry rutschte unbehaglich auf ihrem Stuhl hin und her. »Mum und Dad ertrugen den Gedanken einer Einäscherung nicht. *Für Lisa*«, fügte sie betont hinzu.

»Oh.« Lisa verzog das Gesicht erneut bei dem Gedanken an eine Einäscherung. »Wie geht es Mum?«

»Sie raucht«, antwortete Sherry und beobachtete ihr Gegenüber dabei genau.

»Sie tut *was?*«, rief Lisa empört. »Nachdem ich mir beinahe Lungenkrebs geholt habe, um sie dazu zu bewegen, aufzuhören?«

Das Paar am Nebentisch stand auf und setzte sich an einen anderen Tisch.

Sherry sah sie mit wachsender Verwunderung an. »Ich weiß nicht, wer zur Hölle dir das alles von uns erzählt hat, aber ich muss gestehen, dass ich beeindruckt bin.« Um ihren Mund bildete sich eine weiße gespannte Linie. »Was willst du von uns?«

Die Bedienung erschien mit der Bestellung. »Moccachino und Earl Grey«, verkündete sie fröhlich, und die Brackets auf ihren makellosen weißen Zähnen funkelten passend zum Piercing in ihrer Braue.

Lisa deutete zerstreut auf Sherry und sagte: »Earl Grey.« Sie bemerkte, dass Sherry sich gerade noch zurückgehalten hatte, auf sie zu zeigen und »Moccachino« zu sagen. Es war einer Szene, die sie zahllose Male in Cafés gespielt hatten. Lisa unterdrückte ein Lächeln, während Sherry sich die Fingerspitzen auf die Lippen presste. Lisa bemerkte, dass ihre Hände zitterten.

Als die Bedienung weg war, fing Lisa an, zu reden, erst zögerlich, doch bald sprudelten die Worte nur so aus ihr hervor, als sie schließlich zum ersten Mal die ganze Geschichte erzählte, wobei sie ein paar der jüngsten Entwicklungen ausließ. Zum Beispiel erwähnte sie nicht ihren Beinahe-Sex auf der Küchenanrichte mit Dan Brogan oder dass sie seither permanent an Sex mit ihm denken musste.

Sherry hörte gebannt zu, während ihr Tee auf dem Tisch vor ihr kalt wurde. »Dann erzählst du mir also, dass ein abtrünniger Engel dich zurückgeschickt hat, aber in den falschen Körper?«, fasste sie schließlich zusammen.

Lisa winselte und sah sich um, ob irgendjemand mitgehört hatte. »Na ja, es war kein richtiger Engel. Er meinte, sie hätten keine Engel – zumindest nicht in der Form, wie wir sie uns vorstellen.«

Sherry blickte sie ungläubig an. »Ich kann nicht glauben, dass ich dieses Gespräch hier führe«, murmelte sie, bevor sie hinzufügte: »Bist du sicher, dass du nicht vielleicht in die andere Richtung geraten bist?« Sie deutete zum Boden.

»Nein, bin ich nicht!«, rief Lisa empört. »*So* schlecht habe ich mein Leben auch nicht geführt. Wenn es hier einen Anwärter für unten gibt, dann dich.«

»Das habe ich überhört«, brummte Sherry mit seltsamer Stimme.

Da bemerkte Lisa, dass Sherrys Unterlippe zitterte und ihre Augen schimmerten. »Sherry?«

»*Was?*«, schnauzte sie.

»Du glaubst mir, oder?«

Sherry ließ sich Zeit mit ihrer Antwort. Sie wagte nicht, zu sprechen. Es war zu fantastisch. Leute *starben* nicht und erschienen dann im Körper eines anderen Menschen. Aber die Frau ihr gegenüber saß genau, wie Lisa gesessen hätte, sie zuckte mit den Schultern und machte Gesichter, genau wie Lisa es getan hatte. Sie *wusste* Dinge, die nur Lisa wissen konnte.

»Ich weiß nicht, was ich denken soll«, murmelte sie schließlich. »Obwohl es genau die Art Schlamassel ist, für die Lisa immer anfällig war.«

Jetzt fing auch Lisas Unterlippe an, zu zittern. Sie spürte eine leise Hoffnung aufkeimen, aber sie wusste, dass sie nichts überstürzen durfte. Sherry würde sich bis zuletzt gegen diese Vorstellung wehren. Sie seufzte, als sie sah, wie ihre Schwester sich zurücklehnte, die Augen schmal und katzenhaft verengt. Typisch Sherry! Sie hatte gemerkt, dass Lisas Lippe zitterte, und dieses Zeichen von Schwäche bei ihrer Gegnerin hatte ihr ins Wanken geratenes Selbstvertrauen wieder gestärkt.

»Du hättest über Familienfreunde herausfinden können, was Lisa getan hat, um Mum vom Rauchen abzubringen«, bemerkte Sherry kalt.

Lisa sah sie frustriert an. »Und was war mit dem Gartencenter und Ray?«

»Was soll damit sein?«

»Rambo – ho! … Rambo – ho!«, sang Lisa.

»Den Witz haben schon andere gemacht.«

Lisa knirschte mit den Zähnen. »Und was ist mit dem Schalwitz? Hast du den auch schon mal woanders gehört?«

»Außer bei *mir* und *Lisa?*«, antwortete Sherry eisig. »Nein.«

»Tia Maria. Cointreau. Jack Daniels. Remy Martin.« Lisa beugte sich über den Tisch und flüsterte: *»Harvey's Bristol Cream.«*

Sherrys Augen weiteten sich. Lisa sah ihren Adamsapfel hüpfen, als sie schluckte.

»Hast du noch den Aschenbecher, Sherry?«, fragte sie.

»Welchen …« Sherry sah sie mit einer Mischung aus Horror und Faszination an. »Welchen Aschenbecher?«

Lisa beugte sich noch weiter über den Tisch, die Hände auf die Platte gestützt, und presste zwischen zusammengebissenen Zähnen hervor: »Dieses scheußliche orange Ding, das Mums Tante Violet ihr einmal zu Weihnachten geschickt hat und das wir seither versucht haben, loszubekommen. Das Teil, das wir uns gegenseitig zu Geburtstagen und allen möglichen anderen Anlässen hin und her geschenkt haben. Das ich fallen gelassen und wieder geklebt habe und das wir Ben und Brenda als Teil ihres Verlobungsgeschenks vermacht haben. Das ich dir in deinem Auslandsjahr nach England geschickt habe. Das wir …«

»Okay!«, brauste Sherry auf. »Schon verstanden!«

Es entstand ein langes Schweigen.

»Glaubst du mir?«, fragte Lisa.

»Ich … weiß nicht … was ich glauben soll.« Sherry mied Lisas Blick. »Jeder hätte dir von dem Aschenbecher erzählen können.«

Lisa wollte auf die Füße springen und stieß dabei mit den Zehen des verletzten Beins gegen das Tischbein. »Au, verdammte Scheiße!«, jaulte sie und hielt sich an der Tischkante fest, als der Schmerz in ihren Fuß schoss.

»Jetzt weiß ich, dass du nicht Lisa bist!«, triumphierte Sherry. »Ich kann an einer Hand abzählen, wie oft sie ›verdammte Scheiße‹ gesagt hat.«

»Ach ja?«, knurrte Lisa. »Nun, das war bevor ich gestorben bin, in den Himmel kam und wieder rausflog! Ich glaube, das berechtigt mich, Scheiße zu sagen, so oft ich will!«

Das ältere Paar am anderen Tisch saß vor Schock mit offenen Mündern da, während die Frau an der Espressomaschine aussah, als wollte sie die beiden gleich hinausschmeißen.

»*Setz dich hin!*«, zischte Sherry und warf der Cafébesitzerin einen entschuldigenden Blick zu.

Beschämt bei dem Gedanken, schon zum zweiten Mal innerhalb weniger Tage aus einem Geschäft geworfen zu werden, lief Lisa feuerrot an und setzte sich. Doch wenn Sherry glaubte, das hätte ihr den Wind aus den Segeln genommen, irrte sie sich. »Du bist eine blöde Kuh, Sherry Jackson! Du hast nichts als Knochen zwischen den Ohren! Ich weiß nicht, warum ich dich liebe!«

Sherry nahm Lisa mit zu sich nach Hause nach Torbay. Sie verbot sich den Gedanken, dass Linda Brogan tatsächlich Lisa war, aber sie konnten ihre hitzige Diskussion nicht in der Öffentlichkeit fortsetzen, ohne dass Sherry irgendwann gezwungen wäre, sie wegen Erregung öffentlichen Ärgernisses festzunehmen.

Zu Sherry zu gehen war für Lisa so selbstverständlich, wie ihre Eltern zu besuchen. Ben hatte Sherrys Haus vor ein paar Jahren für sie gebaut, und ihr Vater hatte den Garten nach und nach gestaltet. Erschrocken bemerkte Lisa die Zeichen der Verwahrlosung darin.

»Dad war in letzter Zeit nicht recht in der Stimmung«, kommentierte Sherry knapp.

Lisa war entsetzt. Gärten und Pflanzen waren die Leidenschaft ihres Vaters – er ertrug es nicht, wenn Lebendiges vernachlässigt wurde. »Geht es ihnen sehr schlecht?«

Sherry nickte geistesabwesend. Sie saß auf einem Hocker in der Küche, die Hände zwischen den Knien zusammengepresst. »Sie vermissen Lisa … so sehr.« Sie räusperte sich. »Wir alle vermissen sie so sehr.«

Lisa humpelte zu Sherry und streckte vorsichtig die Finger nach ihrem Haar aus, aber Sherry riss den Kopf zurück und wehrte sie mit erhobener Hand ab.

Lisa ballte die Hand zur Faust und kämpfte gegen den Schmerz der Abweisung an. »Ich weiß. Ich vermisse euch auch alle.« Eine Träne kullerte über ihre Wange.

»Das sagst du ständig.« Sherry blickte angespannt vor sich hin, ihre Augen spiegelten alle möglichen Empfindungen wider. »Ich nehme an, ich sollte dir ein Taschentuch anbieten.«

Erstaunt beobachtete sie, wie Lisa zum großen Vorratsschrank in der Ecke humpelte und die Tür gekonnt ein wenig anhob, damit sie sich nicht auf dem Linoleum verkeilte. Zielsicher griff sie hinein und zog eine frische

Box Kosmetiktücher aus dem unteren Fach neben den Geschirrtüchern, bevor sie zurück zur Küchenzeile hoppelte, die Schachtel öffnete, ein Taschentuch herauszog und sich schneuzte.

Sherry sah ihr wortlos zu, völlig baff, mit welcher Selbstverständlichkeit sich diese Fremde in ihrer Küche zurechtfand. »Ich kann es nicht glauben.« Sie bemühte sich um einen schroffen Tonfall. »Du hast das Auto gefahren, das meine Schwester getötet hat.«

»Nach wem *klinge* ich?«, fragte Lisa leise. »Wie *verhalte* ich mich?«

Sherry wandte den Blick ab. Sie wollte sich ergeben und sie umarmen, aber vor ihr saß eine Fremde. Sherry war kein impulsiver, gefühlsbetonter Mensch, anders als Lisa und Ben. Sie war immer die Stimme der Vernunft gewesen, als sie als Kinder zusammen gespielt hatten, die große, reife Schwester.

»Ich weiß, wie schwer das für dich ist, Sherry«, begann Lisa. »Du kannst mir glauben, dass es für mich schwer war, als ich im Krankenhaus erwachte und in den Spiegel blickte. Ich hätte euch alle so dringend gebraucht.«

Sherry versuchte, das Gespräch in eine Richtung zu lenken, die zu vernünftigen Antworten führte. »Und was denkt Dan Brogan?«

Lisa lächelte reuig. »Dass ich eine Schraube locker habe.«

»Aber er hält dich für seine Frau?«

Lisa lachte blechern. »Ich glaube, ihn beschleichen erste Zweifel.« Sie hoppelte zum Kühlschrank und studierte einige Fotos von Ben und Brenda, die dort hingen. »Ich glaube, er weiß nicht recht, was er denken soll. Er hatte eine amerikanische Frau, die in einen Autounfall verwickelt wurde, und jetzt hat er eine neuseeländische … Irgendwas.«

»Wie ist er denn so?« Sherry war bereits aufgefallen, dass Linda oder Lisa – oder wer sie auch war – extrem ausweichend wurde und ihr nicht in die Augen blickte, wenn es um Dan Brogan ging. Neugierig beobachtete sie, wie Linda, wie sie ihr Gegenüber bei sich weiter nannte, die CDs durchging, die auf Sherrys Computertisch in der Nische beim Küchentisch standen, und die Post befummelte, die auf der Küchenanrichte verstreut lag, bevor sie sich wieder den Bildern von Ben und Brenda zuwandte.

»Sehr nett, lieb, ein Gentleman, würde ich sagen. Wann wurden die aufgenommen?«

»Vor ein paar Wochen«, antwortete Sherry und beobachtete sie genau, als sie hinzufügte: »Sie haben ein Datum für ihre Hochzeit festgesetzt. Sie heiraten in der zweiten Juliwoche.«

»*Was?!*«

Sherry schüttelte verwundert den Kopf. Das war genau die Reaktion, die sie von Lisa erwartet hätte.

»Warum hat er das getan?«, schrie ihre Besucherin. »Hat er den Verstand verloren?« Sie verstummte, als ihr ein grässlicher Gedanke kam. »Brenda ist nicht schwanger, oder?«

Sherry sah sie angewidert an. »*Ich bitte dich!* Glaubst du allen Ernstes, Brenda würde Ben erlauben, sie zu schwängern? Sie müsste die Arbeit aufgeben, und damit würde weniger Geld ins Haus kommen.«

Lisa nickte, bevor sie antwortete: »Aber denk an all die Einsparungen für die Pille oder Kondome oder was immer …«

Sie nickten sich verschwörerisch zu.

»Du könntest recht haben«, meinte Sherry, und ihr Herz schlug schneller. Sie hatte ihre Schwester zurück! So verrückt es klang, Lisa war hier und redete mit ihr!

Lisa war so damit beschäftigt, über die Hochzeitspläne zu wettern, dass sie gar nicht merkte, wie ihrer Schwester Tränen über die Wangen liefen. »Weißt du, dass ich diese Schlampe schon wieder im Two-Dollar-Shop erwischt habe, wo sie ein Geschenk für Ben kaufen wollte? Und das, nachdem ich sie schon letztes Jahr gewarnt habe!«

»Ja, davon habe ich gehört.«

Lisa stoppte mitten in ihrer Tirade. »Im Ernst?«

»Unser Sorgenkind hat es mir erzählt.«

»Christine?« Lisa blinzelte. »Du … weinst.«

»Sieht ganz so aus.«

Lisa hätte Sherry nur zu gern umarmt, aber sie wagte es nicht. Sie hatte heute schon große Fortschritte gemacht, aber sie wusste, dass sie einen Sturkopf wie Sherry nicht überfordern durfte.

»Du hast bei uns angerufen, stimmt's?«, erkundigte Sherry sich mit belegter Stimme.

»Ja.« Lisas Stimme verlor sich in Schluchzern. Schließlich beruhigte sie sich so weit, dass sie fragen konnte: »Glaubst du … glaubst du, dass Mum und Dad es verkraften können?«

Sherry sah sie scharf an. »*Auf gar keinen Fall* wirst du Mum und Dad sagen, was du mir gerade erzählt hast!« Sie machte eine Pause, dann murmelte sie: »Vielleicht … später einmal, aber ganz bestimmt nicht jetzt.«

Lisa schluckte. »Das … dachte … ich mir schon.«

Ihr gequältes Gesicht ging Sherry ans Herz. Die ganze

Familie hatte Lisa immer beschützen und behüten wollen, weil sie so viel kleiner und zerbrechlicher war als der Rest von ihnen. Doch Sherry musste daran denken, dass Lisa beachtliche Stärke und Mut bewiesen hatte, wie sie mit ihrer außergewöhnlichen Situation umgegangen war. Die meisten Menschen wären wahrscheinlich einfach verrückt geworden.

Sherry berührte kurz ihren Arm. »Nimm's nicht zu schwer! Alles zu seiner Zeit. He, es hätte schlimmer kommen können! Du hättest im Körper eines Mannes landen können.«

Lisa lachte schniefend. »Jetzt geht es mir schon besser.«

»Oder in dem eines Trolls.«

»Ja, ich weiß.« Sie streckte ihren Busen heraus. »Schau dir die an!«

Sherry waren sie nicht entgangen. Sie zog beeindruckt eine Braue hoch. »Die sind fast so groß wie meine. Sind sie echt?«

Lisa zwickte sich in eine Brust. »Anscheinend. Meine haben sich nie so angefühlt.«

»Du hattest nie welche.«

Lisa streckte ihr die Zunge heraus. »Dan sagte, sie seien echt.«

Sherrys Brauen schossen noch weiter nach oben. »Willst du etwa behaupten, du hast ihn *gefragt?*«

»Wen hätte ich denn sonst fragen sollen?«, gab Lisa eingeschnappt zurück. »Linda Brogan?«

Sherry war fasziniert. »Was hat er gesagt?«

»Er wurde sehr brummig, was bedeutet, dass es ihm peinlich war. Aber er sagte, es seien keine Implantate.«

Sherry sah Lisa verschmitzt an, wie sie in ihrer Küche herumstrich. »Dann schläfst du also nicht mit ihm?«

»Was?« Lisa errötete und quietschte entrüstet: »Natürlich nicht!«

Sherry grinste süffisant und steckte den Elektrokocher ein. Aber du würdest gerne, dachte sie und fragte sich, was wohl mit Dan Brogan los war. Die meisten Männer in Sherrys Bekanntenkreis würden einer Frau mit Linda Brogans Aussehen nach spätestens einer Stunde an die Wäsche wollen. Sie blickte über die Schulter. »Er ist aber nicht schwul, oder?«

»Nein!«

Interessant! Ihre kleine Schwester trieb also schmutzige Spielchen mit dem hübschen Ami-Doktor – oder war nahe dran.

Lisa redete nur ungern über Dan, was Sherry überraschte, denn Lisa hatte ihr in der Vergangenheit immer alles über ihre Männer erzählt. Sherry war die Zugeknöpfte. Und wenn jemand gewusst hätte, wie man mit dieser Situation umging, wäre es Sherry gewesen, die bei ihren Männergeschichten immer die Kontrolle behielt.

»Er sieht ziemlich gut aus«, bemerkte sie, und ihre Augen funkelten listig. Was genau hatte ihre Schwester wohl mit dem Herrn Doktor angestellt?

Lisa zuckte mit den Schultern. »Könnte man wohl sagen.«

»Hast du immer noch deine Endometriose?«

Sie schüttelte den Kopf und lächelte. »Nein. Vor ein paar Tagen ging meine Periode vorbei. Es war gar nichts.«

»Oh, Lisa, das freut mich so für dich!«

Sherry erinnerte sich an die unzähligen Male, wo sie Lisa zusammengekrümmt auf dem Bett gesehen hatte, Wärmflasche oder Kirschkernkissen gegen den Bauch gepresst.

Sie dachte an all die Bluttests und Medikamente, um sie davor zu bewahren, anämisch zu werden.

»Dafür bin ich jetzt Legasthenikerin.«

Sherry verschüttete die Milch auf der Anrichte. »Wie bitte?«

»Linda Brogan war Legasthenikerin. Deshalb bin *ich* jetzt Legasthenikerin.«

»Du machst Witze!«

Auf einmal klammerte Sherry sich an der Anrichte fest. »Ich kann nicht glauben, dass ich diese Unterhaltung führe! *Du bist Linda Brogan, verdammt noch mal!*«

Ein bedeutungsschwangeres Schweigen senkte sich auf sie herab, das schließlich unterbrochen wurde, als Lisa über das Linoleum zu Sherry hopste. »Glaube mir, Sherry, darüber würde ich keine Witze machen.« Sie wischte die verschüttete Milch auf, als Sherry keine Anstalten machte, sich zu rühren. »Schau, ich gehe«, meinte sie schließlich. »Ich weiß, wie du dich fühlst. Ich hatte viel mehr Zeit, mich daran zu gewöhnen, und ich habe immer noch das Gefühl, als hätte mich jemand an den Fersen gepackt, umgedreht und geschüttelt. Ich rufe mir ein Taxi, wenn das in Ordnung ist …«

Sherry erwachte aus ihrer Trance. »Du glaubst, ich lasse dich jetzt einfach so gehen?«, fragte sie verärgert. »Bist du verrückt?«

Lisa nickte matt. »Nun, das scheint die allgemein herrschende Meinung zu sein.«

»Ich bin mir nicht sicher, wer du bist, aber irgendetwas Seltsames geht hier vor …«

»Ganz richtig …«

»… und ich werde herausfinden, was zur Hölle es ist!«

»In Ordnung.«

»Aber bis dahin …«

»Ja?«

»Bis dahin … behalte ich mir jedes Urteil vor – mehr kann ich nicht bieten.«

»Verstehe ich.« Lisa räusperte sich und kämpfte gegen einen neuen Tränenausbruch an. »Mehr kann ich nicht verlangen.«

Sherry nickte und blickte aus dem Fenster über der Spüle. Die zwei Tassen Kaffee auf der Anrichte wurden kalt. »Was willst du gegen die Legasthenie tun?«

»Ich möchte bald einen SPELD-Kurs besuchen.«

»Was ist das und …« Sherry blickte forschend in Lisas Gesicht. »Wo liegt das Problem?«

»Nirgends.«

»*Wo liegt das Problem?*«

Lisa erzählte ihr von der Kursgebühr und ihrem Widerwillen, Geld von Dan zu nehmen. »Ich weiß, dass er ihn mir zahlen würde, aber ich kann es nicht annehmen. Er glaubt, es sei für seine Frau, und das ist es nicht. Irgendwann in naher Zukunft muss ich ausziehen, mir einen Job suchen.«

Sherry ließ sich Zeit mit ihrer Antwort, goss kochendes Wasser über frischen Instantkaffee. Sie seufzte. »Ich weiß nicht, wie ich es dir sagen soll.«

»Was?« Lisa sah sie misstrauisch an. »Was? Sag es! Ich gewöhne mich daran, schlechte Nachrichten zu hören.«

»Linda Brogan ist – *war* – Amerikanerin, richtig?«

Lisa nickte.

»Dann hat sie sicher einen amerikanischen Pass.«

»Ich nehme es an.« Lisa keuchte auf. »O nein!«

Sherry sah zu, wie Lisa die Lippen zusammenpresste. »Lisa Louise Jackson ist tot. Sie existiert nicht mehr. Du kannst Dan Brogan nicht verlassen. Seine Arbeit ist deine einzige Legitimation, in Neuseeland zu bleiben.«

17

Lisa sah zu, wie Sherrys Auto in der Dunkelheit verschwand, und versuchte, sich nicht ausgesetzt zu fühlen. Sie blickte auf Dans Haus. Sie war spät dran, weil sie so lange bei Sherry gewesen war. Sie hatten ihr Problem mit der Staatsbürgerschaft von allen Seiten beleuchtet, und es war ihnen keine Lösung eingefallen.

Dan öffnete die Tür, bevor Lisa die Schlüssel aus der Handtasche holen konnte. »Du kommst spät. Ich habe mir Sorgen gemacht.« Er klang nicht besonders freundlich und sah auch nicht so aus. Sein Haar stand in alle Richtungen, ein sicheres Zeichen dafür, dass ihn etwas beschäftigte. In letzter Zeit war es *oft* wirr gewesen. Er hatte seine Krawatte mit Sam von den Looney Tunes gelockert und den obersten Knopf seines Hemds geöffnet.

Lisa tappte niedergedrückt an ihm vorbei. »Tut mir leid.«

Dan verzog das Gesicht beim Anblick ihrer gebückten Haltung. »Ich war mir nicht sicher, ob du noch genug Geld für den Bus nach Hause hattest«, höhnte er, bevor er hinzufügte: »Aber wie ich sehe, hat dich jemand heimgefahren.«

Es machte ihn misstrauisch, dass sie keine Antwort auf seine unausgesprochene Frage gab. Er hatte die letzte Stunde ängstlich auf ihre Heimkehr gewartet und sich die ganze Zeit über die schlimmsten Dinge ausgemalt. Zweimal hatte es an der Haustür geklopft, doch beide Male waren Nachbarn mit welken Pflanzen vor ihm gestanden und hatten sich nach Lisa erkundigt. Er hatte die Töpfe entgegengenommen und sie zum Rest der toten und sterbenden Pflanzen gestellt, die langsam eine Hälfte der Garage ausfüllten. Wenn das so weiterging, musste er bald an der Straße parken, ging es ihm durch den Kopf.

Als er hörte, wie eine Autotür zugeschlagen wurde, hatte Dan das Auto gerade noch verschwinden sehen. Es schien ein schwarzer SUV zu sein.

Genau so einer, wie Jack Millar ihn besaß.

Er stemmte seine Hände in die Hüften und starrte grimmig auf Lisas hängende Schultern, als sie an ihm vorbeihinkte. Was sie auch an diesem Nachmittag getrieben hatte, es musste kräftezehrend gewesen sein.

Die Polizei hatte sich schließlich gemeldet, um ein Treffen mit Lisa, oder besser gesagt, mit Linda zu vereinbaren, um ihre Aussage aufzunehmen. Anscheinend hatten sie diese Woche schon mehrfach angerufen, sie aber nie erreicht, und sie hatte die Nachrichten auf Band nicht abgehört. Auch das trieb Dan in den Wahnsinn. Lisa behandelte sein Heim, *ihr Heim*, wie ein Pensionsgast, weswegen es natürlich nicht in Frage kam, Dans Anrufbeantworter abzuhören.

»Lisa, hast du irgendwelche Anrufe von der Polizei bekommen? Sie sagten, sie hätten schon öfter versucht, dich zu erreichen. Sie wollen einen Termin für deine Aussage vereinbaren«, erkundigte er sich barsch.

Sie blieb im Flur stehen und sah ihn mit großen Augen an. »Nein, ich war kaum zu Hause.«

Und wo zum Donner warst du?, fragte sich Dan, aber er weigerte sich, nachzuhaken.

Lisa verhielt sich mehr wie eine Haushälterin als wie eine Ehefrau. Seit jener Nacht in der Küche hatte sie sich vor ihm versteckt. Sie bereitete ihm das Abendessen zu, seine Schmutzwäsche kehrte sauber in seinen Schrank zurück, das Haus war geputzt, aber die Essenz von ihr – das Lachen und Scherzen – war verschwunden. Sie verbarg sich in ihrem Zimmer und trieb sich untertags Gott weiß wo herum, während er in der Arbeit war. Sie bat Dan um nichts. Er sah die Angst in ihrem Gesicht und wählte seine Worte mit Bedacht. »Hast du den Anrufbeantworter abgehört?«

Sie schüttelte den Kopf.

Dan konnte sich nur mit Mühe beherrschen. »Lisa, du musst dir angewöhnen, ihn hin und wieder abzuhören. Die Polizei hat mindestens drei Nachrichten hinterlassen, dass du dich melden sollst.«

»Entschuldigung. Ich habe es nicht mit Absicht getan«, murmelte sie zerknirscht. »Ich habe nur keine Nachrichten für mich erwartet, und deine will ich nicht abhören.«

Dan ballte frustriert die Fäuste in den Hosentaschen. »Du bist meine Frau! Es ist dir *erlaubt*, meine Nachrichten abzuhören!«

Lisa zuckte müde mit den Schultern und hoppelte zu ihrem Zimmer. Sie setzte sich auf die Bettkante und zählte die Münzen in ihrem Portemonnaie. Noch so etwas, das Dan zur Weißglut trieb – ihre Weigerung, sein Geld anzunehmen. Lisa fuhr mit dem Bus durch die Gegend – zwei Mal war sie in der letzten Woche dabei schon in den Regen geraten und wie ein begossener Pudel heimgekehrt –, lieber, als irgendetwas von ihm zu nehmen.

Oder zumindest nichts, was du zu geben bereit bist, meldete sich eine Stimme in seinem Kopf.

»Kannst du mir verraten, was dieses Bettelkind-Gehabe soll?«

Nach dem freudigen Wiedersehen mit Sherry fühlte Lisa sich nun ausgewrungen wie ein Lumpen. Die Erkenntnis, dass sie nicht einmal mehr das Recht hatte, in ihrem Land zu bleiben, war einfach zu deprimierend. Und bei der Rückkehr von Sherrys vertrautem Haus zu Linda Brogans Heim und Gatten wusste sie nicht, ob sie weinen oder schreien sollte. Lisa fühlte sich sehr ungerecht behandelt, sowohl von Dan als auch vom Rest der Welt. Wie konnte *er* es wagen, *sie* anzuherrschen? All der Kummer und die Verwirrung der letzten zwei Monate begannen, in ihr hochzukochen.

»Was für ein Bettelkind-Gehabe?«, schrie sie ihn an, erleichtert, ein Ventil für ihre hilflose Wut zu finden. Wäre *seine* dumme Frau nicht gewesen, wäre *sie* jetzt nicht hier. Sie schüttete die Münzen aus ihrem Portemonnaie auf das Bett. Sie wusste, es machte Dan zornig, dass sie sein Geld nicht nehmen wollte, und im Moment sollte er gefälligst genauso leiden wie sie. »Wie kannst du wagen, mich ein Bettelkind zu nennen?«, rief Lisa wütend. »Ich habe einen Dollar dreißig!« Sie sprang auf die Beine, schnappte sich schwungvoll die Münzen vom Bett und schleuderte sie Dan entgegen.

Dieser riss sich schützend einen Arm vors Gesicht. Ein paar der Münzen prallten an seiner Brust ab. »He!« Er sah sie ungläubig an. »Was soll der Quatsch?«

Unter normalen Umständen hätte Lisa sich geschämt, doch jetzt ergriff sie ein berauschendes Freiheitsgefühl. Sie wollte so sehr aus diesem Unsinn ausbrechen. Sie wollte nichts mehr vorgeben und wieder sie selbst sein. Sie breitete ihre Arme aus, zog die Schultern hoch und grinste ihn an. »Keine Ahnung. Vielleicht war mir eben einfach danach.«

Sie hätte sich nicht träumen lassen, dass Dan in ihr

Schlafzimmer käme. Er behandelte die Tür wie seine persönliche Berliner Mauer und kam nie über die Schwelle, außer wenn er sie nach dem Schlafwandeln zurück ins Bett brachte. Lisa war erstaunt, als er Checkpoint Charlie passierte und auf sie zukam.

»He, Moment!«, rief sie und hob die Hände wie ein Straßenpolizist. »Du darfst nicht über diese Schwelle! Du kommst *nie* über diese Schwelle!«

»Ich habe die Regel gerade geändert.« Riesenhaft stand er vor ihr.

Lisa war so perplex, dass sie sich wieder auf das Bett setzte und verwirrt zu ihm aufblickte. Was war aus dem ruhigen, freundlichen, *besonnenen* Dan Brogan geworden? Diesen Menschen, der sie da aus schmalen schlitzförmigen Augen mit versteinerter Miene anblitzte, erkannte sie nicht. Beschämt bemerkte sie ein erotisches Kribbeln im Unterleib. »Das ist *mein* Zimmer!«, rief sie und zeigte auf die Tür. »Raus hier!«

»Aber es ist *mein* Haus«, knurrte er. »Wenn du mich los sein willst, musst du mich schon hinausschmeißen.«

Lisa öffnete den Mund und schloss ihn wieder. Darauf hatte sie keine Antwort.

Dans Augen wurden noch schmaler. »Wo zur Hölle hast du dich den ganzen Tag herumgetrieben?«

Sie blickte ängstlich zu ihm auf, als sie plötzlich von einem perversen Übermut ergriffen wurde. »Den ganzen Tag?«

Er knurrte etwas Unverständliches.

»Okay! Okay!«

Die Sache fing an, Lisa Spaß zu machen. Das Blut schoss wie Wein durch ihre Adern und versetzte sie in ein Hochgefühl. Für einen kurzen Moment fühlte sie sich nicht mehr wie das Opfer in einem bizarren Experiment.

»Ich warte«, warnte Dan und vergrub seine Hände in den Hosentaschen.

Der Stoff über seinen Lenden spannte sich, was Lisa anerkennend registrierte. Sie murmelte: »Ich weiß.« Sie lehnte sich auf ihre Ellbogen zurück, legte das schwere Gipsbein über das Knie ihres anderen Beins und ließ ihren Fuß sanft auf und ab wippen. »Also … eigentlich wollte ich heute eine Bank überfallen.«

Einen Moment lang schien Dan sprachlos. Er sah aus, als würde er ihr gleich an die Gurgel gehen. Er öffnete den Mund, um etwas zu sagen, das er später sicher bereuen würde. Lisa hob die Hand und war freudig überrascht, als er tatsächlich innehielt, die Lippen fassungslos geöffnet.

»Aber dann fiel mir auf, dass ich die Strumpfhose vergessen hatte, also ließ ich es erst einmal bleiben, denn unvermummt konnte ich nicht gehen«, fuhr sie fort, ohne zu merken, dass ihr *Lisa-Ho*-Rock bei jedem Wippen ihres Gipsbeins ein Stückchen weiter nach oben rutschte.

Dan schloss die Augen und biss die Zähne zusammen. Hielt sie das wirklich für *komisch*? Er öffnete Augen und Mund und wollte schon losbrüllen, doch dann verbiss er sich seine Worte. Jetzt sah er nicht mehr so ärgerlich aus. Tatsächlich wirkte er ziemlich zufrieden, und ein Lächeln umspielte seine Lippen.

»Und wie gedachtest du danach zu fliehen?«, erkundigte er sich, die Augen auf den kletternden Saum geheftet.

»Mit dem Bus«, erklärte Lisa ungerührt. »Niemand würde eine Frau mit gebrochenem Bein im Bus für eine Bankräuberin halten.«

»Wahrscheinlich nicht«, stimmte Dan zu und klang wieder ein bisschen mehr nach sich selbst. Durch reine Willenskraft versuchte er nun, den Rocksaum in die richtige Position zu zwingen. »Obwohl die Strumpfhose verräterisch gewesen wäre – hättest du sie dabei gehabt.«

Lisa verdrehte die Augen. »Ich hätte sie natürlich nicht im Bus getragen – hältst du mich für blöd?«

»Nicht doch, niemals!«

»Und ich hatte einen ausgefuchsten Plan, wie ich sie in den Gips stopfen könnte, statt sie in einen Abfalleimer zu werfen.«

Dan schüttelte bewundernd den Kopf. »Genial! Obwohl ich als Orthopäde davon abraten würde.«

»Das kann ich respektieren.«

»Danke.« Er schwieg kurz. »Lisa?«

»Ja?«

»Kannst du bitte aufhören, mich mit diesem verdammten Gips zu treten?«

»Oh! Entschuldige!« Sie setzte sich ruckartig auf und blickte verwundert auf sein hosengekleidetes Bein, das einen halben Meter vom Bett entfernt stand. »Moment! Ich habe dich nicht einmal berührt!«

»Nein«, antwortete er gedehnt. »Aber bei jedem Wippen deines Beins hatte ich Durchblick bis zu deinen Mandeln.«

Lisa quietschte und stopfte sich hastig den Rock zwischen die Knie. »Das hättest du auch früher sagen können!«

»Und die ganze Show verderben? Ich wäre ja blöd gewesen!«

Lisa war komplett verwirrt. Sollte sie sich nun ermutigt oder zurückgewiesen fühlen?

Dan setzte sich auf den Stuhl vor der Frisierkommode. Jetzt war er wieder der Alte, beherrscht und ruhig. Er lehnte sich nach vorn, stützte die Ellbogen auf seine Schenkel und presste die Spitzen seiner langen Finger zusammen. Lisa liebte seine Hände. Obwohl sie groß waren wie der Rest von ihm, waren sie geschickt und berührten Dinge mit Vorsicht.

»Ich glaube, wir müssen über ein paar Dinge reden«, setzte Dan an.

Lisa riss sich von seinen Händen los. Sein Ton gefiel ihr gar nicht. Was ihr jedoch gefiel, war die Art, wie das Hemd sich über seine breite Brust spannte und dann zu seiner schmalen Hüfte hin verjüngte. Unterhalb dieser Hüfte befand sich ein fester, muskulöser Hintern. O ja, sie liebte Dans Knackarsch! Sollte er ihr also verraten wollen, warum sie ihn abstieß, sollte er es lieber für sich behalten. Aber was Dan als Nächstes sagte, hätte sie fast seitlich aus dem Bett geworfen.

»Lisa, wusstest du, dass du bei deinem Unfall schwanger warst?«

Sie presste die Hände auf ihren Bauch und starrte ihn ungläubig an. »Nein!«

Dan nickte. »Das Kind ist in der Notaufnahme abgegangen.«

»Oh! *Oh!*«, stöhnte sie leise und sah ihn mitfühlend an. »Es tut mir so leid, Dan!«

Er blickte sie lange nachdenklich an. »Ein Kind zu verlieren ist immer schrecklich, Lisa.« Er machte eine Pause. »Aber ich war nicht der Vater.«

Lisa hörte ihn erst gar nicht. Ihr war das Baby im Wartezimmer wieder eingefallen, der kleine Junge, der Linda so aufgebracht hatte. »Es war ein Junge!«, rief sie. »Ich habe ihn *gesehen!*«

Dan runzelte die Stirn und lehnte sich zurück. »Wie meinst du das, du hast ihn *gesehen?*«

Eine tiefe Falte bildete sich auf ihrer Stirn. »Wie meinst du das, du warst *nicht* der Vater?«

»Überleg mal ... *Li-sa*«, antwortete er spöttisch und zog die Silben ihres Namens in die Länge.

Lisa schlang ihre Arme um die Hüfte. Mehrere Puzzlesteine fügten sich in das Gesamtbild, und das Ergebnis war nicht gerade hübsch. Linda Brogan hatte eine Affäre gehabt – mehrere vielleicht. Kein Wunder also, dass Dan so zurückhaltend war! Kein Wunder, dass er sie nicht an sich heranließ!

Aber ich bin nicht Linda!, wollte sie schreien. *Ich bin nicht dieses Flittchen von Ehefrau, das du da hattest!*

Sie sackte in sich zusammen und ließ die Schultern hängen. Es war hoffnungslos. Dan würde sie nicht auf die Straße setzen, aber er ließ auch keine Gefühle ihr gegenüber zu. Und sie einfältige Kuh hatte sich in ihn verschossen und sich eine Beziehung ausgemalt, obwohl nie eine bestehen konnte.

Auf einmal war ihr schrecklich klar, was bei der Episode in der Küche vorgefallen war. Lisa war überrascht, dass Dan sie überhaupt anfassen konnte, dass er es unter einem Dach mit ihr ertrug. Sie sah ihn traurig an und kämpfte gegen den Gefühlssturm in ihrem Innern an. Es wäre so unsäglich leicht gewesen, sich in diesen Mann zu verlieben. Tatsächlich hatte sie das schon mehr als halb getan.

»Nun, das erklärt so einiges«, sagte Lisa leise, als sie schließlich wieder sprechen konnte.

Dan musterte sie. »Ach ja? Was denn zum Beispiel?«

Sie zögerte. »Zum Beispiel war es ziemlich offensichtlich, dass in deiner Ehe mit Linda etwas nicht stimmte.«

»Ach, meinst du wirklich, *Lisa?*«, erwiderte er kühl. »Und was genau gab dir Anlass zu dieser Vermutung?«

Sein eisiger Ton ließ sie zusammenzucken, aber jetzt war es schon zu spät für eine Umkehr. Sie zwang sich, ihm in die Augen zu sehen.

»Du fasst mich nie so an, wie Ehemänner ihre Frauen berühren.«

Dan verharrte regungslos in seiner Position, nur seine Augen blitzten. »Was willst du damit sagen, *Lisa?*«, fragte er mit belegter Stimme, stand auf und trat einen Schritt näher ans Bett. »Du bist enttäuscht, dass ich dich noch nicht gevögelt habe?«

»Nein!« Lisa duckte sich. »Ich rede nicht nur von Sex! Ich meine die ganzen Kleinigkeiten, das liebevolle Zusammensein, die zärtlichen Gesten, *die kleinen Dinge*, die ich bei meinen Eltern im Laufe der Jahre tausendfach gesehen habe!«

Dan wusste genau, wovon sie sprach, er kannte es von seinen Eltern, aber dass Lisa nun von Eltern sprach, die sie nicht hatte, machte ihn nur noch wütender. Er kam einen weiteren Schritt auf sie zu und stand jetzt direkt an der Bettkante. Lisa fiel auf den Rücken, und Dan folgte ihr, indem er seine Hände rechts und links von ihren Schultern auf die Matratze stützte, sein Gewicht auf die durchgestreckten Arme verlagert, während er in ihr erschrockenes Gesicht hinabblickte.

»Entschuldige, wenn ich keine Zärtlichkeit mehr übrig habe, aber wenn du auf besinnungslosen Sex aus bist, dann bist du bei mir richtig«, entgegnete er verbittert.

Lisa presste ihre Fäuste an die Brust und sah verwirrt in Dans blitzende Augen.

»Dan?«, flüsterte sie. »Was tust du da?«

Ein paar Herzschläge lang starrte er sie weiter an, bevor er die Augen schloss und leise fluchte. Als er sie wieder öffnete, sah Lisa die Abscheu vor sich selbst und den Ekel, bevor er sich fortzureißen versuchte. Sie packte seinen Bizeps und hielt ihn fest.

Dan schnellte hoch und riss Lisa in eine sitzende Position.

»Verdammt! Lisa, es tut mir leid! Lass mich los!«

Der Schmerz in seiner Stimme brachte Lisa fast zum Weinen. Sie umklammerte seinen Arm noch fester. Unter ihren Fingern waren die Muskeln angespannt wie Stahlseile. »Dan. Ehrlich, es ist in Ordnung. Du wurdest tief verletzt von jemandem, den du geliebt und dem du vertraut hast. Du hast jedes Recht, wütend und abweisend zu sein.«

Er hielt sie an einem Handgelenk fest und löste vorsichtig ihren Griff von seinem Oberarm. »Lass mich los, Lisa!«, sagte er hölzern und griff nach ihrer anderen Hand.

»Dan, bitte, hör mir zu!«, flehte sie und verschränkte die Finger im Schoß, um ihn nicht wieder anzufassen. »Ich bin nicht Linda! Linda ist *tot! Deine Frau ist tot!*«

Er schien sie nicht zu hören. »Ich habe noch nie eine Frau so behandelt, wie ich dich eben behandelt habe.«

»Dan, *bitte* gib mir eine Chance!«, rief Lisa.

»Ich habe nichts mehr zu geben, Lisa«, erwiderte Dan tonlos. »Ich kann mit dir ins Bett gehen, und wir können uns um den Verstand vögeln, aber mehr als das wird es nicht sein: Sex. Wenn du darauf aus bist, wende dich an mich, aber sei dir im Klaren, dass das *alles* ist, was ich dir zu bieten habe. Ich habe alles an Linda verschenkt. Diesmal wäre ich der Nehmende.«

»Das glaube ich nicht«, widersprach Lisa stur.

Dan zuckte mit den Schultern. »Dann bist du dumm.«

Sie zog sich rückwärts über das Bett hoch, und die Oberkante ihres Gipses verfing sich an der Bettdecke, so dass Lisa sie mitschleifte. »Warum? Warum erzählst du mir jetzt von Lindas Affäre und dem Kind und nicht schon vorher?«

»Weil ich dachte, dass du es vielleicht von der Polizei oder vor Gericht hören würdest«, antwortete er ruhig.

Lisa erinnerte sich, was er von dem Anruf der Polizei gesagt hatte. Sie hatte es schon ganz verdrängt. »Gericht? Ich muss vor Gericht?«

Er nickte. »Eine Frau ist gestorben, Lisa.«

Sie wollte schreien: *Ja! Ich!*

Stattdessen nickte sie müde und holte bebend Luft. Bald wäre es um ihre Fassung geschehen. »Kannst du jetzt bitte gehen?«

Sie würde nicht weinen, bevor er weg war.

Dan zögerte, er sah niedergeschlagen aus.

Lisas Blick war starr auf ihr Gipsbein gerichtet.

Dans Augen folgten den rastlosen Bewegungen ihrer Finger, die mit der Bettdecke spielten. Er hatte das Gefühl, ihr einen fürchterlichen Schlag versetzt zu haben, eine Verletzung fast so schlimm wie jene durch den Unfall. Er ging zur Tür.

»Dan?«

Er blieb stehen, die Hand an der Klinke. »Ja?«

»War Linda oft untreu?«

Er biss die Zähne zusammen. »Nicht dass ich wüsste. Nur dieser eine Kerl … glaube ich.«

Lisa blickte weiter auf ihr Gipsbein. Trotz ihrer Verzweiflung wollte sie ihn trösten. »Sie wollte nicht gehen. Sie *sollte* sogar zurückkommen«, erzählte sie leise. »Aber es gab ein kleines Durcheinander. Du hast die falsche Frau zurückbekommen.«

Dans Nackenhaare standen zu Berge. Er hasste es, wenn sie so redete. Er schaute über die Schulter und sah, dass sie ihn beobachtete. Auf einmal schienen ihre blauen Augen alt und unbeschreiblich traurig. Dan hatte das Gefühl, dass sie Dinge gesehen hatte, die er sich nicht einmal vorstellen konnte.

Leise ging er aus dem Zimmer.

Dan wartete auf die verräterischen Geräusche von Lisas Schlafwandlerei. Er entdeckte sie auf der Terrasse hinter dem Haus. Sie hatte eine Tür aufbekommen und wanderte auf den Zaun am Fuße des Gartens zu. Nur ein paar Meter unterhalb davon ging es über die Klippen, die lediglich durch einen Holzzaun sowie Manuka- und Pohutukawa-Bäume abgegrenzt waren. Der schimmernde Mond gab schwaches Licht. Hinter den Klippen erstreckte sich das Meer als schwarze Unendlichkeit, und die Brandung am Strand drang laut durch die ruhige, windstille Nachtluft zu ihnen herauf. Dan musste rennen, um Lisa aufzufangen. Er packte so fest zu, dass sie aus dem Schlaf schreckte und schrie.

»Du schlafwandelst schon wieder, Lisa!«, rief er und hielt sie lose an seine Brust gepresst, während sie gegen ihn ankämpfte, verängstigt und desorientiert. »Ganz ruhig, ganz ruhig! Alles in Ordnung. Ich bin's, Dan!«

Sein Herz raste. Diese Wanderung war ihm zuzuschreiben. Hätte er an diesem Abend nicht mit ihr gestritten, wäre sie nie geschlafwandelt. Mittlerweile kannte er das Muster für Lisas nächtliche Wanderungen. War sie aufgeregt oder gestresst, schlafwandelte sie. An Tagen, an denen er sie bei der Heimkehr in entspannter Stimmung antraf, blieb sie im Bett. Und in jener Nacht, nachdem er sie beinahe auf der Küchenanrichte genommen hatte, hatte sie durchgeschlafen. Zu wissen, dass sie genauso heiß auf ihn war wie er auf sie, machte es ihm nicht gerade leichter, seine Finger und Sonstiges von ihr zu lassen.

Selbst ohne die Sorge, dass Lisa im Schlaf über die Klippen stürzen oder auf die Straße wandeln und von einem Auto erfasst werden könnte, bezweifelte Dan, ob er zwischen seinen Träumen von ihr mehr Schlaf bekommen hätte: nackte, heiße, verschwitzte Träume, in denen sie einander umschlangen wie zwei Aale.

Nackt am Strand.

Nackt auf dem Teppich vor dem Kamin im Wohnzimmer.

Dieser spezielle Traum machte es zu einer Übung in Selbstbeherrschung, gemeinschaftlich im Wohnzimmer zu sitzen, so dass es beinahe eine Erleichterung war, wenn sie nach dem Aufräumen der Küche abends direkt in ihrem Zimmer verschwand.

Nackt in seinem Auto.

Es hatte die Zeit im Stau auf der Harbour Bridge auf dem Weg zu und vom Krankenhaus auf jeden Fall belebt. Selbst als Operationsschwester war sie ihm im Traum erschienen. Als er die Hand nach dem Knochenbohrer ausstreckte, stand sie da, splitterfasernackt bis auf Mundschutz und OP-Haube, und blinzelte ihn verführerisch unter langen Wimpern an. »Wie tief wollen Sie denn bohren, Mr. Brogan?«, hauchte sie mit ihrem niedlichen Kiwi-Akzent. Dan blickte hektisch in die Runde des Operationsteams, aber niemand schien etwas Ungewöhnliches zu bemerken.

Als er aufwachte, formte sein Ständer ein Zelt mitten in der Bettdecke, und seine Augen brannten vor Schlafmangel. An diesem Tag war er im OP ungewöhnlich gereizt gewesen und hatte einige überraschte Blicke von Seiten der Schwestern auf sich gezogen, bei denen er sonst so beliebt war.

Als Lisa eine Woche lang nicht geschlafwandelt war, hatte Dan schon gehofft, der Spuk hätte ein Ende. Lisa schrieb es dem Herumgehopse auf den Krücken zu. Es ermüde sie so sehr, dass sie nachts keine Kraft für Aktivitäten habe. Dan hingegen hoffte, dass es an der gewissen Routine lag, zu der sie mittlerweile gefunden hatten. Doch diese hatte er am heutigen Abend mit dem für ihn ganz untypischen Ausbruch zerstört – und doch hatte er jedes seiner Worte ernst gemeint.

Lisa wehrte sich nicht mehr und begann, zu frösteln. Sie schlief immer noch am liebsten in seinen alten T-Shirts, was Dan seltsam anrührte. Er trug hellblaue Pyjamahosen, die er sich hatte kaufen müssen, um bei seinen nächtlichen Rettungsaktionen nicht immer nackt aus dem Bett zu springen. Ungeschickt versuchte Lisa, ihn von sich zu schieben. Dan ließ locker, wollte sie aber nicht ganz loslassen. »Ich bringe dich ins Bett.«

»Nein!« Sie stieß ihn von sich, und ihre Finger verharrten kurz an seiner nackten Brust, bevor sie die Hände wegriss, als hätte sie sich verbrannt. Hatte Dan es sich nur eingebildet, oder hatte sie ihn zärtlich gestreichelt, bevor sie ihre Hände zu Fäusten geballt und an ihre Brust gepresst hatte? Er versuchte, sich nicht auszumalen, wie diese Brüste unter dem Baumwollstoff aussahen, der sie so sanft umschmeichelte.

»Nein danke. Es ist in Ordnung. Ich bin wach. Ich komme zurecht«, erklärte Lisa gehetzt.

Widerstrebend ließ Dan die Arme fallen und trat einen Schritt zurück. Wie gerne hätte er sie zu seinem großen Bett getragen, sie ausgezogen und den Rest der Nacht damit verbracht, ihren wundervollen Körper Zentimeter für Zentimeter zu erforschen! In der Küche hatte sie so unglaublich auf ihn angesprochen, als er an jenem ersten Abend von der Arbeit heimgekommen war. Seither hatte er sich gewundert, wie vorsichtig und zurückhaltend sie ihn berührt hatte, so als wäre er ein Geschenk, von dem sie nicht wusste, ob sie es auspacken durfte. Das war nicht die Berührung einer Frau gewesen, die seit acht Jahren mit ihm schlief und seinen Körper so gut kannte wie ihren eigenen.

Er folgte Lisa und hielt sich dicht genug hinter ihr, um sie aufzufangen, sollte sie stolpern. Sie war immer erschöpft und tapsig, wenn sie beim Schlafwandeln aufwachte. An ihrem Zimmer angekommen, beobachtete Dan aus dem Schatten der Tür, wie sie unter die Bettdecke schlüpfte und ihm den Rücken zuwandte.

»Kannst du die Tür bitte zumachen?«, fragte sie leise.

Sie hatten die Übereinkunft, beide Schlafzimmertüren offen zu lassen, damit er sie hörte. Mit dem Gefühl, etwas verloren zu haben, das er vielleicht nie mehr zurückbekäme, schloss er langsam die Tür.

18

Am nächsten Morgen rief Lisa bei Sherry an und fragte, ob sie zu ihr ziehen dürfte.

»Was ist passiert?«, wollte Sherry sofort wissen.

»Nichts, ich wollte nur … bei dir sein.«

Es folgte ein langes Schweigen.

»Das geht nicht.«

Ihr Ton ließ Lisa aufhorchen. »Was ist los?«

Sherry seufzte. »Es ist wegen Mum. Sie versucht, wieder zu arbeiten, aber sie bricht ständig in Tränen aus.«

Lisa bemühte sich um eine stete Stimme. »Dann ist jetzt kein guter Zeitpunkt.«

»Du weißt, dass du jederzeit zu mir kommen kannst! Wenn du herkommen willst, dann pack deine Taschen, und ich hole dich sofort ab.«

»Aber ich müsste mich verstecken, Sherry, und ich glaube, das verkrafte ich nicht«, antwortete Lisa und musste gegen die Tränen ankämpfen.

»Was ist passiert, Lisa?«, fragte Sherry gepresst. »Hat er dir weh getan? Irgendetwas stimmt nicht, oder?«

Lisa lachte erstickt. »Natürlich stimmt etwas nicht! Ich lebe im Körper einer anderen Frau!«

»*Was ist passiert?*«

»Nichts.« Lisa wischte sich die Augen mit einem Taschentuch ab und tupfte sich die Nasenspitze.

»Nichts *Neues*. Dan ist sehr freundlich zu mir. Wenn ich mit einem Fremden zusammenleben muss, hätte ich keinen anständigeren treffen können. Ich komme schon zurecht.«

»Du klingst aber nicht so.«

»Doch, doch, es geht schon. Ihr … ihr fehlt mir nur alle so.«

Lisas Kontakt mit Sherry und ihre Besuche bei ihrem Vater waren das Einzige, was sie bei Verstand hielt. Ihr Vater lächelte immer, wenn Lisa zu ihm kam und ihm die nächste abgekämpfte Pflanze zur Behandlung brachte.

»Schon wieder eine?«, fragte er dann immer und schüttelte den Kopf. »Sind das alles *Ihre* Pflanzen?«

Sie sagte ihm, sie hieße Lisa, und gab schließlich zu, die Pflanzen der Nachbarinnen zu retten. Sie weigerte sich, ihn Brian zu nennen, und musste sich mehrere Male zurückhalten, ihn nicht mit Dad anzusprechen. Seine sanfte, freundliche Art tröstete sie. »Sie sind das reinste Rote Kreuz für Pflanzen, nicht wahr?«, mutmaßte er.

Sherrys Stimme riss Lisa zurück in die Gegenwart. »Die Sache gefällt mir nicht!«, schimpfte sie. »Es ist alles falsch!«

Lisa lachte, während sie mit einem Schluckauf kämpfte. »Sag bloß!«

»Lisa?«

»Ja?«

»Dillon Taylor hat versucht, sich mit dir in Verbindung zu setzen. Er braucht deine Aussage zu dem Unfall.«

Lisa nickte der gegenüberliegenden Wand zu. »Dan hat mir gestern Abend davon erzählt. O Gott, Sherry! Was sage ich ihm nur?«

»Ich weiß es nicht, Lisa. Ich weiß es wirklich nicht.«

Dan bestand darauf, dem Verhör beizuwohnen. Trotz der Eiszeit, die zwischen ihnen herrschte, seit er ihr von Lindas Schwangerschaft berichtet hatte, war Lisa froh darüber.

Es war eine groteske Situation. Als Erstes erschreckte sie Officer Dillon Taylor, indem sie ihn an der Haustür, ohne nachzudenken, mit »Hallo, Dilly!« begrüßte.

Dillons Gesicht versteinerte sich unter seiner Dienstmütze. »Was sagten Sie gerade?«

Dan war es gelungen, einen ambulanten Fall an seinen Assistenten abzugeben, so dass er es nach Hause schaffte. Er erschien hinter Lisa und schob sie sanft zur Seite, so dass Dillon hereinkommen konnte.

»Officer?« Er streckte Dillon seine Hand entgegen. »Ich bin Dan Brogan. Das ist … Linda, meine Frau. Kommen Sie doch herein!«

Lisa war ganz aufgewühlt. Sie war noch nie von Dan als seine Frau vorgestellt worden. Es war ein komisches Gefühl, doch gleichzeitig zog sich ihr Magen vor Aufregung zusammen.

Dillon folgte Dan ins Wohnzimmer und bedachte Lisa im Vorbeigehen mit einem langen verwirrten Blick.

Sie setzten sich. Dillon zückte einen Block und begann, ihre Aussage aufzunehmen. Sein professionelles Gehabe ohne jedes Lächeln gab Lisa den Rest. Der Dillon Taylor, den sie kannte, kam zum Grillabend zu ihren Eltern und schaute Rugby mit ihnen. Wenn er einmal ein Bier zu viel erwischte, übernachtete er auf der Couch.

Dan saß neben Lisa. Er berührte sie nicht, aber er war da, für den Fall, dass sie ihn brauchte.

Dillon begann, indem er sie nach ihrem vollen Namen fragte. Sie blickte hilfesuchend zu Dan.

»Linda Elizabeth Brogan, geborene Mulholland«, antwortete Dan für sie.

Dillon musterte sie beide mit einem seltsamen Blick und schrieb es auf.

»Geboren?«

»Juni. Am …« Lisa zog die Stirn in Falten. Was hatte Dan neulich im Café bei ihrem ersten Ausflug gesagt? »Sechsten Juni?«

Er nickte.

Wieder schossen Dillons Augen von Dan zu Lisa und zurück.

Lisa kannte ihn gut genug, um zu erkennen, dass er sie beide für verrückt hielt. Ein Kichern stieg in ihrer Kehle auf, sie kaschierte es mit einem Hüsteln und presste ihre Finger auf die Lippen. Für den unaufmerksamen Beobachter mochte es den Anschein haben, als würde Dan sich nur anders hinsetzen, sich etwas gemütlicher ausbreiten und dabei aus Versehen mit dem Bein an das seiner Frau stoßen. Doch Lisa spürte den warnenden Druck. Benimm dich, sonst …! Sie setzte sich aufrecht hin, schaute Dillon fest an und war sofort wieder von seiner neuen Frisur abgelenkt. Sie stand ihm gut.

Ein erneuter Druck durch Dans Bein machte Lisa auf Dillons erwartungsvollen Blick aufmerksam. »Ich … äh … Entschuldigung! Könnten Sie die Frage wiederholen?« Lisa rutschte auf dem Sofa hin und her und versuchte, Dans Bein wegzustoßen. Er reagierte, indem er seine langen, langen Beine noch etwas weiter spreizte und sie noch mehr einengte. *Ich kille ihn, wenn Dillon weg ist!*, dachte sie verärgert.

Dillon musste seine Frage noch einmal stellen.

So ging das noch eine ganze Stunde.

Lisa tat ihr Bestes, aber sie konnte die Fragen wirklich nicht beantworten – zumindest nicht aus Linda Brogans Perspektive.

»Hatten Sie einen Führerschein in den USA?«

»Nein«, antwortete Lisa, erleichtert, endlich eine Frage ehrlich beantworten zu können.

Dillon warf einen prüfenden Blick auf Dan, ob er widersprechen wollte, bevor er etwas in seinen Bericht schrieb.

»Waren Sie sich darüber im Klaren, dass Sie am Abend des 24. März ohne neuseeländischen Führerschein illegal am Straßenverkehr teilnahmen?«

»Nein.«

Dillon starrte sie an. »Sind Sie sich da sicher?«

Dans Oberschenkelmuskeln waren wie Stahl.

»Als Sie am Tag Ihres Unfalls den«, Dillon musste kurz nachschauen, »blauen Triumph von Mr. Jack Millar fuhren, dachten Sie also, dazu berechtigt zu sein?«

Was sollte sie antworten? Was *konnte* sie antworten?

Lisa presste die Hände im Schoß zusammen und erinnerte sich, wie der kleine blaue Flitzer auf sie zugerast kam. Sie erinnerte sich an das Krachen, als er ihren Mazda rammte, und an die schreckliche Verformung ihrer Tür, als das blaue Auto einfach nicht stehen bleiben wollte und sie über die Fahrbahn schob, bis es einen ohrenbetäubenden Schlag auf der anderen Seite tat. Einen Schlag von fauchender Zerstörung, der ihre Trommelfelle zu zerreißen drohte, so dass sie vor Angst kreischte. Und dann der Schmerz, der fürchterliche, entsetzliche Schmerz, der sich in ihre rechte Flanke bohrte.

Lisa hielt sich die Ohren zu und schluchzte: »Es ist in

mich hineingerast! Das blaue Auto ist in mich hineingerast! Die Tür wölbte sich nach innen, und dann wölbte sich die andere Tür …«

Dan war sofort da, löste ihre Hände von den Ohren und zog sie fest an seine Brust. »Schsch, ganz ruhig! Es ist vorbei. Es ist vorbei.« Er wiegte sie und drückte seine Lippen auf ihr Haar.

Lisa hörte ihn sagen: »Ich glaube, meine Frau kann nicht mehr, Officer.«

»Sie muss ihre Aussage noch unterschreiben«, meinte Dillon gedämpft.

»Ich unterschreibe für sie«, erklärte Dan hastig, und als Dillon protestieren wollte, fügte er hinzu: »Meine Frau ist Legasthenikerin, Officer Taylor. Schreiben ist sehr schwer für sie, insbesondere seit ihrer Kopfverletzung.«

Lisa spürte, wie er an ihrem Haar nestelte. »Ist das in Ordnung, Liebling? Kannst du dem Officer sagen, dass das in Ordnung ist?«

Lisa hob den Kopf und sah Dillon an. »Es tut mir leid, Dillon.«

Er starrte sie an, die Stirn in tiefe Falten gelegt. »Kennen Sie mich?«

Lisa spürte erneut Tränen aufsteigen. So würde es von nun ab immer sein – sie wäre eine Fremde für ihre Freunde. »Nein«, gab sie matt zurück. »Nein, es ist schon in Ordnung, ich unterschreibe selbst.«

Dillon wirkte misstrauisch, als Dan protestierte.

Lisa drückte vergewissernd Dans Arm. Sie wusste, was er befürchtete – dass sie als Lisa Jackson unterschreiben würde. Dillons Kugelschreiber fest umklammert, gelang es ihr, als Linda Brogan zu unterschreiben.

»Tut mir leid«, entschuldigte sie sich bei Dillon. »Das ist nicht besonders leserlich, nicht wahr?«

»Das ist in Ordnung«, murmelte er und begann, seine Sachen einzupacken.

Als er weg war, setzte Lisa sich an die Frühstückstheke in der Küche, und Dan kochte Kaffee.

»Was glaubst du, wann das Gerichtsverfahren stattfindet?«, fragte sie, als er zwei dampfende Tassen mit zarten Tiermotiven zur Theke brachte. In seinen großen Händen wirkten sie wie Puppengeschirr.

»Ich weiß nicht. Sie werden es uns mitteilen.« Er setzte sich neben sie auf einen der hohen Frühstückshocker.

Lisa nickte und spielte mit dem Henkel ihrer Tasse. »Danke, dass du heimgekommen bist. Das war sehr lieb.«

Er trank einen Schluck Kaffee. »Damit konnte ich dich doch nicht allein lassen.« Er musterte sie. »Das war hart für dich.«

»Für dich aber auch.« Sie versuchte, zu lachen, aber es klang gezwungen. »Dein Bein hatte ganz schön was zu tun.« Sie hob die Tasse zu einem spöttischen Salut. »Guter Versuch, übrigens, für mich zu unterschreiben. Du hast befürchtet, ich könnte mit Lisa Jackson unterzeichnen, oder?«

Er nickte widerwillig.

»Ich hätte es wahrscheinlich getan, wenn du mich nicht erinnert hättest. Danke.«

»Nicht der Rede wert«, murmelte er.

Sie schlürften schweigend ihren Kaffee, und jeder hing seinen eigenen Gedanken nach.

»Du erinnerst dich nicht, das blaue Auto gefahren zu haben, oder?«, fragte Dan leise.

Lisa schüttelte den Kopf, die Augen starr auf ihren Kaffee gerichtet.

»Aber du erinnerst dich, wie das blaue Auto in dich *hineingefahren* ist, oder?«, erkundigte er sich und beobachtete, wie sie das zarte Porzellan in ihren Händen zu erwürgen drohte. »Erzähl mir, woran du dich erinnerst, Lisa«, forderte er sie sanft auf.

Nachdem sie ihm so lange erzählen wollte, was ihr passiert war, wusste Lisa nun nicht recht, wo sie beginnen sollte. Sie zögerte, bevor sie stockend anfing: »Ich ... ich ... erinnere mich, wie ich bremste ... um dem Auto von rechts Vorfahrt zu gewähren.«

Sie presste ihre Hände zusammen und drückte ihre Lippen dagegen. Dan musste sich nach vorn beugen, um ihre gedämpfte Stimme zu hören. »Die Sonne blendete sehr stark.« Sie blickte ihn kurz an. »Kennst du das? Wenn die Sonne so blendet, dass man halb blind ist und man nicht einmal den Vordermann sieht?«

Er nickte, und seine klaren grauen Augen beobachteten sie geduldig.

»Ich kam gerade von Janice Millar, die mir eröffnet hatte, dass ich mir die Gebärmutter entfernen lassen müsse.«

Dan runzelte die Stirn. »Warum?«

»Ich hatte Endometriose.« Lisa zog verloren die Schultern hoch. »Keine Therapie hat bei mir angeschlagen.«

Dan blinzelte, sagte aber nichts.

Lisa presste wieder die Lippen an ihre Hände. »Ich erinnere mich, wie ich nach rechts schaute und das kleine blaue Auto auf mich zukommen sah. Die Fahrerin hatte langes dunkles Haar, es flatterte im Wind. Sie fuhr zu schnell, aber rechts von ihr war noch ein anderes Auto, das in den Kreisverkehr bog, deshalb dachte ich … Ich habe ihr nicht die Vorfahrt gelassen, wie es Vorschrift ist, weil ich dachte, sie würde das andere Auto durchlassen.

Ich bog in den Kreisverkehr, und dann hörte ich plötzlich, wie Bremsen quietschten und jemand hupte. Ich sah mich um und erkannte, dass das blaue Auto nicht angehalten hatte und der andere Wagen rutschend zum Stehen kam, um nicht damit zusammenzustoßen. Sie kam so schnell auf mich zu!«

Lisa atmete stockend. Sie weinte, ohne es zu merken.

Dan sah zu, wie eine Träne in ihren Kaffee plumpste.

»Sie krachte mit solcher … *Wucht* in mich hinein und schob mich und meinen alten Mazda über die Straße. Der Lärm war schrecklich! Es war so laut! Wie ein kreischendes Ungeheuer. Und das blaue Auto schob mich immer weiter. Die Tür auf meiner Seite wölbte sich nach innen, und es ging immer noch weiter, und dann gab es noch einen lauten Schlag, und etwas traf mich auf der anderen … anderen Seite, und die Beifahrertür wölbte sich auch nach innen!«

Lisa sog die Luft ein und presste ihre Hände unterhalb der rechten Brust auf ihren Bauch. »Der Schmerz war so schlimm, so stechend und schrecklich und … und …« Sie keuchte. »Ich habe die Vorfahrt missachtet, Dan! Alle beschuldigen deine Frau, aber *ich* habe nicht Vorfahrt gewährt, wie ich es hätte tun sollen!«

Dan blickte auf ihre Hände, und sein Herz dröhnte wie eine Pauke in seinen Ohren. Lisas Hände lagen über der Leber. Die Frau in dem anderen Auto war an hypovolämischem Schock gestorben, der durch massiven Blutverlust infolge einer Leberruptur verursacht worden war. Er zog sie an sich. »Hör auf! Du musst nicht mehr sagen.«

Sie schlang ihre Arme um seinen Hals, vergrub ihr Gesicht an seinem linken Ohr und weichen Haar darüber und schüttelte den Kopf. »Ich bin froh, dass du gefragt hast! Ich wollte es dir seit Wochen erzählen, aber ich dachte, du würdest mir nicht zuhören.« Sie atmete zitternd aus. »Jetzt kann ich dir genauso gut gleich noch den Rest erzählen … aber vielleicht regst du dich dann auf.«

»Mich aufregen?« Dan bezweifelte, dass ihn irgendetwas mehr aufwühlen konnte, als wenn er sich ihr Entsetzen vorstellte, als das Auto sich um sie herum verbog. Das und ihren unerschütterlichen Glauben, nicht seine Frau zu sein.

»Es geht um Linda«, begann sie leise.

Sie erzählte ihm von dem Wartezimmer und Moira und George.

Und über Linda und ihr Baby.

Und wie George sie anstatt von Linda zurückgeschickt hatte.

Als sie fertig war, wartete sie schweigend, immer noch an seine Brust gelehnt.

Dans Körper war gespannt wie eine überdehnte Feder.

»Das ist eine ziemliche … Geschichte«, sagte er schließlich.

Lisas Herz sank. Er glaubte ihr nicht. Sie legte ihm ihre Hände auf die Schultern und löste sich von ihm.

Dan hielt sie fest. »Wo willst du hin?«

Sie schüttelte den Kopf und versuchte, sich aus seinen Armen zu befreien. »Ich will runter.«

Er ließ sie nicht gehen. »Woher kanntest du den Polizisten?«

Sie blinzelte ihn überrascht an, ihr Gesicht nur Zentimeter von seinem entfernt. »Dillon? Er ist ein Freund von meiner Schwester Sherry. Sie ist auch bei der Polizei. Ich war eine Zeit mit ihm zusammen.«

»Du meinst, er war dein Freund?«

»Ja, fast zwei Jahre lang. Aber meine Endometriose wurde so schlimm, dass ich schließlich Schluss gemacht habe.« Sie lächelte schräg und entspannte sich wieder in seinen Armen. »Es ist ein Zustand, der einen nicht gerade auf romantische Gedanken bringt.«

Dan wurde tatsächlich kurz von Eifersucht ergriffen. War das eine höfliche Art, zu sagen, dass sie aufgehört hatte, mit dem Typen zu schlafen? Er musste sich am Riemen reißen. Er hatte das Gefühl, mit verbundenen Augen über ein Minenfeld zu wandeln. »Sherry ist die Frau, der du am Parkplatz beim Supermarkt hinterhergerufen hast?«

Sie nickte.

»Ich habe sie am Unfalltag im Krankenhaus gesehen. Sie war in der Notaufnahme. Ich dachte, sie wollte meine Aussage aufnehmen.«

Lisa entschied, nicht zu erwähnen, dass sie Sherry vor dem Rea-Raum gesehen hatte, als sie auf dem Weg in Lindas Körper vorbeigekommen war.

Dan holte tief Luft. Seine Brust dehnte sich und hob Lisa. Als er ausatmete, sank sie sachte mit herab. Er streichelte das blasse Oval ihrer Stirn und ihre Wangen. »Du hältst dich allen Ernstes für Lisa Jackson, nicht wahr?«

Lisa versteifte sich und drückte sich mit den Händen von seiner Brust ab.

»Lisa …«, widerstrebend ließ er los.

Sie lachte gequält und schüttelte den Kopf, während sie sich vom Hocker gleiten ließ. »Vergiss es, bitte! Vergiss einfach alles, was ich gesagt habe!«

»Kannst du mir verraten, wie ich das anstellen soll?«, fragte er.

»Das weiß ich nicht – das ist dein Problem. Ich habe selbst genug.«

Ohne zurückzusehen, humpelte sie zu ihrem Zimmer zurück, wo sie fest die Tür schloss und sich zitternd aufs Bett setzte.

Was war sie doch für eine Idiotin! Hätte ihr jemand diese Geschichte aufgetischt, hätte sie sie auch nicht geglaubt. Sherry war nur deshalb gezwungen, Lisa zu glauben, weil sie so viel wusste, was nur ihre Schwester wissen konnte. Mit Sherry teilte Lisa zumindest eine Vergangenheit, doch mit Dan war es etwas ganz anderes.

Ihre Situation wäre fast komisch gewesen, wäre sie nicht todernst. Würde Lisa jemand erzählen, er wäre im Körper eines anderen Menschen von den Toten zurückgekehrt, würde sie auch als Erstes alle scharfen Gegenstände aus seiner Umgebung entfernen – gleich nachdem sie ihm Schnürsenkel, Krawatte und Gürtel abgenommen hätte.

Sie erschauerte.

Was würde passieren, wenn Dan Craig Fergusson davon erzählte?

19

Hatte irgendjemand noch keine Wurst? Eine Wurst ist hier übrig!«, rief Sherry.

Leise bei sich murmelte sie: »Das ist sicherlich das erste Mal.«

Die Würste waren Brendas Beitrag zu dem Grillabend, den Ben organisiert hatte. Brenda brachte immer vegetarische Würste mit, wenn sie herausgefunden hatte, wie viele Leute erwartet wurden. Würste waren das Billigste, was man beisteuern konnte, und sie kaufte für jeden eine. Sherry war entsetzt, dass es so etwas wie vegetarische Würste überhaupt gab.

Weil die Grillabende bei den Jacksons beliebt waren, konnte Brenda mit einer großen Fresstasche erscheinen, ohne ihr Haushaltsbudget für die Woche überzustrapazieren. Ben glich es immer dadurch aus, dass er große Mengen alkoholische Getränke kaufte, was Brenda stets verstimmte. Es irritierte Sherry, dass sie grillten, denn der Sommer war längst vorbei, und die Nächte wurden langsam kühl. Aber man hatte ein Treffen anberaumt, um die Hochzeit zu besprechen. Brenda war viel zu geizig, um für so viele Leute zu kochen, und Sherry würde niemals zulassen, dass ihre Mutter sich für Brendas schreckliche Familie in die Küche stellte.

Plötzlich kam Wind auf, und Sherry verkroch sich tiefer in ihr großes weißes Sweatshirt mit Teerosenmuster.

So etwas hatte es ja noch nie gegeben, dass Brenda sich bei den Würsten verzählte! Nun, zumindest nicht in die *positive* Richtung. Wahrscheinlich war es ihrer Aufregung über die Heirat zuzuschreiben. Der Gedanke ließ Sherry erschauern. Sie wünschte, Lisa wäre da gewesen. Dann hätten sie gemeinsam über die übrig gebliebene Wurst gekichert und die Augen darüber verdreht, dass Ben und Brenda heiraten wollten. Stattdessen wohnte sie bei diesem Brogan. Sherry erinnerte sich an Lisas Anruf zu Beginn der Woche, als sie gefragt hatte, ob sie zu ihr ziehen dürfte. Seither hatte Sherry vor Sorge nachts kaum mehr ein Auge zugetan. Obwohl Lisa das Gegenteil behauptete, konnte Dan Brogan nach Sherrys Wissen genauso ein Perverser sein, der seine Frau verprügelte.

Brenda blickte Sherry finster durch die Schiebetür an, die vom Esszimmer auf die Terrasse und zum Grillbereich im Garten führte. Als Antwort hob Sherry die einsame Wurst mit der Grillzange vom Grillteller und fletschte die Zähne in einem falschen Lächeln. Eine grimmige Brenda verschwand in die Küche und aus dem Sichtfeld.

»Erbarmt sich niemand?«, fragte Sherry und winkte mit der Wurst herum.

Plötzlich erschien Ben neben ihr, packte sie am Handgelenk und nahm ihr Grillzange und Wurst ab. »Hörst du jetzt endlich auf damit?«

Sherry blickte ihn unschuldig an. »Aber Brenda hat sie extra mitgebracht. Es wäre ein Jammer, sie verkommen zu lassen!«

Ben funkelte sie an.

Sherry starrte trotzig zurück.

Schließlich wandte Ben zuerst den Blick ab und nahm einen Schluck aus seiner Bierdose. Sherry wusste, dass Ben ihren Eltern mit diesem Grillabend wieder zu etwas Normalität in ihrem Leben verhelfen wollte. Genauso, wie die Hochzeit seine Art war, ihre Gedanken von Lisas Tod abzulenken.

Aber Lisa war nicht tot. Sie lebte gerade einmal ein paar Kilometer weiter im Haus eines Fremden.

»Ich wollte etwas mit dir besprechen«, setzte Sherry an.

»Ach, tatsächlich?«, erwiderte Ben bissig. »Ich dachte, du wolltest nur Brenda ärgern.«

»Sie ist ein Geizkragen, Ben.«

»Sie geht eben *vorsichtig* mit ihrem Geld um.«

»Sie ist ein Geizkragen, Ben«, wiederholte Sherry. »Und sie knausert nicht nur mit ihrem Geld, sondern auch mit deinem.«

»Sie kann nichts dafür«, entgegnete er schließlich. »Du weißt doch, wie ihre Familie ist.«

Sherry blickte zur Terrasse, wo ihre Eltern mit Raylene und Denny Buckner auf grünen Stoffstühlen beisammensaßen. Ihr fiel auf, dass Brendas Eltern schon wieder die ganzen Chips und Dips gehamstert hatten, die ihre Mutter bereitgestellt hatte. Christine saß zusammengekauert auf einer Bank in der Ecke und reinigte sich mit gelangweiltem Blick die Fingernägel. Sherry war überzeugt, dass sie nur mitgekommen war, weil sie auf einen Streit hoffte. Christine wusste, wie sehr Sherry Brenda hasste.

»Wie, weil Brenda von den Munsters großgezogen wurde, hat sie jetzt das Recht, herumzugeizen und sich aushalten zu lassen?«, provozierte Sherry ihren Bruder.

»Das reicht, Sherry!«, knurrte Ben.

Sherry entschied, es gut sein zu lassen. Ben war der lockerste Mensch der Welt, aber wie so viele lockere, ausgeglichene Menschen konnte er ziemliche Kräfte freisetzen, wenn man es zu weit mit ihm trieb.

»Okay, okay.« Sherry schaltete den Grill aus. »Aber ich muss wirklich mit dir reden.«

»Die Hochzeit steht außer Diskussion, Sherry«, erklärte Ben fest.

»Es geht nicht um die Hochzeit, Ben«, erwiderte Sherry. »Es geht um Lisa.«

Bens Gesicht wurde abweisend, aber Sherry wusste, dass er ihr das Gespräch nicht ausschlagen würde. Zweifelsohne dachte er, dass sie sich ihren Kummer von der Seele reden musste. Er nickte. »Wir können uns hier draußen mit unseren Tellern hinsetzen.«

Raylene, Denny und Christine waren als Erste am Esstisch, wo Grillfleisch, Salate und Knoblauchbaguette aufgebaut waren, um sich selbst zu bedienen. Sonst setzte Sherry sich immer mit der Grillzange an den Kopf des Tisches, um zu verhindern, dass die Buckners den Fleischteller leer räumten, bevor der Rest eine Chance hatte, etwas abzubekommen. Lisa hatte sich immer beim Salat positioniert, um dort das gleiche Problem zu bekämpfen.

»Hier ist eine Wurst für dich, Denny«, hauchte Sherry und drückte die Zange so fest zusammen, dass die Wurst in der Mitte auseinanderbrach. »Verflixt, sind die zart! Wo bekommst du sie nur her, Brenda?« Vorsichtig hob sie eine halbe Wurst und das kleinste Stück mariniertes Huhn und Steak auf, das sie finden konnte, und legte sie Brendas Vater auf den Teller.

Denny blickte finster zwischen Sherry und seinem Teller hin und her. Er war ein übergewichtiger, gedrungener Mann mit gelben Zähnen, der gerne damit prahlte, sich seit zwanzig Jahren kein neues Hemd gekauft zu haben. Er trug eine braune Polyesterhose, die zu klein für ihn war, und ein Hawaiihemd in grellem Gelb und Blau, das sich über seinem haarigen Bauch spannte. Er erinnerte Sherry an ein rosa Borstenschwein.

Sherry ignorierte ihn und lächelte seine Frau an, die ein Viskosekleid in der Farbe von Babykacke und dazu eine kränklich-grüne Strickjacke trug, die am Hals mit einem Knopf zusammengehalten wurde. Raylene oder »Ray«, wie sie genannt wurde, war flach wie ein Bügelbrett und überragte ihren Mann um mehrere Zentimeter. Sherry konnte sich nicht entsinnen, die Frau je lächeln gesehen zu haben. »Und was darf ich dir geben, Ray?«, fragte sie.

»Ich würde mir lieber selbst aufgeben«, erwiderte Brendas Mutter verärgert, den Mund zusammengepresst wie ein Hühnerpopo.

»Unsinn!«, rief Sherry gönnerhaft. »Es ist das Mindeste, was ich für euch tun kann, damit ihr euch bei uns wohl fühlt. Wir sehen uns doch so selten!«

Ray blickte finster auf die Fleischportion, die man ihr zugeteilt hatte, und stapfte ihrem Mann hinterher. »Ich bin mir sicher, dass sie es mit Absicht tut, diese eingebildete Kuh!«, zischte sie ihrem Mann zu. »Diese Jackson-Mädchen haben uns nie das Gefühl gegeben, bei ihnen willkommen zu sein.«

»Ach, halt den Mund!«, erwiderte Denny gereizt und konzentrierte sich ganz darauf, sich Berge von Nudelsalat auf den Teller zu häufen. In der Vergangenheit hatte Bens andere Schwester immer die Salatschüsseln bewacht und Denny einmal sogar mit dem Salatbesteck auf die Hand geklopft, als er versucht hatte, noch ein paar Tomaten mit den Fingern aus der Schüssel zu angeln. Denny mochte die Grillabende bei den Jacksons, weil Jill und die Mädchen gute Köchinnen waren. Was man von Ray und seinen Mädchen nicht behaupten konnte.

Es dauerte eine Weile, bis Sherry im Garten Ben für sich hatte. Sie gingen mit ihren Tellern zu der Holzbank unter dem großen Puahou-Baum und setzten sich.

»Wenn du mir raten willst, die Hochzeit abzusagen, verschwendest du deine Zeit«, warnte Ben sie.

»Darum geht es nicht. Ich habe dir doch gesagt, dass es um Lisa geht.«

Er musterte sie im Dämmerlicht. »Okay. Ich höre.«

Sherry zögerte und schob nervös Muschelnudeln auf ihrem Teller hin und her.

»Sherry?« Ben war verwirrt. Es war sehr untypisch für seine große Schwester, sich so zu zieren.

»Du erinnerst dich, dass ich Linda Brogan sehen wollte?«, fragte sie schließlich.

Er stöhnte. »O nein! Was hast du angestellt?«

»Nicht, was du denkst!«, keifte sie und holte tief Luft. »*Sie* ist zu *mir* gekommen.«

Diese Eröffnung traf auf ungläubiges Schweigen.

»Linda Brogan kam zu dir?«

Sherry nickte, dann wurde ihr bewusst, dass Ben sie gar nicht sehen konnte. »Ja.«

»Be-hen!«, quengelte Brenda auf der Terrasse. »Siehst du da draußen überhaupt, was du isst? Ist dir nicht kalt?«

»Dauert nicht lang«, rief Ben zurück.

Sherry kochte. Brenda hasste es, wenn Ben sich mit seiner Mutter oder seinen Schwestern befasste. Sie schien sie als Konkurrentinnen zu betrachten.

»Wusstest du das nicht, Brenda?«, rief sie. »Ben hat Röntgenaugen. Er kann durch alles hindurchsehen!«

»*Sherry!*«, knurrte Ben.

Brenda stolzierte über die Terrasse und verschwand im Haus.

»Was ist passiert?«, fragte Ben brüsk.

»Sie hat Dad einen Besuch im Gartencenter abgestattet, während ich zufällig auch dort war. Es war der Tag, an dem Ray Tanner seine letzte Verwarnung bekam. Sie war die Kundin, vor der er ausfällig wurde.«

Ben stieß einen ungläubigen Laut aus. »Was wollte sie von Dad? Woher wusste sie, wer er war?«

Sherry starrte auf den Umriss seines Gesichts in der Dunkelheit. »Sie kannte ihn. Sie kannte auch mich.«

»Wie meinst du das, sie *kannte* dich und Dad?«

Sherry seufzte. Sie presste ihre Hände zusammen und steckte sie zwischen ihre Schenkel. »Bitte, Ben, lass mich zu Ende erzählen!« Sie holte tief Luft. »Wir sind in ein Café gegangen.«

»*Du bist mit der Frau in ein Café gegangen, die Lisa umgebracht hat?!*«

»Ich sagte, lass mich zu Ende erzählen!«

Sie hörten, wie ihre Mutter auf die Terrasse kam und sich die Arme in der kalten Abendluft um den Leib schlang. »Streitet ihr beiden?«

»Nein!«, blaffte Sherry.

Ben kochte still vor sich hin, bis Sherry ihm einen Tritt gab. »Au! Nein!«

Jill blickte auf ihre schemenhaften Umrisse unter dem Baum. »Es klingt aber so. Ich teile jetzt den Erdbeerkuchen aus. Wenn ihr auch etwas wollt, solltet ihr euch beeilen.«

Mit hängenden Schultern ging sie zurück ins Haus.

»Sie ist müde«, sagte Ben leise.

»Sie ist immer müde«, gab Sherry zurück.

Er rutschte auf der Bank hin und her. »Ich sollte jetzt besser hineingehen.«

»Nein!« Sherry hielt ihn am Arm fest. »Bitte, Ben! Lass mich noch zu Ende erzählen.«

»Ich will nichts über Linda Brogan hören, Sherry«, schnauzte er.

»Das wird sich ändern, wenn du dir anhörst, was ich zu sagen habe.«

Sherry erzählte ihm alles, was sich an dem Tag ereignet hatte, an dem sie Lisa getroffen hatte.

»Das ist *Schwachsinn!*«, ging Ben auf, als sie fertig war. »Ich kann nicht glauben, dass du ihr das abkaufst. Du müsstest dich mal hören!« Er sprang auf.

Sherry packte ihn noch einmal am Arm. »Ben, hör mir zu! Ich weiß, wie verrückt es klingt! Aber gibt es dir denn nicht zu denken, dass sie mich überzeugen konnte? Sie ist *Lisa*, Ben! Wenn du sie nur treffen würdest, würdest du es glauben, das weiß ich!«

Er schüttelte ihre Hand ab. »Was ist nur in dich gefahren, Sherry? Ich vermisse Lisa jeden Tag. Aber man kann sie nicht von den Toten zurückholen! Sie ist weg! Sie liegt in einer Grube im Schnapper-Rock-Friedhof«, blaffte er sie an.

»Dort liegt vielleicht ihr Körper!«, widersprach Sherry stur. »Aber ihre Seele ist zurückgekommen! Sie wurde zurück*geschickt*, Ben!«

»Was zum Teufel hast du getrunken?«, höhnte Ben und sah überraschend groß und einschüchternd aus. Sherry blinzelte. Sie hatte Ben noch nie zuvor in echter Rage erlebt. Ihr sanfter kleiner Bruder war also doch nicht ganz so sanft.

»Be-henn!«, rief Brenda ungeduldig von der Terrasse aus. »Wir wollen über die Hochzeit sprechen. Kommst du rein?«

»Ja! Ich komme!«

»Frag Brenda einfach, was ein paar Tage vor deinem Geburtstag im Two-Dollar-Shop passiert ist, Ben. Wetten, dass du dich nicht traust?«, rief Sherry verzweifelt. »Frag sie nach der Frau mit dem Gipsfuß, die sie anmachte, weil sie dein Geburtstagsgeschenk im Restposten-Laden kaufen wollte!«

»Halt den Mund, Sherry! Das ist ein alter Hut von letztem Jahr!«

»Nein, ist es nicht! Brenda hat es dieses Jahr schon wieder versucht, aber Lisa hat sie dabei gesehen und ist ihr in den Laden gefolgt. Sie hat sie dran erinnert, sie schon *letztes Jahr* gewarnt zu haben, das nicht noch einmal zu tun.«

Ben zögerte. »Ich glaube dir nicht.«

»Frag Brenda!«

Er wandte sich ab. »Nein, das werde ich nicht tun.«

»Woher konnte Linda Brogan wissen, was letztes Jahr passiert ist, Ben?«, rief Sherry ihm nach. »Denn ich habe es ihr ganz bestimmt nicht erzählt!«

Hilflos sah sie zu, wie Ben sie stehenließ und die breiten Stufen zur Terrasse hinaufging, wobei seine dicksohligen Segelschuhe aggressiv auf die Holzplanken stampften. Sobald er oben war, heftete Brenda sich an ihn wie eine Klette.

Zusammen gingen sie ins Haus.

Sherry saß wütend zitternd auf der Bank und versuchte, sich wieder zu fangen.

Wer hätte gedacht, dass Ben so schwer zu überzeugen war? Alle deuteten immer automatisch auf Sherry, wenn nach dem dickköpfigen Zyniker in der Familie gefragt wurde.

Irgendwann kam Brian zu ihr heraus.

Er setzte sich neben sie auf die Bank. »Deine Mum meint, du und Ben hättet gestritten.«

Sherry zuckte nur mit den Schultern, denn sie fürchtete, weinerlich zu klingen.

»Es hat keinen Zweck, es zu leugnen. Ben kam wie ein begossener Pudel herein.«

Sherry lächelte. Das war einer der Lieblingsausdrücke ihres Vaters.

Brian streckte eine rauhe Hand nach ihr aus und streichelte ihr Haar. »Was bedrückt dich, Liebling?«

Sie schniefte und schüttelte den Kopf, dann überraschte sie ihren Vater, indem sie ihr Gesicht an seiner Schulter vergrub. Es war so gar nicht Sherrys Art, sich verletzlich zu zeigen und nach Trost zu suchen. Brian schloss die Arme um sie. »Ich weiß, Liebes«, sagte er leise und streichelte weiter ihr Haar.

»Dad?«

»Ja?«

»Erinnerst du dich an die Frau, die an dem Tag ins Gartencenter kam, als Ray austickte?«

»Die, vor der er ausfallend wurde?«

Sherry nickte an seine Schulter geschmiegt.

»Ja, ich weiß, wen du meinst«, antwortete Brian. »Die mit dem gebrochenen Bein. Sie ist keine besonders gute

Gärtnerin. Sie bringt mir ständig kranke Pflanzen und fragt, wie man sie retten kann.«

Sherry saß plötzlich kerzengerade. »Tatsächlich?«, zischte sie.

»Ja.« Brian nickte, und sie hörte seiner Stimme an, dass er lächelte. »Sie erinnert mich ein bisschen an dich. Hübsch und gleicher Hauttyp.«

Sherry war schockiert. Welche Ironie, dachte sie, aber ihr Vater hatte recht. Sie hatte nie darüber nachgedacht, aber Lisa sah jetzt tatsächlich mehr nach ihrer Schwester aus als in ihrem eigenen Körper.

»Warum?«, fragte Brian. »Kennst du sie? Ich wollte dich eigentlich fragen, aber dann wurde ich durch die Sache mit Ray abgelenkt. Ihr schient eine Menge zu bereden zu haben.«

Sherry zog eine Braue hoch. »Das hatten wir«, erwiderte sie trocken.

»Ist bei ihr alles in Ordnung? Ich meine, nach dem, was vorgefallen ist?«, fragte Brian und bezog sich damit auf den Zwischenfall mit Ray. »Ich wollte sie nicht darauf ansprechen.«

»Ja. Das ist schon in Ordnung.«

»Ist sie eine Freundin von dir?«

Sherry wünschte, sie könnte ihrem Vater die Wahrheit sagen. »Ja, eine Freundin.«

Jill steckte den Kopf aus der Schiebetür. »Brian!«

»Ups! Sie braucht Verstärkung«, meinte Brian.

Sherry verzog das Gesicht, als ihr wieder einfiel, dass die Buckners ja noch da waren. »Wie schlimm ist es?«

»Nun, als ich ging, erzählte Denny gerade von einer Hochzeit, auf der das Essen ausging und alle Gäste zusammenlegten, um beim nächsten Kentucky Fried Chicken Nachschub zu besorgen.«

»Gütiger Himmel!«, murmelte Sherry. »Sag mir, ob sie schon von den Brautjungfernkleidern gesprochen haben.«

»Ray hat angeboten, sie selbst zu nähen, um Geld zu sparen. Brenda sagte etwas von grünem Satin.«

»Nein! Nein!«, schluchzte Sherry. »Das ist nicht fair!«

»Es ist noch eine Weile hin bis Juli«, bemerkte Brian geheimnisvoll.

An seinem Nacken wurden Sherrys Augen zu Schlitzen. Deutlicher hatten ihre Eltern noch nie zugegeben, dass sie von Bens Braut nicht gerade begeistert waren. »Wir müssen ihn aufhalten, Dad. Er macht den größten Fehler seines Lebens, wenn er Brenda heiratet.«

»Wir dürfen uns nicht einmischen, Sherry. Diese Entscheidung liegt nicht bei uns.« Brian stand auf und zog Sherry mit hoch.

»Aber Dad!«, beharrte sie. »Er wird unsere Gene mit denen dieser Familie vermischen! Ihre Babys werden Polyester-Strampler tragen! Ihre Krabbelkinder Nylon-Shorts und -T-Shirts! Dann spielt es keine Rolle, ob sie nach Ben kommen. Willst du wirklich ein Fotoalbum mit Enkeln, die von Brenda und Raylene eingekleidet wurden?«

Brian gluckste, und Sherry lächelte. Es war das erste Mal, dass sie ihn seit Lisas Tod lachen hörte. »Damit befassen wir uns dann. Obwohl ich zugeben muss, dass die Buckners nicht gerade meine erste Wahl wären, wenn ich meinen Stammbaum pfropfen wollte.«

Sherry lachte.

Das hatte ihr Vater wieder einmal hübsch ausgedrückt.

20

Dan zweifelte nicht an Lisas Ehrlichkeit. Er war sich sicher, dass sie jedes ihrer Worte glaubte. Gütiger Himmel, es würde zumindest eine Menge der bizarren Entwicklungen erklären, die seit ihrem Erwachen eingetreten waren!

Auf einmal wurde ihm bewusst, wie unangenehm es für sie gewesen sein musste, mit einem wildfremden Menschen zusammenzuleben. Und er *war* ein Fremder. Nicht, weil sie ihr Gedächtnis verloren hatte, sondern weil sie ihn vor seinem Krankenhausbesuch noch nie gesehen hatte. Für ihn selbst war die Sache nun auch mehr als verzwickt. Bisher hatte er sich alle Mühe gegeben, sie nicht in Verlegenheit zu bringen, weil sie ihn nicht kannte. Aber er hatte in der Überzeugung gelebt, dass er *sie* kannte. Lisas Eröffnung hatte ihm den Boden unter den Füßen weggezogen.

Es war wie ein endloses erstes Date. Doch anstatt zu flirten und sich erst einmal kennenzulernen, waren sie gleich aufs Ganze gegangen und nach Bestellung des ersten Drinks zusammengezogen. Dan lebte mit einer bezaubernden Frau zusammen, von der er praktisch nichts wusste. Er kannte weder ihre Lieblingsfarbe noch ihr Lieblingsessen noch ihren Musikgeschmack – all die kleinen intimen Details, die man übereinander erfährt, wenn man sich kennenlernt.

»*Ich* bin es, der hier gaga wird«, murmelte er bei sich und verwendete eine von Lisas Lieblingsformulierungen.

Wenn Dan an ihr Gesicht dachte, als er bei seinen allabendlichen Krankenhausbesuchen Unterwäsche in ihren Bettkasten gepackt hatte, zuckte er im Nachhinein zusammen. Und wenn er daran dachte, wie oft er nach dem Surfen ungezwungen in Speedos an ihr vorbeispaziert war, stöhnte er auf. Dan erinnerte sich, dass Lisa beinahe das Besteckkörbchen aus der Spülmaschine hatte fallen lassen, als sie ihn das erste Mal in dieser Kluft sah. Doch damals war er so damit beschäftigt gewesen, seinen Neoprenanzug in die Dusche zu bringen und abzuspülen, dass er nicht darauf geachtet hatte. Kein Wunder, dass sie sich nicht von ihm helfen lassen wollte, Messer und Gabeln wieder einzusammeln!

Oh, verdammt! Er musste wieder Herr der Lage werden, zumindest *irgendwie* kapieren, was los war. Also tat Dan, was man ihn gelehrt hatte: Er untersuchte die Tatsachen.

Lisa hatte erwähnt, dass sie als Kind eine Operation am Fuß gehabt hatte. Dan fragte sie dazu aus. Sie beantwortete seine Fragen misstrauisch, jedoch, wie es ihm schien, wahrheitsgetreu. Als er im Krankenhaus einen Moment Zeit fand, rief er im Archiv an und erkundigte sich, wie lange die Akten aufbewahrt wurden. Dan war bewusst, dass sein Vorhaben ethisch nicht korrekt war, aber er war zu allem bereit.

»Wir verwahren die Krankenakten um die fünfundzwanzig Jahre lang, Mr. Brogan«, informierte ihn die Angestellte.

»Und was passiert danach damit?«

»Dann werden sie vernichtet oder, wenn Sie Glück haben, auf Mikrofilm gespeichert.«

»Würde es Ihnen etwas ausmachen, für mich nachzusehen?«

»Gerne, Mr. Brogan. Kein Problem.«

Später am Vormittag rief die Angestellte zurück. »Junge, haben Sie ein Glück! Ist Ihnen bewusst, dass Lisa Jackson verstorben ist? Die Krankenakten wären vernichtet worden, liefe da nicht noch ein Gerichtsverfahren, für das man sie zur Sicherheit aufgehoben hat.«

Die beiläufige Art, wie die Frau über Lisa Jacksons Tod sprach, irritierte Dan. Es gelang ihm, sich bei ihr zu bedanken, ohne seine Entrüstung zu zeigen. Er verstand sie ja selbst nicht. Er wusste schließlich gar nichts über diese Lisa Jackson, außer dass sie bei Lindas Unfall ums Leben gekommen war.

Lisa hatte gesagt, sie sei zum Zeitpunkt des Unfalls siebenundzwanzig gewesen. Dan kannte ihr Geburtsdatum. Sie hatte gesagt, sie sei fast zwei Monate zu früh im National Women's Hospital zur Welt gekommen. Und sie habe ihr ganzes Leben im selben Haus in Browns Bay gelebt.

Dan war erfolgreich.

Lisa Louise Jacksons Krankenakten reichten zurück bis zu ihrer Geburt am 22. Februar – genau, wie sie gesagt hatte. Es gab zwei dicke gelbe Hefter mit handgeschriebenen Notizen, die mit einem breiten Gummiband zusammengehalten wurden. Unter dem Gummiband klebte ein neongelbes Post-it mit dem Vermerk: *Verstorben 24. März. Gerichtsverfahren.*

Dan starrte auf das Datum. Ein eiskalter Schauer lief ihm über den Rücken.

Die Krankenakte erzählte die Geschichte von einem kleinen Mädchen, das fast zwei Monate vor Termin zur Welt gekommen war. Sie war das zweite Kind von Jill und Brian Jackson in der Beach Road in Browns Bay. Sie hatte eine ältere Schwester. Das Baby verbrachte viele Wochen auf der Frühchenstation und der Säuglingsstation im National Women's Hospital, bevor es mit einem Gewicht von fünfeinhalb Pfund nach Hause entlassen wurde. Ein Klumpfuß fand kurze Erwähnung, war aber in diesen frühen Monaten eines der geringsten Bedenken. Später war sie ins Krankenhaus zurückgekehrt, um operiert und eingegipst zu werden, und hatte bis zu ihrem vierten Lebensjahr Physiotherapie. An mehreren Stellen wurde ihre Frohnatur erwähnt. *Letzte Nacht leichte Schmerzen. Neue Schmerztherapie erfolgreich. Erwachte morgens wie üblich mit einem Lächeln. Ein fröhliches, aufgewecktes Mädchen.*

Dan stieß auf eine Kinderzeichnung mit den üblichen Strichmännchen. Eins davon hatte ein großes dickes Bein und ein dünnes und ein breites Lächeln im Gesicht. Oben in die Ecke hatte jemand mit Filzer geschrieben: *Für Mr. Wrigley von Lisa Jackson, dreidreiviertel Jahre alt.* Wrigley war der Chirurg, der Lisa behandelt hatte. Eine kindliche Hand hatte ein verdrehtes L und ein S mit ein paar Strichen rechts und links gemalt. Ein erster Versuch, ihren Namen zu schreiben.

Dans Herz zog sich zusammen. Er strich mit dem Finger über die wackelige Schrift, bevor er das Bild zusammenfaltete und in seine Tasche steckte. Die früheren Akten endeten mit Lisas letztem Besuch in der Ambulanz. Sie entwickelte sich hervorragend, ging gerne zur Schule und hatte jetzt noch einen zwei Jahre jüngeren Bruder. Dan überkam das mittlerweile vertraute Prickeln der Kopfhaut. Der Name des Jungen wurde nicht erwähnt, aber er war sich sicher, dass er Ben hieß.

Dan lehnte sich zurück, verschränkte die Finger hinter

seinem Kopf und schloss die Augen. Draußen war es dunkel. Normalerweise wäre er längst zu Hause gewesen. Er sollte Lisa anrufen, damit sie sich keine Sorgen machte, aber sie beschwerte sich nie oder hinterfragte seinen unregelmäßigen Dienstplan. Dan wusste, dass sie glaubte, kein Recht dazu zu haben. Dieser Gedanke deprimierte ihn zu Tode.

Er stützte die Ellbogen auf den Tisch und rieb sich seine Augen mit Zeigefinger und Daumen. Er war bis eins bei einer Operation gewesen und dann bei seiner Visite, bis man ihn hinunter in die Kindernotaufnahme rief, weil ein Kind bei einem Autounfall an Hüfte und Bein verletzt worden war. Das hatte eine weitere Schicht im OP bedeutet, die nicht vor neunzehn Uhr geendet hatte. Dan wusste, dass er heimgehen sollte, müde, wie er war, aber er konnte sich einfach nicht von Lisa Jacksons Geschichte losreißen. Es war, als würde man eine Zwiebel Schicht für Schicht häuten. Er war fasziniert und angetan von diesem fröhlichen, tapferen Mädchen, das gegen alle Widrigkeiten gekämpft und überlebt hatte. Die Liebe und Hingabe der Eltern schimmerten durch die nüchternen Formulierungen des Orthopäden hindurch. Aber die Aufzeichnungen endeten mit fünfeinhalb.

Er runzelte die Stirn. Hatte Lisa nicht gesagt, man hätte sie wegen Endometriose behandelt?

Dan schwenkte seinen Stuhl zum Computer, gab ihre Versicherungsnummer ein und startete eine Suche. Binnen Minuten erschien Lisa Jacksons Name auf dem Bildschirm, zusammen mit den neuesten Krankenakten. Dan scrollte schnell an der letzten Eintragung, ihrer Einlieferung am 24. März und der Todeszeit, vorbei. Davon bekam er eine Gänsehaut.

Er ging mit seiner Suche weiter zurück und grunzte, als der Name Janice Millar erschien. Was für ein verrückter Zufall: Jack Millars Frau war Lisas Gynäkologin gewesen! Dan stockte, als er auf Lisas Beruf stieß: Grundschullehrerin.

Seine Kopfhaut prickelte.

Lisa hatte gesagt, dass sie Grundschullehrerin war.

Janices letzte Eintragung war, dass Lisa aufgrund der mäßigen Therapieerfolge und des fortgeschrittenen Stadiums ihrer Endometriose nur noch die Möglichkeit blieb, die Gebärmutter entfernen zu lassen. Dan konnte sich vorstellen, welcher Frust und Widerwillen dahintersteckten, wenn man einer jungen Frau diesen endgültigen Eingriff vorschlagen musste.

Habe Hysterektomie mit Lisa besprochen. Verständlicherweise ist sie skeptisch gegenüber einem Eingriff, solange er nicht zwingend notwendig ist. Hatte nach eigener Angabe immer Kinderwunsch. Erklärte ihr, dass es der einzige Ausweg ist, ihre chronischen Schmerzen in den Griff zu bekommen. Lisas allgemeiner Gesundheitszustand verschlechtert sich weiter …

Dan las die Ergebnisse der Bluttests. Lisa litt unter einer ausgeprägten Anämie. Er las weiter: *Herkömmliche Behandlung ihrer Endometriose hat sich als wirkungslos erwiesen.*

Dan lehnte sich in seinem Bürostuhl zurück, die Finger über den Mund gefächert, während er die Leuchtschrift auf dem Bildschirm las. *Arme Lisa!*, dachte er niedergeschlagen, es war ungerecht. Alles, was sie von sich erzählt hatte, stand in Janices Aufzeichnungen.

Janice Millar war ihm seit dem Unfall weitgehend aus dem Weg gegangen. Einmal kurz hatte sie ihn in seinem Büro besucht, als Linda noch auf der Intensivstation lag, um sich gebrochenen Herzens für die Ereignisse zu entschuldigen. Sie hatte Dan leidgetan. Sie war nur ein weiteres Opfer, das Jack Millar mit seinem einstudierten Charme und seiner Hingabe an seine egoistischen Vergnügen auf den Leim gegangen war. Janice war eine schüchterne, unsichere Frau mit einer nervösen Art. Sie war hübsch, aber nicht auffällig, und trug immer ein besorgtes Stirnrunzeln. Sie war komplett vernarrt in ihren Jack und liebte ihre drei Kinder hingebungsvoll.

Als selbst Betroffener erkannte Dan Schüchternheit bei anderen, insbesondere wenn sie noch nicht herausgefunden hatten, wie sie ihre Eigenart überlisten konnten. Soweit man sagen konnte, war sie eine ausgezeichnete Ärztin und stand bei Patienten und Kollegen in hohem Ansehen. Aber mit einem oberflächlichen Lump wie Jack als Mann und einer Konkurrentin wie Linda hatte Janice keine Chance gehabt.

Sie wirkte erschrocken, als Dan am nächsten Tag an ihre Tür klopfte. Ihr Sprechzimmer lag in der Poliklinik im Hauptgebäude. Eine Schwester hatte Dan erklärt, dass Janice ihre vormittägliche Sprechstunde soeben beendet hätte. Sie blickte von den Laborbefunden auf, die sie gerade zu einem ordentlichen Stapel zusammengeheftet hatte, und schreckte zusammen, als sie Dan in der Tür stehen sah, die Hand noch immer erhoben, um anzuklopfen.

»D-Dan!«, stammelte sie mit ihrem langgezogenen

Texas-Akzent, und ihre braunen Augen blickten ihn rund aus dem kantigen Gesicht an.

Er lächelte ihr beruhigend zu. »Hallo, Janice. Entschuldigen Sie, dass ich hier einfach so hereinplatze.«

Sie blinzelte und schüttelte den Kopf. »Nein ... nein, das ist schon in Ordnung.« Sie rutschte nervös auf ihrem Stuhl hin und her. »Was kann ich für Sie tun?«

»Sind Sie mit Ihrer Sprechstunde fertig?«

Sie nickte erwartungsvoll.

Dan kam in das Zimmer, schloss die Tür hinter sich und lehnte sich dagegen. Er schlug die Knöchel übereinander, legte lose die Hände zusammen und schob sie zwischen die Tür und seinen Rücken. Janices Augen streiften ihn mehrfach. Man sah ihr an, dass sie Angst hatte, was er sagen würde, deshalb kam er direkt zur Sache.

»Janice, haben Sie eine junge Frau namens Lisa Jackson mit Endometriose behandelt?«

Das war ganz offensichtlich das Letzte, was sie von ihm erwartet hatte. »Ja.« Sie beäugte ihn misstrauisch. »Woher wissen Sie das?«

»Ich habe in ihre Krankenakte gesehen.«

»Oh. Warum fragen Sie?«

»Lisa Jackson war die andere Unfallteilnehmerin.«

Janice fummelte nervös an den Laborbefunden herum. »Ja.« Sie nickte. »Sie ist gestorben.«

Dan zuckte zusammen und wunderte sich, warum er die Vorstellung von Lindas Tod leichter zu ertragen schien als die von Lisas. Er räusperte sich und fuhr fort: »Sie halten mich jetzt vielleicht für morbid, aber ich wollte wissen, wie sie so war.«

Sie blinzelte ihn erneut an. »Wie sie so war?«

»Ja.« Dan fragte sich, wie er die Sache erklären sollte, und entschied sich für: »Es beschäftigt mich.«

Janice seufzte schwerfällig. »Mich beschäftigt es auch.«

Er wartete schweigend.

»Verdammt, ich will eine Zigarette!«, rief Janice plötzlich aus, und traurige Falten furchten sich in ihr Gesicht. »Ich versuche ständig, aufzuhören, aber irgendwie schaffe ich es nie.«

»Es ist nicht einfach«, murmelte Dan und dachte, dass jeder, der mit einem Hund wie Jack verheiratet war, zu Nikotin, Alkohol oder härteren Drogen greifen musste, um den Schmerz zu betäuben.

»Ich nehme an, dass ich unter diesen Umständen keine Bedenken bezüglich der ärztlichen Schweigepflicht haben muss.« Janice hob fragend eine Braue.

Er nickte ihr versichernd zu.

»Ich habe Lisa mehrere Jahre wegen ihrer Endometriose behandelt. Sie war ein schwerer Fall. Sie hatte Herde im gesamten Beckenbereich und litt unter starken Schmerzen. Ich habe alle üblichen Behandlungsmethoden an ihr ausprobiert und eine Spirale verordnet, aber nichts brachte dauerhaft Linderung. Sie musste ihre Vollzeitstelle als Lehrerin aufgeben und als Vertretung arbeiten. Letztlich blieb mir nichts mehr übrig, und ich riet ihr zur Hysterektomie, um die Schmerzen in den Griff zu bekommen.« Janice lächelte Dan gequält an. »Nicht gerade eine meiner Erfolgsgeschichten.«

»Wir alle haben solche Fälle«, murmelte er. »Was war sie für ein Mensch?«

Janice lächelte. »Nett, einnehmend, *lieb*. Ich mochte sie sehr. Sie hatte Charme und einen unerschütterlichen

Humor. Es hat mich immer wieder überwältigt, dass sie sich nicht unterkriegen ließ. Erst als ich ihr das mit der Hysterektomie eröffnete, brach sie zusammen. An ihrem letzten Tag erzählte sie mir, dass sie immer geglaubt hatte, eines Tages einen Mann und diese 2,4 Kinder zu haben. Lisa liebte ihren Beruf, aber sie war keine Karrierefrau.« Janice schüttelte den Kopf und biss sich auf die Lippe. »Gott, sie war gerade siebenundzwanzig, als sie starb, Dan! Sie hatte so viel durchgemacht, aber Monat für Monat kam sie in meine Sprechstunde, entschlossen, ihr Leben als ein Geschenk zu betrachten. Verstehen Sie mich nicht falsch: Sie war nicht dumm, aber sie war *entschlossen.*«

Die Beschreibung passte ziemlich gut auf die Lisa, die Dan kannte.

Er zögerte. »Wie sah sie aus?«

Janice zog überrascht eine Braue hoch. »Sie war klein – unter eins sechzig – und sehr zierlich. Sie war nicht auffallend, aber hübsch auf ihre Art.« Janice zeigte auf ihr Haar und ihre Augen und fuhr fort: »Sie hatte kurze blonde Kräusellocken und blaue Augen. Sie kam ein paar Monate zu früh zur Welt und musste wegen eines Klumpfußes operiert werden.«

Dan nickte stumm. Er erinnerte sich an Lisas Kommentar im Supermarkt, als sie sagte, wie toll es doch sei, so groß zu sein.

»Dan?«

Seine Gedanken kehrten zurück zu Janice. »Ja?«

»Stimmt es, dass Linda unter Amnesie leidet, seit sie das Bewusstsein wiedererlangt hat?«

»Äh … ja.«

»Das tut mir leid«, sagte Janice aufrichtig. »Das muss

schrecklich sein für Sie ... und Linda«, fügte sie etwas verspätet hinzu.

Dan richtete sich ruckartig auf. »Wir kommen zurecht.«

Als er an diesem Abend heimkam, wollte er Lisa erzählen, dass er ihre Krankenakten gelesen und mit Janice Millar über sie gesprochen hatte, doch letztendlich schwieg er. Die Vorstellung, dass sie Lisa Jackson sein sollte und nicht Linda, war immer noch zu grotesk, als dass er sie ernsthaft zulassen konnte. Das gab ihm sein Kopf vor – auch wenn ihm sein Herz etwas anderes sagte. Die Verlegenheit, die Dan zuvor in Gesellschaft von Lisa befallen hatte, wurde potenziert. Bisher hatte er geglaubt, dass sie trotz ihres absonderlichen Verhaltens immer noch Linda war und die Wahrheit irgendwann selbst akzeptieren würde. Auch wenn sie sich nicht an ihn erinnerte, so erinnerte er sich doch an sie. Die letzten beiden Tage hatten diese Annahme gründlich durcheinandergerüttelt.

Er teilte sein Heim mit einer wildfremden Frau. Sie hatten keine Zeit gehabt, sich mehr als oberflächlich kennenzulernen, bevor sie in eine unnatürliche Vertraulichkeit geworfen wurden. Dan empfand Mitleid mit Lisa, als ihm bewusst wurde, dass es für sie seit dem ersten Erwachen im Krankenhaus so gewesen sein musste. Um nicht den Verstand zu verlieren, wusste er sich nicht anders zu helfen, als ihr aus dem Weg zu gehen, was gegen seinen Impuls sprach, sie zu beschützen und zu unterstützen. Also deckte er fortan den Tisch, damit er nicht neben ihr sitzen musste und sich bis ins letzte quälende Detail an jenen Abend erinnerte, an dem er sie beinahe auf der Anrichte vernascht hätte. Wenn er mit Sodbrennen oder Bauchschmerzen vom Tisch aufstand, weil er sein Essen heruntergeschlungen hatte, war dies ein kleiner Preis dafür, dass er seine Hände bei sich behielt. Und so scheute Dan keine Anstrengung, um Berührungen mit Lisa aus dem Weg zu gehen.

Nach dem Surfen spazierte er nun nicht mehr in Badeshorts von der Garage durchs Haus. Stattdessen behielt er den Neoprenanzug an und spülte ihn zusammen mit sich selbst in der Dusche ab. Er verfiel auf altmodische Manieren, die ihm seine Eltern beigebracht hatten, und wurde Lisa gegenüber so höflich, als sei sie eine ältere Tante.

Es war eine vertrackte Situation. Dan vermisste ihren schrägen Humor und ihr Lachen.

Lisa erweckte den Eindruck, ihn langsam zu hassen. Sie verbarrikadierte sich in ihrem Zimmer und sprach kaum noch mit ihm. Soweit Dan abschätzen konnte, führte sie längere Gespräche mit Slade als mit ihm. Er merkte, dass er alles vermasselte, wusste sich aber nicht zu helfen. Es war eine freudige Entdeckung, als er eines Abends, ein paar Tage nach dem Besuch des Polizisten, dieses DIN-A 5-Blatt neben ihrem Portemonnaie liegen sah. Er suchte nach Lisa und fand sie in der Küche, wo sie energisch einen Topf ausschrubbte.

»Lisa?«

Sie machte einen kleinen Satz und blickte über die Schulter, die Arme bis zu den Ellbogen im Spülwasser. »Was ist?«, fragte sie barsch. Dan war aufgefallen, dass sich ihr rüder Ton in Proportion zu seiner Höflichkeit ausprägte.

»Wie ich sehe, hast du einen Termin für die Gipsabnahme.«

Sie zuckte mit den Schultern. »Ja.« Sie wandte sich wieder ihrem Abwasch zu, und ihre schlanken Hüften wackelten beim Schrubben.

Dan starrte auf ihren Hintern, der sich unter dem langen Jeansrock abzeichnete. Es war ein Rock, den er nie an Linda gesehen hatte. Wenn er recht überlegte, trug Lisa in letzter Zeit öfter Sachen, die er noch nicht kannte – einfachere, funktionellere Kleidungsstücke, die Lisa standen, aber nicht nach Lindas Geschmack gewesen wären. Nach acht Jahren an der Seite seiner Gattin erkannte Dan teure Damenbekleidung und wusste, dass der Jeansrock und die anderen Sachen keinen Bruchteil dessen gekostet hatten, was Linda für ein einzelnes Stück ausgegeben hätte. Dan erstaunte, wie Lisa mit dem wenigen Geld, das sie von ihm annahm, über die Runden kam.

Ein verärgertes »V« bildete sich auf seiner Stirn. »Aber der Termin ist morgen Vormittag.«

Sie wollte sich nicht nach ihm umdrehen. »Ich weiß.«

Dan biss die Zähne zusammen. »Wie willst du hinkommen?«

Sie zuckte erneut mit den Schultern, den dunklen Schopf über ihren Abwasch gebeugt. »Keine Ahnung. Auf Schusters Rappen.«

»Wie bitte?«

»Zu Fuß, mit dem Bus, wie auch immer. Keine Sorge, ich werde dort sein.«

»Ich nehme dich mit.«

Sie unterbrach ihr Geschrubbe und blickte abermals über die Schulter. »Der Termin ist um halb elf. Du musst doch meist schon um sieben aus dem Haus.«

»Du könntest in meinem Büro auf deinen Termin warten«, schlug Dan stur vor.

Lisa blickte ihn misstrauisch an. »Warum?«

Er runzelte die Stirn. »Wie, warum?«

»Warum der plötzliche Drang, mich zu eskortieren? Glaubst du, auf mich sei kein Verlass? Glaub mir, ich *sterbe*, wenn ich diesen …« Sie zuckte zusammen, und Dan tat es ihr gleich. »Ich meine, ich will diesen Gips *wirklich* loshaben!«

Verflixt, diese Zimtzicke! Warum konnte sie sein Angebot nicht einfach annehmen, ohne es zu hinterfragen? Weil er sich wie ein komplettes Arschloch aufgeführt hatte, deswegen!

»Sie werden mir keinen neuen verpassen, oder?«

»Wie bitte?«, fragte Dan zerstreut.

»Einen neuen Gips?«, fragte Lisa ängstlich. »Ich bekomme doch keinen neuen, oder?«

»Nein, glaube ich nicht.« Er kniff die Augen zusammen und fügte hinzu: »Aber nur für den Fall, dass du doch einen brauchst, sollte dich jemand heimfahren können.«

Aus ihrem Gesicht wich alle Hoffnung, und Dan fühlte sich wie der letzte Schuft. Es war mehr als unwahrscheinlich, dass sie einen neuen Gips bekam. Schien- und Wadenbein waren glatt gebrochen. Der Kallus, der erste Schritt zur Heilung des gebrochenen Knochens, müsste mittlerweile gut ausgebildet sein, und ein starrer Gips zum Stilllegen des Beins wäre höchstwahrscheinlich nicht mehr nötig.

»Ich lasse mir keinen neuen blöden Gips anlegen! Mir egal, was sie sagen!«, schimpfte Lisa aufgebracht.

Sie erinnerte Dan an die Kinder im Krankenhaus, wenn sie sich gegen ihre Behandlung auflehnten und schrien: »Ich *will* kein Pflaster mehr, Dr. Dan! Es juckt, und ich *will* nicht!«

Normalerweise konnte Dan sie doch überzeugen.

»Ich bin sicher, sie geben dir keinen. Halte dich einfach um sieben bereit.«

»Okay«, gab sie widerwillig nach und wandte sich wieder ihren Töpfen und Pfannen zu.

21

Die Autofahrt am Morgen verbrachten sie fast vollkommen schweigend.

Lisa starrte aus dem Fenster auf den sich langsam vorwärtsschiebenden Verkehr, der sich den Northern Highway herunter und über die Harbour Bridge in die Innenstadt von Auckland kämpfte, und war dankbar, dass sie im Kriechtempo fuhren.

Dan hatte gehofft, dass sie vielleicht zu ihrem früheren ungezwungenen Umgang zurückfinden würden und sich wieder lebhaft und freundschaftlich unterhalten konnten. Unglücklicherweise hatte er seinen Traum vergessen, in dem Lisa auf dem Weg in die Arbeit nackt neben ihm im Auto saß. Jetzt erinnerte er sich an jedes kleinste Detail, das ihn nachts um zwei mit einer Erektion und stoßweisem Atem wie bei einem alten Asthmatiker aus dem Schlaf gerissen hatte.

Er konnte kaum klar denken, geschweige denn sprechen.

Nachdem er Lisa in seinem Büro inmitten der Unordnung abgesetzt hatte, ging er in den OP. Er hatte sie gebeten, nach ihrem Termin auf ihn zu warten, damit er sie nach seinen Operationen heimfahren konnte.

»Ich kann den Bus nehmen«, wandte Lisa ein.

»Nicht nötig«, blaffte Dan und verschwand.

Lisa betrachtete das Chaos auf seinem Schreibtisch und musste sich ein Lächeln verkneifen. Es ähnelte ziemlich dem Zustand seines alten Schlafzimmers.

Ihr Lächeln erstarb. Sie war in ihren Gefühlen verletzt. Dan war das reinste Wechselbad. Lisa bereute, ihm ihre Geschichte erzählt zu haben. Seither hatte er sie wie eine Fremde behandelt. Er war rastlos wie ein Drogensüchtiger auf Cold Turkey, wenn er in ihrer Nähe war, und das war schrecklich für sie. Sie wollte ihn hassen. Aber immer wenn sie sein schroffes Gesicht mit dem markigen Kinn sah, mit diesem misstrauischen Ausdruck, jeden Abend, wenn sie sein Auto in die Garage fahren hörte und er mit seiner tiefen, barschen Stimme ihren Namen rief, jedes Mal, wenn sie sich daran erinnerte, wie er sie in den Arm genommen und sie vor Schmerz und Spott beschützt hatte, zog sich ihr Herz zusammen.

Und Gott wusste, dass sie das quälende Verlangen bei dem Gedanken, in seinen starken Armen zu liegen und sich an ihn zu klammern, in den Wahnsinn trieb. Lisa war in ihrem ganzen Leben noch nicht so scharf auf jemanden gewesen. Oder so überfragt, wie sie mit einer Situation umgehen sollte.

Dieses Miststück von Sherry, sie hatte sie von Anfang an durchschaut!

»Schlaf mit ihm!«

Lisa hatte versucht, entrüstet zu schauen. »Das werde ich nicht! Wofür hältst du mich?«

»Für ein notgeiles Flittchen«, erwiderte Sherry lapidar. *»Schlaf mit ihm!«*

Lisa gab auf, Sherry etwas vorzumachen. »Wie? Er würde mich nicht mit der Kneifzange anfassen.«

Sherry schnaubte. »Vielleicht nicht mit der Kneifzange, aber ich bin sicher, es gibt etwas anderes, womit er dich gerne berühren würde.«

»Du bist manchmal wirklich ordinär, Sherry!«

»Und sexuell befriedigt«, antwortete sie kühl. »Ich schlafe *gut* nachts, Lisa. Und du?«

»Ich weiß nicht, was ich machen soll.«

Sherry konnte es nicht fassen. »Bitte? Du weißt nicht, was du tun sollst? Meinst du das ernst?«

»Er ist mal heiß, mal kalt, Sherry«, erklärte Lisa niedergeschlagen. »Wenn ihm gerade danach ist, gibt er sich so fern wie Mount Cook.«

»Himmel noch mal, Lisa!«, rief Sherry fassungslos. »Denk mal ganz scharf nach, Kind!«

Lisa blickte sie hilflos an. »Was soll ich machen?«

»Wirf einen Blick in den Spiegel, Lisa«, keifte Sherry. »Wenn du dich ausziehst und nachts zu ihm ins Bett schlüpfst, wird er dich nicht von der Bettkante stoßen, darauf wette ich. Du kommst ganz schnell von ihm los, wenn du einmal bemerkst, dass er auch nicht anders ist als die anderen Kerle, mit denen du im Bett warst – alle *beide*.«

Lisa blickte ihre Schwester finster an. Es würde ihr eine Lehre sein, sich ihrer Schwester anzuvertrauen. »Darauf würde ich nicht wetten«, murmelte sie mürrisch und fragte sich, wie es zu dieser Unterhaltung kommen konnte, selbst wenn sie sie mit ihrer Schwester führte. Wo war ihr Stolz geblieben? Er hatte sich in Rauch aufgelöst, als sie einen langen und ausgiebigen Blick auf Dan Brogan geworfen hatte.

»Bitte halt den Mund!«, säuselte Sherry. »Du fängst langsam an, mir auf die Nerven zu gehen. Vergiss nur eines nicht.«

»Was?«

»Ein Kondom.«

Lisa lachte sich jedes Mal kaputt bei dem Gedanken,

wie sie nachts nackt in Dans Schlafzimmer schlich – oder wohl eher *trampelte*, mit ihrem Gips. Sie malte sich aus, wie sie neben ihm unter die Decke schlüpfte – was wirklich eine hübsche Vorstellung war, bei der sie sich oft eine Weile aufhielt – und die warme Haut seiner nackten Schulter streichelte. Schlief er eigentlich nackt? Bei dieser Frage verweilte sie *sehr* lang. Bei seinen Rettungsaktionen hatte er immer etwas an. »*Dan*«, würde sie hauchen. »*Dan?*« Hauchen klang so viel besser als ihr Kiwi-Näseln.

Ungefähr zu diesem Zeitpunkt würde Dan sich aufsetzen und sie angeekelt über die Schulter hinweg ansehen. Lisa würde ihm neckisch mit einem eingeschweißten Kondom über den Arm streichen und hauchen: »*Ich komme vorbereitet, Dan. Vorbereitet, um zu kommen.*« Und an diesem Punkt würde er dann aus dem Bett springen und ihr sagen, dass sie sich schleichen sollte, womit die prickelnde Erotik dahin wäre.

In Gedanken versunken suchte Lisa sich ihren Weg von der Kinderklinik ins Hauptgebäude, zu ihrem Termin bei Gipstechniker Rob. Dort wartete sie eine Dreiviertelstunde. Nachdem Rob ihren Gips aufgeschnitten hatte, wurde sie in die Radiologie geschickt, um sich für eine Röntgenaufnahme anzustellen, und dann musste sie auf den Orthopäden warten, der sich ihre Bilder ansehen sollte. Zu diesem Zeitpunkt bekam Lisa allein schon bei dem Gedanken Schweißausbrüche, dass man ihr am Ende doch einen neuen Gips verpasste.

Als sie an der Reihe war, erkundigte sich der Orthopäde als Erstes danach, wie es Dan ging.

»Äh … gut«, murmelte Lisa. Was war mit ihr? Was war mit ihrem Bein?

»Ich habe ihn lange nicht gesehen«, fuhr der Knochenflicker fort, klickte die Röntgenaufnahmen an den Leuchtkasten und studierte die hellen weißen Knochen in Lisas Bein mit zusammengekniffenen Augen.

Auch Lisa studierte sie mit zusammengekniffenen Augen. Alles, was sie sah, war ein flauschiger Ballen um die beiden Knochen. War das normal? Sie wünschte, Dan wäre da. Er könnte ihr das sagen. Da wurde ihr bewusst, dass das auch auf den Mann vor ihr zutraf.

»Wie sieht die Heil…«, fing sie gerade an, als Dan hereinkam, in dunkelgrüner OP-Kleidung. Lisa sperrte die Augen auf. Er sah so groß und gut darin aus. Die Schwestern bekamen sicher weiche Knie, wenn sie ihm beim Anziehen zusahen.

»Wenn man vom Teufel spricht!«, rief der Knochenflicker und stand auf, um Dan die Hand zu schütteln. »Gerade habe ich … deine Frau gefragt, wie es dir geht.«

Lisa verzog pikiert den Mund. Dieser Rüpel hatte sich nicht einmal ihren Namen gemerkt. Aber vielleicht war es besser so, denn auf dem großen braunen Umschlag mit den Röntgenbildern stand Linda Brogan.

»Hallo, Mark. Wie läuft es bei dir?«, antwortete Dan heiter und schielte neugierig zu Lisa.

»Gut! Wie ich höre, bist du für eine Auszeichnung des Quality-Health-Instituts nominiert«, sagte Mark.

»Vielleicht«, murmelte Dan geistesabwesend und musterte die Aufnahme auf dem Leuchtkasten. »Wie geht es Lisas Bein?«

Weil sich Mark Knochenflicker nicht an den Namen seiner Patientin erinnerte, fiel ihm auch nicht auf, dass Dan sie anders nannte. Er klopfte mit seinem Fingerknöchel gegen den Kasten. »Es sieht fantastisch aus. Wir stecken sie für ein paar Wochen in einen Doppel-Tubigrip, und sie kann anfangen, das Bein zu belasten. Die Physio muss sie noch eine Weile fortsetzen.«

Lisa sah ängstlich zwischen den beiden hin und her. Was war ein Doppel-Tubigrip? War das eine andere Bezeichnung für einen Gips?

»Ihr macht ja da unten die tollsten Sachen mit den Ilizarov-Spannern, habe ich gehört«, fuhr Mark fort. »Ich komme zur Preisverleihung. Ich bin schon gespannt auf deine Präsentation.«

Dan nickte. »Willst du Lisa noch einmal untersuchen?«

Mark blinzelte und sah zu Lisa, die finster auf ihrem Stuhl vor sich hinbrütete. Erst jetzt schien ihm wieder einzufallen, dass sie der eigentliche Grund war, weswegen er hier war. Verwirrt blickte er auf ihre Krankenakte und die Röntgenbilder. »Lisa? Entschuldigen Sie, ich dachte, Sie hießen Linda.«

Lisa biss sich auf die Lippe.

»Sie zieht es vor, Lisa genannt zu werden«, antwortete Dan leichtfertig.

Lisa warf ihm einen dankbaren Blick zu.

»Was ist ein Tubigrip?«, fragte sie, als sie danach auf ihren Krücken den Korridor entlanghüpfte.

Dan ging langsam neben ihr her. »Das ist ein elastischer weißer Verbandstrumpf vom Knie bis zu den Zehen, ähnlich einem Stützstrumpf.«

Lisa blieb mitten im Korridor stehen. »Na toll! Ich tausche eine Folter gegen die nächste ein und sehe auch noch aus wie meine eigene Großmama.«

Dan lachte.

»Untersteh dich, über mich zu lachen!«

»Das würde ich im Traum nicht wagen!«, erwiderte er ernst und formte gehorsam eine gerade Linie mit den Lippen. »Der Tubigrip ist eine Kleinigkeit. Du musst ihn nur ein paar Wochen tragen und kannst ihn zum Duschen und Schlafen abnehmen.«

Sie blickte ihn misstrauisch an. »Du ziehst mich nicht auf?«

Er lachte wieder. »Ich ziehe dich nicht auf.«

Lisa hoppelte weiter. »Was ist mit den Krücken?«

»Du kannst das Bein nach und nach wieder belasten.«

Sie lächelte.

Dan übernahm das Vermessen und Anlegen der elastischen Bandage. Lisa war schockiert, wie haarig, weiß und hässlich ihr Bein ohne den Gips aussah, aber Dan schien es nicht zu bemerken. Er war zu sehr damit beschäftigt, dass sich keine Falten im Strumpf bildeten und er die richtige Größe auswählte. Das Gefühl seiner großen ruhigen Hände auf der nackten Haut machte sie ganz nervös. Auch andere Regionen ihres Körpers begannen, zu kribbeln.

Als er fertig war, lief Lisa probeweise ein paar Schritte mit ihren Krücken. Dan stand daneben und sah ihr zu, die Arme über dem grünen OP-Kittel verschränkt. Lisa wurde vom Anblick seiner Brust und seines Nackens abgelenkt, der aus dem V-Ausschnitt hervorschaute.

»Okay?«, erkundigte er sich.

Sie nickte. »Ich glaube schon. Es fühlt sich komisch an.«

»Du wirst dich bald daran gewöhnen.«

»Warum hat mich nicht jemand wie du statt dieses schrägen Vogels von Mark behandelt?«, klagte sie.

Dan lächelte. »Ich muss zugeben, dass er nicht der Einfühlsamste ist.«

»Der Einfühlsamste?«, schnaubte Lisa und machte einen Hopser an ihm vorbei. »Von einem Wrestler kann man mehr Einfühlungsvermögen erwarten!«

Er lachte.

Sie lächelte wieder.

Dan brachte sie hinauf zur OP-Etage und setzte sie auf einen Stuhl, während er sich drinnen umzog.

»Hast du Hunger?«, fragte er, als er in seinem dunkelblauen Anzug wieder herauskam, das Haar verwuschelt vom schnellen Umziehen.

Lisa musste den Impuls unterdrücken, ihm die Haare glatt zu streichen. »Ein bisschen«, gab sie zu, dann erinnerte sie sich plötzlich an Sherrys Rat, stellte sich auf die Zehenspitzen ihres gesunden Beins, hielt sich mit einer Hand an Dans Schulter fest und strich ihm zärtlich die Haare glatt. Er zog eine Braue hoch, wich aber nicht zurück. Stattdessen neigte er behutsam den Kopf nach vorn, damit sie besser hinkam, und stützte sie an den Ellbogen. Seine grauen Augen blickten suchend in ihr emporgerichtetes Gesicht.

Lisas Finger verweilten einen Moment in der seidigen Fülle seiner Haare, bis ihr auffiel, dass sie in einem öffentlichen Gebäude standen und sie Dan anhimmelte wie ein minderjähriger Groupie.

Sie räusperte sich nervös und flötete: »So ist es besser.« Dann schnappte sie sich ihre Krücken und trippelte rückwärts. »Du hast ausgesehen wie Tim von ›Tim und Struppi‹ mit diesem hochstehenden Schopf.«

»Oje, danke!«

Zwei OP-Schwestern auf dem Weg zur Cafeteria hatten die Szene beobachtet. »Tja, jetzt wissen wir, was den wackeren Dr. Dan zu Hause erwartet«, bemerkte die eine trocken, während sie den Aufzug anforderte.

Die andere Schwester nickte und sah noch immer zu Dr. Dan und dieser dunkelhaarigen Schönheit herüber, die seine Frau sein musste. Im ganzen Krankenhaus war bekannt, dass sie einen schweren Autounfall hinter sich hatte. »Die hat vielleicht ein Glück! Sie sieht toll aus, findest du nicht?«, bemerkte sie zerknirscht.

Die erste Schwester sah zu, wie Dan Brogan zu seiner Frau herabsah, und seufzte. »Er aber auch.«

Dan ging mit Lisa in ein Café um die Ecke. Langsam schlenderte er im Sonnenschein neben ihr her. Lisa fühlte sich, als hätte man eine Flasche Sekt in ihrem Bauch geöffnet. Freudige Blubberbläschen stiegen in ihr empor und zerplatzten prickelnd im ganzen Leib. Dan sah so entspannt aus wie seit Wochen nicht. Nach dem Essen gingen sie ins Krankenhaus zurück. Lisa war darauf vorbereitet, mit dem Bus nach Hause zu fahren. Sie ging davon aus, dass Dan seine gesamte Mittagspause aufgebraucht hatte und ihm keine Zeit blieb, um sie heimzufahren. Er beglückte sie mit der Frage, ob sie mit in die Orthopädie kommen und ein paar der Kinder kennenlernen wollte, während er eine kurze Visite durchführte.

»Sehr gerne!«, stimmte sie sofort zu.

Das Erste, was ihr auffiel, als sie die Station betrat, waren die bunten Bilder an den Wänden, die fröhlichen Motive auf den Bettbezügen und den Vorhängen und der helle Sonnenschein, der durch die großen Fenster in die Räume fiel. In den meisten Zimmern standen vier Betten, die wenigsten waren Einzel- oder Zweibettzimmer. Als Dan in die Zimmer kam, hellten sich die Gesichter der Kinder auf. Überall um sich herum hörte Lisa Kinder »Dr. Dan! Dr. Dan!« rufen. »Was haben Sie heute für eine Krawatte, Dr. Dan?«

Heute trug er eine Pokemon-Krawatte.

»Coool!«, quietschte ein kleiner Junge, als Dan ihn das Ende seiner Krawatte halten ließ, damit er Pikachu inspizieren konnte.

Er stellte sie den Kindern schlicht als »Lisa« vor und begann, ihr die Metallspanner zu erklären, die einige von ihnen an den Beinen trugen. Es waren die Ilizarov-Spanner, die Mark Knochflicker bei ihrem Termin erwähnt hatte.

Lisa musterte sie argwöhnisch. Sie waren kein Anblick für Zartbesaitete. Ein runder Metallrahmen umfing das Kinderbein. Davon führten dünne Metallspeichen ins Bein hinein und traten auf der anderen Seite wieder hervor. Die Speichen waren mit Schräubchen am Rahmen befestigt.

»Drehst du deine Schrauben auch regelmäßig, Baron?«, fragte er einen kräftigen Jungen von den Pazifischen Inseln.

»Ja, Dr. Dan«, antwortete der pausbackige Zwölfjährige. Er griff in die Schublade seines Nachtkästchens und zog ein kleines silbernes Werkzeug und eine Tabelle mit Tagen und Uhrzeiten hervor. »Sehen Sie? Und ich habe die Speichen selbst gereinigt!«

Ich muss gleich kotzen, dachte Lisa und lächelte, bis ihre Gesichtsmuskeln schmerzten. Wie konnten diese Kinder so tapfer sein? Barons Bein musste noch mehrere Zentimeter wachsen, bevor es gleichlang wie das unverletzte war. Er würde Ende der Woche entlassen, musste die aufwendige Prozedur des Schraubendrehens jedoch weiter vier Mal am

Tag durchhalten, bis sich das weiche, schwammartige Knochengewebe am Bruch ausgebildet hatte.

Überall um sie herum lagen Kinder, die Beine auf Kissen gebettet, und unterhielten sich, wie viel ihre Beine gewachsen waren, wie viel sie noch wachsen mussten und wie oft sie an diesem Tag schon an den Schrauben gedreht hatten. Und mittendrin war Dan, ging von Bett zu Bett mit seinem nüchternen Lächeln und der leisen, freundlichen Stimme und gratulierte ihnen oder zog eine Braue hoch, wenn sie nicht taten wie geheißen. Diese hochgezogene Braue schien Ansporn genug zu sein, damit sie ihre kleinen silbernen Werkzeuge hervorholten und sich an den Schrauben zu schaffen machten.

»Dr. Dan!«, rief ein dünnes Maori-Mädchen von ungefähr zehn Jahren.

»He, Moana«, antwortete Dan freundlich und ging zu ihrem Bett.

»He, Dr. Dan, wir würden gerne wissen, ob Sie uns so lange Beine machen können wie Ihre?«, fragte sie frech.

Das ganze Zimmer brach in Gelächter aus, und die Kinder kugelten sich in ihren Betten.

Dan schüttelte den Kopf und lächelte. »So lang möchte ich euch nicht hierbehalten, Moana.«

Moana blickte zu Lisa. »Sind Sie die Freundin von Dr. Dan?«

Lisa zögerte. Sie trug keinen Ehering, deshalb war es eine logische Folgerung. »Ähm ... nein.«

»Das ist Lisa«, wiederholte Dan, genauso wie er sie in den anderen Zimmern vorgestellt hatte.

Moana blickte von ihm zu Lisa, offensichtlich nicht zufrieden mit der Antwort. »Sind Sie Dr. Dans Frau?«

Als Lehrerin hatte Lisa eigentlich geglaubt, an den Umgang mit Kindern und ihre heiklen Fragen gewöhnt zu sein, doch jetzt starrte sie das kleine Mädchen nur an und sagte wieder: »Ähm …«

Dan schien der Sache keine Aufmerksamkeit zu schenken. Er trug etwas in Moanas Tabelle ein, die auf seinem aufgestellten Knie lag. Ohne den Kopf zu heben, antwortete er: »Ja, Moana, du kleiner Naseweis, Lisa ist meine Frau.« Er führte seine Notizen zu Ende, ließ die Tabelle in einen Kasten an der Tür fallen und warf Moana einen vielsagenden Blick zu, der klar erkennbar *Benimm dich* bedeutete.

Moana grinste und vergrub ihre Nase in einer etwas abgegriffenen Puppe.

Lisa stützte sich auf die Krücken und blickte unbehaglich um sich. Sie sah zu Dan, doch dieser redete mit Moanas Bettnachbarin und bat sie, das Bein zu beugen und zu strecken.

»Was haben Sie gemacht, Lisa?«, fragte Baron mit Blick auf Lisas Bein. »Hat Dr. Dan auch Ihr Bein operiert?«

Das führte zu weiterem Gelächter im Raum.

Lisa entspannte sich und lächelte. »Nein. Aber ich habe mir das Bein gebrochen.«

»Wann?«, wollte Baron wissen.

»Im März.«

»Wie denn?«

»Bei einem Autounfall.«

»Wer ist gefahren?«, fragte er.

Dan hob die Hand und runzelte die Stirn. »Ich«, erklärte Lisa.

Baron dachte einen Moment darüber nach. »Das war aber dumm.«

Lisa brach in Lachen aus, zusammen mit den Kindern. Dan verdrehte die Augen und schüttelte den Kopf.

»Nicht so dumm, wie auf dem Schuppen deines Onkels zu spielen und durch das Dach zu brechen, Baron!«, bemerkte Moana.

Baron zuckte mit den Schultern und grinste.

»Die sind echt cool«, meinte Lisa, als sie und Dan schließlich gingen.

Er nickte. »Manchmal ist es schwierig, nicht zu schmunzeln, wenn ich da hineingehe, insbesondere wenn ich streng mit ihnen sein muss.«

»Oh, ich kann mir schon vorstellen, dass du *sehr* streng mit ihnen bist, Dr. Dan. Ich würde in meinem Spanner erzittern, wenn du mich ausschimpfst.«

Er setzte sein schräges Lächeln auf, bevor er mit einem Blick auf die Uhr sagte: »Wenn ich dich jetzt heimfahre, bin ich rechtzeitig für meine ambulanten Patienten zurück.«

»Bist du sicher?«

»Ja.«

Im Auto fragte Lisa: »Was sind das für Auszeichnungen, von denen Mark geredet hat?«

Dan zuckte mit den Schultern. »Ach, nichts Besonderes. Das sind Auszeichnungen für besondere Leistungen im klinischen Bereich – Innovation, solche Sachen. Sie werden jedes Jahr verliehen.«

»Und du bist unter den Anwärtern?«

»Nicht ich persönlich, das Team vom Ilizarov-Programm.«

Lisa betrachtete ihn belustigt. Mein Gott, dieser Mann war so bescheiden, dass sie ihn schütteln wollte! Und das Beste war: Es war nicht aufgesetzt. »Nun, ich hoffe, du gewinnst«, erklärte sie. »Nach dem, was ich heute gesehen habe, hättest du es bestimmt verdient.«

Er lächelte. »Lisa, du hast die anderen Anwärter nicht gesehen. Sie machen alle absolut faszinierende Sachen. Nichtinvasive Chirurgie, Studien zu Medikationsstandards bei Psychosefällen in der Notaufnahme – alles unglaublich wichtige Dinge.«

Ein Schweigen entstand. Lisa spielte an ihrem Tubigrip herum und blickte auf die Schiffe im Waitemata Harbour, während sie die Harbour Bridge zum North Shore überquerten. Unter ihnen glitzerte das Meer im Sonnenschein, und unzählige Segelboote durchpflügten die Wasseroberfläche auf ihrem Weg zu den Inseln, die verstreut im Hauraki-Golf lagen.

Dan zögerte. »Die Verleihung ist Samstag in drei Wochen. Möchtest du mitkommen?«

Lisa war überrascht. Sie hatte es nicht auf eine Einladung abgesehen gehabt. Ihr erster Impuls war, abzulehnen, aus Furcht, dass er sie nur aus einem Pflichtgefühl heraus einlud. Dann erinnerte sie sich an Sherrys bissigen Kommentar, wie ungeschickt sie sich mit ihm anstellte. Warum nicht? Was hatte sie schon zu verlieren?

Deinen Stolz, deine Selbstachtung, deinen Verstand, meldete sich ihre Vernunft besserwisserisch.

Ach, sei doch still!

»Okay. Das wäre nett.«

22

Lisa war entschlossen, ihrem Schlafwandeln ein Ende zu setzen – oder zumindest dem Umstand, dass Dan sie mitten in der Nacht durchs Haus jagen musste. Er beklagte sich nicht, aber sie bemerkte oft beschämt die dunklen Ringe unter seinen Augen. Es beunruhigte Lisa, dass er unausgeschlafen in den OP ging. Deshalb unternahm sie am Freitagabend, nachdem ihr Gips abgenommen worden war, den, wie es schien, einzig vernünftigen Schritt.

Sie fesselte sich ans Bett.

Am Abend hatte es sich nach einem wirklich guten Plan angefühlt. Sie hatte sich den Seidengürtel von Lindas weißem Morgenmantel ums Handgelenk geknotet und das andere Ende am hölzernen Kopfteil des Bettes festgebunden. Dabei ließ sie genug Spiel, dass sie sich hinlegen, nicht aber aus dem Bett steigen konnte.

Was Lisa morgens schließlich aufweckte, war der Schmerz in ihrer eingeschlafenen Hand. Im Laufe der Nacht hatte sie offensichtlich mehrfach versucht, das Bett zu verlassen, und mit jedem Versuch den Gürtel mehr verheddert, bis er ein einziger harter Knoten war, der keinerlei Spiel mehr bot. Lisa rappelte sich auf und versuchte, den Knoten zu lösen, aber er ließ sich nicht entwirren. Verschlimmert wurde die Sache durch ihre volle Blase.

Mit zusammengepressten Knien wand sie sich auf der Matratze und rief zaghaft nach Dan, wobei sie sich einredete, dass er vielleicht als einziger Mensch der Welt verstehen würde, warum sie sich ans Bett gefesselt hatte. Nach einigen zunehmend panischen Hilferufen wurde ihr bewusst, dass er wahrscheinlich früh aufgestanden war und entweder eine Runde mit dem Mountainbike drehte oder zum Surfen gegangen war. Ihre Blase fühlte sich an, als stünde sie kurz davor, zu bersten. Sie winselte. Schweiß brach auf ihrer Stirn aus, als ihre Fingerspitzen sich vom Violetten ins Weißliche verfärbten. Was, wenn ihre Hand mangels Durchblutung amputiert werden musste? Normalerweise verloren Leute Gliedmaßen bei heroischen Abenteuern wie Bergsteigen im Eissturm – nicht, weil sie sich an ihre Betten fesselten.

Das kleine silberne Handy, das Dan ihr gegeben hatte, fing plötzlich an, auf ihrem Nachttisch zu vibrieren. Mit einem triumphierenden Aufschrei stürzte Lisa sich darauf und krachte prompt in das Nachtkästchen, wobei das Handy herunterfiel und über den Teppich schlitterte. Es prallte unter dem Fenster gegen die Wand und blieb liegen.

Lisa hielt die Luft an und wartete. Als das kleine Handy erneut vibrierte, stieß sie einen Seufzer der Erleichterung aus. Sie ließ sich vom Bett herab auf ihren Hintern gleiten und streckte ihr gesundes Bein aus, so weit es ihr möglich war. Mit dem großen Zeh trat sie nach der Taste mit dem grünen Hörer. Dann schrie sie: »Hallo? Hallo? Hört mich jemand? Wer es auch ist, bitte kommen Sie *schnell!* Zum Haus! Ich … ich bin gefangen in meinem … äh … Schlafzimmer und ich … *die Lage ist verzweifelt! Ich brauche Hilfe!*« Sie versuchte, das Handy mit dem großen Zeh zu sich zu ziehen und heulte frustriert auf, als sie mit dem Fuß auf den Tasten landete und den Anrufer abwürgte.

»O Mist! O Mist! O Mist!«, wimmerte sie und zog die

Verse des gesunden Beins unter ihren Po. Sie wiegte sich vor und zurück, als der Schmerz, den ihre volle Blase verursachte, immer unerträglicher wurde, die Stirn ans Bett gepresst.

Fünf Minuten später parkte Dan in der Garage.

»Dan!«, schrie Lisa aus voller Kehle. *»Dan!«*

Er stellte den Motor rechtzeitig ab, um ihr Rufen zu hören. Er kam vom Surfen. Er hatte sie schlafend zurückgelassen. Sie hatte ihm gesagt, dass sie nie in den Morgenstunden schlafwandelte, und er hatte sie nie dabei erlebt, deshalb hatte er keine Bedenken gehabt, sie während eines frühen Ausflugs zum Strand allein zu lassen.

Ihre panischen Rufe brachten sein Herz zum Rasen. Er sprang aus dem Auto und hastete ins Haus, immer noch in seinem schwarzen Neoprenanzug. Als er in ihr Zimmer kam, sah er erst nur Lisas angsterfüllte blaue Augen, die ihm über die Matratze hinweg entgegenblickten – ihre Augen und einen Arm, der an das Kopfteil des Bettes gebunden war.

»Was zum …«

»Schnell! Schnell!«, jammerte sie kläglich und riss an dem weißen Gürtel, der sie ans Bett fesselte. »Ich muss furchtbar dringend aufs Klo!«

Dan starrte sie an. »Du hast dich ans Bett gefesselt?«

Sie presste ihre schweißnasse Stirn an die Bettkante und stieß zwischen zusammengebissenen Zähnen hervor: »Um Himmels willen, spar dir das Geplauder und binde mich los!«

Eine Sekunde später war Dan um das Bett gekommen und inspizierte den Knoten. »Was zur Hölle hast du getan?«, fragte er fassungslos, hin- und hergerissen zwischen

Befremdung und Belustigung bezüglich Lisas jüngster Eskapade.

»Ich wollte mich vom Schlafwandeln abhalten«, erklärte sie gepresst. »Du kannst nie richtig durchschlafen.« Auf einmal zappelte sie ängstlich und stöhnte: »Beeil dich, Dan! Ich halt es nicht mehr lange aus.«

»Okay … okay«, tröstete er sie. »Ich mache so schnell ich kann.«

Keiner von ihnen hörte das Auto, das in die Einfahrt bog, oder die Schritte, die durch die offene Garage ins Haus eilten.

»Dan!«, schluchzte Lisa laut, überzeugt, dass sich gleich eine Pfütze auf dem Schlafzimmerteppich bilden würde. Diese Schmach würde sie nicht überleben.

Er fluchte, als der Knoten sich einfach nicht lösen wollte. »Ich muss ihn durchschneiden.«

»Sie werden gar nichts durchschneiden!«, ertönte eine Stimme an der Tür.

Dan und Lisa blickten beide mit vor Erstaunen offenen Mündern zu der Frau, die in der Tür zum Schlafzimmer stand, die langen, langen Beine gespreizt, das Gewicht auf den Fußballen ruhend, bereit zum Sprung.

Lisa sah ihre Schwester.

Dan sah die Frau vom Parkplatz vor dem Supermarkt.

Sherry sah die Spinnerin, die sich wie ihre Schwester anhörte, aber nicht wie sie aussah, ans Bett gefesselt zu Füßen des großen amerikanischen Arztes, der einen schwarzen Neoprenanzug trug. Er fummelte an dem Band herum, das Lisa ans Bett fesselte.

»Pfoten weg!«

Dan starrte Sherry erstaunt an. »Was zur Hölle machen Sie hier?«

Das fragte sich Sherry selbst auch. Aber als sie Lisas verzweifelte Schreie über das Handy gehört hatte, hätte sie keine Macht der Welt davon abhalten können herzukommen. Sie hatte aufgegeben, sich dagegen zu wehren, dass Lisa putzmunter und lebendig in Linda Brogans Körper steckte.

»Sherry, es ist nicht, wie du den…«, fing Lisa gequält an.

Zu ihrem Erstaunen marschierte Dan plötzlich aus dem Schlafzimmer. Er ließ sie im Stich? In einem solchen Moment der Bedrängnis? Der brennende Schmerz von ihrer übervollen Blase zog all ihre Aufmerksamkeit auf sich. »Ich … kann … nicht … mehr …«

Sherry kam ans Bett und begutachtete die Knoten in dem weißen Seidenstoff. »Was hat dieses Schwein mit dir gemacht?«

»Nichts … nein …«, stöhnte Lisa, als Dan mit einer Schere zurückkam. Er streckte sie Sherry entgegen und sagte knapp: »Hier, die werden Sie brauchen.«

Sherrys Augen verengten sich bei seinem Tonfall.

Lisa stieß einen erstickten Laut aus und versank hinter dem Bett auf den Teppich.

»Sie sollten sich beeilen«, riet er. »Sie pieselt gleich auf den Teppich!«

Sherry riss ihm die Schere aus der Hand und durchschnitt das gespannte Band. Dann sank sie auf die Fersen und aufs Bett, während Lisa aufsprang und mit zwischen die Beine gepressten Händen zum Bad eilte.

Sherry und Dan blickten sich finster an und versuchten, die Geräusche aus dem Badezimmer zu ignorieren, wo Lisa sich erleichterte.

Es plätscherte …

Und plätscherte …

Ihre Brauen hoben sich synchron, als beide in fasziniertem Unglauben auf die Badezimmertür blickten.

Und plätscherte …

Und hörte auf.

Dan grunzte.

Und fing wieder an.

Sherrys Augen drohten aus dem Kopf zu fallen.

Sie warteten angespannt, bis es schließlich still wurde und Lisa wieder erschien. Die losen Enden des weißen Seidengürtels an ihrem Handgelenk schleiften hinter ihr her. Sie mied es, in Dans Richtung zu sehen.

»Was machst du hier, Sherry?« Sie sah, dass Sherry sich in aller Eile angezogen und ihrem hohen Anspruch bei der Körperpflege nicht gerecht geworden war.

»Ich bin hier, weil du am Telefon nach Hilfe gerufen hast«, erklärte Sherry knapp und bedachte Dan mit einem Blick, der dazu geeignet war, einen Mann auf der Stelle in einen Eisblock zu verwandeln. »Was haben Sie mit ihr gemacht?«

Dan konnte sich nicht helfen, er war beeindruckt. Mit dieser Frau war nicht zu spaßen. Er ging nicht auf sie ein und schnitt Lisas unbeholfene Erklärungsversuche ab. »Vielleicht könntest du uns einander vorstellen, Lisa«, schlug er höhnisch vor.

Lisa blickte misstrauisch zwischen den beiden hin und her. Was für eine Situation! »Dan, das ist meine Schwester Sherry Jackson«, sagte sie. »Sherry, das ist Dan Brogan, mein …« Sie verstummte.

Dan beobachtete sie, eine Braue fragend nach oben gezogen. Als nichts weiter kam, bedachte er Sherry mit einem abschätzigen Blick und wiederholte: »Deine Schwester.«

»Ja«, beharrte Lisa trotzig.

Sein Blick war weiter auf Sherry gerichtet. »Tatsächlich?«

Sherry ging nicht darauf ein. »Was haben Sie mit ihr gemacht?«

»Sherry!«, rief Lisa vorwurfsvoll und blickte zwischen ihrer Schwester und Dan hin und her. Sie fragte sich, warum die beiden sich aufführten wie zwei Kindergartenkinder. Die Freude darüber, dass Dan jemanden aus ihrer Familie kennenlernte, schwand dahin. Sherry war ganz offensichtlich nicht freiwillig hier, und Dan wollte sie nicht in seinem Haus haben. »Warum seid ihr beiden so?«

»Was meinen Sie damit, was ich mit ihr gemacht habe?«, erwiderte Dan scharf.

»Es ist nicht, was du denkst, Sherry«, protestierte Lisa.

»Und das wäre?« Sherrys Lippen kräuselten sich. »Dass sich der Onkel Doktor gern in Gummi kleidet und dich an den Bettpfosten bindet?«

»*Nein!*«

»Okay. Dann willst *du* also, dass er sich in Gummi kleidet und dich an den Bettpfosten bindet?«

Unter anderen Umständen hätte Dan gelacht, aber in dieser Situation gab es nichts, was ihn auch nur im Ansatz erheiterte. Es verstörte ihn, dass Lisa Jacksons Schwester in seinem Haus war und seine Frau als jemanden behandelte, der sie nicht sein konnte.

»Das ist nicht witzig!«, schnaubte Lisa wütend.

Sherry legte die Schere scheppernd auf das Nachtkästchen. »Was sollte diese Aktion, Lisa?«

Lisa humpelte auf das Bett zu. Ihr verletztes Bein ragte nackt unter dem knielangen T-Shirt hervor, das sie als Nachthemd trug. Nachts durfte sie den weißen Tubigrip ablegen.

Sherry sah zu, wie ein dünnlippiger Dan Brogan sofort Lisas Ellbogen ergriff und sie zum Bett führte. »Du hast keinen Gips mehr«, bemerkte sie.

Dan verschwand und kam mit einem langen weißen Schlauch zurück. Er kniete vor Lisa, faltete ihn in der Mitte und half ihr, obwohl sie murmelnd protestierte, ihn über ihren Spann bis zum Knie zu ziehen. Fasziniert beobachtete Sherry, wie Lisa sich kurz auf seiner Schulter abstützte, um das Bein zu heben, und die Hand wieder wegriss, als hätte sie sich die Finger verbrannt, während Dan Brogan den Eindruck machte, als würde er gern etwas ganz anderes als Lisas Verband berühren.

Sherry betrachtete seinen schlanken Rücken und seine breiten Schultern, die sich unter dem schwarzen Neopren abzeichneten, und musste zugeben, dass dieser Brogan extrem gut gebaut war.

Lisa bemerkte den Blick, mit dem Sherry Dans Rücken musterte, und funkelte sie über seine Schulter hinweg an.

Sherry grinste und zog eine Schulter hoch.

Dan hatte nichts davon mitbekommen und erhob sich mit den knappen Worten: »Ich gehe jetzt duschen und ziehe meinen Sadomasoanzug an. Lisa, du holst Handschellen und Peitsche.«

Sherry lachte, als er in Richtung Badezimmer abmarschierte und die Tür hinter sich schloss.

»Schau ihn nicht so an!«, zischte Lisa.

»Wie denn?«

»Das weißt du ganz genau, so als wäre er ein saftiges Hüftsteak auf deinem persönlichen Grillfest.«

»Ich muss gestehen, dass seine Hüften nicht übel sind«, stimmte Sherry zu und musste sich ein Lächeln verkneifen, als Lisa wie eine Katze reagierte, die man gegen den Strich gestreichelt hatte.

»Dan Brogan ist nicht wie die Typen, mit denen du dich abgibst, Sherry. Er ist ein Gentleman!«

Sherry schnaubte. »Ich hoffe für dich, dass er das nicht ist. Ich kann mir nichts Langweiligeres vorstellen als einen *Gentleman* im Bett.«

»Ich gehe nicht mit ihm ins Be…« Lisa presste die Lippen zusammen.

Sherrys Braue hob sich. »*Immer* noch nicht? Warum nicht, wo es so offensichtlich ist, dass ihr beide total scharf drauf seid?«

Lisa weigerte sich, dieses Gespräch weiterzuführen. »Warum hast du mich angerufen?«

»Ich wollte wissen, wie es dir bei deinem Termin im Krankenhaus ergangen ist.«

»Wirklich?« Lisas Gesicht hellte sich auf. »Sie haben mir den Gips abgenommen.«

»Ja, das sehe ich«, antwortete Sherry ungeduldig. »Außerdem wollte ich wissen, was du dir dabei denkst, Dad eine nicht abreißende Flut von darbenden Pflanzen zu bringen. Hatten wir uns nicht geeinigt, dass Mum und Dad für die nächste Zukunft für dich streng verboten sind?«

»Nein, das haben wir nicht. *Du* hast das«, erwiderte Lisa verärgert. »Wie sonst soll ich Dad sehen?«

»Das ist genau der Punkt – du *sollst* ihn nicht sehen.«

Lisa blickte stur vor sich hin. »Du wirst mich nicht davon abhalten, Dad zu sehen. Außerdem ist es dazu ein bisschen spät.«

Sherry funkelte sie an, aber es war offensichtlich, dass Lisa nicht klein beigeben würde. Sie seufzte. »Erzähl mir, warum du dich an das Bett gefesselt hast.«

Lisa erklärte die Sache mit dem Schlafwandeln.

Sherry konnte es nicht glauben. »Ihr schlaft in getrennten Zimmern?«

Lisa sah Sherry an, als wären ihr soeben Hörner aus der Stirn gewachsen. »Natürlich tun wir das!«

Sherry legte ihre Fingerspitzen an die Stirn, schüttelte den Kopf, blickte Lisa an und verdrehte die Augen.

»*Was?*«, rief Lisa.

»Nur, damit ich das richtig verstehe: Du schlafwandelst, Brogan muss jede Nacht aus dem Bett springen, um dich zu retten, und ihr seid beide total scharf aufeinander – aber *ihr schlaft in getrennten Zimmern?*«

Sie schüttelte erneut den Kopf. »Das ist so ungefähr das Dümmste, was ich je gehört habe.«

Sherry ging bald darauf. Es war einfach zu seltsam, in Dan und Linda Brogans Haus zu sein. Zu seltsam, eine Unterhaltung mit ihrer Schwester zu führen, wenn sie überhaupt nicht wie ihre Schwester aussah. Sherry verstand Dan Brogans ablehnende Haltung ihr gegenüber. Sie bestand auf Gegenseitigkeit. Unglücklicherweise konnte Lisa das absolut nicht verstehen. Als Sherry ablehnte, auf einen Kaffee zu bleiben, erfand Lisa eine Entschuldigung, dass sie eine Waschmaschine zu bestücken hatte, aber Sherry sah, wie sehr sie ihre Schwester verletzt hatte. Und als sie sich nicht recht zur Abfahrt entschließen konnte, meinte Dan Brogan: »Gehen Sie. Ich kümmere mich um sie.«

Sie *wollte* gehen, bis ihr Blick durch die großen Fenster im Wohnzimmer auf den Garten und die Klippen dahinter fiel. Sherry blieb so abrupt stehen, dass Dan fast in sie hineingelaufen wäre.

»Was ist?«, fragte er brüsk.

Sherry deutete auf den Ausblick. »Ist das alles, was Ihren Garten von der Klippe trennt? Dieser kleine Zaun?«

Dan blickte auf den Zaun und wieder zurück. Er wusste, wohin diese Unterhaltung führte. »Ja.«

Sherry konnte ihre Wut und Angst nur schwer im Zaum halten. Dan Brogan war vielleicht nicht der höflichste Gastgeber, aber er war sicher kein Idiot. Zumindest hatte sie das bis jetzt gedacht.

»Lisa hat beim Schlafwandeln schon Türen aufgesperrt und ist aus Fenstern geklettert«, erklärte sie und versuchte sich nicht vorzustellen, wie Lisas zerschmetterte Leiche am Fuß der Klippen von der Flut hinweggespült wurde. »Dieses kleine Zäunchen wird sie also nicht davon abhalten, eines Nachts über die verdammte Klippe zu stürzen.«

»Ich behalte sie immer im Blick«, erwiderte Dan gepresst.

Sherry verlor die Geduld. »Unsinn! Hätten Sie Lisa so gut im Blick, hätte sie es wohl kaum für nötig gehalten, sich ans Bett zu fesseln, oder? Lisa hat Angst, Brogan! Sie weiß, wie verletzlich sie ist, aber natürlich ist Lisas Hauptsorge, dass *Sie* gestört werden könnten.« Sie blickte ihn angewidert an. »Sie hat diesen Autounfall nicht überlebt, damit sie von dieser Klippe in den Tod stürzt.«

Diese Vorstellung verursachte Dan Übelkeit. Er ging

zum Angriff über. »Es reicht! Sie *ist* nicht Ihre verdammte Schwester!«

Sherry ließ sich nicht so leicht beeindrucken. Sie kam einen Schritt auf ihn zu, und ihre Augen sahen wie blaue Flammen aus. »Sie glauben, dass mir die Sache geheuer ist? Sie glauben, dass ich hier irgendetwas verstehe? Mir widerstrebt der Gedanke genauso wie Ihnen.« Sie funkelte ihn an, eine große Frau mit einem eisernen Willen. »Aber beantworten Sie mir eine Frage: Können Sie mit absoluter Sicherheit sagen, dass die Frau, mit der Sie leben, *Ihre* Frau ist?«

Dan funkelte zurück und kannte die Antwort nicht.

»Das habe ich mir gedacht«, presste Sherry hervor. »Deshalb sage ich es ein letztes Mal: *Sorgen Sie dafür, dass ihr nichts zustößt!*«

Als Dan Lisa in der folgenden Nacht dabei auflas, wie sie durch den Garten wandelte, führte er sie sanft zurück ins Haus, aber diesmal steckte er sie in sein Bett. Wie er es ihr erklären sollte, würde er am nächsten Morgen überlegen. Den Rest der Nacht schlief sie wie ein Baby.

Sonntagmorgen erwachte Lisa und fühlte sich erfrischt wie seit Monaten nicht. Sie rollte sich auf den Rücken und streckte sich ausgiebig zwischen den Laken, bis sie mit ihrem Fuß an etwas warmes Haariges stieß.

Sie riss den Fuß weg und saß kerzengerade im Bett, die Bettdecke an ihre Brust gepresst.

Dan blickte sie aus verquollenen Augen an. »Morgen«, murmelte er schlaftrunken und strich sich über sein Stoppelkinn.

Lisa sah erst ihn eine geraume Zeit an, dann blickte sie sich im Zimmer um. »Das ist *dein* Zimmer. Ich bin in *deinem* Zimmer.«

»Das stimmt, und bevor du irgendwelche vorschnellen Schlüsse ziehst: Es ist nichts passiert, okay?« Er setzte sich auf, stopfte sich ein Kissen hinter den Rücken und langte mit der rechten Hand an den schmiedeeisernen Bettpfosten hinter sich, so dass sein Ellbogen zur Decke zeigte.

Lisa blickte auf das dunkle Haarbüschel unter seiner Achsel, die nackten Schultern und die nackte Brust. Ihre Augen glitten abwärts zu dem Punkt, wo die weißen Laken Hüften und Oberschenkel verhüllten. Trotz aller Bemühungen wurde ihr Blick auf seinen Beinansatz und den verführerischen Umriss seiner Genitalien gezogen. Sie blickte auf und merkte, dass Dan sie neugierig beobachtete. Am liebsten hätte sie vor Scham den Kopf unter der Decke vergraben. Er hatte sie soeben dabei ertappt, wie sie seinen Ömmel inspizierte.

Dan zog ein Knie an und legte einen Arm darüber. »Keine Sorge, Lisa, ich trage Pyjamahosen«, spöttelte er.

Lisa nickte ruckartig, streckte einen Fuß aus dem Bett und begann, herauszugleiten.

»Willst du denn nicht wissen, wie du hierhergekommen bist?«

Sie stand neben dem Bett und zog sich sein altes *University-of-Colorado*-T-Shirt tiefer über die Schenkel. »Ähm – ich bin geschlafwandelt, und du hast mich hierhergebracht?«

Dan verstand nicht, warum sie nervös war wie eine unbeholfene Teenagerin. Außerdem wusste er nicht, wie er aus dem Bett kommen sollte, ohne dass Lisa die Erektion sah, die sie ihm mit ihrem Blick beschert hatte. Und weil *er* nun wie ein sexbesessener Teenager reagierte, war es absolut unerlässlich, zu erklären, dass Sex mit ihr nicht im

Entferntesten der Grund war, weswegen er sie mit in sein Bett genommen hatte. Dass dies zu keinem Zeitpunkt eine Frage war.

Als ob das stimmte!

»Wir beide brauchen etwas Schlaf, Lisa, und auf diese Weise kann ich dich vielleicht davon abhalten, überhaupt erst aufzustehen.«

»Okay.« Lisa drückte sich um das Fußende des Betts herum und wich in Richtung Badezimmertür zurück.

»Wenn du lieber in deinem Zimmer schlafen möchtest, verstehe ich das«, versicherte Dan.

»Nein, nein … das ist schon in Ordnung, in Ordnung für mich!«

Es klang aber nicht so.

»Bist du sicher?«

Lisa fummelte hinter ihrem Rücken am Türknauf herum und nickte eifrig. »Doch, absolut … klingt vernünftig.«

Jetzt fühlte sich Dan wie ein Perverser. »Ich kann meine Hände bei mir behalten, Lisa«, versicherte er ihr. »In dieser Hinsicht musst du dir keine Sorgen machen.«

»Wäre mir nie eingefallen, nicht in tausend Jahren.« Sie deutete auf das Bad. »Ich muss nur … du weißt schon …«

Mit erleichtertem Gesicht stürzte Lisa durch die Tür.

»Gut gemacht, Brogan!«, brummte er verstimmt. »Das hast du wirklich prima gemanagt!«

23

Lisa hatte kein Problem damit, mit Dan im Bett zu schlafen.

Ihr Problem bestand darin, im Bett *nicht* mit ihm zu schlafen. Wäre sie jünger gewesen, hätte sie sich vormachen können, sich eben verknallt zu haben, aber sie war eine reife Frau mit einem einst gesunden, aktiven Sexleben, und ihre Empfindungen für Dan gingen viel tiefer. Es waren Gefühle einer Art, über die sie nicht nachdenken wollte. Sie stellte ihn sich nackt vor, malte sich aus, wie es sich anfühlen würde, wenn das Gewicht dieses langen schlanken Mannes sie auf die Matratze drückte. Aber Dan hätte es nicht deutlicher formulieren können: Er hatte sie als letzten Ausweg in sein Bett gebracht. Er war müde und am Ende seiner Kräfte – *nicht* scharf auf sie. Wo sich Lisa eingebildet hatte, dass er sie mit frustrierter Begierde angesehen hatte, war es wahrscheinlich nur Frustration gewesen.

Sie hatten eine stille Übereinkunft in Sachen Schlafengehen. Normalerweise ging Lisa zuerst. Wenn Dan schließlich kam, schlief sie schon – oder gab es zumindest vor. Dan hielt Abstand von Lisa und schlief auf seiner Seite, das Gesicht von ihr abgewandt.

Das Problem war, dass Lisa eine Schmusekatze war. Sobald sie in Tiefschlaf sank, rutschte sie über das Bett und verbrachte die Nacht an Dans warmen Rücken gekuschelt, während er angespannt schwitzend wach lag und jeden ihrer Atemzüge spürte und jedes Seufzen hörte. Linda hatte gerne in seinem Arm gelegen, aber sie konnte nie in seinen Armen einschlafen. Lisa konnte vermutlich die ganze Nacht an seine Brust geschmiegt schlafen, wenn er dem Drang nachgab, sich umzudrehen und sie an sich zu ziehen. Stattdessen stand er jeden Morgen zur Unzeit auf, bevor sie erwachte, stand unter der kalten Dusche, die Hände an die Wand gestützt, und fragte sich, wie zur Hölle er eine weitere Nacht überstehen sollte, ohne sich an ihr zu vergreifen.

Die ersten zwei Nächte versuchte Lisa, schlafzuwandeln, doch Dan zog sie sanft zurück ins Bett und hielt sie fest. Sobald sie sich beruhigte, zwang er sich, sich wegzudrehen, und ließ sie sich an seinen Rücken kuscheln.

Am Ende der Woche hatten der Schlaf- und Sexentzug Dan in das wortkarge, reizbare Äquivalent eines Bären mit Kopfweh verwandelt. Er schnauzte alles und jeden an, außer die Kinder im Krankenhaus. Zu Hause in den Staaten hätte er vielleicht eine alte Flamme besucht und mit ihr geschlafen, aber hier in Neuseeland besaß er nicht den Luxus früherer Bekanntschaften. Außerdem wollte er nicht mit irgendjemand schlafen. Er wollte Lisa, die jeden Morgen mit klaren Augen und rosigen Wangen erfrischt erwachte, seit sie in sein Zimmer gezogen war. Im Gegensatz dazu war Dan sicher, dass die vereinzelten grauen Haare an seinen Schläfen sich verdoppelt hatten.

Als er eines Abends heimkam und Lisa dabei antraf, wie sie eine Gitarre für Linkshänder spielte und einen *Dixie-Chickens*-Song vor sich hinsang, wollte Dan wissen, wo sie die Gitarre herhabe und wer ihr das Spielen beigebracht hatte.

»Die Gitarre gehört Slade, und das Spielen hat mir mein Bruder Ben beigebracht.«

»Du *hast* keinen Bruder Ben!«, rief Dan. »Und übrigens wirst du morgen dreißig.«

Lisa holte tief Luft und zählte bis zehn. Ihre klaren Augen und die rosigen Wangen täuschten. Es mochte wirken, als schliefe sie, aber was immer sie träumte, schien sie höllisch zu erschöpfen. »Doch, den habe ich wohl!«, antwortete sie fest. »Und morgen ist *nicht* mein Geburtstag.«

Dan funkelte sie an. »Ich lege mich schlafen.«

Mittwochmorgen wachte Lisa mitten in einem wundervollen Traum auf, um festzustellen, dass sie gar nicht träumte. Dan umfasste tatsächlich ihre Brüste und knabberte zärtlich an ihrem Nacken. Sie seufzte und bog ihren Rücken durch, um ihn besser an sich heranzulassen. Dan presste sich an die weichen Rundungen ihrer Pobacken.

Lisa öffnete vorsichtig ein Auge. Sollte das *alles* zu ihm gehören?

Sie fand es nie heraus, weil er plötzlich aufhörte, fluchte und aus dem Bett sprang, wie von der Tarantel gestochen. »Bleib auf deiner verdammten Seite!«, schrie er und stürmte ins Bad.

Als Lisa in dieser Nacht in ihr Bett zurückziehen wollte, ließ Dan es nicht zu. »Ich kratze dich morgen früh nicht vom Fuß der Klippen.«

Sie verbrachten eine weitere angespannte, rastlose Nacht auf entgegengesetzten Seiten des Betts.

Es war ein halbes Pfund Butter, das Sonntag früh das Fass zum Überlaufen brachte. Lisa ließ es fallen, und Dan rutschte darauf aus. Er schlitterte durch die Küche und krachte an die Spüle.

»Dan! Hast du dir weh getan?«

Er lag ausgestreckt auf den Fliesen, sie eilte an seine Seite.

Dan platzte der Kragen. Er schimpfte und zeterte und verhielt sich wie ein vollkommener Esel.

Lisa starrte ihn an, bis ihm schließlich der Saft ausging. Ihre Unterlippe zitterte. »Blödmann!«, rief sie und rannte aus der Küche.

Dan blickte auf die Stelle, wo sie eben noch gestanden hatte, und hasste sich für seinen Wutausbruch und den schockierten Gesichtsausdruck von Lisa. Als er nach ihr suchte, war sie nicht im Haus. Er schmetterte die Tür zur Waschküche zu und rannte aus der Garage, wo er sie gerade noch die Straße hinauf verschwinden sah, so schnell sie hinken konnte. Dan rannte hinter ihr her und hatte sie mit seinen langen Beinen bald eingeholt.

»Lisa!«

Sie senkte den Kopf und trottete unbeholfen weiter. »Verschwinde und lass mich in Ruhe!«

Dan hielt mühelos mit ihr Schritt. »Es tut mir leid, Lisa. Ich hätte das nicht zu dir sagen sollen. Ich weiß, dass ich die ganze letzte Woche unausstehlich war.« Er versuchte, ihre Hand zu ergreifen.

Lisa riss sie weg und hielt an, um ihm vors Schienbein zu treten.

»Au! He!«, murmelte Dan, mehr aus Überraschung denn aus Schmerz. »Das habe ich wahrscheinlich verdient.«

Ihre Augen sandten Blitze aus. »Ach ja? Und wie wäre es damit?« Sie ballte die Faust und boxte in seinen Arm.

Der Schlag war ungefähr so gewaltig, wie wenn eine Fliege auf einem Pferd landet, lästig, aber kaum der Beachtung wert – dennoch hatte Dan das Gefühl, es Lisa zu schulden, wenigstens so zu tun, als ob es weh tat. »Autsch!«, gab er von sich, ungefähr zwei Sekunden zu spät.

Lisa ließ sich nicht täuschen. Wie eine Furie stieß sie ihm die Hände in die Brust und schubste ihn so fest sie konnte.

Dan taumelte gehorsam ein paar Schritte zurück.

»Du Lump!«, schrie sie. »Wie kannst du es wagen, dich über mich lustig zu machen?«

Als es aussah, als ob sie ihm erneut vors Schienbein treten wollte, packte Dan ihren Arm, riss sie an sich und küsste sie, bis sie schlaff in seinen Armen hing. Als er den Kopf hob, blinzelte Lisa mit ihren Rehaugen zu ihm auf, und ihr stoßweises Atmen presste ihren Busen an seine Brust.

Sie schluckte. »Wenn du jetzt nicht mit mir schläfst, bist du es, den sie morgen früh vom Fuß der Klippen kratzen!«

Ein grauer Schopf erschien plötzlich hinter einer weißen Blockmauer neben ihnen. Ein ältlicher Herr mit Gartenschere, den Dan vage als einen der pflanzenbringenden Nachbarn erkannte, blickte neugierig zu ihnen hinüber.

»Hallo, Mr. Benn«, krächzte Lisa erstickt.

»Morgen, Lisa«, antwortete Mr. Benn, und seine Augen schossen zwischen ihr und Dan hin und her.

»Ich wollte schon bei Ihnen vorbeischauen und Ihnen sagen, dass Sie Ihre Gardenie abholen können«, fuhr sie fröhlich fort und versuchte unauffällig, Dans Hand von ihrem Po zu lösen.

Er ließ sich nicht wegschieben.

»Ist schon in Ordnung, Lisa. Mir scheint, Sie beschäftigen im Moment dringendere Angelegenheiten«, entgegnete Mr. Benn trocken.

Lisa errötete.

Dan knurrte etwas Unverständliches, hob sie hoch und marschierte zurück zum Haus, nur um dort festzustellen, dass es ihm gelungen war, sie beide auszusperren.

»O nein … o nein, nein, nein, nein!«, stöhnte Lisa und vergrub ihr Gesicht an seiner Brust. »Was hast du mit mir vor, Dan?«

»Pst! Ich denke nach.«

»Denk *schneller!*«

Er setzte sie auf die Motorhaube seines Wagens und drückte den Schalter herunter, um das Garagentor zu schließen. Erstaunlicherweise war ihm noch nie zuvor aufgefallen, wie langsam es sich schloss. Dann kehrte er zum Auto zurück und sah Lisa an, die auf der metallisch silbernen Haube lag. »Zieh dich aus.«

»Hier?«, quietschte sie. *»Jetzt?«*

Dan fuhr mit seinen Fingern unter ihren korallroten Pulli und zog ihn ihr über den Kopf. »Ich sage nur eins, Lisa«, erklärte er fest. *»Klippen!«*

»Aber hier drinnen ist es kalt.« Ihre Nippel waren aufgerichtet, aber nicht durch die Kälte.

Dan stierte auf ihre Brüste. »Ich wärme dich auf.« Damit riss er sich das Sweatshirt über den Kopf.

Lisa sog scharf die Luft ein. Er trug nichts darunter. Seine breiten Schultern und die konturenreiche Brust standen ihr zur alleinigen Verfügung. Sekunden später flog Lisas Kleidung wie in einem Wäschetrockner durch die Garage. Als sie schließlich nackt auf dem Auto lag, verzog Dans Gesicht sich zu einem fast schmerzvollen Ausdruck. Himmel, sie war so schön!

Lisa beobachtete ihn und erzitterte.

Dan schloss sie in seine Arme und ließ sich neben ihr auf die Motorhaube gleiten. Um seine Größe anzupassen, stützte er ein Knie auf die Stoßstange. Dann senkte er den Kopf, umstrich ihre Brüste mit der Zunge und fuhr mit seinen Händen über die kühle Haut an den Außenseiten ihrer Schenkel. Sein Penis hämmerte gegen den Reißverschluss seiner Hose wie ein hechelnder Labrador, der zum Spielen hinauswollte, und er fragte sich, wie lange er sich wohl dem Vorspiel widmen konnte, ohne in der Unterhose zu kommen. Erleichtert sah er, dass es Lisa nicht besser ging.

»Ich kann nicht mehr warten ... ich kann nicht ...«, keuchte sie, und ihre Pupillen waren vor Leidenschaft geweitet, die wundervollen Brüste hoben und senkten sich schnell auf ihrem schmalen Brustkorb.

Dan umfasste ihre Fußknöchel mit Daumen und Zeigefingern und schob ihre Knie nach oben und auseinander.

Lisas Augen weiteten sich. Sie versuchte, ihre Beine zusammenzupressen, aber Dan bückte sich und küsste sie erneut. Seine Zunge schoss in die warme Höhle ihres Mundes, und ihre Brüste wurden gegen seine Brust gepresst. »Werd mir jetzt bloß nicht schüchtern!«, flüsterte er. »Du bist sehr hübsch da unten.«

Nach einem Moment des Zögerns ließ Lisa zu, dass er ihre Beine spreizte, und beobachtete erwartungsvoll sein Gesicht, während er den Blick senkte. »Verdammt, bist du hübsch, Mona Lisa!«, murmelte er heiser, als er auf ihr heißes, schlüpfriges Innerstes blickte.

Lisa beobachtete ihn belustigt und fragte sich wie so viele Frauen vor ihr, wie man *das* schön finden konnte. Die Tatsache, dass sie plötzlich kaum erwarten konnte, seinen Penis zu Gesicht zu bekommen, war etwas ganz anderes. Sie sah zu, als er den Reißverschluss seiner Hose aufzog und in seine Unterhose griff.

Ihre Augen weiteten sich. Auf einmal krabbelte sie rücklings auf Händen und Füßen in Richtung Windschutzscheibe. »Wir können nicht … das passt nie!«, stammelte sie.

Dan schloss kurz die Augen. Er versuchte, bis zehn zu zählen, kam aber nur bis drei. Warum zur Hölle waren Frauen immer überrascht, wenn sie ihn nackt sahen! Er war eins fünfundneunzig groß. Was erwarteten sie? Ein Stummelschwänzchen?

Er schluckte und rang um Geduld. »Lisa, Liebling, ich verspreche dir, wir werden zusammenpassen!« Er zögerte. »Unsere Körper haben das schon oft getan.«

Sie starrte seine Erektion noch ein paar Sekunden an, dann glitt sie langsam die Motorhaube wieder hinunter auf ihn zu.

Dan nahm sich die Zeit, ihre fiebrige Erregung wiederherzustellen, obwohl er jeden Moment befürchtete, die Motorhaube zu bekleckern. Lisa schnurrte, streichelte ihn und rieb sich an ihm wie ein kleines Kätzchen.

Dan schob ihre Knie auseinander und begann langsam, in sie einzudringen.

Sie versteifte sich und sah erwartungsvoll zu ihm auf.

»Ich verspreche, dass ich aufhöre, sobald du es sagst«, keuchte er und hoffte, dass sie ihn nicht öfter als ein Mal darum bitten würde.

Es war kein leichtes Unterfangen. Er hob ihre Hüften an und wiegte sich sachte, wobei er jedes Mal etwas tiefer drang. Mit zusammengebissenen Zähnen kämpfte er gegen das überwältigende Verlangen an, in sie zu stoßen und sie besinnungslos zu rammeln. Nach und nach entspannte Lisa sich und begann, zu stöhnen. Sie schlang ihre Beine um seine Hüften, umfasste seinen Po mit ihren Händen und fing an, ihr Becken in Kreisbewegungen gegen ihn zu treiben. Als er schließlich vollends in ihr war, keuchte sie und bäumte sich unter ihm auf. Als Dan das Tempo erhöhte, löste Lisa ein Bein von seiner Hüfte, stützte den Fuß auf die Motorhaube und strebte ihm Stoß für Stoß entgegen. Er spürte, wie sie immer heißer wurde, bevor sie sich plötzlich um ihn zusammenzog. Er presste die Kiefer aufeinander und kam zuckend in ihrer heißen Wiege.

Leicht wie eine Feder schwebte Lisa auf die Erde zurück. Nur am Rande nahm sie wahr, dass Dan sich aus ihr zurückzog. Als er einen Schritt vom Auto wegtrat, strich sie mit der Hand langsam über die ganze Länge seines Arms.

»Ich habe kein Kondom benutzt.«

»Du hast kein Kondom benutzt«, wiederholte sie und blickte eine Weile leer in sein grimmiges Gesicht, bevor ihre Augen und Lippen sich rundeten. »Oh! *Du hast kein Kondom benutzt!*«, schrie sie und stützte sich auf die Ellbogen. »Ich habe gar nicht daran gedacht. Ich hatte seit drei Jahren keinen Sex, und mit meiner Endometriose standen meine Chancen auf eine Schwangerschaft so hoch wie auf eine Besteigung des Mount Everest.«

Dan zog den Reißverschluss an seiner Hose zu und fühlte, wie sich der gewohnte Druck hinter seinen Augäpfeln aufbaute.

»Aber ich kann, oder?« Sie blickte ihn nachdenklich an. »Schwanger werden, meine ich?«

Seine Lippen wurden zu einer schmalen Linie, als ihm die Ironie von Lisas Nonchalance und seiner Angst, sie könnte schwanger werden, vollends zu Bewusstsein kam. Er erinnerte sich an all die Male, als er das Thema Kinder angeschnitten hatte und Linda mit Entsetzen reagiert hatte. Und jetzt rekelte sie sich nackt auf der Motorhaube seines Autos vor ihm, sexuell befriedigt und so verdammt begehrenswert, dass sein bestes Stück schon wieder anfing, strammzustehen und zu winken wie eine Schaffnerkelle.

»Wann hattest du das letzte Mal deine Tage?«, fragte er gepresst.

»Letzte Woche.« Sie sah verletzt aus. »Es müsste in Ordnung sein, oder?«

Dan raufte sich die Haare und fragte barsch: »Wozu? Um schwanger zu *werden* oder um *nicht* schwanger zu werden?« Er stemmte die Hände in die Hüften. »Wir müssen einfach abwarten.«

Lisa setzte sich auf und schlang die Arme um ihre angewinkelten Beine. »Wäre es denn so schlimm?«, murmelte sie. Sie wusste, dass er nur vernünftig war, dennoch tat es weh.

Dan wusste nicht, was er sagen sollte, deshalb wechselte er das Thema. »Wenn du das noch einmal machen möchtest, muss ich uns Kondome besorgen.«

»Ich möchte es noch einmal machen.«

»Dann sollte ich zum Supermarkt fahren.«

Sie huschten durch die Garage, suchten Lisas Kleidung zusammen, und Dan fand einen Ersatzschlüsselbund, den er im Auto versteckt hatte.

»Ich finde meine Unterhose nicht!«, rief Lisa, die sich zitternd BH, Langarmshirt, Jeansrock und den roten Pulli an die nackten Brüste presste.

»Deinen Schlüpfer?«, fragte Dan und half ihr bei der Suche. »Nein, ich finde ihn auch nicht. Zieh einfach den Rock an – niemand wird wissen, dass dein Hintern darunter nackt ist.«

Außer ihm natürlich.

Als Dan vor dem Haus beschleunigte, sah er etwas Weißes am Seitenspiegel auf der Fahrerseite flattern, bevor es in die Luft gerissen wurde und hinter dem Auto auf die Straße herabsegelte. »Ich glaube, ich habe gerade deinen Schlüpfer gefunden«, bemerkte er beiläufig im Weiterfahren.

»Im Ernst? Wo?«

»Er wurde gerade vom Seitenspiegel geweht und ist hinter uns auf der Straße gelandet.«

»*Was?!*«, kreischte Lisa. »Stopp! Ich muss zurück und ihn holen!«

Dan trat auf die Bremse und fuhr seitlich ran. »Du willst wirklich zurück und deinen Schlüpfer von der Straße auflesen?«

Sie blickte durch die Heckscheibe, und ihre Wangen röteten sich. »Ja.« Sie zögerte. »Nein.«

Dan stieß einen langgedehnten Seufzer aus. »Bleib hier. Ich hole ihn.«

Er entdeckte ihren Schlüpfer am Randstein und hatte ihn gerade aufgehoben, als er spürte, dass er beobachtet wurde. Und wer sollte es auch anderes sein als Mr. Benn, der da über die Hecke zu ihm herüberblickte, die Heckenschere reglos in der Hand? Er sah Dan an. Und er sah das weiße Spitzenhöschen in seiner Hand.

Dan räusperte sich. »Wurde vom Seitenspiegel geweht. Ein Glück, dass ich es gesehen habe.«

Mr. Benn nickte bedächtig. »Gehört sie Ihnen?«

Dan runzelte die Stirn. »Nein.«

»Nun, das ist wenigstens schon einmal etwas.«

Dan wollte Lisa ihr Unterhöschen nicht geben, als er ins Auto zurückkam. »O nein.« Er stopfte es in seine Jeanstasche. »Finderlohn.«

»Aber ich will es anziehen!«, protestierte sie.

»Du schuldest mir etwas«, brummte Dan. »Mann, wie du mir etwas schuldest!«

Auf der Fahrt zum Supermarkt dachte er an ihren nackten Po, und er dachte im Supermarkt daran, während er verschiedene Sorten Kondome auswählte, überrascht von dem großen Sortiment.

»Nimm doch nicht alles!«, zischte Lisa hinter ihm und sandte verlegene Blicke den Gang hinauf und hinunter. »Die Leute müssen denken, wir wären völlig ausgehungert nach Sex!«

»Das bin ich auch«, verkündete er und nahm zwei weitere Sorten, bevor er Richtung Kasse spazierte, die Hände voller Schachteln. Lisa sah nur noch das Wort *Kondome*. Genauso gut hätte er ein Plakat tragen können.

Dan lächelte die junge Kassiererin an, die feuerrot anlief und verstohlen Blicke auf Lisa warf, während sie die Schachteln über den Scanner zog und in Plastiktütchen steckte. Lisa versuchte, nach Möglichkeit hinter Dans Rücken zu verschwinden, während er sich mit dem Zahlen Zeit ließ und die zwei überquellenden Tüten entgegennahm. Lisa war sich sicher, dass er sie in Verlegenheit bringen wollte, indem er so viele Kondome auf einmal kaufte.

Lisa tappte hinter ihm zum Auto. »Das arme Mädchen wusste gar nicht, wo sie hinsehen sollte. Sie war Schülerin.«

»Das ist mein Beitrag zum Aufklärungsunterricht. Ich lasse sie sehen, dass Erwachsene sicheren Sex praktizieren«, antwortete er und schwang sich lässig eine Tüte über die Schulter. Eine Schachtel gerippter Kondome purzelte heraus.

Lisa hob sie eilig vom Asphalt auf und zischte: »Aber musst du ihn so öffentlich praktizieren?«

Er zog eine Schulter hoch. »He, ich habe das Garagentor geschlossen.«

»Das habe ich nicht gemeint!«

Er blickte lachend zu ihr herunter. Er sah zerzaust und entspannt aus, und die angestrengten Falten um seinen Mund und unter den Augen waren verschwunden. Sein dunkles Haar stand hoch, wo sie mit den Fingern hindurch gefahren war. Lisa spürte, wie sich auch ihre Lippen zu einem Lächeln formten. »Du kennst keine Scham, Daniel Brogan.«

»Nicht, wenn es um Sex geht«, stimmte Dan zu und blieb neben dem silbernen Diamante stehen. »Wahrscheinlich ist es so eine Jungensache.« Er verharrte und strich zärtlich über die Motorhaube, bevor er die Türen entriegelte.

Auf dem Nachhauseweg schielte er zu Lisa hinüber. »Schieb deinen Rock hoch!«

»W-was?«

»Ich sagte ...«, seine Stimme fiel um eine Oktave. »Schieb den Rock hoch.«

Sie schluckte und schüttelte den Kopf.

Dans Stimme wurde noch tiefer. »Komm schon, trau dich! *Bitte!*«

Zögerlich ließ Lisa eine Hand an ihrem Schenkel herabgleiten, griff nach dem Stoff ihres Rocks und zog ihn langsam über die Knie.

Dan blickte auf ihr entblößtes Bein und lächelte. »Hübsch.« Als sie an der Ampel hielten, blickte er unter gesenkten Wimpern zu ihr hinüber und flüsterte: »Höher!«

Lisa blinzelte ihn an, während in ihr Abenteuerlust und

Verlegenheit kämpften. Die Abenteuerlust siegte. Sie schob den Rock bis zur Mitte ihrer Schenkel. Falten von Stoff fielen zwischen ihre Beine, und ihr Atem stockte, als sie das pulsierende Fleisch zwischen ihren Beinen berührten.

»Komm schon, Lisa!«, rügte Dan sanft und fuhr wieder an. »Das kannst du besser. Du weißt, dass du willst.«

Sie schluckte, schob die Hände höher und spürte kühle Luft an einem aufgeheizten Ort.

Das Auto vollführte einen kleinen Schlenker. Lisa quietschte und hätte ihren Rock heruntergezogen, hätte Dan nicht heiser geschrien: »Nein! Nicht! ... Ich meine ... Entschuldige! Du bist in Sicherheit, Liebling, ich werde nicht die Kontrolle über das Fahrzeug verlieren, ich verspreche es!«

Er war sich nicht so sicher, ob er das Gleiche von sich selbst behaupten konnte.

Lisa entspannte sich langsam und fand allmählich Spaß an der Sache. Sie rückte ihren Rock zurecht, blickte Dan unter gesenkten Lidern an und fuhr mit den Händen ihre nackten Schenkel entlang.

»Heiliger Bimbam!«, murmelte er.

Von seiner Reaktion ermutigt, spreizte sie ihre Beine etwas und ließ ihre Finger an der Innenseite der Schenkel hochgleiten, um erst kurz vor den schwarzen Löckchen haltzumachen.

»Weiter!«, drängte Dan leise. »Wetten, du traust dich nicht?«

Lisa zögerte.

Er grinste. »Ich wusste, dass du dich das nicht trauen wür... oh, *heiliger Bimbam!*«

Sobald das Garagentor sich hinter dem Auto geschlossen hatte, angelte Dan ein Kondom aus einer der Schachteln, öffnete seine Hose und stülpte es über. Dann griff er hinüber, half Lisa, über die Handbremse zu klettern, und hob sie auf seinen Schoß. Sie keuchte, als sie sich langsam auf ihn senkte, während Dan ihr entgegendrängte.

»Alles okay?«, fragte er atemlos.

»O ja!«, keuchte sie und klammerte sich an seine Schultern, während sie anfing, auf und ab zu schaukeln. Ihr Kopf rollte in den Nacken und ihre Augen schlossen sich. »Und bei dir?«

Dans Augen fielen zu. Er lächelte. »O ja, du bist der hübscheste Sicherheitsgurt, den ich je hatte!«

24

Die folgende Woche war eine der glücklichsten in Lisas Leben.

Sie und Dan waren so miteinander beschäftigt, dass sie kaum Notiz vom Rest der Welt nahmen. Sie konnten die Finger nicht voneinander lassen und verbrachten ihre Nächte engumschlungen. Regelmäßig wachten sie auf und liebten sich, bevor sie wieder einschlummerten. Dan küsste sie jeden Morgen wach und zog sie manchmal mit sich in die Dusche, um sie dort erneut zu lieben. Die Schachteln mit den Kondomen leerten sich rapide.

Lisa fürchtete, er könnte nach der Arbeit zu müde sein, deshalb wollte sie sich zurückhalten und ihn nicht gleich anspringen, sobald er durch die Tür kam, sondern stattdessen fragen, wie sein Tag gewesen war, und ihm erzählen, was es zum Abendessen gab. Doch Dan hatte andere Vorstellungen, wie er empfangen werden wollte. Er ließ die Aktentasche fallen, wo er stand, und drängte Lisa gegen die Küchenanrichte/Wand/den Kühlschrank, nestelte an ihrem Hals und sagte: »Klingt lecker, aber du schmeckst besser.«

»Bist du denn nicht müde?«, erkundigte Lisa sich dann immer und zog ihm das Hemd aus der Hose. »Du hast letzte Nacht kaum Schlaf bekommen.«

Dan wand sich aus seinem Jackett und ließ es durch die Küche segeln, wobei er normalerweise die Obstschale/den Topf mit den Kochlöffeln/die Zuckerschale umwarf und sagte: »Wenn ich müde bin, liegt es an mangelnder sexueller Fitness. Ich muss mehr trainieren.«

»Okay«, stimmte sie dann zu und zog ihm die Krawatte mit Thomas, der kleinen Lokomotive/Wallace und Gromit/Fred Feuerstein über den Kopf. »Ich bin dein persönlicher Trainer.«

Lisa hatte alles über das Verliebtsein gelesen, sie hatte andere Leute davon reden hören, sie hatte sich sogar schon eingebildet, selbst verliebt zu sein – in Dillon Taylor. Aber nichts, *nichts* hatte sie darauf vorbereitet, wie sie für Dan Brogan empfand, und wie es ihre Art war, hielt sie nichts zurück. Sie gab sich ihm voll und ganz hin und wollte alles mit ihm teilen.

Dan konnte nicht glauben, was für ein Geschenk ihm da zufiel. Lisa füllte alle Leere in ihm aus. Zum ersten Mal seit Jahren musste er sich nicht in der Arbeit vergraben, um dem Schmerz seiner gescheiterten Ehe zu entfliehen. Stattdessen fand er morgens nicht so recht den Absprung, wenn er in die Klinik musste.

Untertags rief er Lisa an und erzählte, was die Kinder Lustiges gesagt oder angestellt hatten, weil er wusste, dass sie die Geschichten gerne hörte.

Lisa liebte Dans trockenen Humor. Sie liebte den Anblick, wenn sich sein sonst so ernstes Gesicht zu einem Lachen verzog. Und er zog sie auf, bis sie entweder lachte oder ihn ansprang und mit ihren mädchenhaften Fäusten auf ihn einschlug. »Lächerlich!«, kommentierte er dann und schüttelte den Kopf. »Du musst mehr trainieren.«

Und das tat sie auch – aber es waren nicht Brust, Bauch oder Po, die da trainiert wurden.

Wenn Dan zum Surfen ging, saß Lisa mit einem Picknick am Strand, eingemummt im Winterwind, der Sand auf ihre Sandwiches blies. Er versprach, ihr das Surfen beizubringen, wenn ihr Bein wieder in Ordnung war. Sie versprach, ihm Gitarrespielen beizubringen.

Ihre Beziehung war beinahe perfekt.

Beinahe.

Dan wollte immer noch nicht akzeptieren, dass Lisa war, wer sie vorgab, zu sein. Wenn sie ihm etwas aus ihrer Vergangenheit erzählte, hörte er wortlos zu und wechselte danach das Thema.

Das verletzte Lisa zutiefst. Dan hatte ihr eine völlig neue Dimension im Leben eröffnet. Aber es gab einen traurigen, leeren Teil in ihrem Herzen, den er nie ausfüllen konnte, und das war der Platz, der für ihre Familie reserviert war.

Wenn Lisa versuchte, ihm eine Anekdote oder Erinnerung zu erzählen, hörte er höflich zu und wechselte das Thema, oder er lenkte sie mit Sex ab. Lisa gab vor, dass es ihr nichts ausmachte, doch jedes Mal säte es etwas Unkraut in ihr Paradies. Auch Dan kämpfte mit der Angst. Er wartete auf das dicke Ende. Es bestand noch immer die Chance, dass Linda wieder auftauchte, wenn Lisa ihr Gedächtnis zurückgewann, und Dan wusste nicht, was er dann tun sollte. Seine Gefühle für Lisa gingen viel tiefer, als er je für Linda empfunden hatte, selbst zu Beginn ihrer Ehe. Lisa verstand ihn auf eine Art, wie Linda es nie getan hatte. Lisa hatte ein gesundes Selbstwertgefühl. Er hatte ihrem Kampf in den letzten Monaten zugesehen und wusste, dass sie sich nie zum Opfer machen lassen würde.

Lisa lies Dan die Übungen mit den Flash Cards von Slade übernehmen. Sie ärgerte sich über ihre Fehler, dann lachte sie darüber und kämpfte weiter, bis zu dem Abend, an dem sie Dan einen kompletten Artikel aus der Tageszeitung vorlesen konnte.

»Ich hab's geschafft!«, jubelte sie und schwenkte die Zeitung durch die Luft.

Sie war erschöpft und verschwitzt, und einzelne Strähnen klebten an ihrer Stirn. Dan konnte sich nicht erinnern, dass Lisa je schöner ausgesehen hatte. Er glaubte vor Stolz über ihre Leistung zu platzen. Er stürzte sich auf sie, umfasste ihre Hüften, hob sie an seine Brust und wirbelte mit ihr durch die Küche.

Lisa quietschte, klammerte sich an seinen Schultern fest und musste sich unter der Lampe ducken. »He, das ist toll! Ich bin im Land der Riesen!«

Lachend schleppte er sie zum Bett. Als ihm schließlich Kraft und Kondome ausgingen, murmelte Lisa: »Hätte ich etwas von dieser Belohnung geahnt, hätte ich das schon vor Wochen geschafft!«

Dan musste immer öfter daran denken, dass Lisa schwanger sein konnte. Während der rationale, vernünftige Teil von ihm wusste, dass eine ungeplante Schwangerschaft eine Katastrophe wäre – nicht zuletzt, weil sie sich noch immer von einem schweren Unfall erholte –, wurde er von dem Wunsch ergriffen, sie in der elementarsten Weise an sich zu binden.

Als der Abend der Preisverleihung näher rückte, wurde Lisas Wunsch, von Dan als sie selbst wahrgenommen zu werden, zur Obsession. Sie entschied, sich eine neue Frisur zuzulegen, und heuerte Sherry als Typberaterin an, die ihr sagen sollte, welches von Linda Brogans Kleidern sie am besten trug. Weil Dan beim letzten Mal so abweisend auf Sherry reagiert hatte, behielten die Schwestern den Besuch für sich.

»Du siehst super aus«, erklärte Sherry am Telefon. »Du

könntest einen Sack überziehen und dir die Haare abrasieren und würdest immer noch gut aussehen.«

»Ich brauche deine Hilfe, Sherry Jackson!«, flehte Lisa. »Also komm!«

Sherry kam nur ungern in Dans Haus und musste sich überwinden, Linda Brogans Kleider anzurühren. Eilig wählte sie ein schwarzes Jersey-Strickkleid mit engen Ärmeln, asymmetrischem Saum und tiefem V-Rückenausschnitt aus. »Der Saum überdeckt die hässliche Bandage. Sieh mal ihre BHs durch, aber ich glaube nicht, dass du unter diesem Kleid einen tragen kannst«, meinte Sherry und betrachtete Lisa mit kritischem Auge. Sie deutete auf den weißen Tubigrip. »*Musst* du den die ganze Zeit tragen?«

»Ich nehme ihn nur zum Duschen und Schlafen ab.«

Sherry zog eine Grimasse. »Lass ihn morgen weg.«

»Das wird Dan nicht gefallen.«

»Aber Dan muss ihn nicht tragen.«

Lisa zupfte an ihrem Haar. »Was soll ich damit machen?«

Sherry spitzte die Lippen und überlegte. »Willst du *wirklich* anders aussehen?«

Lisa nickte eifrig.

»Dann schneide es ab.«

»Alles?«

Sherry wühlte in ihrer Handtasche und reichte Lisa eine Visitenkarte. »Verlang nach Russell. Und wenn du schon dabei bist: Bitte Lauren, dir die Brauen zu zupfen. Sie sehen aus wie zwei Raupen.«

»Du alte Schmeichlerin!«, murmelte Lisa.

Sherry überging den Kommentar, warf einen letzten angekelten Blick auf die Stangen voller bezaubernder Kleider und Schuhe und schloss ihre Tasche. »Ich mache mich aus dem Staub.«

Als Lisa Sherry zu ihrem schwarzen SUV brachte, bog Slade gerade auf seinem Motorrad in die Nachbareinfahrt. Lisa erschrak. Slade war ein liebenswerter Kerl, aber nicht besonders gut darin, ein Geheimnis für sich zu behalten, und Lisa wollte *wirklich* verhindern, dass Dan von Sherrys Besuch erfuhr.

»Hallo, Lisa!«, rief er mit neugierigem Blick auf Sherry.

Sherry runzelte die Stirn. »He, arbeitest du nicht im …«

Lisa rammte ihr den Ellbogen in die Flanke und lächelte Slade zu. »Hallo, Slade. Wie geht es dir?«

»Gut«, antwortete er zerstreut und blickte immer noch Sherry an. »Ist Ihr Vater nicht Mr. Jackson im Gartencenter?«, fragte er.

Sherry schnippte mit den Fingern und zeigte auf ihn. »Ich *wusste* doch, dass ich dein Gesicht kenne! Du arbeitest an den Wochenenden dort, stimmt's?«

Slade nickte. »Lisa sagte, sie kenne Mr. Jackson.«

Sherry grunzte unverständlich, verabschiedete sich von beiden und fuhr davon.

Lisa drückte sich neben Slade herum und fummelte nervös an ihren Fingern. »Ähm, Slade?«

»Ja?«

»Kannst du … ähm … Dan gegenüber nicht erwähnen, dass meine Schwes… ich meine, Freundin hier war?«

»Oh? Oh!« Slade nickte verstehend. »Selbstverständlich! Ich kann den Mund halten.«

Lisa lächelte schwach und klopfte ihm auf die Schulter. Sie zweifelte ernsthaft daran.

Als Dan heimkam und Lisas neuen Haarschnitt erblickte, glotzte er sie mit offenem Mund an. »Oh, hi«, sagte er vorsichtig.

»Hi«, antwortete Lisa und strich sich unsicher über die fransigen Strähnen in ihrem Nacken. Sie hatte seiner Heimkehr ängstlich entgegengefiebert, weil sie annahm, dass er wie die meisten Männer auf lange Haare stand. Russell hatte sie wie ein Schaf geschoren.

Er blickte sie weiter unvermittelt an. »Du warst … beschäftigt.«

Lisas Herz sank. Sie ließ den Kopf hängen und wandte sich dem Herd zu. Es gefiel ihm nicht. »Essen ist fertig«, murrte sie.

Dan murmelte etwas Zustimmendes und blickte sie weiter von der Seite an.

Lisa warf ihm einen säuerlichen Blick zu und knallte die Herdklappe mit dem Ellbogen zu, eine Kasserolle zwischen den behandschuhten Händen. »Ich konnte nicht für den Rest meines Lebens mit Zöpfen herumlaufen.«

»Ich sah aus wie ein Schulmädchen«, fuhr Lisa fort und klatschte so gewaltsam Rinderschmorbraten auf zwei Teller, dass Dan halb erwartete, sie würden zerbrechen. »Am Ende hättest du wie ein Perverser gewirkt.«

»*Ich?*« Er war baff. Warum wurde er zum Perversen, wenn sie Zöpfe trug? »Willst du mir etwa sagen, dass du sie dir wegen mir geschnitten hast?«

»Nein«, log Lisa, »für mich.« Sie knallte die Teller auf den Esstisch. »Und wenn es dir nicht gefällt, ist es … ist es … Pech!«

»Es gefällt mir.« Er versuchte, nicht zu lachen. »Du siehst niedlich aus.«

Er ging vorsichtig in Richtung Tisch. Sein Magen knurrte

bei dem appetitlichen Duft, aber noch mehr sehnte er sich danach, Lisa in die Arme zu schließen und zu küssen. »Es gefällt mir«, wiederholte er.

Lisa schien nicht überzeugt.

Während des Essens schielte Dan immer wieder zu ihr hinüber. Sie sah wirklich süß aus. Und ganz schön sexy. Der kurze Fransenschnitt betonte ihren langen weißen Hals und die hohen Wangen. Ihre großen kornblumenblauen Augen beobachteten ihn durch den dünnen Pony. Wie die meisten Männer war Dan ein Fan von langen Haaren und hatte er Lindas Haare immer geliebt. Sie war sehr eitel damit gewesen, deshalb verstörte und erschreckte es ihn, dass Lisa sie abgeschnitten hatte. Linda wäre das im Traum nicht eingefallen – nicht in tausend Jahren.

Als Dan am Morgen vor der Preisverleihung die Zeitung aus dem Briefkasten holte, begegnete er Slade, der sein Motorrad aus der nachbarlichen Garage rollte.

»Morgen, Mr. Brogan.«

»Hallo, Slade.«

Egal, wie oft er Slade aufforderte, ihn Dan zu nennen, der Junge schien es einfach nicht über sich zu bringen.

Slade hievte das Motorrad auf den Ständer und setzte sich den Helm auf. Er trug seine Lieblingslederhose und eine schwarze Lederjacke mit Silberkette über dem Rücken. »Lisa sagte, Sie gingen heute Abend zu einer Preisverleihung mit Dinner.«

»Das stimmt«, nickte Dan. Er wollte im Krankenhaus nach ein paar Kindern sehen, die er am Vortag operiert hatte, und musste los, aber er mochte Slade und war ihm dankbar, dass er sich mit Lisa angefreundet hatte, auch wenn er manchmal ziemlich eifersüchtig auf ihn war.

»Sie war sehr unsicher mit ihrer neuen Frisur und was sie anziehen sollte«, fuhr Slade fort.

Dan versuchte, seinen Ärger darüber zu verbergen, dass der Junge von nebenan besser über Lisas Sorgen und Nöte Bescheid wusste als er. »Ich finde ihre Frisur toll.«

Slade nickte. »Ja, ich auch.« Er griff nach den Lederhandschuhen, und die Silberkette über seinem schmalen Rücken klimperte. »Und ihr Besuch hat ihr bei der Kleiderwahl geholfen.«

Dan horchte auf. »Welcher Besuch?«

Slade erstarrte und seine Lippen formten ein bestürztes, kleines O.

»Welcher Besuch?«, wiederholte Dan.

»Ähm …«

»Komm schon, Slade, wer hat Lisa geholfen?« Dan blickte dem Jungen tief in die Augen, und sein Herz pochte gegen seine Rippen.

Slade war ganz damit beschäftigt, die Schnallen an seinen Stiefeln zu überprüfen. »Den Namen habe ich nicht erfahren.«

Er war ein miserabler Lügner.

Dan redete sich ein, paranoid zu sein, aber er konnte nur noch an Jack Millar denken, der Lisa einen Besuch abstattete – nein, *Linda* –, während die Luft rein war. Vielleicht war die neue Frisur ja für ihn gedacht, überlegte er grimmig. Als er Slades panisches Gesicht bemerkte, zog er sich widerwillig zurück.

»Es war eine Frau!«, rief der Junge noch, was Dans Misstrauen nur steigerte. Seine Miene verhärtete sich. Er wusste, wie treu ergeben Slade gegenüber Lisa und wie stark ihre ungewöhnliche Freundschaft mittlerweile war.

»Schönen Tag noch, Simon«, sagte er knapp und stapfte zu seinem Auto.

Dan blieb lange im Krankenhaus. Als er endlich heimkam, um sich umzuziehen, war er miserabler Laune. Den ganzen Tag lang hatte er darüber gebrütet, wer Lisa besucht haben mochte. Seine Vernunft sagte ihm, dass Slade ihm die Wahrheit gesagt hatte, aber die Erinnerung an Lindas Untreue und den Abend, als er sie mit Jack Millar ertappt hatte, ließen ihm keinen Frieden. Zu allem Überfluss fand er auch noch heraus, dass Janice und Jack Millar auch zur Preisverleihung kamen. Auf der anderen Seite war es vielleicht gar nicht schlecht, dachte er, denn auf diese Weise konnte er sehen, wie Lisa sich in seiner Nähe verhielt.

An ihren leuchtenden Wangen erkannte Dan, wie aufgeregt Lisa war, als sie schließlich zu ihm in die Lounge kam, wo er auf dem Sofa saß und vorgab, ein Rugby-Spiel zu verfolgen. Er trug eine schwarze Hose und einen feinen schwarzen Rollkragenpulli, darüber einen dunklen, sehr schön geschnittenen Blazer mit feinem beigefarbenem Karomuster.

Er starrte auf das aufreizende Kleid mit den langen Ärmeln, dem hohen Kragen und dem schrägen Saum. Er konnte sich nicht erinnern, es je an Linda gesehen zu haben, doch sie besaß so viele Kleider, dass das nichts heißen musste. Ihm gefiel nicht sonderlich, wie Lisas Brüste sich unter dem schwarzen Stoff abzeichneten. Unterhalb des Busens umschlang sie das Kleid wie eine Art Bondage-Outfit bis zu den Hüften hinab, wo es dann auf einer Seite gerafft war.

»Meinst du nicht, du solltest einen BH darunter tragen?«, fragte er missbilligend.

Ihr Lächeln war wie fortgewischt. Sie verschränkte die Arme über der Brust. »Das geht nicht.«

Er blickte sie finster an. »Was soll das heißen, das geht nicht?«

Wortlos drehte sie sich um und präsentierte ihm ihren Rücken.

Beim Anblick des tiefen V-Ausschnitts, der bis zur Taille reichte, biss Dan die Zähne zusammen. »Du wirst erfrieren«, meinte er knapp.

Lisa war am Boden zerstört. Fast hätte sie angeboten, sich umzuziehen, aber sie verbot es sich. Warum war er so ekelhaft? Sie hatte sich den ganzen Tag gefreut, sich schick zu machen. Sie wollte ihm zeigen, wie gut *sie* aussehen konnte, nicht *Linda*, sondern *sie* – Lisa. Und er machte alles kaputt, wie er da saß, zum Anbeißen schön und völlig unerreichbar. Erst nach ein paar Sekunden merkte sie, dass er wieder sprach. »Wie bitte?«

»Ich fragte: Wo ist dein Tubigrip?«

Lisa starrte ihn an. Sie stand im heißen Fummel vor ihm, und er kümmerte sich einzig um einen hässlichen Elastikstrumpf? »Ich habe ihn ausgezogen.«

»Zieh ihn wieder an!«

Sie biss die Zähne zusammen.

Dan starrte auf ihre Füße. »Und warum trägst du hochhackige Schuhe? Du hast gerade einen Gips abgelegt. Bist du verrückt?« Er verstummte.

Lisa stand da wie vom Donner gerührt.

Er errötete schuldbewusst.

»Tut mir leid. Das klang jetzt komisch.«

Das war die Untertreibung des Jahres.
»Dan?«
»Ja?« Er blickte sie erwartungsvoll an.
»Leck mich!«
Sie schluckte die Tränen hinunter und ging vorsichtig in ihr Zimmer, um Make-up und Kleid abzulegen. Dan stand unter Schock. Er konnte nicht glauben, was sie gerade zu ihm gesagt hatte.
Zum ersten Mal an diesem Tag lachte er.
Dann erhob er sich mühsam, um eine Art von Frieden mit ihr zu schließen.
Lisa willigte ein, aus dem einfachen Grund, weil sie sich den Abend nicht vermiesen lassen wollte. Sie war seit Monaten nicht aus gewesen. Sie verstand nicht, was in ihn gefahren war, und zermarterte sich das Hirn nach einer Erklärung. Dan war kein launischer Typ. Er war ausgeglichen und gelassen. Vielleicht war er nur müde.
Oder er verlor das Interesse an ihr.
Die Veranstaltung fand im nahegelegenen North Harbour Sports Stadium statt. Die Fahrt dorthin verlief nahezu wortlos. Schweigend drehte Dan die Heizung auf, als Lisa in der kalten Abendluft fröstelte. Drinnen stützte er sie am Ellbogen, als sie sich auf ihren Stöckelschuhen vorwärtsbewegte, und versuchte, nicht auf ihre Nippel zu achten, die sich unter dem seidenschwarzen Kleid abzeichneten.
In einem Vorraum am Kopf der Treppe drängten sich die Gäste. Auf Schautafeln wurden hier die Projekte erläutert, die für die Auszeichnung vorgeschlagen waren. Die Gäste sollten ihr Lieblingsposter wählen, damit am Ende des Abends der Gewinner dieser Kategorie verkündet werden konnte.

Auf Dan kamen immer wieder Leute zu und begrüßten ihn. Wenn jemand auf Lisa blickte, sagte er schlicht: »Das ist Lisa.«

Nicht *»meine Frau«*.

Lisa entdeckte ein bekanntes Gesicht und keuchte auf.

»Was?«, fragte Dan scharf und folgte ihrem Blick.

»Ich habe gerade Janice Millar gesehen!«, rief sie aus und verrenkte sich den Hals, um sie nicht aus den Augen zu verlieren.

»Na und? Was kümmert es dich?«

Wo Janice war, konnte ihr Mann nicht weit sein. Dan durchsuchte die Menge und entdeckte Jack Millar, der Lisa gierig und durchdringend ansah. Er schien zu merken, dass er beobachtet wurde, und hob den Blick, bis er Dans kalten, unbarmherzigen Augen begegnete. Er zögerte, sichtbar im Konflikt, ob er nun Dan Brogans Frau angaffen oder sich vor ihrem Mann fürchten sollte, der ihm das nicht verzeihen würde. Jack warf einen letzten verunsicherten Blick auf Lisa, bevor er hinter seiner Frau in der Menge verschwand.

Lisa verstand Dans hasserfülltes Gesicht nicht und warum er sie so angeblafft hatte. Sie konnte sich nicht erklären, wie man so heftig auf jemand so Sanftmütiges wie Janice Millar reagieren konnte.

»Na ja, die letzten fünf Jahre habe ich diese Frau mit dem Kopf zwischen meinen Knien gesehen«, erklärte sie. »Ich hoffe, sie sitzt mir beim Dinner nicht gegenüber. Das würde ich nicht verkraften.«

Bei Dan meldeten sich erste Kopfschmerzen. Janice Millar hatte Linda nie behandelt. Bis zu ihrem Unfall war sie immer kerngesund gewesen. Und an die Verbindung zwischen Janice und Lisa Jackson wollte er nicht denken.

Er nahm Lisa beim Ellbogen und sagte knapp: »Ich glaube, wir gehen besser hinein.«

Lisa ließ sich von ihm in den Saal führen, in dem die Preisverleihung stattfinden sollte. Sie wusste nicht, womit sie Dans plötzliche Feindseligkeit ausgelöst hatte. Seit er heimgekommen war, hatte er sich merkwürdig verhalten. Über ihrem Abend brauten sich finstere Wolken zusammen.

Als sie ihre Plätze fanden, musste Lisa feststellen, dass Craig Fergusson am gleichen Tisch saß. Und am anderen Ende saßen Janice Millar und ein Mann, der wohl ihr Ehemann sein musste. Dieser Typ starrte sie die ganze Zeit an, als wollte er sie auf seinen Teller klatschen und verschlingen. Als Lisa in seine Richtung blickte, senkte er die Lider und schenkte ihr ein breites Lächeln. Angeekelt wandte sie sich ab.

Wie hatte sie das geschafft? Sicher hatte keine Frau der Welt das Glück, mit ihrer Gynäkologin und ihrem Psychiater an einem Tisch zu landen. Sie mochte Janice, aber die Frau erinnerte sich natürlich nicht an sie und schien ihren Blick sogar zu meiden. Lisa fragte sich düster, was Linda angestellt hatte, um eine Seele wie Janice gegen sich aufzubringen. Im Gegensatz dazu schien Craig entzückt, sie wiederzusehen, und begrüßte sie freudig.

»Hallo«, grüßten sie lauwarm zurück, als Dan den Stuhl neben ihr einnahm.

»Wie ist es Ihnen so ergangen?«, fragte Craig gedehnt. Lisa war nicht zum letzten Termin erschienen.

Enttäuschung und Nervosität ließen Lisa alle Vorsicht vergessen. »Ach, ganz normal – wie es einem eben so geht, wenn man im falschen Körper gefangen ist.«

Craig zog eine Braue hoch, sparte sich aber jeden Kommentar. Stattdessen stellte er ihr seine Begleiterin Rebecca vor, die Lisa anstarrte, als wäre ihr gerade ein zweiter Kopf gewachsen.

»Ich bin eine Patientin von Craig«, erklärte Lisa matt.

Rebecca sah sie sorgenvoll an.

Dann tat es Lisa leid. Sie beugte sich über den Tisch und tätschelte ihr die Hand. »Keine Sorge, mich muss man nur bei Vollmond einsperren.«

Rebecca blickte unsicher zu Craig, der lächelnd mit den Schultern zuckte und sich seinem Wein zuwandte.

Dan langte beiläufig über den Tisch und umfasste Lisas Hand mit beiden Händen.

Ein Prickeln überzog sie.

»Wir haben heute Vollmond«, raunte er ihr ins Ohr. *»Benimm dich!«*

Umschwebt von seinem leichten, frischen Eau de Cologne löste sich Lisas Ärger in Luft auf. Sie blickte in seine klaren grauen Augen, nur ein paar Zentimeter von ihren entfernt, und dann auf die scharfe Kontur seiner Lippen.

»Hör auf damit!«, flüsterte Dan, als es sich in seiner Lendengegend regte. Verflucht! Lisa musste ihn nur ansehen, und sein Körper verselbständigte sich.

Lisa fühlte sich miserabel. Als sie aufsah, bemerkte sie Craig Fergusson, der sie neugierig von der anderen Seite des Tisches beobachtete. Am liebsten hätte sie ihm die Zunge herausgestreckt, doch dann funkelte sie ihn nur giftig an.

Craig lachte. Er sah Dan an. »Wann dürfen Sie ran?«

Dan zuckte zusammen. »Wie?«

»Ich fragte, wann Sie dran sind.«

Dan errötete.

Craig schlug auf den Tisch und lachte erneut.

»Als Dritter«, sagte Dan säuerlich.

Craigs Augen funkelten vergnügt hinter der Brille. »Dann komme ich nach Ihnen. Ich glaube, laparoskopische Entfernung von Gallensteinen kommt als Erstes und dann das kommunale Hautkrebsprogramm.«

»Oh, das klingt gut. Werden die Gallensteinchen zur Vorspeise oder zum Hauptgang gereicht?«, fragte Lisa spitz.

Rebecca verzog das Gesicht.

Ein Kellner erschien mit einer Silberschale gesalzener Pistazien. »Nüsschen, die Damen?«

Einen Moment lang herrschte Schweigen.

Lisa musste ein Lachen unterdrücken. Craig gluckste.

Dan lächelte widerwillig.

Rebecca unterdrückte ihren Ekel.

»Was passiert da am anderen Tischende?«, rief Janice Millars Mann. »Ich habe das Gefühl, wir verpassen hier alles.«

Lisa bemerkte Dans versteinerten Blick nicht, mit dem er Jack bedachte, aber Craig sah es.

»Reichen Sie rüber!«, rief er dem verwirrten Kellner zu, ohne Jack zu beachten. »Schau mal, Rebecca, deine Lieblingssorte – grüne Pistazien.«

Rebecca war grüner als die Nüsse.

Der Mann rechts von Dan, ein Kollege aus der Chirurgie, fragte ihn etwas zum Ilizarov-Programm, und Dan klammerte sich an diese Ablenkung wie ein Ertrinkender an den rettenden Strohhalm. Doch auch während dieser angeregten Unterhaltung über Knochenbildungstechniken und die durchschnittliche Wachstumsrate des Knochengewebes versuchte er, herauszufinden, ob Lisa Millar nun erkannt hatte und ob das Verlangen, das vor ein paar Minuten in ihren Augen aufgeflackert war, ihm oder ihrem alten Liebhaber gegolten hatte. Dieser Gedanke brachte ihn zur Weißglut. Zu gerne hätte er Jack Millar das selbstgefällige Lächeln vom Gesicht gewischt. Einzig Janices ängstliches Gesicht hielt ihn davon ab. Doch er wandelte auf dünnem Eis.

Die nächsten eineinhalb Stunden wurde das Dinner aufgetragen, und die Projekte wurden in Glanz und Glorie auf eine große Leinwand hinter dem Podium gebeamt. Lisa war fassungslos, dass man von ihr erwartete, zu essen, während die Entfernung eines Gallensteins übergroß auf die Leinwand projiziert wurde. Sie blickte auf die schrumpeligen Kartoffel-Bällchen auf ihrem Teller, und ihr Magen zog sich zusammen.

Rebecca schien es nicht besser zu ergehen. Die Nichtmediziner im Saal waren leicht zu erkennen. Sie aßen immer zögerlicher, je weiter der Abend fortschritt, und rollten die Augen wie scheue Pferde angesichts der schaurigen Bilder, während sich Dan, Craig und die andren Heilberufler ungerührt durch die Gangfolge arbeiteten.

Lisa und Rebecca hatten sich in stiller Übereinkunft stattdessen aufs Trinken verlegt. Der junge Kellner erfasste bald die Situation und brachte ihnen eine eigene Flasche Wein. Dan und Craig waren so gefangen von den Präsentationen, dass sie erst spät merkten, dass ihre Begleiterinnen sich betranken.

Dan sah Lisa an wie ein Alien, der soeben aus John Hurts Bauch geschlüpft war. Seit er seine Frau aus dem Krankenhaus abgeholt hatte, hatte sie keinen Alkohol angerührt, und betrunken hatte er sie noch *nie* erlebt.

»Gary?« Lisa kniff die Augen zusammen, um das Namensschildchen am Revers des Kellners zu entziffern, als er das nächste Mal an den Tisch kam. »Sie heißen doch Gary, oder?«

»Nein«, antwortete er. »Ich heiße Rory.«

»Tatsächlich?« Lisa blinzelte und lächelte ihn liebenswürdig an. »Wussten Sie, dass SpongeBob eine Katze namens Gary hat?«

Lisa hatte Jack Millar noch keines zweiten Blickes gewürdigt, sehr zu seinem Verdruss. Er saß am anderen Ende des Tisches, beobachtete sie und trank stetig vor sich hin.

»Ja, ich weiß«, grinste Rory. »Das ist mein Lieblingscartoon.«

»Meiner auch«, strahlte Lisa ihn an und schielte auf sein Namensschildchen. »Aber warum steht da nicht *Rory?*«

»Steht doch da«, entgegnete Rory geduldig, entkorkte eine frische Flasche Cloudy Bay und ersetzte die leere.

»Tatsächlich?« Lisa war so überrascht, dass sie ganz übersah, wie Dan mit vielsagendem Blick zum Kellner die Flasche aus Lisas und Rebeccas Reichweite schob.

»Mh-hm«, murmelte Rory nervös.

»Entschuldigung«, sagte Lisa. »Ich bin Legasthenikerin.«

Dan sog scharf die Luft ein. Linda hatte ihre Schwäche nicht einmal *ihm* gegenüber eingestehen können, geschweige denn einem ganzen Tisch voller Fremder. Er starrte die beschwipste Frau an seiner Seite verblüfft an und wünschte, sie würde ihm nicht ständig rücklings eins überbraten. Er weigerte sich strikt, zu glauben, dass sie nicht Linda war, auch wenn Lisa viel netter war als Linda – lustiger, herzlicher, lieber, freundlicher … und *schärfer*, rief Dan sich in

Erinnerung, als ob er dieses spezielle Detail je vergessen könnte! Der Tisch war alles, was ihn vom gesellschaftlichen Ruin trennte. Er verbarg seine himmelwärts gerichtete Erektion, die er verzweifelt unter Kontrolle zu bringen suchte. Mit Schrecken sah er dem Moment entgegen, wo er zum Podium gerufen wurde und aufstehen musste, um sein Projekt vorzustellen.

Als das kommunale Hautkrebsprogramm begann, stöhnten Rebecca und Lisa gemeinschaftlich auf. Zum ersten Mal fiel ihnen auf, dass ihnen ihre Weinflasche abhandengekommen war.

»Wie konnte das passieren?«, wunderte sich Rebecca. Lisa sah Dan und Craig vorwurfsvoll an.

»Alles in Ordnung, die Damen?«, erkundigte sich Craig unschuldig.

Lisa funkelte ihn an.

Rebecca wagte einen Blick auf die Leinwand und gab einen erstickten Laut von sich. »O nein!«

Lisa sah auf und zuckte zusammen. »Ist das heute Ihr erstes Date?«, erkundigte sie sich.

»Nein, das zweite«, erwiderte Rebecca. »Und wahrscheinlich das letzte.«

Dan lachte über Craigs beleidigte Schnute, dann lauschte er wieder dem Vortrag der Frau auf der Bühne, die lebhaft die schauerlichen Bilder diverser Hauterkrankungen kommentierte.

Rebecca musterte Dan nachdenklich. »Als Frau eines Chirurgen sind Sie solche Sachen wenigstens gewöhnt.«

»O ja«, antwortete Lisa trocken. »Ich bin ein alter Hase.« Sie wandte sich an Dan. »Kann ich meinen Wein zurückhaben?«

»Nein. Du bist schon knülle.« Damit machte er sich wieder über die Coffee-Torte auf seinem Teller her.

Lisa riskierte einen Blick auf die Leinwand und erschauerte. »Wie man beim Anblick solcher Bilder ans Essen denken kann, übersteigt mein Verständnis.«

Schließlich wurde Dan aufgerufen, um das Ilizarov-Projekt vorzustellen. Lisa wurde von Stolz erfüllt, als er zur Bühne ging. Er hatte sofort die Aufmerksamkeit der weiblichen Zuhörerschaft auf sich gebannt, und Lisa vermutete, dass das nicht am übermäßigen Interesse für die Orthopädie lag.

»Wird dieser Vortrag unappetitlich?«, erkundigte Rebecca sich.

Lisa dachte an die Kinder im Krankenhaus und sah sie entschuldigend an. »Nicht so schlimm wie die Hautkrankheiten oder die Gallensteine – stellen Sie sich menschliches Shish Kebab vor, und Sie haben einen Eindruck.«

Rebecca stöhnte und blickte Craig aus gefährlich engen Augen an. »Wenn du nicht willst, dass ich schreiend aus dem Saal renne, solltest du Rory mit frischem Wein herwinken – und zwar *pronto!*«

Dans Präsentation war die beste des Abends. Die Bilder der Kinder verzauberten und bewegten das Publikum, aber noch mehr bewegte die Leute der große amerikanische Chirurg mit dem selbstironischen Charme und der bescheidenen Art. Die Leidenschaft für sein Fach und die Art, wie er über seine persönliche Anteilnahme sprach, vermittelten den Zuhörern das Gefühl, selbst an den Prozessen auf der Leinwand teilzuhaben. Nach dem Vortrag war sich Lisa sicher, dass die Leute lauter applaudierten als bei seinen Vorrednern. Und sie selbst klatschte am lautesten.

»Du warst genial!«, rief sie, als er zu seinem Platz zurückkehrte. »Ich wette, du gewinnst!«

Ihr ungehemmter Enthusiasmus ließ ihn etwas auftauen. »Da wäre ich mir nicht so sicher. Die Konkurrenz ist ziemlich stark.«

Lisa war begeistert, als Dans Präsentation am Ende des Abends den Preis für Innovation gewann, und sie sprang auf, um zu applaudieren und ihn zu umarmen, bevor er von seinem Stuhl hochkam. Er grinste und ging zur Bühne, um eine Glastrophäe entgegenzunehmen und eine kurze Dankesrede zu halten, die den Eindruck vermittelte, alle möglichen Leute seien für den Erfolg des Projekts verantwortlich, nur nicht er.

Als Lisa ihm zusah, wie er von der Bühne zurückkam, gestand sie sich ein, was für ein Gefühl ihr Herz und ihre Seele ausfüllte.

Sie liebte Dan.

Sie hatte sich tatsächlich in ihn verliebt.

25

Am nächsten Morgen war Lisa verkatert. Sie blieb im Bett und litt vor sich hin. »Erinner mich daran, nie mehr zu trinken«, stöhnte sie. Dan lag ihr zugewandt auf seiner Seite und betrachtete sie nachdenklich, eine Hand unter seinem Ohr. Für die morgendliche Übelkeit war es noch zu früh, sagte er sich. »Irgendwelche Anzeichen für deine Periode?«, wollte er wissen.

Lisa hob träge die Lider, und ihre Augen verfinsterten sich, als sie seinen angespannten Ausdruck bemerkte. Sie sagte sich immer wieder, dass seine Besorgnis bezüglich einer Schwangerschaft vernünftig war, und dennoch tat es weh. »Nein, dafür ist es noch zu früh. Außerdem kündigt sie sich nicht mehr groß an.« Sie machte eine bedeutungsvolle Pause, bevor sie hinzufügte: »Nicht so wie früher.«

Wie üblich ging er nicht darauf ein. Der einzige Hinweis, dass er sie gehört hatte, waren seine schmalen Lippen. Doch diesmal weigerte Lisa sich, auf den Wink zu achten. Sie blickte stur auf die Wand neben dem Bett. »Manchmal verbrachte ich den ganzen Monat im Bett.«

Schweigen.

»Janice Millar setzte mir eine Spirale ein, aber sie half nicht, und bei einer Laparoskopie stellte sich heraus, dass mein gesamtes Becken befallen war.« Lisa fragte sich, ob Dan bewusst war, wie fest seine Finger sich in ihre Schulter gruben. »Sie dachte, die Spirale würde helfen, aber …«

»… sie half nicht«, sprach Dan mit brüchiger Stimme

den Satz zu Ende. Er setzte sich ruckartig auf, rutschte ans Kopfteil und boxte die Kissen hinter seinem Nacken in Form.

Lisa starrte zu ihm auf. »Woher weißt du das?«, fragte sie leise.

»Ich habe Lisa Jacksons Krankenakte gelesen.«

Lisa traute ihren Ohren nicht. »Du hast meine Krankenakte gelesen? Wann? Wann hast du sie gelesen?«

»Vor Wochen«, gestand er widerstrebend.

»Vor Wochen?«, wiederholte sie und suchte in seinem Gesicht nach einem Hinweis auf seine Gedanken. »Warum hast du mir nicht davon erzählt?«

»Ich wusste nicht, wozu.«

Lisa spürte Wut in sich hochkochen, bis sie dem Rumoren in ihrem Magen ebenbürtig war. »Du wusstest nicht, wozu«, wiederholte sie. »Sag mir, wenn du nicht *wusstest, wozu*, warum hast du dir dann die Mühe gemacht, die Akten einer Toten zu lesen, der du nie begegnet bist? Was hat dich dazu veranlasst, Dan?«

Darauf wollte er nicht antworten.

»Du mieser Hund!« Sie kämpfte sich in eine sitzende Position hoch und zog sich die Bettdecke über die Brüste. »Wie kannst du es wagen? Die ganze Zeit habe ich dir Sachen von mir erzählt, wie die Sache mit dem Klumpfuß in meiner Kindheit und der Endometriose, dabei *wusstest du bereits Bescheid!* Du hast alles über mich gelesen, und du wusstest, dass nur Lisa Jackson – oder jemand, der ihr nahestand – all diese intimen Details kennen konnte!«

»Ich habe die Akte von *Lisa Louise Jackson* gelesen«, erwiderte er trotzig. »Du *bist* nicht Lisa Louise Jackson.«

Lisa verlor die Beherrschung. Sie holte aus und schlug

wild nach ihm, doch Dan war schneller, größer und viel stärker als sie. Er packte ihren Arm, bevor die Hand sein Gesicht traf.

Dan war erschüttert. Er sah Bilder der alten Linda aufblitzen. »Hör auf! Beruhige dich!«

Als sie sich wieder gegen ihn warf, fing Dan sie ein, rollte sich auf sie und drückte sie mit seiner Körpermasse auf die Matratze.

Lisa versuchte, ihn von sich zu wälzen, aber es war aussichtslos. Sie sah, wie ihre törichten Träume für die Zukunft sich in Luft auflösten. »Warum kannst du mir nicht glauben?«

In seinen Augen standen Trauer und Frustration. »Ich kann es nicht! Himmel! Das könnte *niemand*, Lisa! Niemand kommt in den Himmel und wird von einem Engel-Azubi in den Körper einer anderen zurückgeschickt. Außer man gehört zur Besetzung von *Charmed*.«

Lisa erblasste. Sie zitterte. Erschrocken beobachtete Dan, wie sie von Kopf bis Fuß von einer Gänsehaut überzogen wurde. Sie sah aus, als stünde sie unter Schock.

»Runter von mir!«, befahl sie tonlos.

Er zögerte. »Lisa …«

»Meinst du nicht eher *Linda?*«, fragte sie gepresst und stemmte ihre Hände gegen seine Brust. »Runter!«

Widerstrebend folgte er und setzte sich auf die Fersen.

Lisa kletterte mühsam aus dem Bett, als wäre sie um Jahre gealtert. Sie wickelte sich das Laken um und zog es beim Rückwärtsgehen unter der Matratze hervor.

Dan schluckte und rieb sich die Brust. Die Tatsache, dass sie ihre Blöße bedecken musste, schmerzte in seinem Herzen, was dumm war – denn wie konnte ein Herz schmerzen? Oder ähnelte der Schmerz, wenn man Zeuge einer zerbrechenden Beziehung wurde, dem eines Herzinfarkts?

Lisa wich zurück, zog das Laken mit sich und ließ Dan nackt auf dem Bett zurück, seine große, kräftige Gestalt so schön, dass sich ein Kloß in ihrem Hals bildete. Zu gerne hätte sie ihm gesagt, dass sie ihn hasste, aber sie hätte lügen müssen.

»Wohin gehst du, Lisa?«, fragte Dan leise und gespannt.

»Zurück in mein altes Zimmer.«

»Tu das nicht, Lisa!«, bat er. »Bitte, wir finden einen Ausweg.«

»Das glaube ich nicht«, flüsterte sie und verließ das Zimmer, das Laken hinter sich schleifend. »Ich kann nicht vorgeben, jemand zu sein, der ich nicht bin – nicht einmal für dich, Dan.«

In der folgenden Nacht schlafwandelte Lisa. Sie war erstaunt, dass sie überhaupt schlief, aber irgendwann schalteten ihr Körper und ihr Geist einfach ab.

Dan wurde dieses Glück nicht zuteil. Er lag in seinem großen, leeren Bett und erinnerte sich an Lisas gequältes Gesicht und dass sie ausgesehen hatte, als ob man ihr den Stecker herausgezogen hätte. Er war nicht überrascht, als er ein Scheppern hörte, das klang, als wäre sie gegen die Kommode gerempelt und hätte dabei ein paar Gegenstände herabgestoßen. Er hatte es erwartet – sie schlafwandelte immer, wenn sie überreizt war.

Doch als er nach ihr sehen wollte, stellte Dan fest, dass sie die Tür verschlossen hatte.

Lisa blieb den ganzen Sonntag in ihrem Zimmer und war im Bett, als Dan am Montag in die Arbeit musste. Bevor sie ging, klopfte er leise an ihre Tür, aber sie antwortete nicht. Je weniger sie von ihm sah, desto weniger würde es schmerzen, wenn sie ihn verließ. Denn verlassen musste sie ihn nun. Lisa wusste, dass Dan sich im Flur herumdrückte, bevor sie schließlich sein Auto aus der Garage fahren hörte. Und unglaublicherweise rannen wieder Tränen aus ihren Augen – sie fragte sich ernsthaft, wo sie alle herkamen.

Das Telefon klingelte mehrfach, aber Lisa ging nicht ran. Gegen Mittag rappelte sie sich schließlich auf und kroch aus dem Bett, ging unter die Dusche, und dann weinte sie schon wieder, als sie sich den Geruch von Dan und ihrem Liebesspiel am Samstag abwusch. Die Seifenblasen schienen ihr symbolisch für ihre zerbrechliche Beziehung. Aber Lisa erinnerte sich daran, dass Dan ihr zu keinem Zeitpunkt gehört hatte. Er war ihr nur durch einen Irrtum zugefallen.

Kurz vor drei klopfte es an der Haustür. Als Lisa öffnete, fühlte sie sich wie durch die Mangel gedreht. Sie trug noch immer ihren ausgewaschenen Jeansrock, ein ausgeleiertes olivfarbenes Sweatshirt mit Polokragen und ein schwarzes langärmliges Shirt von Dan darüber. Die Ärmel hatte sie mehrfach auf die Länge ihrer Arme hochgekrempelt, und es reichte ihr bis zu den Kniekehlen. Sie trug es einzig aus dem Grund, weil es nach Dan roch. Lisa sah alles andere als glamourös aus. Ihre Augen waren verquollen, und ihre Nasenspitze so rot, dass sie Rudolph dem Rentier Konkurrenz gemacht hätte.

Ein Mann stand vor der Tür, gewandet in einen teuren anthrazitfarbenen Anzug und glänzende Loafer, das petrolfarbene Einstecktuch in der Brusttasche des Jacketts exakt abgestimmt auf die petrol-graugestreifte Krawatte. Sein blondes Haar war sorgfältig gestylt und hinter die Ohren gekämmt. Er blickte sie aus außergewöhnlich muskatbraunen Augen an. Lisa blinzelte zurück und erkannte schließlich den Mann von Janice Millar. Sie nahm an, dass er nach Dan suchte.

»Entschuldigung«, nuschelte sie teilnahmslos. »Dan ist nicht zu Hause. Er ist im Krankenhaus.«

Jack Millar war entsetzt. »Linda! Was hat dieser Schuft mit dir angestellt?«

Lisa runzelte die Stirn. Langsam regte sich bei ihr der Verdacht, Jack könnte vielleicht doch nicht nach Dan suchen. »Ich bitte um Verzeihung?«

»Du siehst entsetzlich aus, Darling. Bist du krank?« Er streckte die Hand nach ihrer Wange aus.

Lisa wich zurück.

Das *Darling* war ein erster Hinweis, dass Jack und Linda Brogan vielleicht mehr als eine flüchtige Bekanntschaft verband. Lisa sah sich Jacks Gesicht genauer an und musste plötzlich an das kleine Baby im Wartezimmer denken. Ihr Magen zog sich zusammen.

Linda musste ein Verhältnis mit dem Mann von Janice Millar gehabt haben. Er war der Vater ihres Kindes!

»Ich glaube, Sie gehen jetzt besser.«

Sie versuchte, die Tür vor seiner Nase zu schließen, aber Jack stieß seinen Fuß in den Spalt und schob sie wieder auf.

»Linda, ich bin es! Jack!«, rief er.

Sie stemmte die Schulter gegen die Tür und drückte fester, aber er zwängte sich hinein. »Linda! Was soll das?«

»Bitte gehen Sie!«

Fiebrig überlegte Lisa. Was würde Sherry in einer solchen Situation tun? Wahrscheinlich ihm einen gezielten Tritt in die Weichteile verpassen.

»Aber wir müssen uns unterhalten!«, flehte er. »Du kannst dir nicht vorstellen, was es für mich bedeutet hat, zu wissen, dass du bei Dan warst und wie sehr du ihn hasst. So oft wollte ich kommen und dich hier herausholen!«

Lisas Brauen senkten sich, ihre Wut entzündete sich an der Kritik an Dan. »Ich hasse Dan nicht! Ich verstehe nicht, wie Linda Sie jemals Dan vorziehen konnte. Sie muss komplett verrückt gewesen sein.«

»Was?!« Jack war baff.

»Wenn Sie nicht verschwinden, rufe ich die Polizei.«

Er sah sie verblüfft an. »Was ist in dich gefahren? Du hast dich verändert!« Er runzelte die Stirn. »Außerdem gefällt mir nicht, was du mit deinem Haar gemacht hast.«

»Glauben Sie, das interessiert mich?«, schrie Lisa. »Verschwinden Sie jetzt! Ich schwöre, sonst rufe ich die Polizei!«

Sie waren so miteinander beschäftigt, dass sie das Auto nicht bemerkten, das draußen in die Einfahrt bog.

Als er keine Anstalten machte, zu gehen, schnappte Lisa sich das Telefon von dem Glastisch mit dem schmiedeeisernen Gestell neben der Eingangstür und begann, die 111 zu wählen. Jack gaffte sie mit offenem Mund an, als sie tatsächlich ernst machte. Er stürzte sich auf Lisa und versuchte, ihr das Telefon zu entwinden.

Sie kämpften um das schwarze Telefon, als Dan plötzlich in der Tür stand. Als er Lisa mit Jack Millar ringen sah, der das Telefon gerade an sich riss, verzerrte sich sein Gesicht zu einer mörderischen Maske. Lisa hielt das Telefon mit beiden Händen umklammert, aber ihr Knöchel hatte sich verdreht, was höllisch weh tat.

Lisa sah auf. »Dan!«, schrie sie erleichtert.

Jack sah sich um, erblasste, und seine Lippen formten das Wort *Scheiße*.

Dan packte Jack beim Kragen seines teuren Jacketts, holte mit der rechten Faust aus und schlug ihm mitten ins Gesicht. Es krachte befriedigend, als seine Nase brach und die petrol-graue Krawatte vollblutete.

Jack sank wie ein nasser Sack auf den gefliesten Boden und presste die Hände auf seine Nase.

Lisas Augen waren groß wie Untertassen. Sie blickte zwischen Dans höhnischem Gesicht und Jacks am Boden gekrümmter Gestalt hin und her. »Hast du ihn umgebracht?«, flüsterte sie.

»Wenn ich Glück habe«, knurrte Dan und rieb sich die aufgeschürften Knöchel. »Stehen Sie auf, Millar!«

Jack versuchte, sein Nasenbluten mit der Krawatte zu stoppen. »Nein. Sie schlagen mich nur wieder«, gab er näselnd zurück.

»Deine Hand!«, rief Lisa. »Hast du dich verletzt?«

Dan riss seine Hand weg, als Lisa sie berühren wollte.

»Wieso Hand? Was ist mit meiner Nase?«

»Gehen Sie doch zum plastischen Chirurgen«, riet Lisa gehässig. »Vielleicht kann er ja gleich noch Ihre Moral kitten.«

»Du Miststück!«

»Mach die Tür auf!«, knurrte Dan.

Lisa öffnete eilig die Tür.

Dan hob Jack vom Boden auf und schleuderte ihn in den Vorgarten.

Als Lisa die Tür geschlossen hatte und sich umdrehte, war Dan verschwunden. Sie entdeckte ihn im Badezimmer, wo er ein Handtuch in kaltem Wasser einweichte.

»Alles in Ordnung?«, fragte sie leise. Sie fühlte sich ausgehöhlt und erschüttert.

Dan sah sie nicht an. »Alles klar«, antwortete er knapp und wickelte sich das flauschige blaue Tuch um die Hand.

»Hier, lass mich helfen ...«

Die Kälte in seinen Augen ließ Lisa verstummen. Sie wich zurück, bis sie an den Handtuchhalter stieß, und schlang sich die Arme um ihre Hüfte.

»Warum bist du so früh nach Hause gekommen?«, erkundigte sie sich und hoffte, er würde sagen, um sich mit ihr zu versöhnen.

Sein Mund zuckte. »Ja, tut mir leid, habe ich euch das schöne Wiedersehen vermasselt?«

Ihre Hoffnung fiel in sich zusammen und wurde durch messerscharfen Schmerz ersetzt, der sie von innen her zerfraß. »Sah das vielleicht nach freudigem Wiedersehen aus?«

Er zuckte mit den Schultern. »Was weiß denn ich? Vielleicht verschafft es dir und Millar einen Kick, zu balgen, bevor ihr zur Sache kommt.«

Lisa unterdrückte einen Schluchzer.

Sie hatte sich etwas vorgemacht. Sie konnte ihm nichts bedeuten – nicht ernsthaft –, wenn er so beiläufig darüber sprechen konnte, wie sie mit einem anderen Mann schlief. Aber was Dan betraf, war sie Masochistin, das wusste sie bereits, deshalb versuchte sie noch einmal, ihm die Wahrheit vor Augen zu führen.

»Ich habe ihn nicht eingeladen, Dan. Er stand plötzlich vor der Tür. Ich wusste nicht einmal, wer er ist.«

»Aber du konntest es dir ausrechnen, nicht wahr?«

Lisa schüttelte heftig den Kopf. »Bitte, tu das nicht, Dan! Ich weiß, es gibt viele Probleme zu lösen, aber ich will bei *dir* sein.« Sie schluckte und flüsterte: »Ich liebe dich.«

Er erstarrte. »Komm mir nicht mit dem Scheiß!«

»Das ist kein *Scheiß!*«, rief Lisa, ging auf ihn zu und blickte ihm in die Augen. »Ich tue alles! *Alles!* Gib mir nur eine Chance!«

Er sah sie durchdringend an. »Alles?«

Sie nickte, und ihre Lippen formten ein stummes Ja.

Er machte kehrt und stapfte zum Schlafzimmer. Lisa folgte ihm in den großen begehbaren Schrank, in dem Lindas Kleidung hing. Sie blieb in der Tür stehen und sah zu, wie Dan zu dem großen schwarzen Schmuckköfferchen ging, das auf dem untersten Regalbrett stand. Er klappte es auf und holte etwas heraus. Dann drehte er sich zu Lisa und streckte ihr die offene Hand entgegen. »Leg sie an!«

Lindas Verlobungs-Diamantring und ihr Hochzeitsring aus Platin lagen in seiner Hand. Lisa starrte sie an, mit großen Augen und sinkendem Herzen, während ihr Tränen die Sicht verschleierten.

»Du willst nicht, oder?«, spottete er. »Ich mache *alles*, hast du gesagt, aber du willst nicht einmal das Zeichen unserer Verbundenheit tragen.«

Tränen rannen über ihre Wangen. Lisa wusste, dass es hoffnungslos war.

»Wie sollten sie ein Zeichen unserer Verbundenheit sein?«, fragte sie. »Sie gehören Linda, sie sind ein Symbol für deine Ehe mit ihr – nicht mit mir. Du bist nicht fair.«

Dans Mund zuckte. »Wer hat je behauptet, das Leben sei fair?«

Es dauerte zwei Tage, bis Lisa das Haus verlassen konnte. Zwei Tage, bis sie einen Platz fand, wo sie unterkam.

Sherry hätte sie sicher bei sich aufgenommen, aber das hätte sie in eine peinliche Lage gebracht. Wie hätte sie erklären sollen, dass Linda Brogan bei ihr wohnte? Das wollte Lisa ihrer Schwester nicht antun.

Schließlich half ihr Edie Cruickshank aus der Patsche. In ihrer Verzweiflung hatte Lisa sich an die Nachbarin gewendet: »Ich brauche Ihre Hilfe, Edie. Ich muss verschwinden und weiß nicht, wo ich hingehen soll.«

Edie musterte Lisas blasses Gesicht und ihren verwahrlosten Zustand und führte sie in ihr orange-braunes Wohnzimmer.

»Da habe ich genau das Richtige für Sie«, meinte sie.

Lisa brauchte fast einen ganzen Tag, um Dan in einem Brief zu erklären, dass sie ihn verließ und ihm für alles dankte, was er für sie getan hatte. Ihre Legasthenie machte das Schreiben zu einer echten Herausforderung, und außerdem hatte sie noch nie einen Abschiedsbrief verfasst. Nach langem Zögern entschloss sie sich, Dan das kleine Geschenk dazulassen, das sie für seinen Geburtstag in der nächsten Woche besorgt hatte. Dass Dans Geburtstag am 1. Juli war, hatte sie zufällig bei einem Anruf von Dans Bruder Glenn erfahren. Sie hatte keine Mühe gescheut, um das perfekte Geschenk zu besorgen.

Es war ihr erstes Gespräch mit Glenn Brogan gewesen, und sie nahm an, dass sie ihn gemocht hätte, wäre Gelegenheit gewesen, ihn besser kennenzulernen. Er klang fast genauso wie Dan, obwohl Lisa das Gefühl hatte, dass sich hinter der coolen höflichen Stimme am anderen Ende ein ziemlich umtriebiger Charakter verbarg. Besonders sympathisch war Lisa, dass Glenn seinen Bruder anscheinend in Schutz nehmen wollte und Linda nicht gemocht hatte. Als Dan heimkam, hatte sie ihm von dem Anruf erzählt und davon, was sie über Glenn dachte. Dass sie von seinem Geburtstag erfahren hatte, behielt sie jedoch für sich.

Lisa ließ das kleine, in Geschenkpapier gewickelte Päckchen und den gelben Umschlag mit der Glückwunschkarte neben seinem Computer zurück, zusammen mit dem Haustürschlüssel.

Und ihrem Herzen.

26

Esmeralda Moody war Edies drei Jahre jüngere Schwester. Allerdings war sie in schlechterer Verfassung als ihre große Schwester und konnte aufgrund von Arthritis in beiden Hüften nicht ohne Gehhilfe laufen. Dass diese Schwester existierte und Esme genannt wurde, wusste Lisa, seit Edie ihr bei der Suche nach Dans Geburtstagsgeschenk geholfen und zu diesem Zweck ihre Schwester angerufen hatte.

»Ich stehe auf der Warteliste für eine künstliche Hüfte, aber wer weiß, wann ich drankomme«, erklärte Esme.

Sie war eine kleine zerbrechliche Frau mit sandblond gefärbter Kräuseldauerwelle und Augenbrauen, die sie jeden Morgen mit dem passenden Kajal nachzog.

»Ich bin vielleicht alt und verkrüppelt, aber ich möchte trotzdem gepflegt aussehen.« Der Anblick von Esmes kleinem Häuschen entrang Lisa ein Lächeln. Der Vorgarten war mit Gartenzwergen jeglicher Art gefüllt, die allerlei Beschäftigungen nachgingen. Mit Sherry hatte sie oft darüber spekuliert, wer wohl in diesem Haus wohnen mochte. Sherry hatte eine Theorie, dass der Bewohner ein völlig durchgeknallter Axtmörder war, der die Leichen seiner Opfer unter den Zwergen vergrub. Jedes Mal, wenn ein neuer Zwerg hinzukam, versprach Sherry, die Bewohnerin dieses Hauses zu verhören. Sie hätte sich krummgelacht, hätte sie erfahren, dass Lisa ins »Zwergenhaus« zog.

Das Innere des Hauses war mit allem möglichen Nippes gefüllt, der Staub fing, und im Garten hinter dem Haus stand Esmes preisgekrönte Disney-Sammlung, komplett mit Schneewittchen und den sieben Zwergen, Bambi, Klopfer und Blume und einigen Figuren aus *Cinderella*.

»Das sind Sammlerstücke, müssen Sie wissen«, erklärte Esme voller Stolz. »Mir fehlt nur noch die böse Stiefmutter, dann habe ich *Cinderella* komplett und kann mit *Dornröschen* anfangen. Prinz Philip habe ich schon bei eBay erspäht.«

»Was Sie nicht sagen!«, kommentierte Lisa matt, tastete sich vorsichtig um Zwerg Chef und Zwerg Schlafmütz herum und dachte an die Verwüstung, die sie beim Schlafwandeln in einem solchen Garten anrichten konnte.

Lisa wurde das Gästezimmer zugeteilt, in das mit knapper Not ein Bett passte. Sie willigte ein, Einkäufe zu erledigen, Besorgungen zu machen und Aufgaben im Haushalt zu übernehmen, die für Esme zu schwierig waren, um die niedrige Miete zu ergänzen, die sie zahlen sollte. Zum Glück zählte Staubwischen nicht zu ihren Aufgaben, denn bei Lisas derzeitiger Gemütsverfassung hätten die Zierfigürchen wahrscheinlich nicht lange überlebt. Aus Dans Haus hatte sie einzig die Kleidung mitgenommen, die sie in ihrer Zeit dort gekauft hatte, und Linda Brogans Pass, der eine Arbeitserlaubnis enthielt.

An dem Morgen, nachdem sie bei Esme eingezogen war, besorgte Lisa sich einen Kellnerjob bei Flavasum, dem Café, das ans Gartencenter anschloss. Es waren nur dreißig Stunden die Woche, und die Bezahlung war nicht überwältigend, aber für Miete und Essen reichte es, solange sie haushielt. Esmes Haus lag nah genug, dass sie zur Arbeit laufen konnte.

Die Betreiber hießen Anton und Susie, ein Ehepaar, das

gerade sein erstes Kind bekommen hatte, einen Jungen namens Jonah, den aber alle Joey nannten. Lisas größte Sorge war, dass sie mit ihrer Legasthenie zu langsam für das gut besuchte kleine Café war. Als sie bei ihrem Vorstellungsgespräch spürte, dass Anton ihr den Job anbieten wollte, platzte sie eilig damit heraus, dass sie Legasthenikerin war.

»Bist du das? Ich auch«, antwortete Anton, ohne mit der Wimper zu zucken. »Wann kannst du anf…«

»Aber vielleicht kann ich die Bestellungen nicht schnell genug aufnehmen.«

»Doch, das kannst du. Wir haben nämlich ein System.« Anton deutete auf die Speisekarte, die mit Kreide auf einer Tafel stand, die den größten Teil der Wand einnahm. »Siehst du da? Stern und Haken stehen für Gemüse-Frittata, Mond für Beilagensalat, Kreis ist Muffin, Kreis mit Punkt in der Mitte Rosinenbrötchen.« Er zuckte mit den Schultern. »Ganz leicht.«

Lisa studierte fasziniert die Karte. Es gab also doch einen Gott!

»Du wirst dir die Symbole bald eingeprägt haben. Wer ein Symbol für etwas Neues erfindet, das wir der Karte zufügen, gewinnt einen Kaffee Latte und einen Muffin.« In seinem Lächeln lag alles Verständnis der Welt. »Also, willst du den Job?«

»Ja, ja, *bitte!*«

Edie hatte ihrer Schwester genug über Lisas Situation erzählt, damit sie ihr ein Zimmer gab, aber das Herz der alten Dame erwärmte sich sofort für die hübsche junge Frau mit den traurigen blauen Augen und dem verlorenen Ausdruck. Esme trauerte noch immer ihrem Gatten Leonard nach, der vor über vierzig Jahren gestorben war, doch zum ersten Mal schätzte sie sich glücklich, dass sie vom Tod getrennt wurden. Wie viel schlimmer musste es sein, von einem Lebenden zurückgewiesen zu werden.

Die Arbeit im Café und Esme Moodys unerschütterliche Freundlichkeit waren alles, was Lisa in den ersten Tagen bei der Stange hielt.

Anton bemühte sich, das Café zu führen und Susie zu Hause mit dem kleinen Sohn zu helfen, deshalb sahen auch alle Mitarbeiter abwechselnd nach Joey, wenn er einen Teil seiner Schlafenszeit im Kinderwagen in der Ecke des Cafés verbrachte, solange Susie kochte. Lisa bot sich immer als Erste an, das Baby spazieren zu fahren, wenn er oder seine Mutter zu knatschig wurden.

Lisa freundete sich mit Starr Warrender an, einer anderen Bedienung. Starr war ein elfenhaftes Mädchen mit tief mahagonigefärbten Haaren, die sie zwei Zentimeter lang trug und zu Igelstacheln gelte. Ihre großen Augen waren von einem fantastischen Lavendelblau und wurden von dicken rußschwarzen Wimpern gerahmt. Sie trug einen kleinen Silberstecker in der Nase, glänzend schwarze Docs an den zierlichen Füßen und fuhr Motorrad. Starr machte gerade eine Ausbildung zur Hebamme und finanzierte sich Kursgebühren und Lehrmaterial mit dem Kellnern.

Lisa arbeitete hart, weil es ihr leichter fiel, nachts zu schlafen, wenn sie erschöpft war. Starr und Anton sorgten dafür, dass sie sich mindestens ein Mal am Tag hinsetzte und von dem reichhaltigen Essen im Café aß, während sie sich insgeheim wunderten, was für ein Mann ihr wohl diese Ringe unter den Augen und den traurigen Schwung um ihre weichen Lippen verursachte.

»Mistkerl!«, raunte Starr Anton zu, während sie die

Tische mit einem feuchten Tuch abwischte. »Den würde ich gerne einmal in die Finger bekommen! Lisa ist so ein feiner Kerl.«

»Vielleicht ist es ja kein Mann«, fühlte sich Anton verpflichtet, zu sagen.

»Lisa ist keine Lesbe!«, widersprach Starr fest.

»Woher willst du das wissen?«

»Weil meine Mutter eine ist.«

Während Lisa ihnen zutiefst dankbar für ihre Freundlichkeit war, war das Tröstlichste an diesem Kellnerjob, dass sie so nah bei ihrem Vater sein konnte. Vom Café aus führten Falttüren auf den Ausstellungsbereich im Hinterhof des Gartencenters, und bei guter Witterung saßen die Gäste unter bernsteinfarbenen Sonnenschirmen an Tischen und genossen den Duft und den Anblick der Pflanzen und des Brunnens mit seinen vier tänzelnden Pferden, die Wasser aus ihren Mäulern spuckten.

Brian schien sich zu freuen, Lisa zu sehen. Er bemerkte den schwarzen Rock und die lange schwarze Schürze um ihre Hüfte und zog fragend eine Braue hoch. »Arbeiten Sie jetzt in dem Café?« Er pflanzte winzige Sämlinge von Tabletts in einzelne Töpfchen.

Lisa lächelte. Allein schon seine gutmütigen nebelblauen Augen und sein ruhiges Gesicht machten die Leere in ihrer Brust erträglicher. »Ja.«

»Haben Sie aufgegeben, die kranken Pflanzen der Nachbarschaft zu retten?«

Als er ihre frühere Nachbarschaft erwähnte, brannten Lisa schon wieder die Augen. Zu gerne hätte sie den Kopf an seine Schulter gelegt und sich an ihn gekuschelt, wie sie es früher so oft getan hatte.

Brians Lächeln verblasste. »Ist alles in Ordnung?«, fragte er besorgt und sah, wie zerbrechlich und dünn sie aussah und welche Trauer in ihren Augen lag.

Lisa biss sich auf die Lippe und nickte. »Ja.« Sie schüttelte den Kopf. »Nein. Ich weiß nicht.« Sie wischte sich die Augen und holte tief Luft. »Ich … bei mir ging es in letzter Zeit drunter und drüber.«

Er nickte verständnisvoll.

Ihr Blick fiel auf die Sämlinge, die er in Töpfe setzte. »Sie erwarten Besuch von einer Schulklasse, oder?«

Brian war überrascht. »Ja. Woher wissen Sie das?«

Ihr Vater verteilte immer Sämlinge an die Kinder, die sie nach Hause mitnehmen und aufziehen konnten.

»Woher wissen Sie das?«, wiederholte er, ein Sämling schwebte über einem der schwarzen Töpfchen mit dunkler Blumenerde.

Lisas Lächeln verblasste. »Gut geraten.«

Dann beugte sie sich über den Pflanztisch und drückte vorsichtig den kleinen Finger in die Erde eines Töpfchens. Anschließend zog sie ihn heraus, so dass ein perfekt proportionierter Tunnel für den Sämling zurückblieb, genau wie Brian es ihr, Sherry und Ben als Kindern beigebracht hatte, als sie aufgeregt ihre eigenen Pflanzen gesetzt hatten.

Brian starrte auf das Töpfchen, dann hob er langsam den Blick und sah Lisa ins Gesicht. »Warum haben Sie das getan?«, fragte er zittrig.

»Weil es mir so beigebracht wurde«, erklärte sie leise. Dann wischte sie sich die Hand an der Schürze ab und ging langsam zum Café, während er hinter ihr herblickte.

Es gab ein paar weitere Höhepunkte in dieser ersten Woche, in der Lisa wie durch dichten Nebel wandelte. Die Zeit wurde zu ihrem Kindermädchen. Sie sagte ihr, wann sie aufzustehen und schlafen zu gehen hatte, wann sie duschen sollte und, weniger erfolgreich, wann es Zeit zum Essen war. Esme war eine gute, bodenständige Köchin und freute sich, jemanden umsorgen zu können. Doch meistens wurden die Ergebnisse ihrer Bemühungen von Lisa nur angeknabbert, die beständig Gewicht verlor. Außerdem fing sie wieder mit dem Schlafwandeln an, was Esme beunruhigte und Lisa in Panik versetzte, wenn sie an all die kleinen Figürchen dachte. Esme war nicht Dan. Sie besaß weder die Kraft noch die Toleranz, um mit Lisas nächtlichen Wanderungen fertig zu werden.

Aus Angst, noch vor Ablauf der ersten Woche Esmes geliebte Figürchen zu zerdeppern oder – schlimmer – einen Zwerg zu zerstören und auf die Straße gesetzt zu werden, gab Lisa sich geschlagen und vereinbarte einen Arzttermin, um sich Schlaftabletten verschreiben zu lassen. Sie ging absichtlich nicht zu ihrem alten Hausarzt, weil ihre Mutter als Sprechstundenhilfe für ihn arbeitete und Lisa wusste, dass sie der Anblick von Jill vollends aus der Fassung bringen würde. Sie hatte Glück und bekam noch am gleichen Tag einen Termin in der Praxis, die sie anrief.

Als Lisa der Sprechstundenhilfe erklärte, das erste Mal in dieser Praxis zu sein, bekam sie ein Formular überreicht, das sie ausfüllen sollte. Die Sprechstundenhilfe trug blondgebleichte Haare und künstliche Bräune. Sie sah aus, als hätte man sie zu lange in der Sonne liegen gelassen. Auf ihrem Namensschild stand *Lexie*. »Wenn Sie umgezogen sind oder vor kurzem geheiratet haben, fügen Sie bitte Ihre alte Adresse und Ihren Mädchennamen hinzu«, erklärte sie Lisa.

Lisa fragte sich, was Lexie wohl denken würde, wenn sie ihre jüngsten Änderungen bei Adresse und Familienstand angab.

Nachdem sie den Zettel ausgefüllt hatte, brachte sie ihn zur Empfangstheke und kehrte zu ihrem Platz in dem überfüllten Wartebereich zurück, um sich in ein Frauenmagazin zu vertiefen. Schon wieder ein schwangerer Filmstar! Lisa starrte auf die Fotos und dachte traurig daran, wie sehr Dan sich vor einer Schwangerschaft gefürchtet hatte. Als vor ein paar Tagen ihre Periode einsetzte, hatte sie geweint.

Lexie war damit beschäftigt, ihre Daten in den Computer zu tippen.

»Heißen Sie sicher Lisa Brogan? Wir haben eine *Linda* Brogan unter Ihrer alten Adresse in der Datei.«

Lisa saß kerzengerade auf ihrem Stuhl. Typisch, dass sie ausgerechnet Lindas Arzt erwischen musste! So viel zur Diskretion in der Praxis – das gesamte Wartezimmer nahm an ihrer Unterhaltung teil. Lisa räusperte sich. »Nein. Nein, das bin nicht ich.«

Lexi runzelte die Stirn. »Das ist seltsam.« Sie fuhr mit der Maus herum und klickte. »Nächster Angehöriger Daniel Kelly Brogan?«

Dan hieß Kelly mit zweitem Namen? Allein beim Klang seines Namens tränten ihre Augen. Sie blinzelte schnell und war sich unangenehm bewusst, wie der gesamte Wartebereich lauschte. »Nein, das bin ich nicht.«

Lexie blickte auf ihren Erfassungsbogen, als die Tür aufging. »Nein, wahrscheinlich nicht. Ihr nächster Angehöriger ist Sherry Ann Jackson.«

Lisa blickte zerstreut zur Tür und erstarrte.

In der Tür stand ihre Mutter, die Stirn in tiefe Falten gelegt.

Lisa war erschüttert, wie sehr sie sich verändert hatte. Jills blondes Haar war stark mit Grau durchsetzt und hätte einen Haarschnitt vertragen, und um die blaugrauen Augen und den Mund hatten sich neue Falten gebildet. Sie sah ausgezehrt, gebrechlich und unbeschreiblich traurig aus.

Lisa starrte wortlos in das geliebte Gesicht ihrer Mutter und kämpfte gegen den Impuls an, sich in ihre tröstenden Arme zu werfen. Jill starrte Lisa an, als wüchsen ihr Hörner aus dem Kopf.

»Sie können jetzt rein«, sagte Lexie. »Und übrigens ist es eine Vertretung. Dr. Peachgrove ist heute nicht da.«

Lisa floh in Richtung Sprechzimmer.

Jill Jackson starrte der schwarzhaarigen Frau hinterher. Sie hatte ein ungutes Gefühl in der Magengegend, so als würden sich ihre Eingeweide verknoten, andererseits hatte sie dieses Gefühl seit Lisas Unfall oft gehabt. Bei sich nannte Jill es noch immer *Unfall*, sie brachte es nicht über sich, es ihren Tod zu nennen. Etwas an der jungen Frau und der Art, wie sie Jill angesehen hatte, verursachte ihr eine Gänsehaut. Die Familie zog Jill oft wegen ihrer »Gefühle« auf. Sie nannten sie eine Hexe, und eine Zeitlang hatten sie ihr Besen und zum Geburtstag sogar eine Katze namens Salem geschenkt. Aber Jill hatte die Erfahrung gemacht, dass es ein großer Fehler war, dieses Bauchgefühl oder diese Vorahnung – oder wie immer man es nennen wollte – zu ignorieren. Und jetzt war das Gefühl übermächtig, dass die hübsche, schwarzhaarige Frau mit dem flehentlichen Blick eine besondere Bedeutung für sie hatte.

Jill war lange genug Sprechstundenhilfe, um zu wissen, wie wichtig Diskretion war, was man von Lexie Bartlett nicht behaupten konnte. Lexie hatte Jill um Hilfe gebeten, weil sich am Morgen eine Kollegin krankgemeldet hatte. Jill opferte ihren freien Tag nur allzu gerne. Sie hasste Wochenenden und freie Tage, denn sie ließen ihr zu viel Zeit zum Nachdenken.

»Wer war das?«, erkundigte sie sich leise bei Lexie, als sie ihre Handtasche unter die Empfangstheke stopfte.

»Lisa Brogan«, verkündete Lexie in voller Lautstärke. »Das ist wirklich verrückt. Sie *sagt*, sie sei eine neue Patientin, aber ich habe eine Mrs. Linda Brogan unter ihrer alten Adresse. Aber sie hat einen anderen nächsten Angehörigen und ein anderes Geburtsdatum angegeben.«

Lexie blickte auf die flimmernden Buchstaben auf ihrem Bildschirm. »So etwas hasse ich! Das bringt alles durcheinander.«

Jill hörte sie kaum noch. Sie starrte auf Lisa Brogans Geburtsdatum. Es war das gleiche wie das *ihrer* Lisa. Sie schüttelte verwirrt den Kopf.

»Und raten Sie was?«, rief Lexie überrascht aus, den Blick noch immer auf den Computer geheftet. »Ihre nächste Angehörige ist Sherry Ann Jackson. Das ist aber nicht Ihre Sherry, oder?«

Jill war so erschüttert, dass sie früher heimgehen musste. Sie lag auf dem Bett, das sie mit Brian teilte, als er abends vom Gartencenter zurückkam. Die Vorhänge waren zugezogen, und es gab kein Abendessen.

Brian blieb in der dunklen Tür zum Schlafzimmer stehen, das er seit über dreißig Jahren mit seiner Frau teilte. »Jill?«, fragte er unsicher. Er fürchtete sich davor, was er in ihrem Gesicht sehen würde, wenn er ans Bett trat. Sie ging erst seit kurzem wieder zur Arbeit und bewältigte seit ein paar Wochen einfache Aufgaben wie die Zubereitung des Abendessens.

Eine Last fiel von seinen Schultern, als Jill sprach. »Heute ist etwas Merkwürdiges passiert.«

Brian ging ans Bett. »Tatsächlich? Was denn?«, erkundigte er sich sachte.

»Na ja«, antwortete sie, »heute kam eine Frau in die Praxis von Dr. Peachgrove. Ich hatte sie noch nie gesehen. Sie war mir völlig fremd.« Sie schwieg kurz und drehte den Kopf auf dem Kissen ihrem Mann zu. »Sie hieß Lisa und hatte keinerlei Ähnlichkeit mit *unserer* Lisa, aber als sie mich ansah …« Jill schluckte, doch der Kloß in ihrem Hals blieb bestehen. »Das erste Mal, als sie mich *ansah*, Brian …«

Ihr Atem stockte, und sie musste tief Luft holen, bevor sie fortfahren konnte. »Sie sah mich auf genau die gleiche Weise an wie Lisa, wenn sie Angst hatte oder von ihrer Endometriose gequält wurde. Ich schwöre bei Gott, Brian!« Jill presste sich die Hand auf den Mund, um einen Schluchzer zu unterdrücken. »Sie hat mich mit Lisas Augen angesehen, mit genau dem gleichen Ausdruck! Ich weiß, ihr haltet mich für eine Spinnerin und macht euch immer lustig, wenn ich diese komischen Gefühle habe, aber …«

Brian setzte sich vorsichtig auf die Bettkante, so aufgewühlt von Jills Eröffnung, dass er seinen Beinen nicht mehr traute. »Wie sah sie aus?«, fragte er.

Jill sah ihn überrascht an.

»Sie … sie hatte schwarzes Haar und blaue Augen und war sehr hübsch … wie Sherry.« Sie machte eine Pause. »Warum fragst du?«

»Ist sie gehumpelt?«

Jill runzelte verwirrt die Stirn. »Ich ... ich bin mir nicht sicher. Ich glaube, sie hatte einen elastischen Verband am Bein. Brian? Kennst du diese Frau?«

»Ich glaube schon«, antwortete er und erzählte ihr die Geschichte von dem Sämling und all den anderen Malen, wo diese Frau namens Lisa Brogan zu ihm gekommen war, um ihm ihre Pflanzen zu zeigen.

Jill setzte sich auf, umklammerte ein Kissen und hörte ihm aufmerksam zu. Als er fertig war, knipste sie die Nachttischlampe an. Sie blinzelten sich im Licht an.

»Brian, was geht hier vor?«, flüsterte Jill, und ihre blaugrauen Augen erschienen riesig in dem ausgemergelten Gesicht.

Brian schüttelte langsam den Kopf. »Ich weiß es nicht, Liebes. Aber ich hatte genau das gleiche Gefühl, immer wenn ich sie sah. Sie erinnert mich so sehr an unsere Lisa ...« Seine Stimme erstarb.

Jill streichelte ihm tröstend den Arm. Dann erstaunte sie Brian, indem sie plötzlich mit fester Stimme sagte: »Wir müssen der Sache auf den Grund gehen.«

Er sah sie verblüfft an. »Wie?«

»Nun, fürs Erste müssen wir ein Wort mit Sherry sprechen, denn rate mal was? Sie ist als Lisa Brogans nächste Angehörige aufgeführt.«

27

Das Geschirr stapelte sich in der Spüle, und die Schmutzwäsche quoll aus dem Waschkorb. Dan konnte nicht fassen, dass Lisa tatsächlich verschwunden war und ihn verlassen hatte – obwohl er sich eingestehen musste, dass er ihr mit seinem Ultimatum mit Lindas Ehering kaum eine Wahl gelassen hatte. Er hatte sie absichtlich vergrault, dabei aber nie geglaubt, dass sie wirklich gehen würde. Sie sagte, sie *liebe* ihn, Himmel noch mal!

Ihr Geburtstagsgeschenk und die Karte wären fast zu viel für ihn gewesen. Welche Frau verlässt einen Kerl und hinterlässt ihm noch ein Geburtstagsgeschenk? Als Dan das Päckchen öffnete, wurde er von solchem Kummer und Schmerz ergriffen, dass er glaubte, seine Brust müsste zerspringen.

Lisa hatte ihm eine Krawatte für seine Sammlung geschenkt, eine mit dem Esel von *Shrek*, den er vor einer Ewigkeit erwähnt hatte. »Ach, Lisa …«, murmelte er und streichelte das Gesicht mit den großen Zähnen.

Dan versuchte, sich einzureden, dass es ihm ohne sie besser ging, aber am Morgen des dritten Tages war er halb krank vor Sorge. Wo steckte sie? Passte sie auf sich auf? Hatte sie Probleme mit ihrem Bein? Er machte sich Sorgen um ihr Schlafwandeln und dass sie sich dabei verletzen könnte. Er fragte sich, wie sie finanziell über die Runden kam. Dan konnte nicht aufhören, an sie zu denken, und es trieb ihn in den Wahnsinn.

Immer wieder fuhr er am Haus der Jacksons vorbei. Er fragte sich schon, warum ihn niemand aus der Familie bemerkte und die Polizei alarmierte, doch von Lisa gab es keine Spur. Aber warum sollten die Jacksons auch die Frau aufnehmen, die ihrer Tochter ins Auto gefahren war und sie umgebracht hatte, hielt er sich vor. Doch irgendwie schien dieses Argument nicht mehr zu ziehen.

Lisa erschien nicht zu ihrem Termin bei Craig Fergusson. Dan wusste nicht mehr ein noch aus. Schließlich ging er zu Craig und erzählte ihm Lisas Geschichte und dass sie verschwunden war und er nicht wusste, wo sie steckte.

Craig war besorgt, sowohl von Dans Geschichte als auch von Lisas Verschwinden. »Sie müssen sie finden! Sie ist in keinem Zustand, in dem man sie allein lassen darf.«

»Ich weiß nicht, wo ich suchen soll«, antwortete Dan matt.

Craig überlegte angestrengt. »Sagten Sie nicht, dass Lisa Jacksons Schwester bei der Polizei ist?«

»Ja.«

»Warum rufen Sie nicht bei ihr an?«, schlug er vor. »Lisa hat vielleicht versucht, mit ihr in Kontakt zu treten, und selbst wenn nicht, sollte man die Familie Jackson vielleicht in Kenntnis setzen.«

Dan war unwohl bei dem Vorschlag. Es klang, als wäre Lisa eine Axtmörderin, aber schließlich trieb ihn die Verzweiflung, und er suchte Sherrys Nummer aus dem Telefonbuch heraus und rief sie an.

»Wann haben Sie sie zum letzten Mal gesehen?«, fragte Sherry nach längerem Schweigen.

»Vor zehn Tagen.«

Wieder Schweigen.

»Dann kommen Sie besser zu mir.«

Dan spürte zum ersten Mal seit Tagen so etwas wie Hoffnung in sich aufkeimen und legte die Strecke zu Sherrys Haus in Torbay in Rekordzeit zurück. Doch die großgewachsene Polizistin begrüßte ihn mit den Worten: »Ich weiß nicht, wo Lisa ist, Brogan.«

Diese Eröffnung kam einem Schwinger in die Magengrube gleich. Eine Weile stand Dan auf der Schwelle und stierte auf die Stelle, wo Sherry gerade gestanden hatte, bis ihm bewusst wurde, dass sie hineingegangen war und die Tür hinter sich offen gelassen hatte. Dan suchte sich seinen Weg und kam in eine moderne, einladende Küche, zitronengelb gestrichen, mit maßgefertigten Schränken aus freundlichem goldbraunem Holz.

Sherry saß an einem Küchentisch aus heller Kiefer, die langen Beine ausgestreckt und die Hände lose zwischen den Knien gefaltet. Als Dan hereinkam, deutete sie auf einen Stuhl.

Irgendwie gelang es ihr, ihre maskuline Pose elegant aussehen zu lassen. Selbst in schwarzer Jogginghose und Kapuzenpulli mit Reißverschluss sah Sherry Jackson fantastisch aus. Wie so viele vor ihm wunderte sich Dan, was eine Frau mit Modelmaßen zur Polizei verschlug. So jemanden wie Sherry hätte man eigentlich auf dem Cover von *Vogue* oder *Sports Illustrated* erwartet.

»Sie hat ein paarmal bei mir angerufen«, fing Sherry an und musterte die Bartstoppeln und die dunklen Ringe unter Dans Augen.

Bei diesem klingelten sofort sämtliche Alarmglocken. »Sie hat ihr Handy zurückgelassen. Sehen Sie auf Ihrem Telefon die Nummer des Anrufers?«

Der geringschätzige Bogen, den ihre Braue formte, verriet ihm, dass er eine ziemlich dumme Frage gestellt hatte. »Dann wissen Sie also *doch*, wo sie ist?«

»Nein, ich weiß es *nicht*«, log Sherry. »Sie ist meine Schwester, keine Kriminelle, und sie wird mir *sagen*, wo sie ist, wenn sie dazu bereit ist.«

Dan spürte die gleiche Wut in sich hochkochen wie beim Anblick von Jack, als er mit Lisa rang. Am liebsten hätte er ihm die Eier ausgerissen. Er hatte das Gefühl mit jenem an dem Abend verglichen, als er Jack am Pool mit Linda überrascht hatte, doch bei diesem Anlass hatte ihn vor allem Abscheu erfüllt, und er hatte gehen müssen. Doch kein Exekutionskommando hätte Dan von Jack und Lisa weggebracht, als er sie zusammen in seinem Haus sah.

Sherry setzte sich unmerklich auf, und ihr Blick wurde härter.

Dan hörte auf, sie zornentbrannt anzusehen. Beschämt bemerkte er, dass Sherry in Verteidigungshaltung gegangen war. Diese Frau mit über eins achtzig und Muskeln wie eine Athletin würde sich im Kampf sicher bewähren, dessen war Dan sich gewiss. »Keine Sorge«, bemerkte er heiser, »ich kann mich beherrschen.«

»Das ist gut«, erwiderte sie ruhig. »Denn ich habe wirklich keine Lust, Sie zu verhaften.«

Dans Mundwinkel zuckten.

»Was hat Lisa gesagt, als sie anrief?«, fragte er. »Klang sie in Ordnung?«

»Nein, sie klang miserabel.«

Er blickte sie finster an.

Sherry zuckte mit den Schultern. »Was haben Sie erwartet? Geben Sie zu, Sie würden sich ärgern, hätte ich gesagt, es ginge ihr prächtig. Aber sie klang genauso zerknirscht, wie Sie aussehen.«

Dans gequälter Blick erweichte Sherrys Herz. Sie erzählte ihm, dass Lisa eine Bleibe und einen Job gefunden hatte.

»Einen Job?«, staunte er. »Lisa hat einen Job?«

»Was meinen Sie, wie sie sich sonst über Wasser halten sollte?«, erkundigte Sherry sich sarkastisch.

»Ich hätte ihr doch Geld gegeben! Sie hätte keinen Job gebraucht.«

»Ach, hören Sie doch auf!«, keifte Sherry. »Es ist genau das, was Lisa brauchte. Sie musste von Ihnen loskommen und auf eigenen Füßen stehen.«

Er funkelte sie an. »Ach, tatsächlich?«

»*Ja!*« Sherry funkelte zurück. »*Tatsächlich.*«

»Bei wem wohnt sie?«

»Bei einer alten Dame, mehr weiß ich auch nicht.«

»Bei einer alten Dame? Was für eine alte Dame?«

»Sind Sie taub, Brogan? *Ich … weiß … es … nicht!*«

Nachdem er sich hier in einer Sackgasse befand, wandte Dan sich seinem anderen Anliegen zu. »Warum bezeichnen Sie Lisa als Ihre Schwester? Sie wissen, dass sie das nicht ist. Sie ist Linda Brogan – *meine Frau*.«

Sherry sah ihn belustigt an.

»Verraten Sie mir etwas, Daniel«, forderte sie ihn auf und klang dabei so sehr wie Lisa, dass Dan ganz mulmig wurde. »*Erscheint* sie Ihnen wie Ihre hochgeschätzte Gattin? Versuchen Sie, ehrlich zu antworten!«

Er kniff die Lippen zusammen und verweigerte die Antwort.

Sherry lachte freudlos.

Dann stand sie auf, ging zu dem großen Vorratsschrank in der Ecke und zog an der Tür. Sie verfing sich mit der Unterkante auf dem Linoleum. Als Sherry sie wieder schloss, sah Dan die Kratzer auf dem schwarz-weißen Schachbrettboden.

»Sehen Sie, wie diese Tür klemmt?«

Er nickte und fragte sich, was eine windschiefe Schranktür mit Lisa zu tun haben sollte.

»Mein Bruder Ben hat dieses Haus für mich gebaut, und es ist perfekt, weil er ein absoluter Perfektionist ist.« Sie lächelte und hob die Tür etwas an, so dass sie sich mühelos öffnen ließ. »Nur diese Tür treibt ihn in den Wahnsinn. Er will sie immer reparieren. Meine Familie zieht ihn damit auf – es ist einer unserer alten Witze.« Sie schloss die Tür und starrte eine Weile darauf. »Als Lisa das erste Mal hier war, holte sie sich Taschentücher aus dem Schrank. Sie wusste genau, wo ich sie aufbewahre. Und als ob das noch nicht seltsam genug wäre, wusste sie außerdem …« Sherry zog die Tür erneut auf, »… wie weit man diese Tür hier anheben muss, damit sie nicht klemmt.« Sie schlug sie zu und sah Dan an. »Ohne dass ich ein Wort sagte, wusste sie, wo ich meine Taschentücher aufbewahre und wie man diese Tür hier öffnet. Neulinge haben immer Probleme damit, Dan.«

Ein Prickeln überzog Dans Nacken.

Sherry Jackson war wie er ein Mensch, der sich mit Tatsachen beschäftigte. Und doch glaubte sie, dass seine Frau Linda ihre Schwester Lisa war.

Sherry zog einen gelben Fotoumschlag aus einer Küchenschublade. Sie blätterte durch die Bilder und hielt Dan eines hin.

Er schielte argwöhnisch darauf. »Was ist das?«

»Ein Foto von Lisa.«

Dan starrte auf das Foto, als wollte ihm Sherry eine Handgranate andrehen, bei der sie den Splint bereits gezogen hatte.

»Erzählen Sie mir nicht, Sie hätten sich noch nie gefragt, wie sie früher aussah!«, höhnte sie.

Dan nahm ihr das Foto zögerlich ab. Noch langsamer senkte er den Blick.

Das Bild zeigte Sherry zwischen einem Mann und einer Frau. Sherry hatte die Arme um die Hälse der anderen gelegt. Das Trio grinste in die Kamera und prostete dem Betrachter mit Bierdosen zu. Dan warf einen flüchtigen Blick auf den dunkelhaarigen Mann, den er nicht kannte. Seine ganze Aufmerksamkeit galt der Frau, die sich lachend an Sherry schmiegte. Sie war zierlich und reichte Sherry gerade bis zur Schulter. Unter dem weißen Tanktop zeichneten sich kleine Brüste und ein zerbrechliches Schlüsselbein ab. Ihre Augen waren nebelblau, das zierliche Kinn lief spitz zu, und ihr kurzes Haar war blond und lockig. Sie war eher niedlich als hübsch, mit einem strahlenden Lächeln, aber Dan bemerkte die Schatten unter den großen Augen und die mageren Wangen, typische Hinweise auf ein chronisches Leiden, das mit Schmerzen verbunden war. Und ihm fiel auf, dass ihr ganzes Gesicht strahlte – genauso wie Lisa ihn in den vergangenen Monaten so oft angestrahlt hatte.

Dan fühlte sich wie vor den Kopf geschlagen.

»Alles in Ordnung?«, erkundigte Sherry sich und rückte näher.

»Ja.« Dan schluckte und fuhr sich über das Gesicht. »Ja. Sie … äh … halten mich auf dem Laufenden?«, fragte er heiser, unfähig, ihrem Blick zu begegnen.

»Wenn sie das nächste Mal anruft, sage ich ihr, dass Sie hier waren«, versprach Sherry, als es an der Haustür klopfte.

Dan nutzte es als Signal zum Aufbruch und folgte Sherry in den Flur, als sie an die Tür ging. Ein Paar in mittleren Jahren stand auf der Schwelle. Wie zerstreut Jill war, zeigte sich daran, dass sie hereinkam und den riesigen Dan Brogan übersah, der Sherrys halben Flur ausfüllte.

»Warum erscheinst du bei einer Frau namens Lisa Brogan als nächste Angehörige in der Kartei bei Dr. Peachgrove?«, wollte Jill wissen.

Dan spitzte sofort die Ohren. Lisa war beim Arzt gewesen?

Er musterte das Paar. Das mussten Sherrys Eltern sein – und Lisas, wenn man ihr glauben wollte.

Sherry tat ihm leid. Sie machte einen leicht gehetzten Eindruck. Das Vernünftigste wäre, zu gehen, bevor die sprichwörtliche Kacke am sprichwörtlichen Dampfen war.

Sherry unterdrückte ein Stöhnen. Es war eine Sache, Dan Brogan Lisas Zufluchtsort zu verschweigen, jedoch eine ganz andere, wenn es um ihre Eltern ging. Neben ihr spannte sich der große Amerikaner an wie ein Wachhund vor dem Angriff, während ihre Mutter wie ein aufgeregter Pudel zitterte. Was hatte Lisa nun schon wieder angestellt? Sherry blickte ihren sonst so ausgeglichenen Vater an, doch auch er stand unter Strom. »O Mist!«, murmelte sie.

»Woher wissen Sie, dass Lisa beim Arzt war? Ist sie krank?«, fragte Dan barsch.

Jill zuckte erschrocken zusammen. »Wer sind Sie?«

»Ich bin Lisas Mann«, erwiderte er knapp.

»Nein, das sind Sie nicht«, gab Sherry zurück. »Sie sind Linda Brogans Mann.«

»Linda Brogan?«, fragte Jill mit hochgezogenen Lefzen. »Das ist die Frau, die meine Tochter getötet hat!«

»Jill, so kannst du das nicht sagen!«, wandte Brian müde ein. »Sherry hat dir doch gesagt, dass Lisa die Vorfahrt missachtet hat.«

Jill stieß mit einem Finger in Dans Richtung. »Seine Frau hatte nicht einmal einen Führerschein!«

Dans Kopfhaut begann zu jucken. Lisa hatte ihm gesagt, dass sie die Vorfahrt missachtet hatte. Sie hatte so gut wie zugegeben, die Schuld am Unfall zu tragen.

»O Gott …«, stöhnte Sherry und presste ihre Handballen auf die Augen. In ein paar Stunden begann ihre Nachtschicht, und sie konnte wirklich ohne dieses Theater leben.

Dan überlegte, warum Lisa wohl beim Arzt gewesen war. Ihm fielen nur zwei Gründe ein: Entweder machte ihr das Bein zu schaffen oder sie war schwanger. Konnte er ein solcher Glückspilz sein? Er achtete nicht auf die leise Stimme in seinem Kopf, die mahnte, dass eine ungeplante Schwangerschaft die ungünstigste Art war, Lisa zurückzugewinnen. Es war ihm egal. Er würde jede Karte annehmen, die das Schicksal ihm zuspielte, solange Lisa nach Hause kam.

Dan wurde aus seinen Gedanken gerissen, als Sherry ihn plötzlich am Arm nahm, ihm das Knie in die Kniekehle stieß und ihn gewaltsam auf die offene Tür zuschob. Jill und Brian Jackson sprangen zurück, als Dan an ihnen vorbeistolperte.

»Halt, Moment …«, protestierte er, bevor er sich vor der Tür wiederfand.

»Ich habe drei Verrückte in meinem Haus. Das ist einer mehr, als ich verkrafte«, knurrte Sherry. »Ich spreche mit

Lisa, wenn sie anruft. Ich sage ihr, dass Sie mit ihr reden wollen, aber bis dahin, Brogan, gehen Sie heim und lassen mich in Ruhe! Ich muss mit meinen Eltern sprechen.«

Und damit schloss sie die Tür vor dem verdutzten Dan.

Sherry führte ihre Eltern in die Küche und rückte einen dritten Stuhl zurecht.

»Ihr macht es euch besser bequem«, riet sie. »Es ist eine lange Geschichte.«

Entgegen seiner Hoffnungen hatte Dan der Besuch bei Sherry nur noch mehr frustriert und gereizt. Lisa Jacksons Foto rüttelte ihn emotional auf, denn in gewisser Weise *erkannte* Dan diese Frau – obwohl er sie nie getroffen hatte und sie seit drei Monaten tot war. Und Lisa war vielleicht schwanger. Aber wenn sie es war, warum hatte sie ihn dann nicht angerufen?

Als Sherrys Eltern kamen, hatte Dan die Ablenkung genutzt und das Foto in seiner Jackentasche verschwinden lassen. Zu Hause ging er in sein Arbeitszimmer, setzte sich an den Schreibtisch und stellte das Foto in die Tastatur. Konzentriert blickte er in das Gesicht von Lisa Jackson und strich geraume Zeit mit einem Finger über die matte Bildoberfläche. Als ihn Wut und Frust übermannten, schnappte er sich eine Flasche Whiskey und begann, sich sinnlos zu betrinken.

Das Telefon klingelte. Dan überlegte, ob er überhaupt rangehen sollte, doch die winzige Chance, dass es Lisa oder Sherry Jackson mit Neuigkeiten sein könnte, ließ ihn den Hörer abnehmen.

»Was ist?«, blaffte er in den Hörer.

Es herrschte Schweigen.

»Ist da jemand? Denn wenn Sie in den nächsten fünf Sekunden nichts sagen, hänge ich auf!«

»Hilfe, was ist denn mit dir los?«, meldete sich die Stimme seines Bruders.

Abgesehen von Craig war Glenn der Einzige, dem Dan die ganze verrückte Geschichte von Lindas Transformation zu Lisa erzählt hatte. Nach Lisa und Sherry hätte Dan niemanden lieber gesprochen als Glenn, es war ihm nur bis zu diesem Moment nicht bewusst gewesen. »Lisa hat mich verlassen«, klagte er.

Glenn stieß langsam die Luft aus. »Okay. Erzähl mir, was passiert ist.«

Als Dan fertig war, antwortete Glenn so lange nicht, dass Dan schon dachte, die Leitung wäre unterbrochen. »Glenn? Bist du noch da?«

»Ja, äh. Entschuldige, ich bin baff. Sagtest du, du hast diesem Kerl eine reingeschlagen?«

»Ja«, murmelte Dan.

»Du hast ihm wirklich eine *reingeschlagen*?« Glenn erkannte seinen friedliebenden Bruder, den aufopfernden Arzt, kaum wieder in dem Irren, der die letzten zehn Minuten gezetert und gewettert hatte.

»Ja! Ich habe dem Scheißkerl eine reingeschlagen!«

»Im Ernst?«, murmelte Glenn. »Hölle … ich glaub's nicht!«

»Das sagt der Richtige!«, maulte Dan. »Du hast den längsten Teil deines Erwachsenenlebens damit verbracht, deine Gegner auf dem Spielfeld zu vermöbeln, und jetzt bist du geschockt, wenn ich einen Typen schlage, *der*, wenn ich daran erinnern darf, *mit meiner Frau geschlafen* hat!«

»Ich dachte, du hättest gesagt, Linda – ich meine *Lisa* – hätte mit ihm gerungen.«

»Hat sie auch!« Dan rieb sich verärgert das Gesicht. »Ich meine, er hat mit ihr geschlafen – in der Vergangenheit.«

»In der Vergangenheit«, wiederholte Glenn.

»Ja.«

»Aber als er Linda an die Möpse ging, wolltest du ihm nicht das Hirn zu Brei schlagen, oder?«

Dan wünschte, Glenn würde sich weniger bildhaft ausdrücken. »Nein.«

»Und als er mit Lisa stritt, bist du losgegangen wie eine Rakete?«

»Als diese kleine Ratte sie Miststück nannte, hätte ich fast noch mal zugeschlagen.«

»O verflixt! Dich hat's erwischt«, sagte Glenn leise.

»Red keinen Scheiß!«, knurrte Dan.

»Das war zwei Mal ›Scheiße‹ in einem Gespräch. So viel habe ich dich seit der Highschool nicht fluchen hören.«

»Na und?«, kochte Dan. »Du warst auch nie ein Musterknabe oder ein Vorbild an Manieren.« Er schwenkte sein Glas durch die Luft und fluchte erneut, als etwas Whiskey auf die Tastatur schwappte. »Kannst du mir vielleicht verraten, wie man mit einer Frau umgeht, die sich für eine Reinkarnation hält?«

Glenn schnaubte. »Ich bin wahrscheinlich der Letzte, der dir Ratschläge erteilen könnte. Linda und ich haben es kaum in einem Raum ausgehalten.«

»Ich weiß. Wenn Linda dich am Telefon erwischte, warf sie mir den Hörer hin, als wäre er eine Schlange, und du hast sie auch nicht anders behandelt.«

»Die Sache ist mir einfach viel zu abgefahren«, meinte

Glenn und erinnerte sich, wie sehr sich Lisa bei ihrem einen Telefonat von Linda unterschieden hatte. Sie hatte diesen niedlichen Akzent gehabt und war ganz aufgeregt gewesen, als sie von Dans Geburtstag erfuhr. Glenns Ton war lax bis an die Grenze der Unhöflichkeit gewesen.

»Wem sagst du das?«, stimmte Dan verbittert zu. »Willst du etwas wirklich Verrücktes hören?«

»Nein.«

»Lisa mag dich. Und weißt du, warum?«

»Nein.«

»Weil ich ihr gesagt habe, dass dir nicht gefiel, wie Linda mit mir umsprang. Sie sagte, du müsstest ein guter Bruder sein.«

Glenn wusste nichts darauf zu antworten.

Dan nahm einen Schluck Whiskey und schüttelte sich, als sein Mund sich zusammenzog.

»Da ist noch etwas.«

Glenn seufzte.

»Ich glaube, sie ist schwanger.«

»Du hast sie geschwängert?« Glenn war schockiert.

»Ich bin mir nicht sicher, aber heute habe ich erfahren, dass sie beim Arzt war. Vielleicht ist sie es auch nicht – es war nur ein Mal ohne Kondom«, murmelte Dan eingeschnappt.

»Das reicht für gewöhnlich, Bruderherz«, antwortete Glenn sarkastisch. »Ich bin mir sicher, dass sie euch das im Medizinstudium beigebracht haben. Hast du von der Schwester erfahren, wo Lisa ist?«

»Nein, sie weiß es nicht.«

Glenn lachte. »Glaub mir, sie weiß es!«

»Nein, sie weiß es nicht«, protestierte Dan. »Warum sagst du das?«

»Weil Frauen immer eine beste Freundin oder Schwester oder dergleichen haben, der sie restlos alles anvertrauen. Glaub mir, Shirley weiß, wo Lisa ist. Geh zurück, und lass dir die Adresse geben! Bei deinem ritterlichen Ehrgehabe schmelzen die Frauen doch nur so dahin.«

»Sie heißt Sherry, und glaub mir, sie ist keine Durchschnittsfrau. Sie hat mich vor die Tür gesetzt.«

Glenn knurrte ungeduldig. »Du meinst, du hast dich *abwimmeln* lassen – du bist einfach zu höflich.«

»Nein, ich *meine*, sie hat mich vor die Tür bugsiert!«

Es folgte ein längeres Schweigen.

»Aber wie hat sie das angestellt? Wer ist sie? Attila der Hunne?«

»Sie ist über eins achtzig groß und sieht aus wie ein Supermodel.«

»Wirklich?«, fragte Glenn interessiert. »Wie welches Supermodel?«

»Verdammt noch mal, könntest du mal eine Sekunde an etwas anderes denken, Glenn?!«, keifte Dan. »Sie ist Polizistin. Sicherlich gelang es ihr deshalb, mich vor die Tür zu manövrieren.«

»Du lässt nach auf deine alten Tage.«

»Was?«

»Ich meine, hör auf, zu jammern, und reiß dich zusammen, finde Lisa, und bring in Erfahrung, ob sie schwanger ist. Ich lasse nicht zu, dass meine Nichten und Neffen von einer Irren großgezogen werden, die sich für eine Reinkarnation hält.«

»Pass auf, was du sagst, Glenn!«, ermahnte Dan seinen Bruder leise. »Lisa ist keine Irre.«

An den Rest des Gesprächs konnte er sich kaum erinnern, als er am nächsten Morgen auf der Tastatur aufwachte, kleine viereckige Abdrücke auf der rechten Gesichtshälfte. Er hatte einen Mörderkater.

Letztlich erfuhr Dan von Edie Cruickshank, wo er Lisa finden konnte. Er hatte versucht, die Information aus ihrem Enkel herauszupressen, aber Slade hatte sich abweisend gegeben und nicht beeindrucken lassen, obwohl Dan über hundert Pfund mehr auf die Waage brachte als er.

»Sie haben ihr wirklich weh getan, wissen Sie«, sagte er vorwurfsvoll.

»Ich weiß, Slade, deswegen will ich ja auch mit ihr reden«, erklärte Dan und musste sich bemühen, nicht die Geduld zu verlieren.

Slade schniefte. »Ich werde ihr ausrichten, was Sie gesagt haben.«

Dan biss die Zähne zusammen, presste seine Hände an den Kopf und erwog, ob er Slade auf seinem Motorrad nachfahren sollte. Aber es war unmöglich, jemanden zu verfolgen, der nie schneller als fünfzig fuhr, ohne dass man als Verkehrsbehinderung festgenommen wurde.

Er stand in der Einfahrt der Cruickshanks und blickte Slades Motorrad hinterher, als Edie aus dem Haus geschlurft kam, um ihre Morgenzeitung aus dem Briefkasten zu holen. »Morgen, Dan.«

»Morgen, Edie«, grüßte er lustlos, bevor er in sein Auto stieg, um über die Harbour Bridge zum Krankenhaus zu fahren.

Abends war Dan noch nicht lange zu Hause und überlegte gerade, ob er sich einen weiteren Abend mit etwas

Hochprozentigem vertreiben sollte, als Edie plötzlich in seinem Wohnzimmer erschien und ihn missbilligend anblickte, ziemlich ähnlich wie ihr Enkel am Morgen.

Dan zuckte zusammen und hätte beinahe den Wodka fallen gelassen, der alles war, was er in seinem rapide schwindenden Spirituosenvorrat finden konnte. Er hasste Wodka.

»Edie! Verdammt, wie sind Sie hier hereingekommen?«

Sie fasste ihn mit wachem Blick ins Auge. »Ich schätze Kraftausdrücke nicht, Dan!«

»Verzeihung.«

Er fragte sich, warum er sich eigentlich entschuldigte, wenn Edie uneingeladen in sein Haus spazierte. Er bemerkte, dass sie die Staubschicht auf der Wohnzimmereinrichtung musterte und die Teller und Tassen, die auf den Couchtischen herumstanden.

»Was für eine Unordnung!«, schimpfte sie. »Lisa wäre entsetzt, wenn sie das sehen müsste!«

Die Erwähnung ihres Namens tat so weh, dass Dan alle Manieren vergaß.

»Ach, wirklich?«, fauchte er. »Nun, nur für den Fall, dass es Ihnen entgangen sein sollte: Lisa wohnt nicht mehr hier!«

»Dennoch«, erwiderte Edie streng. »Es ist ein Schweinestall!«

Dan funkelte sie an. »Hören Sie zu, gute Frau …«

Edie lachte bellend. »Ich bin keine gute Frau, mein Sohn! Und bilden Sie sich bloß nicht ein, Sie könnten mich einschüchtern, indem Sie gefährlich schauen und sich groß machen«, schnaubte sie. »Ich hatte Sie nie für so einen Jammerlappen gehalten.«

»Ein ... einen *was?*«, stammelte Dan.

»Einen Jammerlappen, jemand, der in Selbstmitleid badet, weil etwas anders gelaufen ist, als er es sich vorgestellt hat.« Edie schüttelte den Kopf. »Nach allem, was Sie mit Ihrer Frau durchgemacht haben – mit der *ersten*, meine ich, nicht mit Lisa –, und dann *mit* Lisa. Ich dachte, Sie hätten Mumm, aber jetzt bekommen Sie den Arsch nicht hoch!«

Dan stand der Mund vor Erstaunen offen. Sie sprach von seinem *Arsch*. Und sie sprach von Lisa, als hätte sie nichts mit Linda zu tun.

»Wenn sie Ihnen so fehlt, dann *tun* Sie etwas, aber jammern Sie nicht herum – ich kann Jammerlappen nicht ertragen!«

»Wie soll ich etwas unternehmen, wenn ich nicht weiß, wo sie steckt?«, röhrte Dan.

Edie sah überrascht aus. »Ich bin nicht taub. Aber warum sind Sie nicht zu mir gekommen, wenn Sie es nicht wissen?«

Dan starrte sie an. »Sie *wissen*, wo Lisa ist?«

»Natürlich weiß ich das. Sie ist bei meiner Schwester untergekommen.«

»Bei ... Ihrer Schwester ...« Dans Stimme versagte. Kopfschüttelnd wandte Edie sich zum Gehen. »Lassen Sie morgen früh den Schlüssel unter der Fußmatte, dann komme ich und mache sauber.«

»Edie!« Dan stapfte grimmig hinter ihr her. »Ich will Adresse und Telefonnummer Ihrer Schwester!«

»Morgen früh«, rief sie über die Schulter und verschwand in Richtung Garage. Jetzt verstand Dan auch, wie sie hereingekommen war: Er hatte das Garagentor offen gelassen. »Ich gebe sie Ihnen Morgen früh, *nachdem* Sie sich gewaschen haben. Bei Ihrem momentanen Anblick würde das arme Mädchen wahrscheinlich schreiend die Flucht ergreifen.«

»Aber …«

Edie blieb kurz in der asphaltierten Einfahrt stehen und fasste Dan kühl ins Auge. »Morgen früh, Daniel.«

»Versprochen?«

Sie lächelte freundlich. »Versprochen.«

28

Sie war die ganze Zeit über direkt vor seiner Nase gewesen!

Mitten in Browns Bay in dem Haus mit den Gartenzwergen.

Die kleine alte Dame, die ihm die Tür öffnete, sah alles andere als nach Serienkillerin aus und hatte auch keine Ähnlichkeit mit Edie Cruickshank, einmal abgesehen von dem missbilligenden Blick, mit dem sie Dan von oben bis unten musterte.

»Sie sind Lisas Mann, nehme ich an?«, fragte sie zweifelnd.

»Ja, Ma'am«, bestätigte Dan nickend und unterdrückte den Drang, in die Knie zu gehen, um in Esmeralda Moodys kleines verhutzeltes Gesicht zu blicken.

Esme seufzte. »Edie sagte mir schon, dass Sie kommen würden. Ich hoffe, Sie machen Lisa keinen Kummer, es geht ihr nämlich nicht besonders gut.«

»Nein?« Dan horchte auf. »Was fehlt ihr denn?«

Esme presste die Lippen zusammen. »Das ist Lisas Angelegenheit.«

Dans Herz machte einen Luftsprung.

Lisa war schwanger.

Er strahlte Esme an. »Das Letzte, was ich will, ist, ihr Kummer zu bereiten, Mrs. Moody.«

»So, wie Sie aussehen, ist das keine Überraschung.«

Dan wusste nicht so recht, ob er das als Beleidigung oder Kompliment auffassen sollte, aber ehrlich gestanden war es ihm egal. Aus einem Impuls heraus beugte er sich hinab und küsste Esme auf die pudrige Wange. »Danke, dass Sie sich um sie gekümmert haben!«

»Oh!«, seufzte Esme, fasste sich an die Wange und errötete wie ein Schulmädchen. Es war lange her, seit sie ein gutaussehender Mann geküsst hatte, und dieser große Amerikaner sah wirklich blendend aus. Esmes romantisches Herz schlug schneller in ihrer schmalen Brust. Doch sie erinnerte sich daran, dass Lisa ihn bestimmt nicht ohne guten Grund verlassen hatte. Edie hatte gemeint, sie könnte ihm sagen, wo er Lisa fand, also erklärte sie Dan widerwillig den Weg zum Café.

Und wieder hätte Dan sich in den Hintern beißen können, als er erfuhr, dass Lisa in dem Café im Gartencenter arbeitete. Warum war er nicht darauf gekommen, dort zu suchen? Er wusste doch, wie viel Zeit sie dort verbrachte, um die Pflanzen aus der Nachbarschaft zu retten.

»Ich werde ein Auge auf Sie haben«, drohte Esme mit zittriger Stimme und wünschte, sie wäre so mutig wie Edie. »Also, keine Dummheiten!«

»Selbstverständlich nicht, Mrs. Moody«, versprach Dan lächelnd und versuchte, sich vorzustellen, was sie wohl sonst tun wollte. Würde sie ihn mit ihrem Gehwägelchen anfahren?

Er ließ das Auto vor Esmes Haus stehen und legte mit federnden Schritten die kurze Distanz zum Gartencenter zurück. Doch dann verblasste das Lächeln auf seinen Lippen und er grübelte, warum Lisa sich nicht mit ihm in Verbindung gesetzt hatte.

Lisa war deprimiert *und* besorgt. Sie war deprimiert, weil sie ihre Tage bekommen hatte. Es waren gute Neuigkeiten, eine Erleichterung – zumindest sagte das ihre Vernunft. Aber ihre Vernunft hatte sie letzte Nacht nicht davon abhalten können, zu weinen, bis sie vor Erschöpfung einschlief. Und sie war es so *leid*, die ganze Zeit zu weinen.

Aber mit einem Baby hätte Lisa etwas von Dan gehabt. Es wäre ein Grund gewesen, ihrem Herz die Küstenstraße hinauf zu folgen, zu Dans Haus an den Klippen, um ihm zu sagen, dass er Vater würde. Dan würde von seinem Kind wissen wollen, und Lisa wäre nicht im Traum eingefallen, es ihm vorzuenthalten. Ob es ihnen bei dem unlösbaren Problem geholfen hätte, dass er sie einfach nicht als Lisa akzeptieren konnte, wusste sie nicht, aber ein Kind wäre Grund genug gewesen, gemeinsam nach einer Lösung zu suchen. Auch wenn Dan *sie* vielleicht nicht wollte, wusste sie doch, dass er seinen Sohn oder seine Tochter gewollt hätte.

Deshalb war sie deprimiert.

Besorgt war sie, weil ihr Vater heute nicht zur Arbeit erschienen war. Soweit Lisa sich erinnerte, war Brian nur ein einziges Mal nicht zur Arbeit gegangen, und das war nach seiner Krampfadernoperation vor zwei Jahren gewesen. Und selbst da war er gegen ausdrückliche Weisung des Arztes zwei Tage nach Entlassung aus dem Krankenhaus wieder in der Arbeit erschienen und in Stützstrümpfen herumgehüpft. Jill war außer sich vor Wut gewesen.

Als es auf Mittag zuging, war Lisa kurz davor, zu ihren Eltern zu spazieren, an die Tür zu klopfen und eine Erklärung für sein Fernbleiben zu verlangen. Stattdessen rief sie bei Sherry auf dem Handy an und war frustriert, als sich nur die Mailbox meldete.

»Wisst ihr, ob Brian vom Gartencenter heute krank ist?«, fragte sie Anton und Starr.

Beide schüttelten den Kopf.

»Warum?«, wollte Starr wissen. »Hat dir das jemand erzählt?«

»Nein.« Lisa schüttelte zerstreut den Kopf. »Aber er ist noch nicht zur Arbeit erschienen.«

Starr und Anton tauschten verwunderte Blicke. »Na und? Er ist der Filialleiter. Vielleicht besucht er einen Lieferanten oder so.«

»Nein«, widersprach Lisa, »so etwas macht er immer nachmittags.«

Starrs Braue wölbte sich besorgt nach oben.

Lisa steckte den Kopf in den Gartenshop und fragte Kaylene und Lianne, ob sie wüssten, wo Brian steckte.

»Er hat heute Morgen angerufen und gesagt, dass er heute später kommt. Wollten Sie zu ihm?«, erkundigte sich Kaylene. »Wenn es um einen Ihrer Pflegefälle geht, werfe ich auch gerne einen Blick darauf.«

»Nein.« Lisa lächelte gequält. »Aber danke für das Angebot.«

Lisa nahm gerade eine Bestellung im Café auf, als sie eine Veränderung spürte. Die Leute an ihrem Tisch drehten die Köpfe und blickten neugierig zum Eingang. Lisa bekam eine Gänsehaut, und die feinen Haare in ihrem Nacken stellten sich auf, als hätte eine unsichtbare Hand sie berührt. Sie blickte auf und sah Dan in der Tür stehen. Beinahe wären ihr die Beine eingeknickt. Sie hielt sich an der Tischkante fest.

Dan sah abgespannt und hinreißend aus in zerknitterten khakifarbenen Chinos und einem karamellfarbenen Hemd unter einem dunkelbraunen Jackett. Lisa kam sich ganz schäbig vor in ihrem formlosen schwarzen Rock und dem T-Shirt. Sie hatte kein Geld für den Friseur, deshalb hatte sie die Haare wieder zu zwei dünnen Zöpfchen zusammengebunden, die im rechten Winkel über den Ohren von ihrem Kopf abstanden.

Ihr Herz machte einen freudigen Satz. Einen Moment lang schien Dans Gesicht sich aufzuhellen, doch sie hatte sich wohl getäuscht, dachte sie, als er sie mürrisch ansah.

Ein Blick in Lisas Gesicht und die finstere Gestalt in der Tür reichten Starr und Anton, um in Dan den Grund für Lisas Kummer zu erkennen.

Sofort eilten sie auf ihn zu, um einzuschreiten.

»Kann ich Ihnen helfen?«, fragte Starr unterkühlt, den Kopf im Nacken, um zu dem Riesen aufzusehen, und ihre sagenhaften Lavendelaugen blitzten gefährlich.

Dan riss sich von Lisas Anblick los und sah herab auf die winzige Kellnerin mit ihren Feenaugen und dem silbernen Nasenstecker. Er fragte sich, was er nur an sich hatte, das kleine Frauen so gegen ihn aufbrachte. Vermutlich hatte sie sich selbst zu Lisas Beschützerin ernannt, und gleich hinter ihr stand noch ein Beschützer, ein Typ in den Dreißigern mit Schürze über der Jeans und einem sehr kleinen Baby an der Schulter.

»Ich wollte mit Lisa sprechen«, erklärte Dan und schielte zu ihr hinüber.

Lisa sah aus, als würde sie entweder gleich in Tränen ausbrechen oder davonrennen, was er nicht ganz verstand, nachdem sie ihm erst dieses wundervolle Lächeln geschenkt hatte.

»Sie ist beschäftigt«, meinte die kleine Fee.

»In Ordnung«, antwortete Dan. »Ich hätte gerne einen Kaffee.«

Das brachte die Lavendelfee aus dem Konzept. Sie blickte zu dem Typ mit dem Baby, der zu erwägen schien, Dan hinauszuwerfen, jedoch zögerte, weil er mindestens fünfzehn Zentimeter kleiner war. Dan hätte ihm gerne gesagt, dass ihn vor kurzem eine Frau vor die Tür gesetzt hatte. Eines stand jedenfalls fest: Lisas Freunde hielten unverbrüchlich zu ihr.

Der Rest der Gäste beobachtete das Spektakel mit Interesse. Lisa erwachte wieder zu Leben. Sie eilte zur Tür und legte dem Kerl beruhigend eine Hand auf den gespannten Bizeps. Dan biss die Zähne zusammen, als ihn Eifersucht ergriff.

»Ist schon in Ordnung, Anton. Wirklich, ist in Ordnung!«, beruhigte sie ihn.

Anton musterte Dan misstrauisch. »Bist du sicher?«

»Ja ... wirklich ... das passt schon«, beharrte Lisa und wandte sich eindringlich an die Fee. »Ehrlich, Starr!«

Wie passend!, dachte Dan. *Eine Fee namens Starr.*

Die Kavallerie zog sich gehorsam auf ihre Posten zurück.

Lisa sah zu Dan auf und wickelte einen Schürzenzipfel um ihren Zeigefinger. »Komm mit raus!«

Sie führte ihn an einen der Holztische unter den Schirmen im Außenbereich des Gartencenters. Als Dan sich gesetzt hatte, blieb Lisa am Tisch stehen und zückte Bestellblock und Kuli. »Einen einfachen Milchkaffee?«, fragte sie.

Dan sah sie ungläubig an. »Meinst du das ernst?«

»Ja«, antwortete sie, und die anfängliche Freude, als sie ihn erblickt hatte, war durch ihre Nervosität wie weggespült. Außerdem sorgte sie sich noch immer um ihren Vater. »Ich arbeite für Anton, und er betreibt ein Café.«

Dan war einen Moment lang sprachlos. So hatte er sich das Wiedersehen nicht vorgestellt. Abgesehen von diesem himmlischen Lächeln war es *absolut* nicht, wie er es sich ausgemalt hatte.

»Gut. Dann nehme ich einen Milchkaffee und ... und ...« Er geriet ins Stocken. Beim Betreten des Cafés hatte er nicht unbedingt in erster Linie auf die Speisekarte geachtet.

Lisa kritzelte auf ihrem Block herum. »Und zwei Schokomuffins.«

Dan sah fasziniert zu. »Du notierst dir Bestellungen?«

Sie sah auf und lächelte kurz. »Ja. Anton ist auch Legastheniker, deshalb haben wir ein System.«

Sie verschwand, um seine Bestellung aufzugeben. Als sie wiederkam, brachte sie Dans Muffins und Kaffee und eine kleine grüne Flasche Sprite mit Strohhalm, die sie auf den Tisch stellte, bevor sie wieder im Café verschwinden wollte.

Dan hielt sie am Handgelenk fest. Zu seinem Entzücken keuchte sie, als der gewohnte Funken zwischen ihnen übersprang. »Lisa, wir müssen uns unterhalten!«

Sie starrte auf den Ring, den sein Zeigefinger und sein Daumen um ihr Handgelenk formten, und nickte. »Ja, ich weiß. Anton meinte, ich kann Pause machen. Ich muss nur noch etwas holen.«

Widerstrebend ließ Dan los.

Als sie zurückkam, lag das Baby an ihrer Schulter, und sie schob einen knallgrünen Kinderwagen mit dottergelben Hühnern darauf.

Nach der ersten Überraschung sprang Dan auf, nahm ihr den Kinderwagen ab und zog einen Stuhl für sie zurecht. Er sah zu, wie Lisa das Baby in ihre Armbeuge legte, ihre Limo nahm und an dem Strohhalm saugte. Er wusste nicht, was ihn mehr ablenkte: das Baby in ihrem Arm oder wie sie an dem Strohhalm zog.

Lisa stellte die Flasche zurück und drehte das Baby mit dem Gesicht zu Dan. »Das ist Joey. Er gehört Anton und Susie, den Besitzern des Cafés. Heute ist er auf den Tag genau sechs Wochen alt.« Sie hob das Baby in die Luft, so dass Dan in das winzige rote Gesichtchen schauen konnte. »Nicht wahr, Joey? Und du kannst schon lächeln!«

Gehorsam zeigte Joey zwei rosa zahnlose Kiefer.

Lisa küsste ihn und legte ihn in ihre Armbeuge zurück, wobei sie darauf achtete, dass sein Gesicht im Schatten des Schirms blieb. Dan brannte darauf, sie zu fragen, ob sie schwanger sei, wusste aber nicht so recht, wie er das Thema anschneiden sollte. Sollte er einfach damit herausplatzen?

»Joey ist mein Anstandswauwau.«

»Verzeihung?«

»Anton wollte mich nur unter der Bedingung mit dir reden lassen, dass ich das Baby mitnehme.«

Dan sah sie verwundert an. »Warum?«

»Er glaubt, dass sich die Leute in Anwesenheit eines Babys benehmen, dieser arme Träumer – aber Starr meint, du seist okay. Sie macht eine Ausbildung zur Hebamme, und offensichtlich hast du einmal das Baby einer ihrer Mütter angeschaut. Sie sagte, jemand, der so sanft mit einer Mutter und ihrem Baby umgeht, würde niemals in Gegenwart von Joey aus der Haut fahren.« Sie streichelte Joey die Wange und beobachtete Dan.

»Himmel!«, murmelte Dan und raufte sich die Haare, die dringend einen Friseur brauchten. »Was erwarten die von mir? Dass ich dich mit einem Muffin erschlage und in der Stiefmütterchen-Auslage verscharre?«

Zum ersten Mal lächelte Lisa richtig, wodurch ihre hohlen Wangen und die Ringe unter ihren Augen noch stärker hervortraten. Dan war bereits aufgefallen, wie mager sie war.

»Wenn du dein Gesicht gesehen hättest, als du hier hereingekommen bist, würdest du Antons und Starrs Besorgnis verstehen. Du bist nicht gerade *klein*, Dan, und wenn du so einen Flunsch ziehst, siehst du wirklich zum Fürchten aus.«

Dan wurde wütend. »Es überrascht wohl kaum, dass ich angepisst bin, oder?«

»Dan!«, zischte Lisa und zeigte auf das Baby. »Nicht solche Ausdrücke!«

»Entschuldige, Joey.« Er sah ihr fest in die Augen. »Aber sicherlich würden die meisten zustimmen, dass ich einen guten Grund hatte, *verärgert* darüber zu sein, dass du abhaust, ohne ein Wort, wohin.«

»Ich bin nicht abgehauen, ich habe dich *verlassen*.«

»Wie auch immer«, antwortete Dan ungeduldig. »Du hättest mir trotzdem sagen können, wohin du gehst.«

»Nein, das konnte ich nicht«, beharrte sie. »Du glaubst, ich sei Linda, was heißt, dass du mich für eine Lügnerin …«

»Das tue ich nicht!«, protestierte er. »Du bist keine Lügnerin … nur …«

»Was? Verwirrt? Nicht ganz dicht? *Durchgeknallt*?«, bohrte Lisa.

Joey fuchtelte ängstlich mit seinen Ärmchen.

»Entschuldige … entschuldige, mein Süßer!«, beruhigte sie ihn.

Dan sah die selbstverständliche Art, mit der Lisa das Baby behandelte und tröstete, und fragte sich, wie er die Unterhaltung weg von sich zu der Frage lenken konnte, ob sie schwanger war und warum sie einen Arzt besucht hatte.

»Esme erzählte, du seist krank gewesen«, begann er vorsichtig.

»Lenk nicht ab, Dan!«, knurrte Lisa. »Du und Craig und eure verdammten Fakten und Forschungen! Es ist mir egal, wie viel ihr beide studiert und praktiziert habt, keiner von euch ist je *gestorben*, Dan! Auf diesem Feld bin *ich* Expertin …«

Sie verstummte, als Brian Jackson plötzlich auf der anderen Seite des Hinterhofs aus dem Gartenshop trat. Er trug ein Tablett mit Pflanzen. Lisas Gesicht hellte sich auf. »Dad …«, murmelte sie.

Dan biss die Zähne zusammen und folgte ihrem Blick.

Brian wurde langsamer und lächelte zurück, als Lisa ihm winkte. Dann sah er Dan und nickte ihm unmerklich zu.

Dan hielt die Luft an und beobachtete Lisa aus dem Augenwinkel.

Ein vorwurfsvoller Blick traf ihn. »Ihr beiden *kennt* euch?«

»Wir sind uns begegnet«, antwortete Dan ausweichend. »Ein Mal.«

»Wo?«, wollte sie wissen, und dunkle Wolken verdüsterten ihr Gesicht. »Wo bist du meinem Vater begegnet?«

»Bei deiner Schwester.«

»Bei Sherry? Was hast du bei Sherry zu suchen gehabt?«

»Na dich natürlich.«

Lisa war schockiert. »Ich kann nicht glauben, dass Sherry dir verraten hat, wo ich bin! Hast du mich so gefunden?«

Dans Augen wurden zu Schlitzen. »Du meinst, Sherry *wusste*, wo du warst?«

»Natürlich wusste sie das!«

Aus Achtung vor Joey fluchte Dan geräuschlos. »Deine verdammte Schwester sollte Poker spielen.«

Lisa lächelte selbstgefällig. »Sie hat es dir nicht gesagt?«

»Nein! Deine Eltern kamen, und sie hat mich vor die Tür gesetzt!«

»Meine Eltern? Du meinst, du hast meinen Vater *und* meine Mutter getroffen?«

»Nur flüchtig.« Dan schüttelte den Kopf. »Ich weiß immer noch nicht, wie sie es angestellt hat. Ich meine, sie ist groß für eine Frau und kräftig, aber ich verstehe nicht, wie sie mich vor die Tür befördern konnte.«

Lisa zuckte mit den Schultern und wandte ihre Aufmerksamkeit wieder ihrem Vater zu. »Sie ist geübt«, antwortete sie geistesabwesend. »Da schwirren Wespen um diese Pflanzen. Dad ist allergisch.«

»Lisa, warum warst du beim Arzt?«, wollte Dan wissen.

Sie sah ihn scharf an. »Woher weißt du, dass ich beim Arzt war?«

»Deine Mutter hat es gesagt.«

»Meine *Mutter?!*«

Hinter Lisa und Dan öffnete sich eine Glastür, und wie gerufen kam Jill Jackson auf die Terrasse und schloss die

Tür hinter sich. Dan vergrub die Stirn in seiner Hand und seufzte.

Lisa starrte ihre Mutter an, Augen und Mund erschrocken aufgerissen.

»Ich möchte mit Ihnen reden«, sagte Jill in unheilverkündendem Ton.

»Ach, verflixt …«, murmelte Dan und pflückte das Baby aus Lisas plötzlich schlaffen Händen.

Niemand bemerkte, wie Kaylene mit einer zweiten Fuhre Setzlinge in den Hinterhof kam, aber alle hörten ihren Schrei. Sie rannte hinter den Pflanztischen hervor, wo Brian Setzlinge gestapelt hatte. »Eine Wespe! Brian wurde gestochen!«, quietschte sie.

Als sie bei Brian ankamen, lag er hinter einem Pflanztisch am Boden und schnappte nach Luft. Sein Gesicht schwoll bereits an.

Dan drückte Jill das Baby in den Arm, kniete sich neben Lisas Vater und löste Brians Hände von dessen Hals, damit er die Kleidung lockern konnte. Er wandte sich an Jill und fragte, ob sie eine Notfallspritze hätte, doch Lisa rannte bereits zum Gartenshop, dicht gefolgt von Jill. Kurz darauf kam Lisa zurück, das Notfallset in der Hand. Erstaunt beobachtete Dan, wie sie es öffnete, die Spritze herausholte, Brians Hemdsärmel hochschob und sie ihm gekonnt in den Oberarm injizierte.

Brians Atmung beruhigte sich. Dan hockte neben ihm und presste die Finger auf sein Handgelenk. »Rufen Sie den Notarzt!«, bat er Kaylene, die blass und zerrüttet aussah. Er lächelte ermutigend. »Glauben Sie, dass Sie das schaffen?«

Sie nickte ruckartig. »Ja … ja. Wird gemacht!«

»Woher wussten Sie, wo es ist?«, flüsterte Jill Lisa zu, als Kaylene gegangen war.

Bei Dan meldete sich wieder das schreckliche Prickeln der Kopfhaut, so als wäre *er* gestochen worden.

Lisa streichelte das Knie ihres Vaters durch die Hose. »Es ist in seiner abgewetzten braunen Ledertasche, die wie eine Arzttasche aussieht«, antwortete Lisa. »Im Handschuhfach hat er ein zweites Set. Ich war immer die beste beim Spritzen, obwohl du im Medizinischen Zentrum arbeitest. Ben wird schummrig zumute, wenn er Blut sieht, und Sherry würde lieber eine Spritze *bekommen*, als eine zu setzen.«

Kaylene kam zurück, zusammen mit Anton, der Jill das Baby abnahm.

»Anton, es tut mir leid, aber kannst du …«, fing Lisa an.

»Ist schon in Ordnung. Mach, was … was immer du da gerade tun musst«, beruhigte Anton und blickte in die Runde eingefrorener Gesichter. »Kaylene hat mir erzählt, was passiert ist, und Susie kann für dich einspringen.«

Lisa versuchte, zu lächeln. »Danke.«

»Ach, ich habe noch etwas vergessen«, fuhr Anton entschuldigend fort. »Susie bat mich, dir etwas von Mrs. Moody auszurichten. Deine Schwester hat bei ihr angerufen und gewarnt, dass deine Mutter auf dem Kriegspfad sei.«

Jill stieß ein ersticktes Krächzen aus.

In Antons Gesicht zeichnete sich die Erkenntnis ab, dass er gerade einen Bock geschossen hatte. Hilflos in Lisas Richtung blickend, wählte er die sicherste Strategie und suchte das Weite.

»Ich muss mit Ihnen reden«, wiederholte Jill. Diesmal klang sie ganz anders als bei ihrer Ankunft im Café.

Brian ergriff Lisas Hand und drückte sie.

»Ich möchte auch mit dir reden«, sagte Lisa zu Jill. »Aber kannst du mir erst einen Moment mit Dan geben?«

Sie führte Dan zu den Paletten, wo die einjährigen Pflanzen unter großen grünen Planen lagerten.

»Danke, dass du meinem Vater geholfen hast!«

»Ich habe kaum etwas getan. Du warst großartig.«

Lisa drückte die Erde um ein Stiefmütterchen fest. »Gerade ist mir aufgegangen, warum du gekommen bist.«

»Wie meinst du das?«, fragte Dan misstrauisch.

»Du wolltest sicher fragen, ob ich schwanger bin, nicht wahr?«, fragte sie leise.

Er zögerte. »Ja, aber das war nicht der einzige Gr…«

»Ich bin es nicht. Vor ein paar Tagen habe ich meine Tage bekommen«, unterbrach Lisa ihn und sah zu ihm auf. »Damit bist du also eine Sorge los.«

»Ja«, erwiderte Dan hohl, »eine Sorge los.«

Als der Krankenwagen kam, ging Lisa mit ihrer Mutter und ihrem Vater hinaus.

Erst als Lisa weg war, fiel Dan auf, dass er Sherry, Brian und Jill das ganze Gespräch über als ihre Schwester, ihren Vater und ihre Mutter bezeichnet hatte.

29

Lisa kam zum ersten Mal seit über drei Monaten in ihr altes Zuhause.

Sherry war bei ihr. Ihre Mutter hatte sie angerufen und gefragt, ob sie Lisa zu ihnen nach Hause bringen könnte, während sie Brian ins Krankenhaus begleitete. »Wahrscheinlich kommt er heute noch raus, wenn seine Schwellungen zurückgegangen sind und sich die Atmung normalisiert«, erklärte Jill, bevor der Krankenwagen das Gartencenter verließ.

»Ich weiß«, antwortete Lisa.

Ihre Antwort verblüffte Jill.

»Würde es Ihnen etwas ausmachen, auf uns zu warten?«, fragte sie höflich.

»Nein, das würde es nicht«, erwiderte Lisa hölzern und hasste es, von ihrer Mutter gesiezt zu werden.

»Danke.« Jill zögerte. »Ich rufe Sherry an, sollten sie Brian drin behalten wollen.«

Brian, bemerkte Lisa, nicht *deinen Vater*, sondern *Brian*.

Sie schlang sich die Arme um ihre Taille und nickte.

Die Sanitäter luden Brian in den Krankenwagen. Er sah blass aus, lächelte Lisa aber durch die Sauerstoffmaske an und mahnte mit dem Zeigefinger. Sie lächelte zurück und formte ein *Benimm dich!* mit den Lippen. Er nickte und formte die Worte: *Bis später*.

Im Hause ihrer Eltern sah Sherry zu, wie Lisa von Zimmer zu Zimmer wandelte und vertraute Gegenstände berührte.

»Alles sieht noch aus wie vorher«, bemerkte Lisa.

Sherry nickte und hatte einen Kloß im Hals, während sie Lisas Gesicht studierte. Freude, Erleichterung, Entzücken und Trauer zeichneten sich dort ab.

»Was ist mit meinem Zimmer?«

»O ja«, antwortete Sherry erstickt, »da hat sich *gar* nichts verändert. Tatsächlich ist es eher eine Gedenkstätte. Vor ein paar Wochen hat Mum den Bettüberzug gewaschen – nicht, dass sie jemand in deinem Bett schlafen ließe.«

Brian hatte das Haus Stück für Stück erweitert, ohne groß zu planen. Lisas Zimmer lag am Ende des Gangs, aber am schnellsten erreichte man es durch das Wohn- und Esszimmer. Unfehlbar nahm Lisa den kürzeren Weg. Dann lief sie langsam in dem Zimmer umher, berührte Dinge, zog die Schubladen der Frisierkommode unter dem Fenster auf und blickte in den Schrank, bevor sie sich schließlich aufs Bett setzte. Sie strich über den türkisfarbenen Bettüberwurf, den sie letzten Sommer gekauft hatte, als Brian und Ben das Zimmer für sie geweißelt hatten, und blickte stirnrunzelnd um sich. »Wo ist Fisch?«

Fisch war ein Stofftier, das Lisa in ihrer Kindheit unzählige Male ins Krankenhaus begleitet hatte. Später stand er ihr bei, wenn sie mit Wärmflasche im Bett lag und mit ihrer Endometriose kämpfte. Fisch war orange, hatte scheußliche gelbe Lippen, und ein Auge fehlte. Jill und Brian entsannen sich nicht mehr, wer ihn Lisa geschenkt hatte, als sie klein war.

Sherry lehnte in der Tür und trat von einem Bein aufs andere. »Wir … äh … wir …«

Lisa sah besorgt aus. »Ihr was?«

»Wir haben ihn mit dir begraben«, murmelte Sherry.

»*Ihr habt was?!*«

Sherry wand sich. »Mum wollte es so, es gab ihr ein besseres Gefühl.«

»Und was ist mit mir? *Mir* gibt es absolut kein besseres Gefühl!«

»Ach ja? Warum haben wir bloß nicht daran gedacht, dich zu fragen? Wie dumm von uns!«, schnaubte Sherry.

Lisa zuckte zusammen. »Armer Fisch! Das ist ekelhaft!«

Sherry zuckte mit den Schultern. »Du hast gefragt.«

Lisa funkelte sie an.

Sherry spürte ein Lachen in sich aufsteigen und hüstelte, um es zu verbergen.

»Das ist nicht lustig!«

Sherry prustete und klappte vor Lachen zusammen.

»Du herzlose Kuh!«

Sherry lachte noch mehr, während Lisa innerlich kochte. Zumindest lockerte der Ausbruch die schreckliche Spannung.

»Du solltest nett zu mir sein«, klagte Lisa. »Schließlich bin ich von den Toten zurückgekehrt.«

»Ich war ein absoluter *Engel* dir gegenüber, du undankbares Stück!«, gab Sherry zurück. »Ich habe dich nicht nur vor Mum, Dad und Ben verteidigt, sondern auch noch zwischen dir und deinem Dan vermittelt.«

Sie hätte sich ohrfeigen können, als Lisa sofort die Schultern einzog und ein verschlossenes Gesicht aufsetzte. »Was ist los zwischen dir und dem Onkel Doktor, Lisa?«, fragte Sherry. »Mum sagte, er sei mit dir im Gartencenter und eine große Hilfe gewesen, als Dad gestochen wurde. Wie fand er heraus, wo du warst? Hast du es ihm gesagt?«

Lisa spielte mit einem Zipfel des Bettüberwurfs. »Nein.

Esmes Schwester Edie hat es ihm gesagt. Sie wohnt neben ihm.« Ein Lächeln huschte über Lisas Gesicht. »Er hat sich ganz schön geärgert, als er erfuhr, dass du meine Adresse wusstest und sie ihm nicht verraten hast. Außerdem kann er sich nicht erklären, wie du ihn vor die Tür setzen konntest.«

Sherry verdrehte die Augen. »Männer! Sie sind *so* berechenbar. Es kommt nicht auf die Größe an, sondern auf die Technik.«

Jetzt spielte Lisa mit einem Zipfel des Kissenüberzugs. »Weißt du, warum Dan mich sehen wollte, Sherry? Um herauszufinden, ob ich schwanger bin.« Sie blickte auf, als Sherry scharf die Luft einsog. »Es ist okay, ich bin es nicht.«

»Ich wusste, dass mehr dahintersteckt, als du mir sagtest, du würdest ihn verlassen, weil er nicht glauben will, dass du nicht Linda bist«, meinte Sherry grimmig. »Er … er hat dich aber nicht gezwungen, oder?«

»Gezwungen?« Lisa machte große Augen. »Sherry, ich wusste nicht, dass solcher Sex existiert! Ich konnte nicht genug von ihm bekommen. Er war großartig! Nein, er war *fantastisch!*« Lisa schnitt eine Grimasse. »Ich gebe zu, beim ersten Mal hatte ich meine Bedenken, ob es überhaupt möglich ist. Der Kerl ist schließlich über eins neunzig und …«

»Ich kann es mir vorstellen, Lisa«, unterbrach Sherry trocken.

Lisa errötete heftig.

»Wenn du also göttlichen Sex mit einem absoluten Prachtkerl hattest, warum bist du dann gegangen?«

Lisa zuckte verloren mit den Schultern. »Weil *ich* mich mit Dan liebte, während *Dan* Sex mit seiner untreuen Frau Linda hatte.«

»Sie war ihm untreu?«

»Ja.« Lisa zögerte. »Und schwanger von einem Typ namens Jack Millar. Sie ... nein, *ich* hatte im Krankenhaus eine Fehlgeburt.«

Sherry war entsetzt. »Heilige Scheiße.«

»Ja«, stimmte Lisa zu, »heilige Scheiße!« Ihr Gesicht verzog sich, und sie vergrub es in ihren Händen.

Sherry hätte auch fast geheult. Wie viel mehr emotionalen Schmerz konnte Lisa ertragen, ohne zu zerbrechen? Sie setzte sich aufs Bett und schloss Lisa in die Arme.

»Mum glaubt mir nicht!«, schluchzte Lisa.

»Anfangs habe ich dir auch nicht geglaubt, aber du hast mich überzeugt«, tröstete Sherry. »Und Mum ist auf dem besten Weg, dir auch zu glauben, sonst hätte sie dich nicht gebeten, auf sie und Dad zu warten.«

»Eigentlich hättest ... du ... am schwersten zu überzeugen sein müssen, weil du so eine alte Zynikerin bist und ... und Mum und Dad und Ben hätten mir glauben müssen, weil sie gutmütiger und sanfter und nicht so abgebrüht ...«

»He, danke!«, empörte Sherry sich.

»Du-hu weißt schon ... was ich meine!«, hickste Lisa. »Alles ist so ein Cha-aos! Blöder George!«

»George?«

»*Der Engel!*«

»Ach ja ... George.« Sherry schüttelte den Kopf. Sie konnte nicht glauben, dass sie diese Unterhaltung führte. »Dann wärst du also lieber im Himmel oder wo zur Hölle – pardon –, ich meine, wo auch immer du warst und hättest den sagenhaften Sex mit Dan Brogan verpasst?«

Lisa schluckte und dachte nach. »Nein.«

»Keine weiteren Fragen.«

»Es klingt so schäbig, wenn du das sagst«, schniefte Lisa.

»Nein, tut es nicht. Wenn ich zum ersten Mal seit drei Jahren von einem Kerl flachgelegt würde, der ein Gott im Bett ist und bestückt wie ein Heng…«

»Sherry!«

»Was?«, fragte Sherry unschuldig. »Habe ich etwas gesagt?«

Um die Wahrheit zu sagen, war Sherry die Größe von Dan Brogans Gemächt egal, aber es war eine großartige Möglichkeit, Lisa auf andere Gedanken zu bringen. Sie langte an Lisa vorbei nach der Kleenexbox auf dem Nachttisch und hielt sie Lisa hin.

Mit finsterem Blick zupfte Lisa zwei Tücher heraus und schneuzte sich lautstark.

»Verrate mir etwas, Lisa«, bat Sherry. »Ist Dan eigentlich ein Einzelkind?«

»Nein«, antwortete Lisa tränenerstickt. »Er hat noch einen jüngeren Bruder namens Glenn.«

»Tatsächlich?« Sherry zog eine Braue hoch. »Und ist dieser Glenn verheiratet?«

Lisa knuffte sie in den Arm. »Nein. Er war einmal Profi-Basketballer, aber jetzt ist er Trainer. Dan sagt, er sei noch größer als er.«

»Im Ernst? Interessant!«, murmelte Sherry und presste eine Hand auf ihre Brust. »Sobald wir dich wieder hochgepäppelt haben, nehmen wir uns Dan Brogan vor und legen ihm die Unterschiede zwischen dir und seinem Flittchen von Gattin auseinander.«

»Da würde ich mir keine allzu großen Hoffnungen machen, Sherry«, entgegnete Lisa matt. »Glaube mir, ich habe die letzten drei Monate versucht, ihn davon zu überzeugen – ohne Erfolg.«

»Ich habe ihm ein Foto von dir gezeigt, als er bei mir war. Es ist verschwunden.«

Lisa machte große Augen. »Dan hat ein Foto von mir mitgehen lassen?«

»Ja, dieser kleine Dieb … oder große Dieb«, korrigierte sie sich.

Lisas Gesicht hellte sich auf. »Aber warum hat er das getan?«

»Ja«, höhnte Sherry, »warum sollte er so etwas tun?«

Als Jill und Brian abends aus dem Krankenhaus kamen, lag Lisa eingerollt in ihrem alten Bett und schlief. Der Anblick der Fremden mit dem schwarzen Haar und dem hübschen Gesicht auf dem Bett brachte Jill auf, während Brian lächelte.

Jill schaute Sherry vorwurfsvoll an. »Du hättest sie nicht hier hereinlassen sollen!«

»Was willst du machen, Mum? Sie rausschmeißen?«, fragte Sherry.

Während Jill sich noch im Flur neben der offenen Tür herumdrückte, blickte Brian über ihre Schulter und lächelte beim Anblick der Gestalt, die sich in der Dunkelheit unter der Decke eingekuschelt hatte. Zum ersten Mal seit Monaten herrschte Frieden in seinem Herzen.

»Und übrigens«, fuhr Sherry fort, »ist sie ganz schön angefressen.«

»*Sie* ist verärgert?«, zischte Jill. »Und warum, wenn ich fragen darf?«

»Wegen Fisch. Sie hat sich wirklich darüber aufgeregt, dass Fisch weg ist.«

Jill schloss die Augen und drückte eine Hand an ihren schmerzenden Kopf. »Das kann alles nicht wahr sein!«

Brian langte um die Frauen herum und schloss die Tür. »Wir reden morgen darüber«, sagte er. »Schlafenszeit!«

Dan rief am nächsten Morgen an, um sich nach Brian zu erkundigen, und war überrascht, als er selbst ans Telefon ging. Nachdem Brian Dan für seine Hilfe im Gartencenter gedankt hatte und sie eine Weile etwas gezwungen geplaudert hatten, fragte Dan schließlich nach Lisa.

»Ich habe Mrs. Moody angerufen, aber sie sagte, Lisa sei gestern Abend nicht nach Hause gekommen.«

»Nein, Lisa war gestern Abend hier und hat in ihrem alten Bett geschlafen.«

Brian hätte sein Gefühl nicht deutlicher ausdrücken können. Die Jacksons schienen Lisa als Tochter akzeptiert zu haben.

Dan war so benommen und erschüttert, dass er sich nicht erinnerte, wie er das Gespräch beendet und aufgelegt hatte. Er entsann sich einzig daran, dass er Brian von Lisas Schlafwandeln erzählte.

»Ja, ich weiß«, erwiderte er sanft. »Das macht sie schon seit ihrer Kindheit.«

Eins war klar: Lisa brauchte Dan nicht mehr. Sie fiel nicht länger in seine Verantwortung. Sie war zurück bei ihrer Familie, bei den Menschen, die sie liebten.

Dan war wie betäubt.

Seine Frau war tot.

Linda war tot.

Er ging an ihren Schrank, öffnete den Schmuckkoffer

und blickte auf den Platin-Ehering und den Verlobungsring mit dem Diamanten, die auf dem schwarzen Samtbezug lagen. Er erinnerte sich lebhaft an den Tag, als er Linda den Verlobungsring geschenkt hatte, und an den Tag, als er ihr den Ehering an den Finger steckte. Er erinnerte sich daran, wie sie ausgesehen hatte, in ihrem langen elfenbeinfarbenen Kleid, das er für sie gekauft hatte, mit der kleinen weißen Haube auf dem Hinterkopf. Das pechschwarze Haar mit dem weißen Schleier, der über ihren Rücken hing. Sie hatte gestrahlt und so schön ausgesehen, dass es beinahe weh tat, sie anzusehen.

Vorsichtig steckte Dan die beiden Ringe in die Tasche und fuhr an den Strand von Long Bay.

Es war ein kühler, stürmischer Wintertag. Irgendwie schien es Dan symbolträchtig, als er über den Sand ging, eine einsame Figur auf dem verlassenen Strand, die Hände in den Taschen des Jacketts vergraben, die Ringe fest umschlossen. Die Wellen waren metallisch-grau und trugen weiße Schaumkronen. Auf der anderen Seite des Kanals lag der schlafende Vulkan von Rangitoto Island in schmutzige Wolken gehüllt, die Regen verkündeten.

Dan dachte an Lindas Kindheit und stellte sich vor, wie das hübsche aufgeweckte Mädchen mit ihren Hausaufgaben kämpfte, während ihre betrunkene Mutter im unteren Stock lärmend ihre Männer unterhielt. Er erinnerte sich an Lindas Gesicht, als sie Betty Mulholland im Krankenhaus besucht hatten und er zusehen konnte, wie ihr wackeliges Selbstvertrauen binnen Minuten von ihrer Mutter zerstört wurde.

Dan stand am Strand, blickte in die tosende Brandung und weinte um die Zärtlichkeit, die Liebe und das Vertrauensvermögen, die Linda von ihrer Mutter und der Armut und der Ignoranz, in die sie hineingeboren worden war, entrissen worden waren. Linda hatte nicht verdient, so zu leben, wie sie es getan hatte. Und sie hatte auch nicht verdient, so zu sterben, unglücklich, ängstlich und einsam, überzeugt, nicht mehr zu sein als ein schönes Gesicht und eine gute Figur. Aber Dan erkannte, dass auch seine Gründe für die Heirat nicht ganz selbstlos gewesen waren. Er hatte Linda heilen, es besser machen wollen. Er gestand sich endlich ein, dass er genauso zum Scheitern ihrer Ehe beigetragen hatte und sie vorbei war, lange bevor Linda eine Affäre mit Jack Millar einging.

»Es tut mir leid, Linda. Es tut mir leid, dass du so traurig warst«, sagte er leise und sah zu, wie das graue Wasser schwappte und sich aufbäumte. Darüber fegten die Möwen hin und her und stießen ihre klagenden Schreie aus.

Dan nahm die Ringe aus der Tasche und betrachtete sie ein letztes Mal. Dann schloss er die Faust, presste seine Lippen auf den Kreis aus Daumen und Zeigefinger, holte weit aus und schleuderte die Ringe so weit er konnte in die brodelnde See.

Der Wind trocknete die Tränen auf seinen Wangen.

Sein Herzschlag normalisierte sich langsam.

Obwohl die vergangenen Monate sehr schwer gewesen waren, hatte er wahres Glück aufblitzen sehen und einen kurzen Moment das Leben geführt, von dem er immer geträumt hatte.

Es war Zeit, sich zu vergeben und weiterzugehen.

Er hoffte nur, dass er nicht zu lange gewartet hatte.

Lisa schlief nur eine Nacht in ihrem alten Bett, bevor sie zu Esme zurückkehrte.

Die Heimkehr war keine freudige, heitere Erfahrung für sie gewesen. Jill hatte sich schließlich überreden lassen, dass sie und Lisa sich duzten, aber dann hatte ihre Mutter sie ausgequetscht wie bei einem Gestapo-Verhör – es fehlte wirklich nur die grelle Lampe, mit der man sie blendete. Sie konnte es ihrer Mutter nicht verübeln. Schließlich kam es nicht alle Tage vor, dass die tote Tochter im Körper einer fremden Frau wiederkehrte.

Lisa saß ihr geduldig am Esstisch gegenüber und beantwortete die Fragen, mit denen Jill sie bombardierte. Doch obwohl sie alles richtig beantwortete – Jill in einigen Fällen sogar *korrigierte*, wenn sie sich an Details falsch erinnerte –, hatte Lisa den Eindruck, dass ihre Mutter immer störrischer wurde und sich ihr Entschluss nur festigte, ihr nicht zu glauben. Lisa wusste nicht, was sie mehr ärgerte: die Bemühungen ihrer Mutter, sie als Lügnerin zu entlarven, oder die Zigaretten und das Feuerzeug, die neben Jill lagen. Mehrere Male griff ihre Mutter danach, aber jedes Mal fiel ihr noch eine neue Frage ein, und sie nahm ihre Hand wieder weg.

»Willst du wissen, welche Farbe meine Unterhose am ersten Schultag hatte?«, keifte Lisa schließlich.

Jill kochte. »Wie kannst du es wagen, so mit mir zu sprechen?« Sie schwieg. »Warum? Erinnerst du dich?«

Lisa rang die Hände. »Meinst du das ernst?«

Unglücklicherweise tat ihre Mutter das.

»An meinem ersten Schultag habe ich vergessen, eine Unterhose anzuziehen!«, schrie Lisa. »Du musstest in die Schule kommen und mir eine bringen!«

Als Brian Lisa schreien hörte, eilte er herbei. Entsetzt sahen er und Lisa zu, wie Jills Gesicht zuckte. Sie tastete nach den Zigaretten.

Da hatte Lisa genug. Sie schnappte ihrer Mutter Zigaretten und Feuerzeug weg und wedelte bedrohlich vor ihrem Gesicht damit herum. »Ich habe nicht all diese Zigaretten geraucht, damit du dir jetzt die Lunge teerst, Mutter! Wie kannst du es wagen, wieder zu rauchen!«

Damit stapfte sie zur Haustür, zerrte sie auf und warf die Zigaretten in den Garten – und einem verwirrten Ben mitten ins Gesicht, der gerade die Stufen hochkam.

Lisa war überglücklich, ihn nach so vielen Monaten wiederzusehen, und stürzte sich in seine Arme. »*Ben!*«

Ben blockte ab und stieß sie von sich, sein Gesicht eine Maske der Wut. »Fass mich nicht an!«

Lisa stolperte zurück in ihren Vater, der ihr zur Tür gefolgt war. Brian fing sie am Ellbogen auf und fühlte, wie sie zitterte. »Ben!«, rief er, schockiert von der Gewalt, die in den Augen seines Sohnes aufblitzte.

Jill drückte sich an Lisa und Brian vorbei. »Ich kann nicht glauben, was ich gerade gesehen habe!«, rief sie aus. »Du hättest Lisa verletzen können!«

Ben starrte seine Mutter fassungslos an. »Erzähl mir nicht, dass du ihr glaubst!« Sein Blick huschte zwischen ihr und seinem Vater hin und her. »Oh, Dad …«, stöhnte er. »Nicht du auch?« Er funkelte Lisa an, die sich vor ihrem Vater duckte. »Wie machst du das nur? Erst bekommst du Sherry – *Sherry*, Himmel noch mal! – dazu, deinen Unsinn zu glauben, und jetzt unsere Eltern! Was bist du für ein Mensch, dass du uns das antust?«

»Ben, bitte …«, flehte Lisa. »Bitte, glaube mir!«

Aber Ben wollte nichts hören.

»Sherry hat erzählt, dass du letzte Nacht in Lisas Bett geschlafen hast. Gibt dir das einen Kick, dich als Tote auszugeben? Ist das so?« Er kam bedrohlich auf sie zu, das Gesicht voll Kummer und Wut, und deutete mit dem Finger über ihren Kopf. »Meine Schwester ist tot. Sie liegt in einer Kiste auf dem Schnapper-Rock-Road-Friedhof begraben und gammelt vor sich hin!«

Jill und Lisa stöhnten.

»Musst du es so bildhaft ausdrücken?«, fragte Lisa zittrig.

»Das reicht, Ben!«, schnaubte Brian. »Geh heim! Komm zurück, wenn du dich beruhigt hast!«

Ben war verletzt. »Dad!«, bat er. »Du *kannst* das doch nicht glauben!«

»Nein. Nein, *ich* gehe.« Lisa löste sich aus dem Arm ihres Vaters und eilte die Stufen hinunter an Ben vorbei. »Es war ein Fehler, herzukommen.«

»*Lisa!*«, rief ihre Mutter.

Lisa blieb stehen und blickte über die Schulter. Sie sah die drei, und trotz der schrecklichen Dinge, die Ben gesagt hatte, schlug ihr Herz höher.

Sie *liebte* ihre Familie.

Ben sog geräuschvoll die Luft ein, als sie ihnen plötzlich ein Lächeln schenkte – genau so, wie Lisa immer gelächelt hatte, mit dem ganzen Gesicht.

»Es ist in Ordnung, ich wohne nur ein paar Straßen weiter«, sagte sie zu ihrer Mutter.

»Vergiss nicht, dir ein neues Notfallset zu besorgen!«, ermahnte sie ihren Vater.

Lisa sah Ben an.

»Die Heirat mit Brenda ist eine Schnapsidee, Ben.«

Der Ausdruck in Bens Gesicht ließ sie zum Gartentor stürzen. Als sie ungeschickt den Bürgersteig entlanglief, hörte Lisa ihre Mutter noch in unheilvollem Ton sagen: »Ben! Ich muss mit dir reden.«

Abends klopfte Ben Jackson bei Dan an die Tür.

Dan erkannte ihn von dem Foto, das er bei Sherry eingesteckt hatte.

»Sind Sie Dan Brogan?«, fragte Ben.

Dan nickte.

»Sie kennen mich nicht. Ich bin Ben Jackson, und ich muss dringend mit Ihnen reden«, verkündete Ben, und sein ruhiger Ton stand im Gegensatz zu seinen wütend funkelnden Augen.

Dan öffnete die Tür weiter. »Dann kommen Sie herein.«

Ben lehnte Stuhl, Bier und Kaffee ab und zog es vor, die Unterhaltung stehend in der Küche zu führen. »Das ist kein Freundschaftsbesuch«, erklärte er barsch. »Ich bin hier, weil ich Sie bitten möchte, Ihre Frau davon abzuhalten, meine Familie zu belästigen.«

Bei den wenigen Gelegenheiten, bei denen Dan Lisa erlaubt hatte, über ihre Familie zu reden, hatte sie ihren Bruder immer als sanften, umgänglichen Kerl beschrieben, der eigene Lieder komponierte und in seiner Freizeit in Bands gespielt hatte, bis er seine Freundin Brenda kennenlernte.

»Danach hat sich alles verändert«, hatte Lisa erzählt. »Er hat keine Lieder mehr geschrieben, in der Band aufgehört und keinen Sport mehr getrieben. Stattdessen lag er vor der

Glotze, wurde dicklich, und alles drehte sich nur noch um die Hatz nach Geld für seine dumme Brenda Buckner.«

Dan sah Lisas Bruder an und sagte: »Sie ist nicht meine Frau.«

Ben starrte ihn in frustriertem Schweigen an. »Das ist doch nicht zu fassen!«

Dan ergriff Mitleid. Genau so hatte er sich die letzten Monate auch gefühlt.

»Was Sie meinen, ist«, keifte Ben, »dass Sie Ihre Frau nicht unter Kontrolle haben!«

»Ganz genau«, erwiderte Dan kühl. »Wofür halten sie Sie, Jackson? Ein ferngesteuertes Auto? Sie ist eine eigenständige Person, und sie ist *nicht meine Frau.*«

Ben sah wie betäubt aus. »Sind denn wirklich alle komplett verrückt geworden?«

Dan ließ sich erweichen.

Er ging zum Kühlschrank, holte zwei Dosen Bier heraus, stellte sie auf den Küchentisch und zog zwei Stühle hervor. »Setzen Sie sich doch, und trinken Sie ein Bier, denn glauben Sie mir, Sie werden es brauchen, bevor ich fertig bin!«

Kurz nach Mitternacht musterte Ben trüben Auges die leeren Dosen und Flaschen, die Dan Brogans Küchentisch bedeckten. »Ich halte es immer noch – für absoluten Quatsch.«

Dan blickte verdrießlich auf die Bierdose, die auf seinem Bauch balancierte. Er hatte seine langen Beine unter den Tisch gestreckt und schwenkte die Dose mit unsteter Hand, um abzuschätzen, ob sie nun halb voll oder halb leer war. »Ich wünschte, es wäre so.«

Obwohl das nicht ganz stimmte. Hätte man ihm

die Chance gegeben, er hätte George, den Engel, abgeknutscht.

»Leute werden nicht …« Bens Finger vollführte einen Kreisel in der Luft, »… von Engeln in die Körper anderer Leute gesteckt!«

Dan gelang es, sein Gesicht scharf zu stellen. »Woher wissen Sie das? Sind Sie schon einmal gestorben?«

Ben öffnete und schloss mehrmals den Mund. »Sie sind Arzt, Himmel noch mal!«, stammelte er.

»Würden Sie bitte aufhören, das zu sagen? Ich kenne mich mit lebenden Menschen aus, nicht mit toten!«

Bens Handy klingelte zum ungefähr hundertsten Mal seit seiner Ankunft.

»Wollen Sie nicht rangehen?«, erkundigte Dan sich.

Ben schüttelte den Kopf. »Das wird Brenda sein, die wissen will, ob ich Geld ausgebe und mich amüsiere.«

»Ihre Verlobte?«

Ben nickte mürrisch.

Dan grunzte. »Lisa sagte, sie sei eine Nervensäge.«

»Ach … sie ist in Ordnung.«

»Und sie erzählte, dass Sie immer ›Ach … sie ist in Ordnung‹ sagen, wenn jemand Brenda eine Nervensäge nennt.«

»Sie und Sherry!«, knurrte Ben. »Sie müssen immer reden.«

Dan nickte. »Ja.« Er wollte seine Bierdose auf den Tisch stellen und verfehlte ihn zweimal, bevor das Alu schließlich auf Holz traf. »Lieben Sie sie?«, fragte er unvermutet.

»Wen?«

»Brenda, Sie Dummkopf!«

Ben war so überrascht von der Frage, dass er sich aufrecht hinsetzte. Das gehörte nicht zu den Dingen, über die Kerle redeten, es war nicht die Art von Frage, die man sich gewöhnlich stellte – ob nun betrunken oder nicht. Andererseits konnte man die Situation, in der er und Brogan sich befanden, wohl kaum als normal bezeichnen, und normale Regeln galten nicht. Dennoch war Ben die Frage unangenehm, weil er nicht wusste, wie er sie beantworten sollte. Der große Amerikaner beobachtete ihn aufmerksam vom anderen Ende des Tisches aus und wartete geduldig auf eine Antwort. Ben hatte nicht den Eindruck, dass Dan Brogan es ihm verübeln würde, wenn er diese Frage nicht beantwortete.

»Ich weiß es nicht«, gab er schließlich zu.

Dan nickte nachdenklich.

Ben mochte ihn. Unter anderen Voraussetzungen hätte er sich bei dem ungezwungenen und humorvollen Mann wohl gefühlt. Eigentlich war er genau der Typ, den Ben sich als Mann für eine seiner Schwestern vorstellen konnte – er war ganz bestimmt groß genug für Sherry, obwohl Ben bezweifelte, dass irgendein Mann mit dieser scharfzüngigen Kratzbürste zurechtkäme. Aber, rief er sich zur Ordnung, Dan Brogan war Linda Brogans Mann – jene Linda Brogan, die sich als Lisa ausgab und seine Familie belästigte.

»Wie steht es mit Ihnen, Brogan?«, fragte er. »Lieben Sie Ihre Frau?«

»Meine Frau ist tot.«

Ben schlug frustriert mit beiden Händen auf den Tisch, so dass die leeren Dosen und Flaschen umfielen und durcheinanderkullerten. »Okay. *Haben* Sie Ihre Frau geliebt?«

Jetzt war es an Dan, nach Worten zu suchen. »Anfangs«, erklärte er.

»Was ist denn das für eine Antwort?«

»Die Wahrheit.« Dan runzelte die Stirn, nahm eine leere Bierflasche und zupfte am Etikett herum. »Die Dinge ändern sich. Die *Zeit* bringt Veränderungen, die man manchmal gar nicht sieht oder sehen will. Die Leute bleiben nicht die gleichen.«

Ben war berührt von der Ehrlichkeit seines Gegenübers. Seine Worte schlugen eine Saite in ihm an und drangen in einen Bereich, mit dem er sich sonst nie beschäftigte. Er räusperte sich. »Lieben Sie Lisa?«, fragte er schroff.

Dans Mundwinkel hob sich zu einem schrägen Lächeln, und er nickte, den Blick immer noch auf das Etikett der Flasche gebannt.

»Ja«, sagte er leise, »ich liebe Lisa.«

30

Am Morgen von Bens Hochzeit wachte Lisa auf und sagte sich, dass sie kein Recht hatte, sich einzumischen, dass es ihr *nicht zustand*, sich einzumischen. Aber als der Tag fortschritt und sie sich vorstellte, wie sich der Rest der Familie für die Kirche zurechtmachte, erkannte sie, dass das Richtige und das Notwendige zwei unterschiedliche Dinge waren.

Sie war noch nie in eine Hochzeit geplatzt. Was trug man zu so einem Anlass? Sollte sie sich wie ein Hochzeitsgast kleiden? Oder lieber unauffällig, so wie jemand, der von der Straße hereinkam, um einen Blick auf die Braut zu erhaschen? Schließlich entschied sie sich für unauffällige Kleidung – dunkle Jeans, dunkles T-Shirt und schwarze Turnschuhe (wichtig für den Fall, dass Ben sie verfolgte). Abgerundet wurde das Outfit durch eine schwarze Baseballkappe, die sie tief ins Gesicht zog, und eine schwarze Sonnenbrille.

Vor dem Spiegel erschauerte sie – sie sah aus wie eine Terroristin.

Nachdem sie auf die Uhr gesehen hatte, huschte sie hinaus und eiligen Schritts in Richtung Kirche. Sie wäre gerannt, hätte sie ihrem Knöchel das zugetraut. Schließlich gab sie einem Jungen aus der Nachbarschaft Geld, damit er ihr sein Fahrrad lieh.

»Heute Abend bekommst du es zurück«, versprach Lisa.

»Heute Abend?« Der kleine Donald Trump der Zukunft verzog das Gesicht und kratzte sich unter dem metallisch-burgunderfarbenen Fahrradhelm. »Dann kostet es mehr.«

Lisa machte ein finsteres Gesicht. »Ich bin nahe dran, ein Wort mit deiner Mutter zu sprechen!«

»Das ist mein neues Fahrrad. Wenn meine Mutter erfährt, dass ich es verleihe, bekomme ich einen Monat Hausarrest!« Donald schwieg und kratzte sich noch einmal. »Und ich weiß nicht, was sie mit *Ihnen* macht.«

Lisa gab ihm also noch einmal Geld und machte sich schnell aus dem Staub, bevor Donalds Mutter aus dem Haus schaute. Der Junge bot ihr noch den Helm für weitere drei Dollar an, aber sein Gekratze hatte Lisa abgeschreckt.

Es war ein lausiger Tag, grau und bedeckt. Es sah aus, als würde es bald regnen. Wer außer Brenda heiratete mitten im Winter, dachte Lisa verärgert, als sie in Richtung Kirche radelte, vornübergebeugt auf dem zu kleinen Fahrrad. Sie hätte ihren letzten Dollar verwettet, dass Brenda das Datum im Juli gewählt hatte, um den hohen Mieten für einen Festsaal in der Hochsaison von Frühjahr und Sommer zu entgehen. Dieser Gedanke stärkte sie in ihrer wankenden Gewissheit, das Richtige zu tun – das, und die einzigartige Gelegenheit, Sherry in kränklich-grünem Satin zu sehen.

Samstag früh hatte man Dan ins Krankenhaus gerufen, um einen seiner Patienten zu untersuchen. Seit Ben erwähnt hatte, dass er am Wochenende heiratete, plagte Dan dieses ungute Gefühl. Lisa war strikt gegen diese Hochzeit, und seit dem Erlebnis im Gartencenter wusste Dan, dass Lisa alles daransetzte, um das Glück ihrer Familie zu sichern. Das ungute Gefühl steigerte sich, bis es wie ein grinsender Gnom auf seiner Schulter saß und ihm auf den Kopf schlug.

Dan hielt gerade vor Esme Moodys Haus, als er Lisa auf

der anderen Straßenseite auf einem Kinderfahrrad sah. Sie strampelte, als ob ihr Leben davon abhinge. Dan beobachtete ungläubig, wie sie links von ihm die Straße hinuntereierte, und nahm die Verfolgung auf.

Als er hinter ihr war, drückte er sanft auf die Hupe und hielt die Luft an, als Lisa zusammenzuckte und fast vom Fahrrad fiel. Verärgert blickte sie über die Schulter und erbleichte, als sie Dans Auto erkannte. Ihre großen Augen wanderten zu seinem finsteren Gesicht. Er sah, wie ihre Lippen das Wort »Dan« formten, bevor sie widerwillig an den Straßenrand fuhr.

Dan hielt neben ihr und ließ das Fenster auf der Beifahrerseite herunter.

»Was zur Hölle tust du hier? Radeln ohne Helm?«, rief er. »Und wem gehört überhaupt dieses Fahrrad?«

Lisa blickte störrisch drein. »Es ist geliehen, und ich trage keinen Helm, weil ich glaube, dass Donald Läuse hat. Wenn du jetzt bitte verschwinden könntest – ich habe etwas zu erledigen.«

Damit stieg sie wieder auf und entwischte um die Motorhaube, bevor Dan sie aufhalten konnte.

Er verfolgte sie die Straße hinunter, wobei er versuchte, nicht zu dicht aufzufahren und sie zu erschrecken und gleichzeitig den Verkehr hinter sich nicht zu sehr zu behindern. Lisa warf ihm gehetzte Blicke über die Schulter zu. Auf einmal fuhr sie auf den Bürgersteig und verschwand in einer Gasse zwischen zwei Häusern.

Unter Flüchen und Verwünschungen fand Dan endlich die Kirche, in der Ben heiratete. Es war die dritte, an der er vorbeikam, und die einzige, an deren breiten Stufen ein hellblaues Kinderfahrrad lehnte.

Als er am Randstein hielt, kam Lisa plötzlich durch die Flügeltür aus der Kirche gerannt und hastete die Stufen hinunter, dicht gefolgt von Sherry Jackson in einem Brautjungfernkleid aus grünem Satin, das sie hoch über die Knie gerafft hatte, so dass eine rote Netzstrumpfhose mit Strumpfband an ihren langen Beinen sichtbar wurde. Ben Jackson stürzte hinter Sherry aus der Kirche, in einem dunkelblauen Hochzeitsanzug mit Blümchen am Revers. Er war fuchsteufelswild.

Dan hatte eine schreckliche Ahnung, was Lisa gerade getan haben könnte. Er sprang aus dem Auto und rannte auf sie zu.

Lisa sah ihn, quietschte und kam schlitternd zum Stehen.

»Was zur Hölle hast du getan, Lisa?«, rief Dan, als die Hochzeitsgäste aus der Kirche drängten und oben an der Treppe standen, um das Geschehen zu beobachten.

»Nichts, für das ich mich schäme!«, rief sie trotzig zurück, aber als sie beiläufig über die Schulter blickte und Ben mit mordlustigem Blick auf sich zurennen sah, schrie sie und versteckte sich hinter Dans Rücken.

Sherry wollte Ben am Arm packen und aufhalten, aber Stöckelschuhe und Meterbahnen von Satin behinderten sie, so dass er sie mit Leichtigkeit abschüttelte. »*Wage* nicht, ihr weh zu tun, Ben! Ich wünschte, es wäre meine Idee gewesen!«

Ben baute sich vor Dan auf und knurrte: »Gehen Sie mir aus dem Weg, Dan!«

Lisa klammerte sich an Dans Hemd und vergrub ihr Gesicht an seinem Rücken.

Dan seufzte. »Das kann ich nicht, Ben.«

»Ich bringe sie um!«

»Ich weiß, wie Sie sich fühlen, mir ist es selbst ein-, zweimal so gegangen, aber genau aus diesem Grund kann ich nicht aus dem Weg gehen«, erklärte Dan geduldig.

Hinter ihm schnaubte Lisa empört.

»Wissen Sie, was sie getan hat?«, schrie Ben, die Hände an den Seiten zu Fäusten geballt. »Als der Pastor fragte, ob es irgendwelche Einwände gegen diese Heirat gebe, stand sie auf und erklärte, ich könne Brenda nicht heiraten, weil sie meine Geburtstagsgeschenke im Two-Dollar-Shop kauft!«

»Aber es ist wahr!«, murmelte Lisa hinter Dans Rücken.

Bens Augen traten so weit hervor, dass sie herauszukullern drohten. Er versuchte, um Dan herum zu schlagen, aber Dan drehte sich schnell, so dass er wieder zwischen den Geschwistern stand.

Sherry fing an, zu lachen.

Brian und Jill Jackson kamen dazu.

Brian packte Ben bei den Schultern. »Ich weiß, dass du wütend bist, aber das ist weder die Zeit noch der Ort dafür, Ben!«

»Lisa! Was hast du dir dabei *gedacht?*«, schrie Jill Dans Brust an.

»Ich wünschte, es wäre meine Idee gewesen«, ließ Sherry noch einmal verlauten.

»Halt den Mund!«, keiften Ben und Jill.

»Ben! Kommst du wieder rein?«, klagte Brenda oben auf den Stufen. »Der Pastor sagt, wir haben noch Zeit, wenn wir uns beeilen. In einer halben Stunde findet die nächste Trauung statt.«

Dan fühlte, wie Lisa hinter ihm die Luft anhielt und sich noch fester in seinem Hemd verkrallte, während Sherry, Brian und Jill Ben erwartungsvoll anblickten.

Genau wie seine Mutter starrte er lange Zeit auf Dans Brust, während sein Adamsapfel hüpfte und die blaugrauen Augen ins Nichts blickten. Zögerlich wandte er sich nach seiner Braut um, die oben auf den Stufen stand, in dem Hochzeitskleid, das ihre Mutter selbst genäht hatte, um Geld zu sparen, obwohl Ben angeboten hatte, Brenda eines zu kaufen.

Langsam schüttelte er den Kopf.

Lisa, die hinter Dan hervorgelugt hatte, stieß zitternd die Luft aus und sank an seinen Rücken. Sherry schloss die Augen und lächelte.

Brenda brach lautstark in Tränen aus. »Ich hasse deine Schwestern! *Ich hasse sie!*«

»Nicht doch, nicht doch!«, tröstete Raylene Buckner. »Sie waren schon immer eingebildet, diese Jacksons. Hielten sich für etwas Besseres und konnten um ihr Leben nicht kochen.«

Jill und Sherry starrten Ray fassungslos hinterher.

»Dieses unverschämte Miststück!«, schimpfte Jill. »Die Frau weiß gar nicht, was gutes Essen ist!«

»Aber wir müssen ja nicht das schöne Buffet im Festsaal verkommen lassen«, drang Dennys Stimme zu ihnen herunter, während die Hälfte der Gäste in die Kirche zurückging. »Wir können es genauso gut essen. Schließlich ist schon alles bezahlt.«

»Wisst ihr, diese Frau hatte recht«, rief Tante Violet, als sie langsam am Arm ihrer Cousine Sandra die Betonstufen herunterkam. »Brenda ist wirklich ein Geizkragen. Ein Jammer, dass ich so viel Geld für den schönen Aschenbecher ausgegeben habe, den wir ihr schenken wollten.«

»*Mum!*«, zischte Sandra.

Ben machte sich auf die Suche nach Brenda.

Jill und Brian legten die Arme um Lisa und drückten sie. Lisa weinte und erwiderte ihre Umarmung. Sherry und Dan räusperten sich verlegen.

Jill wandte sich an Dan und lächelte ihn tränennass an. »Danke, dass Sie sich um Lisa gekümmert haben! Und danke, dass Sie uns schon wieder zur Rettung geeilt sind – Dan, nicht wahr?«

»Ja.« Dan schüttelte Brian die Hand und ließ sich von Jill umarmen. »Freut mich, Sie kennenzulernen«, sagte er mit belegter Stimme.

Zu Lisas Überraschung fragte Dan plötzlich: »Könnte ich einen Moment mit Ihnen sprechen, Mr. Jackson?«

Brians Brauen hoben sich. »Selbstverständlich.«

Dan deutete auf die Bäume im hinteren Teil des Kirchhofs, und die beiden Männer gingen zusammen davon.

»Was soll denn das nun wieder?«, wunderte Lisa sich.

Sherry zuckte mit den Schultern.

Lisa musterte sie von Kopf bis Fuß. »Du siehst aus wie ein Gallenstein.«

Sherry verengte die Augen zu gefährlichen Schlitzen. »Und du wie eine Terroristin.«

»Wozu sind die Netzstrumpfhose und die Strapse?«

»Sind sie nicht großartig?«, schwärmte Sherry.

»Sie sind *nicht* großartig«, bemerkte Jill mit zittriger Stimme und verwischte ihr Make-up, als sie sich die Augen trocknete. »Sie sind absolut unmöglich!«

»Ich dachte, wenn Brenda mich schon zu diesem Flittchenkleid zwingt, kann ich auch gleich die passende Unterwäsche tragen.« Sherry blickte zur Kirche. »Ich schätze, ich sollte besser hineingehen und nach Ben sehen.«

»Glaubst du, er wird mir je verzeihen?«, fragte Lisa geknickt. Jill legte ihr noch einmal den Arm um die Schulter.

»Natürlich wird er das«, versicherte Sherry. »Irgendwann im fünfundzwanzigsten Jahrhundert ist die ganze Sache vergessen.«

Damit verschwand sie in die Kirche.

Dan und Brian kehrten zurück. Brian lächelte. Dan erschien leicht nervös.

Brian bot seiner Frau den Arm an. »Komm, gehen wir heim.«

»Worum ging es denn gerade?«, erkundigte sich Jill.

»Das geht dich nichts an«, antwortete Brian knapp. »Ein Männergespräch.«

Jill blickte zu Lisa. »Aber …«

»Du siehst Lisa früh genug. Dan möchte allein mit ihr reden. Er kann sie später nach Hause bringen.«

Als ihre Eltern weg waren, blickte Lisa verwirrt zu Dan auf. »Warum hast du sie weggeschickt?«

Er sah so ernst aus, dass Lisa sich Sorgen machte.

»Deine Familie ist wirklich nett, Lisa.«

Sie glaubte, sich verhört zu haben. Hatte Dan gerade *deine Familie* gesagt?

»Findest du wirklich?«

Er nickte und senkte die Stimme. »Aber ich frage nur eine von ihnen, ob sie mich heiraten will.«

Lisa starrte ihn einfach nur an. Dann breitete sich langsam ein Lächeln auf ihren Lippen aus, bis ihr ganzes Gesicht strahlte. »Du glaubst mir? *Du glaubst mir!*«

»Ist das ein Ja?«

»*Das ist ein Ja!*«

Dan breitete seine Arme aus, und Lisa warf sich an seine

Brust, schlang ihre Arme um seine Hüften und hielt sich fest. Dan stützte sachte sein Kinn auf ihr Haar. »Ich wusste, dass Linda tot ist, Lisa«, sagte er leise. »Ich wusste es schon lange, aber ich konnte mir nicht zugestehen, es zu glauben – *dir* zu glauben.«

Er spürte Lisa an seiner Brust nicken. Sie sah zu ihm auf. »Das verstehe ich. Das verstehe ich *absolut.*«

»Ich liebe dich«, formten Dans Lippen. Der Kloß in seinem Hals erstickte die Worte. Er schluckte, räusperte sich und versuchte es noch einmal. »Ich liebe dich, Lisa Louise Jackson«, erklärte er fest.

»Hab dich schon beim ersten Mal verstanden.« Lisa grinste, stellte sich auf die Zehenspitzen und legte ihre Arme um seinen Hals. »Das war *wirklich* gut!«, meinte sie. »Jetzt lass uns zu dem anderen Guten kommen!«

»Wie?« Er runzelte die Stirn, bis Lisa das Kinn hob und ihre Lippen sich teilten. »Oh! *Dieses* Gute! O ja … das lässt sich einrichten …«

Dan erzählte Lisa, dass er auf dem Kirchhof bei Brian um ihre Hand angehalten hatte. Lisa war gerührt. »Das bedeutet meinem Vater sicher viel.«

Als sie sich später an diesem Tag liebten, hielt Lisa Dan auf, als er die Hand nach einem Kondom ausstreckte, und fragte leise: »Müssen wir denn?«

Er blickte forschend in ihre Augen. »Bist du sicher?«

Sie nickte. »Ja, *sehr* sicher.«

Dan grinste schräg. »Du willst nur nicht noch einmal die kleine Kassiererin in Verlegenheit bringen, oder?« Dann ließ er sich in die Kissen sinken und hob sie auf sich.

»Durchschaut!« Lisa seufzte, als sie sich auf ihn sinken ließ. Sie schloss die Augen und lächelte. »Du hast mich durchschaut.«

Sherry Jackson lief langsam durch den Ankunftsbereich des Flughafens von Auckland. Es war früher Morgen, und eben waren drei 747 gelandet. Im Ankunftsbereich drängten sich müde Flugpassagiere, die durch die Passkontrolle und den Zoll nach draußen wollten, um ihre Verwandten zu treffen und ihren Urlaub anzutreten.

Irgendwie hatte Sherry eine Schicht am Flughafen erwischt, dennoch war sie bester Laune. Das hatte sich seit Bens Hochzeitstag nicht geändert. Ben haderte zwar immer noch mit seinem Gewissen, weil er Brenda am Altar sitzengelassen hatte, und verhielt sich Lisa gegenüber reserviert, aber das würde sich legen, dessen war Sherry sich sicher. Ben hatte ein großes Herz, und seit er sah, dass die neue Lisa im Miteinander mit der Familie ganz die alte Lisa war, beschimpfte er sie nicht mehr als Schwindlerin.

Lisas und Dans Hochzeit stand für den kommenden Samstag bevor. Sie wollten am Waiake-Strand heiraten, wenn das Wetter mitspielte, oder in Jills und Brians Wohnzimmer, wenn nicht. Sherry war Lisas Brautjungfer, und beide würden schlichte Futteralkleider mit Chiffon-Trägern tragen – Lisa weiß und Sherry dunkelblau. Sherry, die sonst keine große Romantikerin war, hatte jedes Mal einen Kloß im Hals, wenn sie die beiden zusammen sah. Sie waren im siebten Himmel und steckten ihre gesamte Umwelt mit ihrer Glückseligkeit an. Und das Beste dabei: Sie machten es nicht auf eklige Art.

Sherry war neugierig, wie Dans Familie auf Lisa reagieren würde. Für sie würde es nicht einfach sein, denn sie hatten Linda Brogan gekannt, und von allem, was Sherry von Lisa hörte, hatten sie Dans erste Frau nicht sonderlich gemocht.

Laut Lisa hatte Dan seiner Familie erzählt, was nach dem Unfall passiert war.

»Und was haben sie gesagt?«

»Dan sagte, seine Mutter habe mit dem Pfarrer darüber gesprochen, und der habe etwas in Richtung ›Gottes Wege sind unergründlich‹ gesagt, und sein Vater sei glücklich, solange Dan glücklich ist.« Lisa machte eine Pause.

»Und der Bruder?«, fragte Sherry.

Lisa biss sich auf die Lippe. »Dan sagte, das Gleiche gelte im Großen und Ganzen auch für seinen Bruder, aber ich weiß nicht, Sherry, ich habe das Gefühl, dass er der Sache nicht ganz traut. Ich denke, man kann es ihm nicht verübeln – überleg mal, wie du und Ben reagiert habt, als ihr mich noch für Linda hieltet!«

Sherry hatte nicht so viel Verständnis. Sollte Glenn Brogan ihrer Schwester das Leben schwermachen, würde sie persönlich dafür sorgen, dass er es bereute!

Sie schlenderte an den Sicherheitskontrollen vorbei, wo das Handgepäck durchleuchtet wurde, als sie erhobene Stimmen hörte. Mit gerunzelter Stirn ging sie zu den langen Tischen, an denen die Beamten vom Amt für Landwirtschaft und Fischerei verdächtig erscheinende Gepäckstücke untersuchten. Sherrys Schritte gerieten ins Stocken, als sie den Mann sah, der den Wirbel verursachte.

Er war riesig, um die zwei Meter, und hatte die Figur eines Athleten und das Gesicht eines Filmstars. Ihr geschulter

Blick erkannte in den Jeans und dem petrolfarbenen Langarmhemd, das er über einem schwarzen T-Shirt trug, teure Designermarken, genauso wie in den schweren schwarzen Stiefeln an den riesigen Füßen. Sein Haar war pechschwarz und gewellt und berührte den Hemdkragen. Er hatte markante Züge mit scharf hervortretenden Wangenknochen, und seine Brauen bildeten einen ärgerlichen schwarzen Strich über einer ebenmäßigen, arroganten Nase.

»Das ist eine *Banane!*«, polterte er in tiefem gepflegtem Amerikanisch aus breiter Brust. Spektakuläre Brustmuskeln und ein Waschbrettbauch zeichneten sich unter dem T-Shirt ab, wenn er sich bewegte. »Wollen Sie mich dafür etwa ins Gefängnis werfen?«

Wayne, der Zollbeamte, schien äußerst genervt. Es überraschte Sherry, weil er eigentlich sehr effizient war und nicht zu diesen übereifrigen Beamten beim MAF gehörte. Die Banane schien aus einer Seitentasche an der Golftasche des Amerikaners zu kommen – es wäre nicht das erste Mal, dass so etwas passierte, aber es verstieß gegen die neuseeländischen Zollbestimmungen. Sherry sah, dass Wayne schön langsam die Geduld ausging. »Das verstößt gegen die Einfuhrbestimmungen für Lebensmittel, Sir«, erklärte er knapp. »Auf Ihrer Zollkarte sollten Sie alle Lebensmittel oder tierischen Produkte angeben, die Sie mit sich führen.«

»Wie hätte ich sie angeben sollen, wenn ich gar nicht von ihr wusste?«, fragte der Filmstar-Typ. »Sehen Sie sich das verdammte Ding doch an – sie ist schon faul!«

Wayne musterte ihn finster. »Ich schätze Kraftausdrücke nicht, Sir!«

Sherry kam näher. Sie lächelte Wayne mitfühlend zu, als

er mürrisch aufblickte. »Kann ich behilflich sein?«, fragte sie und achtete darauf, ruhig und versöhnlich zu klingen.

Der Amerikaner wirbelte herum und blickte Sherry an, mit verblüffend goldbraunen Augen, die von langen schwarzen Wimpern umrahmt wurden. Als er Sherry von Kopf bis Fuß musterte, weiteten sich diese Augen und schienen plötzlich dunkler zu werden. Schließlich verzogen sich seine Lippen zu einem lässigen Ladykiller-Lächeln, bei dem sich das Grübchen in seinem Kinn vertiefte.

Sherry war es, als wäre ihre Brust plötzlich zu eng für ihre Lungen. Ihr Herz machte einen Purzelbaum, einmal vorwärts, dann einen rückwärts zum Ausgleich. Dieser Mann sah absolut fantastisch aus! Und er wusste es. Angewidert bemerkte sie sein eingebildetes Lächeln. Er hielt sich wirklich für Gottes Geschenk an die Damenwelt. Ihr Blut geriet in Wallung.

»Sie sind *Polizistin?*«, erkundigte er sich ungläubig.

»So steht es auf meiner Dienstmarke«, erwiderte Sherry unterkühlt. »Also, wo liegt das Problem?«

»Diesem *Gentleman* scheint der Ernst unserer Bestimmungen bezüglich der Einfuhr von Lebensmitteln oder tierischen Produkten nicht bewusst zu sein«, antwortete Wayne tonlos.

Mr. Filmstar breitete seine Arme aus. »Es ist eine *Banane*, Himmel noch mal!«

»Das ist ein Verstoß gegen die Einfuhrbestimmungen in Neuseeland, Sir.« Sherry betonte jedes einzelne Wort. »Der Regelverstoß wird mit einer Strafe von zweihundert Dollar geahndet.«

Er lachte. Er *lachte* allen Ernstes! Sherry erwartete fast, dass er sich vornüberbeugen und auf die Knie schlagen würde. »Ich soll zweihundert Dollar für eine Banane zahlen? Ganz schön teure Banane!«

»Nicht wahr?«, entgegnete sie ölig. »Wenn Sie den Betrag nicht in neuseeländischen Dollar bei sich haben, können Sie gerne mit Amex oder Visa zahlen.«

Sherry war bewusst, dass sie die Angelegenheit ganz falsch behandelte, aber dieser Kerl provozierte sie. Es war eine gewisse Genugtuung, als sein Lächeln erstarb.

»Nehmen Sie die verdammte Banane, und werfen Sie sie in den Müll!«, knurrte er und funkelte Sherry wütend an. Er wandte ihr den Rücken zu und blickte erwartungsvoll zu Wayne. »Kann ich meine Golfschläger zurückhaben? Bitte?«

»Selbstverständlich, Mr. Brogan.«

Sherry sperrte den Mund auf.

Nein, oder? Sicher war das nicht Dans Bruder – Greg, oder wie immer er hieß.

Sie bearbeitete ihre Unterlippe mit den Zähnen. Brogan war kein besonders häufiger Name, dachte Sherry, wenn man nicht gerade in Irland war, und dann war da die auffällige Körpergröße.

Er musste es sein.

Verdammt!

Das war mal wieder typisch.

Dans Bruder zahlte das Bußgeld, dann hob er seine Golftasche auf und warf sie sich über die Schulter, als wäre Treibholz darin und keine Golfschläger. »Danke für den reizenden Empfang!«, sagte er sarkastisch zu Sherry und schlenderte davon.

»Zu Ihren Diensten«, entgegnete Sherry liebenswürdig.

»Kotzbrocken«, murmelte Wayne.

31

Lisa und Dan wurden am Sonntagnachmittag am Waiake-Strand vermählt. Die Hochzeitsgesellschaft bestand aus Familie Jackson, Familie Brogan und ein paar Freunden, inklusive Edie, Norm, Simon und Esme. Anton, Susie und Starr waren aus dem Café gekommen. Die Zeremonie war einfach und sehr bewegend. Der Zelebrant glaubte, Lisa und Dan würden ihre Eheschwüre erneuern, doch alle anderen wussten, dass es der erste Hochzeitstag der beiden war.

Jill weinte, und Brian wischte sich eine Träne aus dem Auge, als er Lisas Hand in Dans legte. Lisa sah bezaubernd in ihrem schlichten weißen Kleid aus. Sie trug ein kleines Gesteck aus weißen Gardenien am Kleid und ein paar weitere in ihrem kurzen schwarzen Haar. Sie war barfuß und lächelte über das ganze Gesicht.

Glenn war Trauzeuge für seinen Bruder, Sherry Trauzeugin für ihre Schwester. Sie achteten peinlich darauf, dass ihre Blicke sich während der gesamten Zeremonie nicht einmal begegneten.

Glenn wären fast die Augen aus dem Kopf gefallen, als sie am Tag vor der Hochzeit bei den Jacksons hereinspazierte und als Lisas Schwester vorgestellt wurde. Ohne Uniform sah sie sogar noch besser aus als mit. Sie trug einen Nadelstreifen-Hosenanzug zu schwarzen Stiefeln mit Pfennigabsatz. Ihr seidig schwarzes Haar ergoss sich wie ein Wasserfall auf ihre Schultern, und Glenns geübtes Auge erkannte sofort, dass sie nichts unter dem taillierten

Jackett trug. Ihre vollen samtigen Brüste schwollen provokativ über dem obersten Knopf hervor. Fast hätte er sich an seiner Zunge verschluckt.

Wie ein unbeholfener Zweijähriger deutete er mit dem Finger auf sie und blaffte: *»Du!«*

Sherry Jackson hob eine Braue, verzog die Lippen und murmelte: »Die Freude ist ganz auf meiner Seite, Glenn.«

Glenn hatte Dan von seinem Zusammenprall mit der sagenhaften Polizeibeamtin am Flughafen erzählt, und Dan hatte sofort auf Sherry getippt. Als Glenn die Frau beschrieb, hatte er Lisa mit gerunzelter Stirn gefragt: »Sherry arbeitet aber nicht am Flughafen, oder?«

Lisa lachte. »Nein, Sherry hasst Flughafendienste fast so sehr wie die Arbeit mit Schulkindern.«

Diese Schwester klang wirklich nach Mannweib, fand Glenn.

Ihm war die Polizistin vom Flughafen nicht mehr aus dem Kopf gegangen. Als er in der NBA spielte, hatte sich Glenn so an Frauen gewöhnt, die sich ihm an den Hals warfen, dass er in dieser Hinsicht ziemlich eingebildet war. Es gab viele schöne Frauen auf der Welt, doch die wenigsten waren außergewöhnlich.

Die Polizistin am Flughafen war eine dieser wenigen gewesen. Allein ihre Figur war einen zweiten und dritten Blick wert, aber was sie am meisten hervorhob, war ihr Gesicht. Selbst ungeschminkt mit Pferdeschwanz faszinierte sie durch ihre markanten Züge und die herausfordernd dunkelblauen Augen. Sie hatte einen sexy kleinen Leberfleck unter dem linken Auge, den Glenn gerne mit der Zungenspitze berührt hätte. Er *wusste*, dass er sich die anfängliche Reaktion nicht eingebildet hatte, die bei seinem ersten Anblick in ihren Augen aufgeflackert war. Ihr hatte gefallen, was sie sah, aber *er* hatte ihr nicht gefallen. Sie hatte die Mundwinkel verzogen und die Nasenflügel angeekelt aufgebläht.

Glenn wusste, dass er sich komplett unmöglich aufgeführt hatte, aber er war müde gewesen, und sein Knie hatte ihn nach dem langen Flug umgebracht, trotz des Sitzes in der ersten Klasse. Seit er nicht mehr professionell Basketball spielte – und wenn man ehrlich war, schon mehrere Monate davor –, war er immer unzufriedener mit seinem Leben gewesen und wusste nicht, was er dagegen unternehmen sollte. Und Glenn war ein Pulverfass, wenn er sich langweilte, genauer gesagt ein Lagerhaus voll Dynamit.

Er machte sich Sorgen um seinen Bruder. Dan hatte nicht noch mehr Mist in seinem Leben verdient. Die Geschichte von Linda, die jetzt *Lisa* sein sollte, gefiel ihm nicht. Sein Bruder, der ruhigste und vernünftigste Mensch der Welt, glaubte, seine Frau wäre tot und eine andere Frau lebte nun in ihrem Körper. Eine Frau, die er außerdem auch noch liebte.

Glenn kaufte ihm die Reinkarnationsgeschichte – oder wie immer man sie nennen wollte – nicht ab. Zugegeben, Lisa war anders als Linda. Sie sah sogar anders aus, die Haare waren kurz und immer etwas in Unordnung, ein Träger vom Hochzeitskleid rutschte ihr beständig von der Schulter, und sie lachte – *lachte!* –, als sie zu nah ans Wasser kam und ihr Kleid nass wurde. Dan schlang einen Arm um sie und wirbelte sie aus den Wellen. Dabei lächelte er, wie er es nur tat, wenn er wirklich glücklich war. In der Vergangenheit hatte Linda ungeniert mit Glenn geflirtet, was er bei seiner Schwägerin nicht geschätzt hatte. Lisa hatte nicht mehr als eine witzige Bemerkung und ein Lächeln für ihn übrig. Ihre Augen gehörten Dan.

»Was hältst du von ihr?«, fragte Glenn seinen Vater Kell, als sie über den Strand liefen, um zum Festessen zu den Jacksons zu fahren.

»Ich werde einfach nicht aus ihr schlau«, antwortete Kell so leise, dass seine Frau Molly es nicht hörte. »Hätte ich sie heute zum ersten Mal getroffen, wäre ich sehr glücklich.«

Der Fotograf rief sie zurück, um noch ein paar Aufnahmen zu machen. »Ich glaube, das Wetter hält gerade noch! Aber wir müssen uns beeilen.«

Lisa fröstelte, daher legte Dan ihr sein Jackett um die Schultern. Auch Sherry Jackson hatte eine Gänsehaut, aber sie streckte das Kinn in die Luft und lieh sich die Jacke ihres Bruders. Glenn war aufgefallen, dass Ben Jackson nicht so begeistert von der Hochzeitsangelegenheit war wie der Rest der Familie Jackson. Er hielt sich im Hintergrund und lächelte selten.

»Armer Kerl!«, meinte die alte Dame mit der Gehhilfe, als Glenn sie aus dem Sand buddelte. »Er wurde vor kurzem am Altar stehen gelassen, müssen Sie wissen.«

»Oje«, entgegnete Glenn. »Was für ein Pechvogel!«

Oder Glückspilz. Welcher Idiot würde sich freiwillig ein Leben lang an die gleiche Frau binden? Mal abgesehen von seinem Bruder natürlich.

»Er wurde nicht stehen gelassen, Mrs. Moody«, schaltete sich eine zierliche junge Frau mit auffallend lavendelfarbenen Augen und kurzem rotem Haar ein. »Er hat *sie* stehen gelassen.«

Glenn betrachtete ihn mit neuem Respekt.

»*Nein!*«, keuchte Mrs. Moody. »Aber er scheint so ein

netter junger Mann zu sein. Lisas *ganze* Familie scheint sehr nett zu sein.«

Glenn musste ihr zustimmen. Sie schienen wirklich nett – ausgenommen die Schwester natürlich.

Der Fotograf scheuchte die Gesellschaft ein wenig hin und her und machte Fotos von ihnen auf den Felsen, am Strand oder unter den Bäumen. Lisa erklärte, dass es Pohutukawa-Bäume waren, die zu Weihnachten rote Blüten trieben.

»Sie heißen auch neuseeländische Weihnachtsbäume«, erläuterte sie den Brogans.

Seltsam. Sehr seltsam. Wie wurde eine geborene Kalifornierin, die nicht lesen konnte, plötzlich zu einem wandelnden Lexikon über Neuseeland?

Der Wind frischte auf, und Lisa zitterte in Dans Jackett.

»Nun kommen Sie schon! Runter damit! Sonst sehen wir Ihr schönes Kleid nicht!«, rief der Fotograf.

»Aber es ist so ein schönes Jackett«, scherzte Lisa und kuschelte sich in Dans zu große Jacke, bevor sie es ihrer Mutter reichte.

Glenn musste grinsen.

Sein Lächeln erstarb, als er aufgefordert wurde, neben Sherry Jackson auf dem Felsen zu posieren.

»Näher! Können Sie ein Stück zusammenrücken?«, fragte der dumme Fotograf und kroch auf Händen und Knien im Sand herum, um den richtigen Winkel zu finden. »Und können Sie das Jackett ablegen, meine Liebe?«

Sherry verdrehte die Augen und warf das Jackett ihres Bruders hinter sich in den Sand.

Das gewährte Glenn einen freien Blick direkt in ihren Ausschnitt.

»Pass auf, dass dir die Augen nicht rausfallen, Strahlemann!«, zischte Sherry ihn an und blickte dabei auf den Fotografen, der das Objektiv einstellte.

Glenns Mundwinkel zuckten. »Das wünschst du dir wohl, Attila.«

»Lächeln!«

Beide bleckten die Zähne für die Kamera.

Sherry blickte ihn über die Schulter an. »Mir wünschen? Wenn ich mir etwas wünschen könnte, wäre es eine Welle, die dich wegspült und zurück nach Amerika schwemmt!« Sie funkelte ihn warnend an. »Ich habe gesehen, wie du Lisa anschaust. Ich warne dich: Mach meine Schwester bloß nicht an! Sie hat genug durchgemacht.«

»Ich habe nichts gegen deine Schwester – nun, zumindest nicht viel – vorausgesetzt, sie behandelt meinen Bruder anständiger, als sie es als Linda getan hat. Er hat schon genug Mist in seinem Leben erlebt.«

»Eure Eltern müssen alle guten Eigenschaften an Dan vererbt haben«, höhnte Sherry. »Für dich waren offensichtlich keine mehr übrig. Ein Glück, dass sie kein drittes Kind haben!«

»Ja«, gab Glenn zurück, »es wäre wahrscheinlich ein Mädchen geworden.«

»Ich glaube, meine Schwester und dein Bruder verstehen sich nicht besonders«, raunte Lisa Dan zu, als sie nach dem Hochzeitsbuffet im Wohnzimmer ihrer Eltern tanzten. Die Möbel waren hinausgetragen worden, und die Terrassentüren standen offen, so dass Platz zum Tanzen war. Ben hatte seine alte Band zusammengetrommelt, und sie versorgten sie von der Terrasse aus mit Musik.

»Vielleicht«, meinte Dan.

Lisa runzelte die Stirn. »Wie meinst du das, *vielleicht*? Sie vermeiden es, sich anzuschauen.«

»Nur wenn sie glauben, dass der andere es merkt.«

Jill tanzte mit Kell. Sie hielt sich an diesem eins neunzig großen Mann fest und redete unaufhörlich, während er sie lächelnd über die improvisierte Tanzfläche führte. Molly und Brian saßen auf dem Sofa und schauten sich Gartenbücher an, nachdem sie ihr gemeinsames Interesse für den Gartenbau entdeckt hatten.

Edie und Norm waren in ihren besten Kilts erschienen, mit gerüschten Hemden und karierten Schottenmützen. Sie hatten eine Ecke des Raums für sich reserviert und hüpften herum, die Arme über den Köpfen, und schafften es irgendwie, mit der Band im Takt zu bleiben und dabei einen schottischen Reel aufzuführen. Norm war begeistert, als er erfuhr, dass Starr sich zur Hebamme ausbilden ließ. »Sie haben mich im Krankenhaus fast verloren, wissen Sie?«, erzählte er ihr.

»Mich haben sie *wirklich* verloren! Über eine Stunde lang!«, meldete sich Esme.

»Du bist im Lift stecken geblieben, Esme!«, beklagte sich Norm. »Das zählt nicht!«

Starr versuchte, Slade den Rock 'n' Roll beizubringen, und hüpfte leichtfüßig unter seinen Armen hindurch und um ihn herum wie ein kleiner Waldgeist in einem purpurroten Kleid. Bens Augen wanderten immer wieder in ihre Richtung, während er mit der Leadgitarre am Mikro stand und wie ein Besessener sang.

»Dein Bruder ist wirklich gut«, bemerkte Dan.

»Ich weiß«, antwortete Lisa stolz. Sie blickte zu Ben

hinüber und wünschte, er könnte ihr langsam verzeihen, aber sie musste wohl noch etwas Geduld mit ihm haben.

»Gib ihm Zeit, Lisa«, raunte Dan in ihr Ohr.

Sie drängte sich in seine Arme, umschlang seine Hüften und sah zu ihm auf. »Irgendwo zwischen den Hochzeitsgeschenken ist ein sehr hässlicher Aschenbecher versteckt. Er ist ein Geschenk von Ben.«

Dan runzelte die Stirn. »Warum? Von uns raucht doch niemand.«

Lisa streichelte seinen Rücken durch das Anzugsjackett. »Familientradition. Erzähle ich dir ein andermal.«

Sie streckte sich für einen Kuss.

Wie die Gäste auch über die Hochzeit und den seltsamen Anfang von Dans und Lisas Beziehung denken mochten, es gab nicht einen unter ihnen, der beim Anblick dieses Kusses nicht lächelte.

Plötzlich löste Lisa sich von Dan und rief: »Warte kurz!«

Sie rannte zu Ben und fuchtelte mit den Händen, bis er sich herabbeugte und sie ihm etwas ins Ohr flüstern konnte. Er nickte und richtete sich wieder auf. Lisa hüpfte zurück zu Dan.

Der Song war zu Ende, und Ben lächelte.

»Das nächste Lied spielen wir auf besonderen Wunsch der Braut für den Bräutigam«, kündigte er mit vielsagendem Blick an.

Dann trat er ans Mikrofon, schloss die Augen und griff in die Saiten. Hinter ihm spielte das Keyboard, und der Schlagzeuger nahm den Beat des *Matchbox-Twenty*-Hits »Unwell« auf. Ben beugte sich zum Mikro und fing an, darüber zu singen, dass er im Moment nicht verrückt sei, sondern sich nur ein bisschen unwohl fühle. Bald würden das alle erkennen und sehen, dass er ganz der Alte war.

Jemand begann, zu klatschen, und alle fielen mit ein und tanzten. Ein paar hängten sich ein und hüpften durch das Wohnzimmer, während Edie und Norm eine besonders energetische Darbietung in ihrer Ecke lieferten.

Dan sah zu Lisa hinab und lächelte. »Du kleines Biest!«, murmelte er und umfasste ihr Gesicht mit beiden Händen.

Lisa kicherte, stellte sich auf die Zehenspitzen und schlang ihre Arme um seinen Hals. Sie quietschte, als Dan sie an den Hüften packte, hochhob und sich mit ihr im Kreis drehte, wieder und wieder. Lisa streckte die Arme über den Kopf und lachte laut.

George und Moira sahen dem Geschehen zu, unsichtbare, unbemerkte Gäste. George klatschte mit, während Moira gemessen mit dem Fuß tappte.

»Ich liebe gute Feste. Sehen Sie?«, sagte er, grinste und stupste Moira sanft mit dem Ellbogen. »Ich habe Ihnen doch gesagt, dass es in Ordnung ist.«